新 潮 文 庫

カチアートを追跡して

ティム・オブライエン
生 井 英 考 訳

エリック・ハンセンに

「兵士たちは夢見る者たちである」

——ジークフリート・サスーン

目次

1　カチアートを追って　15
2　哨戒地点　56
3　パリへの道　62
4　そもそもの事の始まり　72
5　哨戒地点　86
6　パリへの途上の回り道　91
7　再び、パリへの道　101
8　哨戒地点　110
9　いかにしてバーニー・リンはフレンチー・タッカーの次に死んだか　114
10　パリへの途上の落とし穴　122
11　穴ぼこのなかの業火　131
12　哨戒地点　135

13　再び、パリへの途上の落とし穴　138
14　銀星章を貰いそこねたあのとき、のこと　148
15　パリへのトンネル　153
16　ピックアップ・ゲーム　168
17　パリへのトンネルの終わりの光　186
18　パリへの途上、突如現われた僧侶たちの一団　195
19　哨戒地点　206
20　着陸地点・B　209
21　パリへの鉄路　220
22　彼らのこと、または彼ら自身による彼らのこと　233
23　パリへの途上の妖しの場　243
24　故郷への呼び声　253

25 そのとき考えていたいちばん大きなこと 262
26 パリへの途上でひと休み 276
27 想像力の飛翔 287
28 哨戒地点 293
29 パリへの途上の残虐非道 295
30 哨戒地点 333
31 夜の行進 337
32 哨戒地点 354
33 パリへの途上の無法者 356
34 湖の国 374
35 世界で最も素晴しい湖の国 381
36 想像力の飛翔 389

37 あの土地のこと 402
38 パリへの逃走 409
39 彼らの知らなかったこと 415
40 想像力の伸びゆくままに 435
41 被弾 446
42 哨戒地点 458
43 パリの平和 461
44 パリへの道の終わり 493
45 哨戒地点 516
46 カチアートを追って 518
訳者あとがき

カチアートを追跡して

1　カチアートを追って

ひどい時代だった。ビリー・ボーイ・ワトキンズが死に、フレンチー・タッカーが死んだ。ビリー・ボーイは戦場の死の恐怖に堪え切れなかったのだし、フレンチー・タッカーは鼻面を撃ち抜かれたのだ。バーニー・リンとシドニー・マーティン中尉は穴ぐらのなかで死んでいった。ペダーソンが死に、ルディ・チャスラーが死んだ。バフが死んだ。レディ・ミックスが死んだ。みんな、死んでしまった。雨が全員のブーツからソックスにまで浸み込んで黴を生やし、ソックスを腐らせ、白っぽくぶよぶよになった足の皮膚は爪で引っ掻くとぺろりと剝がれ落ちた。スティンク・ハリスは口のなかに入った蛭に舌を吸いつかれて、夜中に喚きながら跳び起きた。雨でないときは霧が水田の上に低く垂れこめ、あたりを灰色に塗り潰した。冷たく、ねばりついて、腐り果ててしまいそうな戦争だった。シドニー・マーティン中尉に代わってやって来たコーソン中尉は赤痢に罹った。照明弾は使いものにならなくなった。弾薬は腐食し、塹壕はひと晩で泥と雨水に埋まってしまった。夜が明けると別の村へと移動して、また同じことを繰り返した。いつまで経っても変わりばえのしない戦争だった。

モンスーンも戦争の一部だった。九月の初めにはヴォートが伝染病にやられた。もとはと言えば、銃剣の鋭いエッジで上腕のふやけた皮膚を薄く削ぐところをオスカー・ジョンソンの前で実演してみせたのが原因だった。「ジレットのブルゥ・ブレードみたいだろ、え？」ヴォートはそう自慢してみせたものだ。血は出なかったが、それから二日後には黴菌が入って腕が黄変してしまった。慌てて寝袋にくるまれ、救援ヘリが呼ばれ、ヴォートは戦場から姿を消した。戻ることは、もう、なかった。後になって届いた手紙には、日本ってとこは煤煙だらけで坂道ばっかりだと書いてあったが、同封の写真のなかで股ぐらにワインの瓶を挟み、なかなかの看護婦ふたりに付き添われたヴォートはえらく幸せそうに見えた。ショックだったのは、しかし、彼が腕を失くしていたことだった。その後すぐにベン・ナイストロムが自分で自分の脚を撃った。が、もちろん死にはしなかったし、手紙も寄越さなかった。どれもこれもジョークにはおあつらえだった。雨も。寒さも。オスカー・ジョンソンはこの天気が五月のデトロイトを思い出させるぜと言った。「かっぱらい日和ってんだぜ」と、彼は得意そうに言うのだった。「薄暗くって陰気でよ。レイプとかっぱらいにゃ最高なのさ」そんなことからやがて、オスカーって奴は黒んぼぶったひでえ想像力の持ち主だと言うことになった。

それはほんとはジョークのひとつだった。オスカーについてのジョークだ。ビリー・ボーイ・ワトキンズについてのジョークもしこたまあった。奴が戦場の恐怖でどんなふうに狂っちまったか、だ。べつのジョークは中尉の赤痢についてのもので、もうひとつはポール・バーリンの紫色の胆汁についてだった。ジム・ペダーソンがいつも持ち歩いていたキリストの絵のついた絵葉書についてのジョークもあったし、スティンクの回虫のもあった。それから、バフが死んだあとの奴のヘルメットについてのも。ジョークのいくつかはカチアートについてのものだった。頑固なうすのろさ、とスティンクは言った。腐りかけの牡蠣の屁みたいなのろまだよ、とハロルド・マーフィが言った。

一〇月、その月の終わり近くになって、カチアートが姿を消した。

「奴が消えました」と衛生兵ペレットが言った。「離隊というか、逸脱、ですか」

コーソン中尉は聞いてないようだった。中尉にしては齢を喰い過ぎだ。鼻と頬に内出血の痣がある。背中も曲がっている。昔は大尉で少佐に昇進しかけたこともあったのだが、朝鮮とヴェトナムで過ごした一四年間のうんざりするような日々と酒がすべてを駄目にした。いまは赤痢病みの、ただの老いぼれ中尉だ。

中尉は緑色のソックスと緑色のアンダーショーツだけを身に着けて、パゴダのなかに仰向けに寝そべっていた。

「カチアートです」ドクが繰り返した。「あいつがいなくなったんです。理由不明の離隊で」

中尉は起き上がろうともしなかった。片手を腹に当て、もう一方の手は火照った額に当てられている。じめついた眼だ。

「パリに行ったとかいうんです」ドクが言った。

中尉は唇をちょっと舐め、息を吸い込んだが、胸はぴくりともしなかった。手首も平べったい腹も、まるで死人だ。

「パリです」ドクがまた繰り返した。「奴がポール・バーリンにそう言って、バーリンがあたしに伝えて、それをまたあたしがこうやって伝える、と。命令系統通りにね。ちゃんと規律に沿って……。ま、ともかくカチアートが行っちまったんです。荷物をまとめてさっさと」

中尉が大きく息を吐いた。

青い火薬の粉が薄闇のなかにぱっと散って美しくきらめき、仏像の足許に舞い上がる。

「素晴しい」声がした。誰かが溜息をついた。中尉はまばたきをし、咳込みながらマリファナの喫いさしをオスカー・ジョンソンに回した。ジョンソンがそれを爪先で消した。

「パリィだって？」中尉がゆっくりと呟いた。「麗しのパリィか？」

ドクがうなずいた。「奴がポール・バーリンにそう言って、それをまたあたしがお伝えしているわけです。なんとかせにゃなりませんよ、中尉」

溜息をつき、ごくりと唾を呑み込んで起き上がると、コーソン中尉は携帯燃料の缶の前にぎこちなく坐った。火を点け、手を炎に翳し、身を屈めて暖をとる。雨が静かに降っていた。

「そう」老いぼれが言った。「考えて……みようじゃないか」彼は炎を見凝めた。「秘訣は物事を明瞭にしてみることだ。ステップ・バイ・ステップってな。えーと、パリィだって言ったな？」

「ええ。奴がポール・バーリンにそう言ってそれを――」

「バーリン?」

「はい中尉、ここにいます。こいつですよ」

中尉が眼を上げた。瞳は明るいブルゥで、濡れていた。

ポール・バーリンは顔だけにっこりしてみせた。

「参ったな」

「は?」

「参ったって言ったんだよ」老いぼれが頭を振った。「お前はヴォートだと思ってた」

「違います」

「俺は奴がお前だと思ってたんだ。どう……どう思う? ごっちゃになってたんだな、きっと。気になるか?」

「はあ、だいじょぶです」

中尉は哀しげに首を振った。ブーツをとり上げ、燃えているスターノに翳して乾かそうとした。背後の影のなか、一段高く張り出した石の台座の上であぐらをかいたブッダが微笑んでいる。パゴダは寒かった。ひと月の長雨ですっかり湿り、あたりには粘土とシリカゲルと麻薬と古い香の匂いがこもっていた。石の壁と真っ平らの天井でできた半地下壕のような真四角の部屋で、男ならひざまずくか腰を屈めなければならないくらいの低さだった。きっと昔はきちんと瓦を葺いて壁を塗った礼拝用の部屋だったのだろうが、いまとなってはただのぼろ家だ。窓は土嚢でブロックされていた。壊れた陶器の欠片が欠けた台座の下に散っている。ブッダの右腕はもげていたが、微笑は変わらなかった。頭をまっすぐに立て、仏像は中尉の長い溜息を面白がっているみたいだった。「そうか。カチアートか、奴が消えた。そうだな？」

「そうです」ドクが言った。「その通りですよ」

ポール・バーリンがうなずいた。

「麗しのパリィへ行った。そういうことなんだな？　フランスのパリィに憧れてカチアートは俺たちから離れたと」中尉はなにやらおもむろに思いを巡らせているようだった。喉で笑った。「まだ降ってるか？」

「まだまだです」

「こんな雨は見たことないな。お前、あるか？　あん、どうだ？」

「ありません」ポール・バーリンが言った。「昨日までは」

「お前、カチアートの仲間だと思ってたんだが。ありゃあ、つくり話か？」

「そういうわけじゃないですが」ポール・バーリンが答えた。「まあ、ときどきべったりひっつかれてたのは事実ですけど、特には」

「誰が奴のダチなんだ」

「誰も。まあヴォートあたりかな。たまには、って程度でしょうけど」

「ふむ」中尉が唸った。そこで言葉を切って鼻をブーツのなかに突っ込み、湿った革の臭いを嗅いだ。「とするとヴォート先生にお出まし願えばいいわけか。奴がなんかいい手がかりになるかもしれんからな」

「ヴォートはいません。奴はその――」

「――やれやれ」

ドクがコーソン中尉の肩にポンチョを着せかけた。雨はまだ静かに降っていた。雷もない、まるでドラマチックでない雨だ。時刻は朝だったが、気分は永遠の黄昏というところだった。中尉はもう片方のブーツをとり上げて火に翳した。その間ずっと黙ったままだった。なにか面白いものでもあるみたいに炎を眺め、またくっくっと喉で笑ってから瞬きして、「パリィねえ」と言った。「カチアートは麗しのパリィへ行った、か。裸の尻と蛙の転がった麗しのパリィ、フォリーズ・ブラジャーってなあ」彼は眼を上げてドク・ペレットを見た。「なんかまずいことでもあったのか?」

「単なる阿呆ですよ。どうしようもないド阿呆。それだけです」

「歩いてったんだろ。麗しのパリィまで歩いてったって、そう言ったな?」

「それは奴が言っただけです。しかしそんなこたぁとても――」

「パリィ! なんてこった。どのぐらい遠いか奴は知ってるのか? はん、どうなんだ?」

ポール・バーリンは笑うまいと努めた。「八六〇〇法定マイルであります。それを、その、奴が私に言いまして――ぴったり八六〇〇マイルだって。ごっそり荷物も持ってます。糧食、水、コンパスに地図に根性」

「地図」中尉が言った。「地図、どたばた、シュナップスか」咳込み、唾を吐き、苦笑した。

「で、海はどうする？　地図の上を浮かんで渡るんだろなあ、それじゃ。そうだな？　そういうことだな？」

「さあ、どうですか」ポール・バーリンは言ってドク・ペレットを見た。ドクは肩をすくめた。「たぶん違うでしょう。一度奴から見せられたことがあるんです。そのぅ……奴はラオスを通ってビルマに入って、それから、なんだか忘れちまいましたけどいくつか国を通って、インドとかイランとかトルコとかね、でギリシャへ行って、そしたら後はもう簡単だって。奴がそう言ったんです。後は簡単だって。そういう計画を立ててたんです、奴は」

「言い換えれば、だ」と中尉が言った。「言い換えればくそったれの脱走兵(AWOL)ってわけだ」

「そういうことですな」とドク・ペレット。「そういうことです」

　中尉は眼をこすった。顔が汗で濡れていた。髭(ひげ)も伸び放題だった。長いことかけてゆっくり横になった。腹に両手を乗せ、喉で笑い、首を振って嗤(わら)い声を挙げた。「なんだってんだ？　なあ教えてくれ、なんだってんだ？」

「落ち着いて」ドクが言った。「とにかくなんとかするのが先決ですよ」

「なんのためだ？　それだけ答えろ。な・ん・だ・っ・て・ん・だ？」

「シィーッ。だから奴は莫迦(ばか)なんですってば」

　中尉の顔は黄ばんでいた。喉の奥で笑った。ごろりと寝返りを打ってブーツを落とした。

「だからさ、つまり何故(なぜ)なんだ？　どういう莫迦げた話なんだ？　麗しのパリィまで歩いてくだと？　なにが起こった？　言ってくれ、なんかお前らがやったのか？　お前ら全員でなにしたんだ？」

「落ち着いてください」

「言え」

「シィーッ」ドクが喉を鳴らし、落ちたポンチョを拾い上げると、ひと振りしてからまた老いぼれの肩にきちんと掛けた。

「答えろ。なんのためだ？　貴様ら、なにやったんだ？　麗しのパリィまで歩いてくだあ？　お前らなんだってんだ、そりゃあ」

「なにもありゃしませんよ。我々はみんな上々です。じゃないですか？」

薄暗いなかから気の抜けた拍手が来た。

「だってそうでしょう。俺たちは上々ですよ。与太やってやがんのはカチアートだけなんですから。そんだけのことですって」

中尉が笑った。寝そべったままでズボンとブーツとシャツを着込み、スターノの青い炎の前で情けなく身を捩った。パゴダは大地の匂いがした。雨はやまない。「やるか」中尉が溜息をついた。相変わらず首を振り、弱々しく薄笑いをうかべ、やっとのことでポール・バーリンを見やった。「お前、どの分隊だ？」

「第三です」

「カチアートの隊だな？」

「はい」

「ほかは？」

「俺とドクとエディ・ラッツィとスティンクとオスカーとハロルド・マーフィです。後はカチアート」

「ペダーソンは？」

「もういません」

中尉はまだ身を捩らせていた。物がはっきり見えてないらしかった。炎が消えると手を突いて上体を起こし、咳込んで唾を吐いて爪先に触った。「ようし」溜息をついた。「第三分隊はカチアートを追跡だ」

山に辿りつくには段々状の田んぼを四段、抜けていかねばならなかった。山々は稲の合間からにょっきり姿を見せていた。あの山とその先の山と、さらにその先の先の先の山と山と山と山の向こうが、パリだ。頂上は霧と雲に隠れて見えなかった。戦地は何処だっていつも湿っている。

最初の夜は山の麓に野営した。長く惨めな夜だった。暁方、登攀が開始された。

昼になってポール・バーリンがカチアートを発見した。彼は半マイルばかり上を登っていた。身を屈め、辛抱づよく険しい勾配に立ち向かっている。まるで斑点みたいな、ぽつんと孤独な姿だった。見つけたのはポール・バーリンだったが、声を挙げたのはスティンク・ハリスだった。

コーソン中尉は双眼鏡をとり出した。

「奴(やつ)ですか？」

中尉は雲に向かって登ってゆくカチアートをじっと見ていた。

「奴ですか？」

「おお、そうだよ」

スティンクが笑った。「阿呆(あほ)な話だねえ。そうでしょ？　土人(ディンク)みてえなド阿呆だぜ」

中尉は首をすくめた。彼はカチアートがもっと高い雲のなかに消えてしまうまで眺めていた。なにやらもごもご言うと双眼鏡を投げ出し、全員に移動の合図をする。

「莫迦な話だな」オスカーが言った。「まったくとんでもねえ莫迦さわぎだ」

齢(とし)の順に並んで、全員がゆっくり登っていった。スティンクが先頭、つづいて中尉、エディ、オスカー、ハロルド・マーフィ、ドク・ペレット、そしてしんがりがうなだれて歩く四級特技兵(スペック・フォー)ポール・バーリン。彼はカチアートに対してなんの感情もなかった。確かに莫迦げてるし、子供じみた間抜けた話だが、だからといって悪く思ういわれもない。ただでたらめだというだけのことだ。

登りながら彼はカチアートの顔を思い浮かべようとした。一所懸命そうしたが、曖昧(あいまい)な像が浮かんでくるだけだった。「蒙古症(もうこしょう)っぽいんだよな」以前ドク・ペレットがそう言ったことがある。「つまりだ、よっくあいつに顔を近づけてみろ。眼がどのくらい吊(つ)り上がっているか、内股か、頭のふくらみはどうだ？　俺のセオリーでいくと奴は間一髪で遺伝的に蒙古症を免れたってとこなんだ。ま、どっちにしても似たようなもんだけどな」

そう、たぶんドクは正しい。確かにカチアートには奇妙に未完結の感じがあった。無邪気で幼稚でぽっちゃりして、はっきりした細部とか目立った特徴、これで仕上がりという最後の一点、つまり一七歳にもなればそれなりに備わってくるはずの成熟の徴というものがないのだ。だから印象はぼやけて生彩がなく、あまりにも凡庸だった。一度顔を見たところです ぐ忘れられ、二度と思い出されないといった顔だ。おまけに、スティンクに言わせればだが、またもやとんでもない莫迦げた振舞いがひと山加わったというわけだった。たとえば見張りに立ってるのに口笛を吹いてみたり、うがい薬を妙なやり方で節約してみたり——なにしろくちゅくちゅやったやつをもう一度瓶のなかに吐き出すのだ——、わざわざ湖までカマスを釣りにいってみたり。こんなおかしな子供じみた単純さを我慢しろというのは、大の男にじゃれついてくる犬ころを我慢しろというのとおんなじだ。

パリまで逃げ出そうなんぞというのも、カチアートならありそうなクレイジーなことのひとつだった。ポール・バーリンは奴が何時間も古い世界地図をめくっては間抜けな質問を飛ばしていたのを思い出した——このへんの山はどのくらい急なんだい？　この川の幅は？　このあたりのジャングルはどのくらい深いんだろ？　要するに莫迦げていた。まったく哀れなくらいだった。土人の前歯を撃ってブロンズ・スター勲章をもらうのと同じだ。闇のなかで口笛を吹いていた、いつもそうだった、ブラック・ジャックを噛んでいた。いつだってガムを噛んでは口笛を吹き、貼りついたような間抜けな微笑を浮かべていた。くだらなかった。いつだってそうだった。いいときだってそうだった。が、いまやくだらなさも極まれりだ。やっちまいやがった。できるわけもなかった。くだらない、惨めな話だった。

雨がみんなの足を鈍らせていた。午後遅くなっても最初の山の頂上にさえ辿りつけなかった。

原隊に無線連絡してから尾根を進み、花崗岩のかけらがごろごろしている地点まで行ってクァン・ガイ平野を見下ろした。眼下では雲が田んぼも戦争も覆い隠し、上の、もっと厚い雲間ではまだまだ山が連なっていた。

カチアートが夜営した場所を見つけたのはエディ・ラッティだった。岩棚が屋根になったその奥だ。なかに入るともつれた草が敷きつめられ、使用済みのスターノの缶とチョコレートの包み紙が二枚、そして燃え残った地図の切れはしがあった。ポール・バーリンはそれがカチアートの地図帳の一部だとわかった。

「いいとこじゃねえか」スティンクが言った。「我らが小鳩ちゃんにぴったりの巣ってわけだ」

中尉は腰を落として地図を調べた。殆どが焼けており、老いぼれ中尉が拾い上げると砕け散ったが、少しばかりは残っている。左の隅に水田地帯を通って赤い点線が引いてあり、アンナン山脈の最初の小さな山につながっていた。線はそこで終わり、明らかにべつの地図につづいていた。

　コーソン中尉は慎重に壊さないよう気をつけながら地図をとり上げた。「だめだな」小さく言った。

「そうですね」

「これじゃどうしようもない」

　彼らはカチアートの岩屋で休んだ。身をひそめ、雨にけぶる山々の向こうの西の彼方を見やりながら、みんな押し黙っていた。エディとハロルド・マーフィが携帯糧食を開け、のろのろと指で食べ始めた。ドク・ペレットは眠っているようだった。ポール・バーリンはカードでひとり遊びをしていた。長い間誰も口を利かないまま休んでいた。しまいにはオスカー・ジョンソンが煙草入れの袋をとり出してジョイントを巻き、深く喫い込んでから隣りに回した。平穏だった。全員でジョイントを一服し、雨と雲と荒れた大地を眺めた。カチアートの穴ぐらは居心地よく乾いていた。

　儀式が終わるまで誰も喋らなかった。

　おもむろにドクが口を開いた。「ここで戻るべきなんじゃないか。もうおしまいにしよう」

「賛成」マーフィが言って、雨を見凝めた。「野郎だってこんだけ降られて濡れ切っちまえば、莫迦なことしたってわかるに決まってら。戻ってきますって」

「そうだよな」

「さて、どうします？」ドクが中尉に水を向けた。「引き揚げましょうや。ろくでもないことなんだから」

スティンク・ハリスが声を殺して笑った。莫迦にしたふうでもなかった。

「まじめな話」とドクがつづける、「奴のこたぁ放っときましょう。つまり……つまり戦闘中行方不明(MIA)ってことにしとけばいいんですよ。遅かれ早かれ奴だって気づく。自分がどれだけ莫迦でどれだけ――」

中尉はじっと雨に見入っていた。内出血の痕を除いて、顔じゅうが真っ黄色だった。

「どうします、中尉。放っときますか？」

「墓のなかまで莫迦な奴」スティンクが嗤った。「托鉢坊主より莫迦な奴ってな」

「んで、スティンク・ハリスより頭がいいとさ」

「なんだとマーフ」

「勝手に酔っ払ってろ」

「ハ！　誰が酔ってるだあ？」

「酢のなかにでも漬かってろ」ハロルド・マーフィがやり返す。「ってことよ」

スティンクはまたにたにたしたが、もう無駄口は叩かなかった。マーフィはでかい男だったのだ。

「で、裁決はいかがです？　戻りますか？」

中尉は黙っていた。やがて身震いすると、トイレット・ペーパーを持って雨のなかへよろめき出ていった。ポール・バーリンはひとりぽつねんと坐ってラスヴェガス・スタイルのひとり遊びをやっていた。ひとりで稼ぐふり、ひとりで遣うふり。旅行、高級ホテル、気前のいいチップ。白いテラスでワインを飲み、歌を聴き、色鮮やかな噴水を眺めるふり。ふりをすることが、戦争を忘れるにはもってこいなのだ。

中尉が戻ってきて、全員に出発の用意を命じた。

「戻るんですか?」マーフィが訊いた。

中尉は首を振った。具合が悪そうだった。

「だろうと思った」スティンクがひとりごちた。「戦争からよちよち逃げ出すわけにゃいかない、でしょ? ひとりでお家に帰るだなんてできゃあしないってことを教えてやんなきゃね」そう言ってスティンクはにたっとし、ハロルド・マーフィをちらりと見やった。「アタマが堅てえんだよな、わかってますって」

カチアートは二番目の山の頂上に辿りついていた。無帽で両手を緩く腰に当て、霧と細かい雨のまじるなかから彼らを見下ろしている。コーソン中尉は彼を双眼鏡で捉えた。

「たぶん奴からこっちは見えてないな」オスカーが言った。「きっと迷ったんだ」

老いぼれが漠然とした仕草で制した。「奴には見えてる。完璧にな」

「発煙弾、一発いきますか?」

「おう、やってやれ」中尉が双眼鏡を覗いている間にオスカーが発煙弾をとり出し、ピンを引き抜いてから向こうの水平の岩棚の上めがけて投擲した。しばらく燃えたあと、煙はラヴェンダー色の厚い雲のなかに霧散していった。「ようし、見てるぞ。ちゃんとこっちを見てる」

「あんちきしょう、なんか振ってやがる」

「うん？　おお見えるぞ、うんうん」

「どうします——？」

「どうしたもんかな」

山のずっと上のほう、ところどころ霧雨に消えているあたりでカチアートが彼らに両手を振っていた。いや、振っているのではない。羽ばたいているのだ。

「気分が悪い」中尉が呻いた。腰を下ろし双眼鏡をポール・バーリンに手渡すと、山肌を上る紫煙のように軀を揺すり始めた。「言ったろ。俺は病気だ、病人なんだ」

「奴に叫んでみますか？」

「気分が悪い」中尉が唸り、軀を揺すりつづけた。

オスカーが口に手を当て、大声を上げた。ポール・バーリンは双眼鏡を覗いた。カチアートが手を振るのをやめた。双眼鏡を通して頭が大きく見えた。笑っていた。ゆっくりと慎重に、なにも隠してないとでも言いたげに腕を拡げ、掌を下にして翼のように高く掲げた。ぼんやりと霧のなかに見え隠れしていたが、その顔は幸せそうだった。ふと彼の口が開き、その途端、山を雷鳴が走った。

「奴はなんて言った?」中尉が太腿を揺すった。躯を抱きしめて震えている。「なんだ、なんて言った?」

「聞こえませんでした。オスカーは?」

また雷が鳴った。長く波のように音を引く雷鳴だった。

「奴はなんて言ったんだ?」

「ですから——」

「早く言え」

ポール・バーリンは双眼鏡を通してカチアートが口をぱくぱくさせているのを眺めた。だが聞こえるのは雷だけだった。まだ腕をぱたぱたさせている。緩急をつけ、大きく腕を拡げて翼のように——そうか飛ぼうとしているんだ、ポール・バーリンは不意に悟った。なんとも無様だったが、まだ飛ぼうとしている。

「ニワトリかよ!」スティンクが叫んだ。山を指さしている。「見ろよ、なんだありゃあ?」

「知るかよ」

「見ろったら!」

「コケコッコだぜ、わかるか、ニワトリだぜえ!」

また雷鳴が走り、中尉が躯を抱いて身震いした。

「言え。早く。奴はなんて言ってるんだ?」

聞こえはしなかったが、ポール・バーリンは大きく翼のように拡げた腕と満面の微笑を見ながら彼の唇の動きを追った。

「言え」

ポール・バーリンがゆっくりと繰り返した――「サヨウナラ」

夜になると雨が霧に変わった。冷たい霧だ。そのなかで彼らは野営した。第二の山の頂上近くだった。雷は夜通しつづいた。中尉は嘔吐し、その後で原隊に敵を追跡中だと無線連絡した。

遠くから無線音声が武装ヘリの支援が必要か問い合わせてきた。

「ガンシップは要らない」老いぼれ中尉が答えた。

「要らない？」無線の声は失望したようだった。「なあ、どのくらい凄え火器載っけてるか教えようか、まず――」

「要らない」中尉は言った。「火器は要らないんだ」

「今週はほんとに凄え大盤振舞いなんだぜ――一個のお値段で二個ってやつさ。見返りも担保もなしだぞ。ピカ一の搭載砲にとろけるような弾薬だ。だってよ、なんと一分間に一五五発、掛け値なしのヘヴィなやつが積んであるんだぜ。お徳用なんだけどなあ」

「要らないんだ」

「そうかよ」無線がひと息ついた。「オーケイ、パパ2―9（トゥー・ナイナー）さん。なあ、あんたの声いかしてるよ。誠実で深みのある声、うーん最高。よっしゃ、こうしようじゃない、照明弾も一ダースおまけだ。どう？ これにかなうのは町中探したってないよ。一ダースおまけ、ノー・チャージ。素敵な発火量を誇る本物の値打ち……閉店大安売り、一回こっきりだぜい」

「要らない。不要、不要、不要」

「しようがねえなあ、損だぜ、2―9」

「いらないんだよ、しつこいな」

「だってそれじゃ攻撃のしようが――」

「不要なんだ」

「ちっ、まあ好きにしろよ」無線がごそごそ言った。「いいハンティングをな」

「知るか、そんなもん」中尉（ちゅうい）が切れた無線に向かって、言った。

夜の霧は雨よりも始末が悪い。冷たく、身に沁（し）みてくる。霧を吸って重くたるんだ天蓋布（てんがいふ）の下で彼らは横になっていた。オスカーとハロルド・マーフィとスティンクとエディ・ラッツティはすぐに寝入り、恋人同士みたいに脚を絡（から）め合ってひたすら眠っている。

ポール・バーリンはドク・ペレットにそっと囁（ささや）いた。「俺さ、ほんとはあいつにこのまま行ってほしいんだ。とにかく逃げまくってさ。そしたら俺たちには捕まえきれないだろうけど」

「たぶんな」

「でもそうなってくれりゃなあ」

「そうなりゃ奴はチョッパーで追いかけられることになるぞ。でなきゃ飛行機かなんかだ」

「あいつのことだから迷うかもしれない」ポール・バーリンが言う。眼を閉じた。「隠れるかもしれないし」

「ああ」長い沈黙がつづいた。「何時だ？」

「二時かな？」

「中尉、何時です!?」

「めちゃくちゃ遅いよ」中尉がブッシュのなかから答えた。

「いや、だから正確に――」

「四時だ。〇四〇〇時。午前のな」

「どうも」

「どういたしまして」言いながら中尉はしゃがみこんで糞をしている。それからなにやら呟きながら立ち上がり、トラウザーズのボタンをかけて天蓋の下に伏せた。煙草に火を点け、溜息をひとつ。

「気分はどうです？」

「最低だ。見りゃわかるだろ？」

「カチアートが逃げ切るといいんだけどな」ポール・バーリンがまた囁いた。「それだけなんだ。頭を使って逃げつづけて」

「そうなるとどこまでも捕まえられなくなるぞ」

「パリまでの間ならだいじょぶさ、たぶんね」

「たぶん、か」ドクが溜息をついて寝返りを打った。「で、どこで捕まえるんだ?」

「パリで」

「そら無理だ。俺も冒険ってのは好きだけどな、こっからパリなんて行けっこない。不可能だよ」

「だめかな?」

「だめだね。いずこの道もパリへは通ぜずだ」

中尉は煙草を喫い終えると仰向けになった。息が荒い。空気が重いのか薄過ぎるのか、ひっきりなしに寝返りを打っている。

「スターノを点けましょうか」ドクが優しく言った。「ちょっと寒いし」

「だめだ」

「ちょっとだけですよ」

「だめだ」中尉が言う。「戦場なんだぞ」

「ですな」

「真っ最中なんだぞ、このスカみたいな戦争の」

雷が鳴った。稲妻が谷の奥深くまでを照らし、もう一度雷鳴がしたかとおもうと雨がまた降り始めた。

黙って横になり、雨音を聞いている。

それにしても一体どこへ行き着くんだろう、終わりはあるんだろうか？　考えていたポール・バーリンは、ふと脳裏に殺戮の光景を連想してぎくりとした。惨殺、まさにそれだ。カチアートの右のどてっ腹が深くよじれ、一瞬の沈黙ののち、いきなり頭が砕けて脳漿が飛び散る。その光景が彼を怯えさせた。起き上がって煙草を探した。なんであんなこと思いついたんだろう。カチアートの頭が風船みたいに爆発するなんて。ドン！　単純なことだな、論理回路にストッパーがかかったんだ。誰だって愚劣さからは永遠に逃れられはしない。戦争ならなおさらだ。とすれば——ドン！　それですべては終わる。

一体どうすりゃいいんだろう？　惨めだった。ひたすら惨めで、戦争はまだつづいていた。

確かに老いぼれは、その点じゃ正しい。

つかのま気弱になりながらカチアートを憐れみ、自分自身を憐れみ、それでもポール・バーリンは奇蹟を望まないではいられなかった。そりゃああんな考え方は莫迦げてる。が、だからって不可能とは限らないじゃないか。たとえばビリー・ボーイだ。奴のあの狂い死にを見ろ。ビリーにシドニー・マーティンにバフにペダーソン。みんな死んだ、が、だからって……。考えるうち、彼はぐったり疲れていた。怖くなったわけではなく——本当にそうではなく——、おじけづいたわけでも、威圧されたわけでも、打ちのめされたわけでも、消耗したわけでも、ない。ただ疲れたのだ。疲れてしまったのだ。彼はカチアートがしょっちゅうやらかしていたくだらないことの数々を思い出して、微笑んだ。莫迦なことだよ。でも勇敢なこともあったじゃないか。

「そう、あいつはやったんだ」そっと呟いてみた。その通りだった。そう……そして彼はドクが聞き耳を立てているのに気づいた。「あいつはやったんだ。けっこう勇気の要ることだってあったじゃないか。ほら、生き埋めになってた土人の女を掘り出してやったときのこと、憶えてるだろ?」

「ああ」

「それに……それにあのガキを撃ったときのこと。あんときのクソ力」

「憶えてるよ」

「あれを見たら臆病者なんて言えやしない。怖かったから逃げたんじゃない」

「けど、くだらんこともたくさんあったじゃないか」

「うん。でも奴に勇気がないわけじゃない。そんなこたぁ言えやしない」

ドクは欠伸をした。起き上がってブーツの紐を解き、脱ぎ捨てて腹這いになった。隣りで中尉が泥のように眠り込んでいた。

ポール・バーリンは可笑しくなった。「ねえ、不思議なんだけど……あいつ、フランス語喋れるのかな? どう思う?」

「莫迦言え」

「うん、ただね、それって考えのうちに入れてもいいんじゃないか？　老いぼれカチアート、パリに凱旋って……ねえ」

「もう寝ろ」ドクが言う。「忘れるなよカウボーイ、お前さんは自分の軀のことだけ考えてればいいんだ。けっして健康体ってわけじゃないんだからな」

彼らは高地に辿りついた。

澄み切って、高い、けがれなき大地。静かな国だった。地形は複雑で、丘が重なって山となり、そのすぐ脇に谷が沈み、そしてまたいきなり険しい山へと大地が立ち上がっている。戦争はもう遙かに遠く、木々と濃い草が豊かに穏やかに生い茂り、人間の姿も集落も低地の苦労もない。瑞々しく深々とした大地だ。大きな棕櫚とバナナの木々、野生の花々、腰まで届きそうな下生えや蔓草、しっとりと濡れた茂みに澄んだ空気。ターザンの国だな、エディ・ラッツッティが言った。それから例のにたにた笑いを浮かべ、裸の胸をどんどんと叩いて雄叫びを挙げてみせた。

全員が這うように、頭を垂れて登っていった。

二日、三日と、たったひとりの人間が彼ら全員を釘づけにしていた。雨は殆ど止んでいた。毎日が蒸し暑く、陰気な曇天で、湿気が木々の枝に絡みつき、それでも西へと次々に流れてゆく雲が新たな輝きを見せた。全員が黙々と歩み、老中尉が休憩を必要とすると立ち止まって、午後の一番蒸し暑い時間帯をやり過ごした。踏み分けられた小径が雑草や岩の絡まり合ったなかに消えてしまいそうになると列を解いて散開し、また道が現われるまでひたすら前進するしかなかった。

一団の最後尾に従いていたポール・バーリンにとってみれば、しかしそれはハードだが不快ではない任務だった。彼は沈黙が好きだった。動いている感覚も好きだった。一歩、また一歩。待ち伏せの恐怖もなかったし、ブッシュのなかをひたひたと歩く音もなかった。空はからっぽだった。これも好みだった。このまま歩いていってしまう、そう考えるのはなんだか素敵だった。たとえいつかは終わってしまうのだとしても、案外永久につづくかもしれないと思ってみるのはやっぱり愉しい。一歩一歩、一マイル、一〇マイル、二〇〇マイル、八〇〇マイル。ほんとに不可能なんだろうか？　一〇〇万にひとつだとしても、チャンスがないわけじゃないんじゃないか？　歩きつづけながら彼はそう考え、勝ち目を予想し、カチアートがみんなを引き連れてこの険しい野山を抜け、山をまたぎ、奥へ奥へと進んで行くさまを想像してみた。そうして遂には、全員がパリに行き着くのだ。どうだ？　微笑みが浮かんだ。やっぱりこいつは素敵だ。

彼らは四日目の夜を径の脇の溝のなかで過ごし、翌朝さらに西へと向かった。カチアートの残した痕跡は何処にもなかった。

その日の大半、径は近くに隠れた小さな川に沿ってつづいていた。水音が聞こえ匂いもするのに、姿だけが見えない。それでもせせらぎに耳を澄まし、その変化から、水が岩に砕け、渦巻き、ゆるやかになり、あるいは深い滝壺に流れ込むところを思い描いてみると心が和んだ。ここはほんとうに大自然そのものだ。木々の生い茂る、美しい変わらざる国。すべてがあるがままで、なんの変化もない。いつだって山の向こうはまた山だ。

その日二度ばかり、短くて烈しいスコールがやってきたが、すぐに空は高く晴れ上がり、休む間もなく行軍はつづいた。先頭は変わらずスティンク・ハリス、次いで中尉、オスカー、ハロルド・マーフィ、エディ、ドク、おしまいがポール・バーリン。ときどきエディが歩きながら歌った。深みのあるいい声だった。曲もおなじみのものばかりで、たまにドクとハロルド・マーフィが声を合わせた。ポール・バーリンはただ登るだけだった。解剖学講義だな、と思う。歩くときの脚の動き、足首と臀部の連動、お祭りの日の準備をしてる感じ。いい気分だ。背筋がしゃんとして心臓と肺が高地の空気に慣れてきたみたいだった。

「きっとな」呟いてみる、「きっとそうだよな」

日暮れまで一時間というところで、小道が小さな松林に行き当った。でこぼこをまたぎ抜けると平らになり、眼の前がいっぱいに開けた。オスカー・ジョンソンが第二の地図を見つけた。

赤い点線が国境を横切り、ラオスへ入っている。

ずっと前方でカチアートの防弾チョッキと銃剣が見つかった。次いで弾薬ポーチ、塹壕用具、身分証。

「どういうことだ」中尉が呻いた。

「は?」

「どういうことなんだ、え?」老いぼれはちっぽけな松の木に向かって喋っていた。「なんで手がかりなんか残すんだ? なんでこの径から離れないんだ? そうすりゃ俺たちから逃げおおせるだろうに……。どういうことなんだ、これは」

「莫迦なんですよ」スティンク・ハリスが言った。「そんだけでしょ」

雨水を含んでつるつるの粘土状になった小径が上り坂になっていた。もう無線は届かず、大砲の射程などとっくに越えている。

カチアートはうまく追手を逃れながら後にごみを残していた。空になった糧食の缶、パン屑、灌木に吊るされた金色の銃弾の詰まった弾帯、水漏れのする水筒、すり切れたロープ。どれもが彼らに先を促すためのヒントだった。先を促し、おびき寄せ、騙すためのヒント。或るときなどは、ずっと下の谷間の岩床づたいにとぼとぼ歩いている彼の姿を見つけたものだった。遠い丘の上で焚火をしているのを見たこともあった。まっすぐ行くともう国境だ。

「ずいぶん遠くまで行ってやがるな」六日目の朝、ドクが山の向こうの尾根を指して言った。「行っちまったな。もう手は届かない。奴はボーダーを越えたし、これでカチアートとはおさらばだ」

「どのくらい離れてます?」

「一キロ、二キロ、まあ大したこたあない」ドクは肩をすくめた。

「でも越えたんでしょ」ポール・バーリンが言う。

「たぶんな」

「すげえ、やったんだ！」

「たぶんな」

「すげえ！　じゃあマキシムで昼飯だ！」

「なんだ、そりゃ」

「デラックスなカフェテリアだよ。うちの親父が一回行ったことがあるんだ……燻した牛肉の薄切りとトーストの上に山のようにトリュフを載っけてさ」

「ふん、たぶんな」

　径が狭くなり上り坂になって、三〇分後、スティンクが彼を発見した。

　彼は小さな草の茂る丘の上に立っていた。前方二〇〇メートル。くつろいでにこやかに笑い、もうすっかり民間人のようだった。ポケットに手を突っ込み、おだやかで、落ち着いて、不安のかけらもない。まるで停留所でバスを待っているみたいだ。

　スティンクが奇声を上げ、中尉が双眼鏡を持って急いで前に出た。

「やった！」

「こいつは――」

「捕まえたぜ！」スティンクは歌声を上げて小躍りする。「わかってたんだよな。じたばたしたって結局は諦めるっきゃないのさ。わかってたんだって」

中尉はじっと双眼鏡を覗いていた。

「撃ちますか？」言いざまスティンクがライフルを構え、中尉がなにも言わない先から二連射を放った。朝靄を衝いて、尾を曳く弾光がコークスクリューのように飛んでいった。カチアートが手を振った。

「見ろよ、見ろってば――」

「ちっくしょう」

「まったく大事ですぞ」オスカー・ジョンソンが言う。「陪審員の紳士淑女諸君、思うに我々は自分で自分の首を締めているのです。どうかいま少し見守って――」

「行くぞ」

「まったく大事ですぞ」

スティンク・ハリスが先頭に立ち、足早に歩きながらはしゃいだ。カチアートは手を振るのをやめ、彼がやって来るのを眺めていた。腕をゆるく組み、なにかに聞き入るみたいに大きな頭をかしげている。

避けようもなかった。

足許をとられたスティンクの眼に針金が映った。

音がふたつ。いきなりジッパーを引き上げるような音。つづいてなにかが弾け、雷管が外れた途端、爆発音が来た。

静かだった。なにかが落ちる音がする。そしてシュルシュルという音。

スティンクはなにが起こったのか悟った。よろめきながら飛びすさって伏せ、転げながら頭を庇(かば)って、言葉にならない小さな叫びを漏らした。

全員がもうわかっていた。

エディとドク・ペレットは即座に地面に伏せ、ハロルド・マーフィが妙に気どったジャックナイフみたいに身を折った。中尉はへたへたと崩折れている。ポール・バーリンは膝(ひざ)を腹に抱え、躯(からだ)を丸めて倒れ込むと、眼をしっかり閉じて拳(こぶし)を握り、唇(くちびる)を硬く結んだ。シュルシュルという音が頭のなかに聞こえる。数えるんだ、彼は思った。しかし数字はもつれて、すんなり出てこなかった。

腹が痛む。それが始まりだった。最初が腹、次いで股(また)ぐらに液体が溢(あふ)れ、糞(くそ)でも洩(も)らしたような感覚が襲い、衒(てら)いも莫迦げたささやかな希望も砕け散ってゆく。歯が痛む。数えるんだ、そう思った。が、歯は痛み、数字はぐちゃぐちゃで意味を成さない。

最初は腹、次いで股ぐら、それから肺。もう感覚は失(う)せている。爆発はなかった。数えろ、そう思う。だが、数字を捕まえることもできない。歯の痛みが脳髄を叩き、肺が痛くなり、それでも爆発はない。発煙弾(スモーク)か、わけもなくそう思った、スモークだ。

確かにそう感じられ、臭(にお)いもわかり、なのに数を数えることができない。

スモークだ、言ってみた。「スモークだ」次いで中尉も同じことを言う。「スモークだ」呻くような声だった。「ばかやろ、発煙弾じゃねえか」

ポール・バーリンは臭いを嗅(か)いだ。腿(もも)に虫でも這っているような生暖かい感じがあった。スモーク。脳裏にその色や手触りを描いてみる。どうしても眼を開けることができなかった。やってみた、が、だめだ。握りしめた拳を解くのもできない。ちぢこまった脚を伸ばすのも、失禁を止めるのもだめだ。走るどころか身を捩(よじ)ることさえできない。

爆発はなかった。

「スモークだ」ドクがそっと言う。「ブービー賞のブービー・トラップだな」

赤い煙だった。警告のための鮮やかな色。酸(す)っぱい臭いのする鮮紅色があたりに立ち籠(こ)めていた。少しずつ数字が戻ってきて、ようやく数えられるようになった。なんだ、簡単じゃないか。赤い煙がペンキのように大地に拡(ひろ)がり、うねうねと渦巻きながら重力にあらがうように立ち昇ってゆく。

やっと眼が開いた。

スティンクが喚(わめ)きちらしていた。四つん這いになって顎(あご)を引いている。オスカーとエディは身じろぎもしない。

「俺たちを――」中尉が呟(つぶや)いていた。老いぼれた響きだった。「俺たちを殺(や)ろうとしやがったんだ、あいつは」

「スモークですよ」

「俺たち全員をだ。あのクソッタレめが――」

「ただのスモークですって」

ポール・バーリンはまだ動けなかった。声が聞こえた。スティンクが四つん這いになって道端で泣いているのが聞こえた。その姿が見えた。あたり一面に赤い煙が立ち籠めていた。頭のなかを数字が駆け巡り、ちゃんと数えることだってできるのに、動けない。くそっ、数えながら彼は思った。これじゃ動くこともできないただのクズじゃないか。

まさにそうだった。くだらなさと驚きと、莫迦ばかしさ。とんでもない茶番劇の開幕だ。

彼は、ふと、自分が見られているのに気づいた。視線を鋭く感じた。たぶんずっと先の見えないあたりから俺は見られている。左肩のずっと後ろだ。まさにこの瞬間、白髪頭の老いぼれた山羊がにんまりとした笑みをうかべてこの哀れなうすのろに憐れみを投げているのだ。歯が痛い、肺が痛い。誰やらわからないその見ている奴に、彼は許しを乞いたかった。けれど肺が痛んで、うまく口も利けない。息ができなかった。吸う？　吐く？　途方に暮れるしかなかった。

この莫迦、彼は白分に言った。まったくお前はどうしようもない阿呆だな。

「奴は戻ってこねえよ」言いながらオスカーが辟易したように戻ってきた。「信じろよ、俺は一所懸命やったんだ。でも奴あトチ狂ってやがって」

夕暮れになっていた。七人の兵士は車座になって坐っていた。

オスカーはサングラスをかけたまま喋った。「どうしようもねえよな。ちゃんと言って聞かせてやったのに諦めねえんだから。もう駄目だね。ほんとにさ……ほんとに言ったんだぜ、お前のやってるのは莫迦なことだって。このまんま行きゃあ破滅しかない。手の施しようもなくなる。軍法会議にでもなったらあの世行きで、そしたらお前の親父だってさぞかし悲しむだろうよって、ちゃんと言ってやったんだ。ただし、いますぐ終わりにすれば最悪のことにはならないってこともな。いましかないって。そしたら奴がどうしたと思う？　笑ってんだぜ。こんなふうにさ……笑ってやがるだけ。どうしようもねえよ、もう」

中尉はうつ伏せになってドクの体温計を咥えていた。もうこれは彼の戦争ではないのだ。腕や肩の皮膚がふやけた筋肉の上でたるんでいる。

「ちゃんと言ってやったんだぜ、一から一〇まで」

「俺たちの食糧が切れたこともか？」

「当り前だ。このまま行けば奴だって餓死することになるってな、そしたら野郎――」

「明るく笑ってた、か」

「ああ。莫っ迦みたいににこにこ笑ってやがる」

「パリまでなんか歩いてけないってのも言ってやったんだろ？」

オスカーはにたりとした。黒い膚が闇に溶けてしまいそうだった。「いやあ、忘れちまったみてえだなあ。しかし、ま、そう莫迦扱いするわけにもいかんだろ」

「言ってやりゃよかったのに」

「奴だってそんなに莫迦じゃねえさ」

「言うべきだったよ、お前」

「莫迦、そこまで莫迦じゃねえよ」

コーソン中尉は首の後ろを揉んで凝りをほぐしていた。「ほかは？」彼が訊いた。「ほかにはなんか言ってなかったか？」

「いえ、なにも。万事ＯＫだそうです。あと、発煙弾のことはすまなかったって」

「あんちくしょうめが」

「ともかくほんとに悪かったって言ってました」

スティンクが苦笑してライフルの黒い台尻をさすっている。

「ほかは？」

「なにも」オスカーが言った。「奴がどんな男か知ってるでしょ？ やたらにこにこお人好しなんだから。みんなどうしてるって訊くから元気だって言っときました。あのスモークでびびらされたのを除けばね。で、えらく恐縮してたんで、べつに実害はないって言ってやったんです。つまりその、そうとしか言いようがないでしょ？」

中尉はうなずき、首を揉みつづけた。しばらく黙っていた。考えをまとめようとしているらしかった。「ようし」ようやく溜息をついた。「なに持ってた？」

「は？」

「武器だよ」と中尉。「火器、兵器」

オスカーは少し考え込んだ。「ライフルです、自分の。それと……弾薬が少しかな。ほんと言うとあんまりよく見なかったんです」

「地雷は？」

「手榴弾は？」

オスカーは首を振った。

「わかりません。たぶん一、二個ってとこでしょう」

「お粗末な斥候だな、オスカー。まったくな」

「すみません。とにかく全然隙がないもんで」

「俺は病人なんだ」

「はあ」

「コーヒーみたいなもんが軀のなかを流れてるんだ。わかるか？　コーヒーみたいなもんなんだぞ。なんか薬はないか、ドク？」

ドク・ペレットは首を振った。「いえ、休息だけですね」

「ほらそうだろう。俺がほんとに必要なのは休息なんだ」

「なんで奴を放っとかないんです？」

「病人なんだ、病人」

「放っときなさいって」

「休息が」中尉は言った、「俺には必要なんだ」

ポール・バーリンは眠れなかった。代わりに、カチアートがいるはずの小さな丘を闇のなかで見凝めた。うまい終わり方はあるんだろうか。

可能性はいまやきわめて限られ、あれこれ考えてみたところでハッピーエンドなどありそうになかった。

もちろん、不可能ってわけじゃない。まだかろうじてやれないわけじゃない。腕と勇気と幸運に恵まれれば、カチアートがうまい具合に逃げおおせて国境の山を抜けてゆくことだってできるかもしれない。彼はその様子を思い浮かべてみようとした。さまざまな初めての土地。犬の遠吠えの聞こえる夜の村々、西へと進むにつれて人間たちの眼と膚の色が進化の、あるいは逆進化の過程をたどって少しずつ変化し、この大陸全体が花咲くように拡がっていって、新しい言葉や新しい時の移ろいのなかですべての途がパリへと通じてゆく。そう、やれそうじゃないか。

さらに先を想像してみた。きっと途中ではいろんな危険もあるだろう。なにかにつけ襲いかかってくる裏切りや欺き、病気、渇き、身を潜めて待ち伏せているジャングルの野獣ども――。でも、そう、いいことだってきっとある。肌を刺す孤独、大らかな新しい静寂、新しい気持の支えと知恵、希望。雨もやむだろう。道も乾き、太陽が姿を見せ、木々の色と気候が変わって素晴しい静けさがあたりを覆い、やがて歌声と麦わら帽子をかぶってまどろむ可愛い娘たち、そして、そしてその涯に――パリだ。

見込みは殆(ほと)んどない。が、あり得ない話じゃない。

自分だって案外やれるかもしれないじゃないか。勇気があれば、と彼は思う、一緒に行けたかもしれないのだ。そう考えると悔いが残った。悲しかった。自分が行ったってよかったんだ。


闇のなかで雨が降っていた。

「脱走兵(AWOL)バッグなんだ」オスカーがポンチョの下から囁(ささや)いた。

「妙なものなんだよな。奴は一体どこからあんなもの仕入れてきたんだろう」

「夢でも見たんじゃないのか」エディの声がした。とりわけ低い声だった。

「違う、見たんだ」

「と思ってるだけだよ」

「ほんとに見たんだ。黒いビニールで白いステッチがある。ほんとだぜ、見たんだよ」

静かな雨音だった。夜になると雨音が変わり、男たちは寝返りを打つ。

エディの声がした。信じてない声だった。「いるかよ、んなもん。いくらあの野郎だって、脱走するのに誰がバッグなんか使うもんか。あり得ないね」

「奴にそう言ってやりゃいいじゃねえか」

「絶対あり得ないね」

その後まるで覆いがとれたように雨が止み、空が開けた。ポール・バーリンは起き上がって星を眺めた。

いつもの通りの夜空だった。さほど寒くはない。仰向けに寝そべって星を数え、知っている限りの星の名を挙げてみた。星座の名前、月の谷の名前。昔、父親に教わった名前だ。道しるべになるんだよ、父はデモイン河のほとりでそう言ったものだった。いやあれはウィスコンシンだったろうか。ともかく――道しるべ、と、そう父は言ったのだ。お前が世界中のどこにいても、星の緯度と経度から自分の居場所がわかるんだよ。それが……それがいまやどうだ。ひどかった。ひど過ぎて哀れだった。くだらなかった。莫迦げてクレイジーで、くだらなかった。さっさと行けばよかったんだ。道を離れ、川を渡って臭いを消し、糞の跡も埋めるようにして、木の枝から枝へと飛び移っていけばよかったんだ。昼間は眠り、夜の間に行動すればよかったんだ。そうすることだってできたはずだったのだから。

暁方早く、彼はカチアートが朝食に火を焚しているのを見つけた。炎のゆらめきで草深い丘がそこだけ動いているように見えた。惨めな気分がやっと和らいだ。

他の連中もてんでに起き出してきた。冷たい糧食を食べ、荷物をまとめ、少しずつ明らんでくる空を眺めた。スティンクはライフルの安全装置で手遊びをしていた。パチン、パチン、というその音が、朝のクリケットみたいだった。

「行くぞ」中尉（ちゅうい）が言った。

エディとオスカーとハロルド・マーフィが南へ匍匐（ほふく）していった。ドクと中尉は五分間待って、退路を断つために西へ迂回（うかい）していった。スティンク・ハリスとポール・バーリンは元の場所に留（とど）まった。

待機し、ぼんやりとあり得べきハッピーエンディングを想像してみながら、彼はいつしかふりの世界に入っていた。まったくの希望的観測には違いない、が、遠からずこの戦争がクライマックスを超えてすべてが穏やかなごく当り前の場所へと戻ってゆくのだというふり。いま俺（おれ）は恐怖に立ちすくんでいる。が、ここを過ぎればすべての悪（あ）しきこと、苦痛に充（み）ちたグロテスクで醜悪なことのすべてが良いほうに変わってゆくのだというふり。そして自分は既にその一線を超えつつあるのだというふりに、彼は耽（ふけ）っていた。

夢想ではなかった、空想でもなかった。ただふりをしていただけだった。もしそうなったとしたらどうなるか、それを思い描いていただけだった。

空が半分まで明るくなったところでドクと中尉が赤い照明弾を発射した。照明弾はカチアートの丘の上高くまで軌跡を曳（ひ）いて飛んでゆき、そこでちりちりと止まったかと思うと、祭りの始まりの花火のように炸裂（さくれつ）した。一〇月某日カチアート記念日、一九六八年　豚の年（イヤー・オヴ・ザ・ピッグ）だ。

つづいて南側の斜面から、オスカーとエディとハロルド・マーフィが存在を知らしむべく各々赤い照明弾を放った。

スティンクが茂みのなかに小走りに駆け込み、やがてトラウザーズのジッパーを上げながら戻ってきた。昂奮し、ひどく上機嫌になっている。器用に小銃のボルトを開けてガシャリと叩き込んだ。

「射れよ」ポール・バーリンに言った、「行くぜ」

ポール・バーリンはわざとゆっくり背嚢を開いた。

それでも照明弾はすぐに見つかった。蓋を外し、薬室の金属のベースに信管を当てて押し込んだ。

照明弾が勢いよく飛んでいった。高く素早くロケットのように舞い上がり、後に煤けた白い航跡を残しながら長い抛物線を描いてゆく。

頂点まで達したところでようやく微かな音が聞こえ、カチアートの丘の上に緑色の閃光が炸裂した。美しい、息を呑むような緑の傘だった。

「行け」ポール・バーリンは囁いた。「行け」少し大きな声で言ってみる。そして叫んだ、「行っちまえ」

2 哨戒地点

カチアートの真ん丸い顔が月になった。谷間や峰やなめらかな平原がみるみるうちに浮かび上がり、月がすっかり姿を晒け出す。

ポール・バーリンは起き上がった。いい考えだ。伸びをして立ち上がり、土嚢の壁に凭れると、銃に手をかけて湾曲したバタンガンの海に沿う細長い浜辺に眼を凝らした。あたりは闇に沈んでいる。背後では南シナ海の波が監視塔の太い杭柱に向かって騒いでいる。前方はクァン・ガイの陸地だ。

うん、こいつは、と彼は思う。悪くない考えだ。カチアートはみんなを西方の平和な国に導いている。ライラックと燃える大麻の匂いの立ち籠める深々とした国。あいつはこうして豊かに肥えた大地を通り抜けながら、みんなを少しずつ確実に、パリまで誘い出しちまおうとしているんだ。

素敵な考えだった。

ポール・バーリンにとって生きる目標などというのは、長生きするにふさわしい目標をつくるために長生きする、といった程度のものだった。こうして海沿いの高い塔に立ち、優しく闇に包まれていると、自分の想像力のとんでもないパワーが不思議なものに思えてくる。そんなふうに感じるのも、これが初めてではなかった。本当に怖ろしいくらいの思いつきだった。夢なんかじゃない、ちゃんとした思考なのだ。発展させ、深め、構築して維持すべき思考。絵描きが自分の内面を画布に描き出してゆくのと、それは同じだ。

けっして夢なんかじゃない。怪しげでもクレイジーでもない、まさに思考そのもの。可能性そのもの。足を石のように固くし、腿（もも）やすねをこわばらせながら、六〇〇〇、七〇〇〇、八〇〇〇マイルと開かれた大陸を歩いてパリへ行くのだ。ほんとにこいつは素敵な考えじゃあないか。

彼は時計を確かめた。真夜中にはまだ間があった。

しばらく塔の北側の壁の前に静かに立って向こうの浜のあたりを監視した。海へと鋭く切れ込んで、さながら嵐（あらし）に立ち向かう天然の障壁だった。静かな夜だ。眼下の砂浜には監視塔を囲んで鉄条網が幾重にも張り巡らされ、ここを周囲の戦争から隔離している。仕掛け信号弾（トリップフレア）は撤去した。すべては定位置にある。傍（かたわ）らにはたっぷりと弾を呑（の）み込んだハロルド・マーフィの機関銃がいつでも撃てるように準備され、壁際（かべぎわ）にはずらりと一ダース分の信号弾、無線機は可動状態で待機し、浜には地雷が仕掛けられ、塔はあくまで高く強く聳（そび）え立っていた。背後は海が固めている。月が明るかった。これですべてOK、彼はひとりごちた。安全だ。煙草（たばこ）に火を点（つ）け、西の壁際に移った。

ドクとエディとオスカー、他のみんなもぐっすり眠り込んでいる。穏やかな夜だ。考えるのにはちょうどいい。ほんとに可能なのかどうか、じっくり考えてみる時間だ。

カチアートのいたあの草深い丘、あの上で信号弾が暁の空を染めたときにすべては終わってしまったんだろうか。悲劇のうちに幕は降りたってわけなんだろうか。引き攣るような、激しく揺さぶられるようなあの感覚――あの騒音と混乱のなかで事は終わりを告げてしまったんだろうか。それともさらに西のほうでなのか。あるいはとっくに事は終わってるんだとしたら？　としたら、実際のところカチアートはどうなったんだろう。より正しく言うなら――とドク・ペレットなら語気を強めるところなのだが――、より正しく言うなら、どこまでが事実でどこからが事実の延長なんだろう。事実と可能性の境いめはどこなんだ。本当はなにが起こり、なにが単なる可能性に留まったのか。とどのつまり、一体なにがどんなふうに終わったということなのか――？

こういうときの秘訣は、無論、慎重に考慮してみることだ。それがドクのいつものアドヴァイスだった。動機を探し、事実の終わりと空想の始まりの地点を探索せよ――。まず重要な疑問から行こう。何故カチアートは戦場を離脱したのか。勇敢なのか莫迦なのか、それともその両方か。勇気と無知がくっつくのはあり得ることか。起きたことと起きたかもしれないことの、そのどの程度までがカチアートの行為で、どのくらいまでが胆汁の仕業なんだろう。

胆汁？　そう、それがドクのセオリーだった。

「お前さんは不安からくる胆汁の分泌量が多いんだよ」ドクは或る日の午後、塔の下でそう言ったのだ。「誰にだって胆汁ってのはある――スティンク、オスカー、みんなだ。ところがお前の場合、腹ん中全部がそうなんだ。首まで漬かってるみたいなもんだな。したがって、だ、俺の理論で行けば、この胆汁がお前の現実感覚を歪ませてるってわけだ。わかるか？　つまりそいつがお前の基本認識ってやつを圧迫して、ときどきなにがなんだかわかんなくさせてると。そういうことさ」

　ドクの説明によれば、胆汁というのは精神的な抑圧があると出てくる一種の内分泌腺液であるらしかった。ごく当り前の物質だ。まあアドレナリンみたいなもんだな、とドクは言った。ただアドレナリンのように瞬発力を生むのではなく、逆に鎮静作用をもたらし、脳を鎮めて麻痺させ、恐怖に対抗させるのだ。そう言ってドクはあれこれと具体的な症状を挙げた――極限状況に対する感覚の鈍化。視野の霞み。事実と単なる可能性を識別する精神作用の麻痺。浮遊感。隔離感。下腹部の漏水感。漂流感。そして、頭が軽くなったような感覚。

「普通は」とドクは言う、「こういうのは健康の証拠だ。ところがお前の場合この胆汁が……なんというかな、こう、豊潤過ぎるってやつさ。で、漏れてきて脳に影響するんだな。カチアートの一件だって胆汁のせいさ。軀じゅうに溢れ出しちまうもんだから、頭にまで上って現実感をぐちゃぐちゃにして、なんでもかんでも間が抜けたみたいな、わけのわからんものにしてしまうってわけだ」

　それに対するドクのアドヴァイスは、精神集中すること、だった。どれかひとつでも症状を感じたらともかく集中しろ。眼の前の霞みが本当は胆汁のせいに過ぎないんだってことがわかるまで、とドクは言う。つまり内分泌腺液のちょっとした悪戯だってわかるようになるまで、ともかく集中してみろ。

いま、海沿いの高い塔の上から夜を眺めながら、ポール・バーリンは集中していた。

夜は微動だにしない。眼下の浜辺の上では鉄条網が月に光り、背後では海が優しい音を奏でている。男たちは穏やかに寝入っている。ときおり誰かがもぞもぞ動いて闇のなかで寝返りを打ったが、誰も眼を覚まさなかった。オスカーは網状のハンモックで寝ている。エディとドクとハロルド・マーフィは塔の床の上だ。スティンク・ハリスと中尉は隣り合って背中をくっつけている。みんなひたすら眠っている。

ポール・バーリンは監視をつづけた。長いことぼんやりと闇と陸地を見凝めながら、気持をしっかりと肉体に集中させようと努めていた。

本当のことを言えば、彼は怖かったのだ。なるほどドクは正しかった。いまこうやって夜が静かに息を潜めているときでさえ、恐怖は、耳を傾けただけで聞こえてくる背後の物音のように彼を囲んでいる。確かに真実だ。けれども、そう、けれどもドクが間違っているのはこれを夢想だと言ったことだ。胆汁のせいだかなんだか知らないが、これは夢想なんかじゃない——どころか、厳密に言えばふりをしてるんでもない。これはちゃんとした思考だ。さまざまな可能性を検証する頭脳の活動なんだ。夢想でもなきゃふりでもない。気が触れてるわけじゃあ、無論ない。足にまめをこしらえ、川を渡り、沼を回り、行き止まりなんか突破して西への道を拓(ひら)くのだ。そう、こいつは夢なんかじゃない。言うならば問題提起のひとつだ。カチアートになにが起きたのか？ 奴(やつ)は何処(どこ)に行き、その理由はなんなのか？ 動機はなんで、というかそもそも動機なんかあったのか、動機はなきゃいけないのか？ どんなトリックを使って前進をつづけているのか？ どうやって追跡をかわしているのか？ どんなふうにしてジャングルに潜り込み、そうして——そうして俺たちはなんで追跡をつづけてきたのか？ 一体なにが本当に起こったことだったのだろう、そしてなにが起こり得ることだったのだろうか？

3　パリへの道

そう、そして全員がジャングルのなかにいた。深い、したたるようなジャングル。日陰蔓（ひかげかずら）が枝をびっしりと包み、頭上に瑞々（みずみず）しい緑を繁（しげ）らせる木々には、まだ固くて青いバナナがぶら下がっている。大伽藍（だいがらん）のような森全体が黄緑、青緑、灰緑、銀緑に輝いて、水溜（みずたま）りには藻（も）が繁っている。ジャングルだ。生長と枯朽をつづけるすべての植物が吐き出す緑の息吹（いぶ）き、葉緑素の匂（にお）い、密林の音、密林の深み。確かにこれはまぎれもないジャングルだった。柔らかく、幽（かす）かにざわめくジャングル。すべてが緑のなかに緑を深々と塗り込めたような稠密（ちゅうみつ）さで、大地はまるでスポンジだ。心騒ぐ密林、失われた密林。植物学者の癲狂（てんきょう）屋敷だな、ドクは言った。

一列縦隊になって、彼らはシダと藪（やぶ）と蔓草（つるくさ）に覆（おお）われた細い径（みち）をたどっていった。空気が重く湿っていた。いろんな臭（にお）いが鼻孔を充（み）たし、最後に腐臭が残る。のろのろと進んだ。きつい行軍だった。スティンク・ハリスが先頭、エディがその次、それからオスカー、中尉（ちゅうい）、でかい機銃を提げたハロルド・マーフィ、ドク、そうして最後が四級特技兵（スペック・フォー）ポール・バーリン。

彼だけが一歩ごとに想像力と戯れている。

このまる二日間というもの、彼らはひたすらジャングルを歩きつづけてきた。カチアートが逃走したのだ——あのちっぽけな草深い丘の上に罠を張り、暁の空を炎で染めてみたものの、罠は空っぽだった。残されていたのは空になった携帯糧食の缶が数個とハーシーのチョコレートバーの包み紙数枚、そして彼の認識票。それだけだ。彼らは再び隊を組み、進むことになった。こうして最後の山を越え、少しずつ標高を下げ始めた一本径をたどってゆくと、やがて径幅が細くなり、西のほうへ切れ込んで、そのままジャングルに分け入ったのだった。

そうしてこれがまだつづいている。休むことなく歩みを進め、立ち止まるのは水を呑むときと行く手の蔓藪を払うときと中尉が休もうと言い出したときだけだった。

午後一番の暑さがどうにも堪え難い時分になると、彼らは径に沿った小さなせせらぎのほとりで休んだ。水を呑み、水筒を一杯にしてからブーツを脱いで流れに足を浸す。みんな黙っていた。ポール・バーリンは眼をつむり、冷たいコークがあったら素敵だろうなと考えていた。でなきゃ冷凍庫から出したばっかりの製氷皿、それともオレンジ、それとも……。止めろ、彼は自分に言い聞かせた。立ち上がって足のまめを調べ、ソックスをすすいで絞った。

「あと一キロです」ドクの声が聞こえた。地図を見せながら優しい声で中尉に話しかけている。「この標高線が下がっているところ……この小さな線のあたりですね、これがラオスです。あと一キロですよ」

中尉がうなずいた。仰向けに寝そべって、森の切れ目から銀色の空が覗いているあたりを見上げている。呆然としているみたいだった。

「で、中尉、国境にぶつかったらどうします？」

溜息をひとつ、ご老体は眼を閉じた。そのままじっと横になっていた。

「わからん」ようやく声が洩れた。「知らんよ。あすこの橋は味方がもう渡っちまったのかな」

「戻りましょうや」ハロルド・マーフィが言った。機銃に凭れ、左手でぼんやりと銃身を叩いている。大男にしてはひどく甲高い声だ。「国境ですよ、もう戻んなきゃ、ねえ？」

コーソン中尉は答えなかった。顔が紅潮した。頬骨が、まるで一度ひしゃげたままちゃんと手当てもしなかったみたいに、妙に高くでこぼこに膨らんでいる。

「でしょう、中尉？」マーフィが言った。「つまり――ほらぁ、つまり俺たちが越境するわけにゃいかんでしょう。でないと――」そこで言い淀んだ。

「脱走だ」中尉が言った。「そういうことだ。あれは脱走なんだ」

「こっちですよ、そりゃ」ハロルド・マーフィが言う。「そいつは願い下げだ。これで戻んなきゃどうしようもなくなっちまう。奴のことなんか放っときゃいいんですよ」

スティンクが笑った。

「そいつだけはほんとにご免だ」

もう一〇分間、全員で休んだ。それから黙ったまま中尉が立ち上がり、背嚢とヘルメットを拾い上げると前進の合図をした。

ジャングルはますます深くなっていった。午後いっぱい、分隊は菩提樹(バニャン)や栴檀(ニーム)や名前もわからない木々が蔓草や深い藪に絡(から)まれて茂る柔らかな大地を抜けていった。行軍はのろくさとして苦しく、しょっちゅう行き止まるたびにスティンクかエディがなたを振るわねばならなかった。切っては進み、ときには這(は)ってでも進んだ。一度、午後遅くなって径が完全に途絶えたことがあった。本当に、唐突になくなっていた。仕方なく全員で交替になたを振るい、びっしりと生い茂るジャングルを小一時間も必死で切り拓(ひら)いていった。辛(つら)い、うんざりするような作業だった。なたの柄(え)が滑りやすくなった。絡まり合った茂みが邪魔して効率は悪く、勢いをつけるためになたを後ろに引く余裕もなかった。空気は重く、ポール・バーリンが経験したこともないようなひどい暑苦しさになっていった。彼は呼吸を測った。吸って、止めて、ふたつ数えて、吐くと同時になたを振る。一拍。また吸って、止めて、振る。二〇回もやるともうへとへとだった。

オスカー・ジョンソンの隣りにばったり倒れ込みながら、まるで水を張った樽(たる)にでも潜ったみたいに軀(からだ)じゅうから汗が吹き出すのを感じていた。

「麻薬(あれ)持ってんなら、一服しろや」オスカー・ジョンソンがふんわりと言った。「くたくただろ?」

ポール・バーリンはこくりとした。微笑(ほほえ)んでみせたかった。まだ十分やれることを示してみせたかった。エディがなたをとってジャングルに分け入ってゆくのを黙って眺(なが)めた。

「思うんだけどよ」オスカーがぶつぶつ言った。「カチアートはこんなとこ通っちゃいねえだよな」

そんなだけさね」言って中尉をちらりと見た。「あと、あのじいさまはもう危ねえ。病気なん

オスカーは肩をすくめた。「ともかくよ、俺の見るところじゃ奴ぁここにゃいなかったな。

「逃がしたってこと？」

よ。こんなの考えらんねえや」

ハロルド・マーフィが舌を鳴らしてひどい音を立てた。「なあ、戻ろうぜ。いますぐにさ。いまならまだ間に合うんだぜ」

オスカーはサングラスをぐいと押し上げた。「やるだけだ」と一言。「うだうだ考えてる間にやることやれよな」

言って立ち上がり、エディと交替しにいった。

さらに径を探して三〇分が過ぎた。少しだけ休んで荷物をまとめ、再び移動を開始した。地面はじっとりと湿り、踏みしだかれたシダやキノコで脚許がふわふわした。原始時代のような匂い、夏の嵐が来る前のじっとりした静けさ。暑さが幾重にも折り重なっている。膚に吸いつくような、あらゆる生物から水分を絞り上げてしまうような、ひどい暑さだった。全員がもう、ただひたすら義務感にのみ従ってのろのろと歩いていった。

夕暮れ近くなって径が少しずつ広くなり始めた。木々がいくぶんかまばらになり、小さな峡谷へと下る径をたどってゆくと、眼前に広い濁流が開けた。

足が止まった。

「ラオスだ」ドクが言った。背嚢をぐいと引き上げ、河の遙か向こう岸を指さした。「あの向こう、あれがラオスだ」

全員が黙って彼方を見凝めた。まるっきり同じようなジャングルだった。木々が河岸の淵まで迫り、根っこが土手を這って緩い流れにまで達している。すべてがひっそりとしていた。何も流れのない池のように見える。夕暮れのせいで黒ずんだ茶色をしていた。

「橋がないな」やっと中尉が言った。みんなから離れてぽつんと立ち、なにかを決めかねているみたいに瞬きしていた。そして溜息をひとつ。「いいことがひとつだけある。渡ったあとで橋が焼け落ちる心配だけはないってことさ」

全員で河を渡った。

中尉が先頭だった。ゆっくりと水に入り、ちょっと躊躇ってから進み始めた。他の者たちが後に従った。簡単だった。ライフルを頭上にかざし、一列になって進む。流れは生温かった。向こう岸に着くと隊を組み直した。

「気に入らねえな」ハロルド・マーフィが呟いた。が、結局事はなされてしまったのだった。

六日間、またひたすらジャングルを抜けていった。無人と化した村を通り過ぎたことが一回。ゆらゆらする手造りの橋を渡ったのが一回。昼過ぎのひどい暑さのなかで大昔の部族のものらしい墓地を抜けたことが一回。だが、どこまでもつづく熱帯雨林だけは同じだった。

そうして何処にも、カチアートの痕跡はなかった。

単調な毎日だった。明け方に起き、暑さがかまどの火を上げたみたいになる真昼まで歩きつづける。そこでいったん休憩、雑談か昼寝で暑さをやり過ごす。その後少しは足許に影ができるようになると、再び夕方まで歩く。疲労がずっしりとこたえた。とりわけ中尉がひどかった。ひとつは齢のため、ひとつは赤痢のため。けれど他にも原因はある。

或る日の午後、浅瀬を渡っていたご老体がバランスを崩してよろめき、尻餅を突いてしまった。そのままへたり込んで、冷たい水の流れをぼんやりと見凝めている。身じろぎさえしなかった。両腕が丸太かなにかのようにぷかりと流れにそよいでいる。背嚢がずれ、ライフルが沈み、軀が浮かんでいた。

ドクとエディが中尉を引きずり上げた。

土手に凭れさせて濡れたところを拭き、M―16と背嚢をとってきた。中尉は眼を見開いたまま唇を動かしたが、言葉にはならなかった。

「病気だ」ドクがそっと言った。「もともとそうなんだ」

その日はその場で夜を明かした。中尉が寝入るとオスカーが焚火のまわりでミーティングをやろうと提案した。

「民主主義の時間だ」オスカーが穏やかに言った。サングラスを外し、全員の顔を見回すと、またサングラスをかけた。「意思決定の時間だ。この莫迦らしいことをまだつづけるか、それともここで止めるか。それが問題だ」

スティンクが眉（まゆ）を上げ、にたりとした。「いよっ、名演説！」

「演説なんかじゃねえ。投票しようってこった。ふざけんじゃない」オスカーの顔は硬張（こわば）っていた。焚火の炎がサングラスを嘗（な）めている。「ドクによれば中尉は日射病らしいってことだ……つまり大したことじゃないってわけだ。熱はないし、赤痢も良くはなっている。だが、やっぱりどっかおかしい。だから俺たちとしてはだ――」

「戻ろう」ハロルド・マーフィが言った。「それが俺の一票だ。いますぐ戻ろう」

「今晩か？」エディが言った。

「いますぐだ」

オスカーは取り合わず、手を挙げて場を制した。「ところが反対に、だ」穏やかに後をつづける。「俺たちにはちゃんと考えなきゃならん責任もある。カチアートを捕まえること……。その件を考えようじゃないか。この任務は――」

ハロルド・マーフィが舌を鳴らした。

「なんか言いたいのか、マーフ？」

「ねえよ。任務がなんだってんだ。俺は戻るほうに入れるんだ。くだらねえ。あの莫迦のケツ追っかけ回してどうするってんだよ、ったく。要するにこれはあれだろう、あれ」

「あれ？」

「脱走罪よ」マーフィが言った。「そういうこったろう。こうやってどんどん先ぃ行くこと自体が要するに脱走なんだ。だから、これ以上ひでえことになる前に戻ろうって言ってんじゃねえか」

　スティンク・ハリスが手を叩いた。「マーフィ様さまだぜ！　マーフィに一票を、神の御(み)手(て)により幸せの日々は再び来たらん。さあ――」

「黙れ」

「アイリッシュに一票を。ホワイトハウスに法王様を送り込むんだ」

「うるさい、黙れ」オスカーが言う。「こんな莫迦騒ぎはまっぴらだ」

　ハロルド・マーフィは自分の掌(てのひら)に見入っていた。「なあ」と言って、ポール・バーリンに眼を上げた。「俺は要するにこんなこたぁくだらないって言いたいんだ。逃亡ってのは、いまここで起きてることなんだぜ。任務なんて騒ぐほうが御免だ。お前だって……お前だってこんなこたぁやっちゃいけねえんだぜ。わかるかよ？　やっちゃいけねえってことが」

　他は全員が黙っていた。

「絶対にだ。間違ってるんだよ」マーフィはそこで肩をすくめた。「それが俺の投票だ」

「他に意見は？」

　みんな黙っていた。

「オーケイ、じゃあ」オスカーが言った。「採決の時間だ」

　結果はすぐに出た。ハロルド・マーフィとエディが引き返すほう。オスカーとスティンクとドクがつづけるほう。

「バーリンは？」

「うん」

「なにがうんだよ？」

ポール・バーリンはマーフィを見、また火に眼を戻した。可能性は無限だ。

「行こうよ」彼は言った。「なにが起こるか見届けるんだ」

「それがお前の投票か？」

「うん」ポール・バーリンは言った。「進むほうに賛成」

翌朝、ハロルド・マーフィと彼のでかい機銃が姿を消していた。彼らはマーフィ抜きで再び西へ向かった。

4　そもそもの事の始まり

一九六八年六月三日、チュ・ライのコンバット・センターに着任する前から、ポール・バーリン一等兵はカム・ラン湾にあるＭＡＣＶ（訳注　在ヴェトナム軍事援助司令部）のコンピュータ・サーヴィスによって、ヴェトナム駐留の最大の部隊であるアメリカル師団の作戦部門であるＩ兵団に配属されることになっていた。Ｉ兵団は戦域内の最大かつ最多岐の戦区を担当構成している。が、本人にはさっぱりわかってはいなかった。Ｉ兵団とかアメリカルとかチュ・ライとか、聞いたこともなかったし、コンバット・センターがなんなのかも知らなかった。

それは海辺にあった。

これは舞台なんだ、そう思うことにした。実地を積むための場所ってわけだ。トタン屋根の小屋が砂地にきちんと並び、間は金属の廊下で繋（つな）がれている。三方がワイヤで囲われ、背後は海に守られている。

ヴェトナム人の床屋が彼の頭を刈った。

退屈そうな曹長（そうちょう）が再入隊演説をぶった。

二等軍曹が食事のときの巨大な野営テントを見せ、べつの二等軍曹が八〇床の寝床と八〇個のロッカーのある兵舎を見せた。寝床にもロッカーにも番号が付いていた。

「ここを離れるな」軍曹が言った。「しょんべん管を使うとき以外はな」

ポール・バーリンはうなずいた。しょんべん管ってなんですかなんて、とても怖ろしくて訊けなかった。


朝、五〇名の新人が海に面した吹き晒しの木の観覧台に集まった。黒い下士官用のヘルメットを被った貧相な伍長が、人混みのなかではぐれた友だちを探すみたいな眼つきで新兵たちを眺め渡しながら、全員が着席するのを待った。それから砂の上に腰を下ろした。振り返り、海を見凝めている。黙ったままだ。沈黙がゆっくりと流れた。一〇分、二〇分。それでも哀しそうな顔つきの伍長は背中を向けたまま黙っている。青い海をぼんやりと見ている。すべてがあっさりと清々しい。海は晴れ、砂はきれいで、空気は暖かに澄んで心地よい。いい風だった。

たっぷり一時間、全員が観覧台に坐っていた。

しまいにようやく伍長が溜息をつき、立ち上がった。時計を確かめる。それからニューフエイスたちの列をまた眺め渡す。

「ようし」穏やかな声で言った。「いまのがこの掃き溜めでやってくための最初の訓練だ。

よく憶(おぼ)えとくように」

それから数日間、全員でコンバット・センターのすぐ外にある友好的な現地の小さな村を使った索敵殲滅任務(サーチ・アンド・デストロイ・ミッション)の模擬演習を行なった。村人たちも参加した。いつもにこにこと大らかで、進んで捕まったり身体検査をされたり、訊問(じんもん)にも応じた。ポール・バーリン一等兵は死にたくなかったので、ずいぶん真面目(まじめ)に演習をやった。

「お前、VC(ヴェトコン)か？」お下げ髪の少女にそう迫ってみた。「お前、汚らしいVCか？」少女はにっこりした。「クソタレネ、アナタ」丁寧な口調だった。「私ノコト、クソタレニシテマスカ？」

全員で緑色のファイバーグラス製の模擬手榴弾(しゅりゅうだん)による投擲(とうてき)訓練も行なった。コンパスの読み方やサヴァイヴァル技術、野営の標準作業手順(SOP)、通常兵装の操作と手入れも教わった。例の海辺の吹き晒しの観覧台に坐って、わかっている限りの敵の地雷の仕掛け方やブービー・トラップの見分け方の講習も受けた。それからひとりずつ交替しながら、演習用の地雷原の突破訓練をやった。

「ドッカーン！」誰かがしくじるたびに下士官(NCO)が大声で怒鳴った。

変な訓練だった。なにか具体的な障害物があるわけでもなし、探知して除去すべき仕掛けワイヤや飛び出し罠や落とし穴が仕掛けられているわけでもない、障害物なき障害コース。毎朝いちいち訓練設備を仕掛けるのが面倒だというので、適当にころを見て監督の下士官がドッカーンと怒鳴るだけなのだ。

或るときポール・バーリンは、お前は戦死だと言われたのが癪に障って、いまのはアンフエアですと抗弁した。

「ドッカーン」下士官はそう繰り返しただけだった。

ポール・バーリンは諦めなかった。「見てください」と言った。「なんにもないじゃないですか。ただの砂でしょ。まったくなんにもありゃしないのに」

その下士官は巨漢の黒人だった。じっとビーチを睨みつけた。それからポール・バーリンをねめつけた。微笑が浮かんだ。「当り前だろう。阿呆じゃねえのか。だって、たったいまお前が爆発させちまったんだぞ」

ポール・バーリンは阿呆ではなかった。だからそんなことを言われては驚き、たわごとを浴びせられるたびに虐待されたような気分になった。低能、うじむし、面汚し。どれも当ってはいなかった。彼はひたむきで正直で気持の優しい男だった。莫迦ではない。ちびでも非力でも醜男でもない。確かに戦争のことを考えると情けないくらい気持が怯んだが、それだってどうにか自分の力で飼い馴らせるようになりたいと思っていた。

三日目の夜遅く、父に手紙を書いた。チュ・ライというでっかい基地に到着しました。元気です。いまコンバット・センターと称するところでここぞとばかりに訓練に励んでいます。もし時間があれば、と彼は書いた。銃後の様子を手紙でお知らせくださるととても嬉しいです。家庭の前線、いい響きだ、ちっとも怖ろしげな感じがしないじゃないか、彼はそう思った。それからもうひとつ、とさらに父につづける、世界地図でチュ・ライを探してみてくれませんか。「いますぐにね」彼は書き添えた、「実は自分がいま何処にいるのか、どうもよくわからないんです」

六日経った。毎日、陽が沈むとポケット・カレンダーに印をつけることにしていた。まだまだだな、彼は思った。でも確実に残りは少なくなってるぞ。

また散髪した。コークを飲み、海を眺め、夜になると映画を観て、いろんな匂いを嗅いだ。浜の砂はサワーミルクの匂いがした。水辺の澄んだ空気は白黴みたいだった。怖かった。混乱して迷い、自分がなにを期待されているのか、自分のせいでなにが起こりそうだと思われているのか、よくわからなかった。自分の軀に敏感になった。教官が戦争について話すのを聞きながら、ふと、自分の手首や脚をじっと見凝めている自分に気づくこともあった。努めて考えないようにした。他の新兵たちからは離れていることにしていた。冗談やお喋りにも加わらなかった。友だちをつくらず、彼らの名前も憶えなかった。夜、大きな兵舎に寝息しか聞こえなくなると、眼を閉じてこれは戦争なんだというふりに耽(ふけ)った。捉(とら)えどころのない気分だった。砂浜をとぼとぼ歩き、下士官(NCO)たちが将校(AO)という存在について話すのを聞いた。「あいつらは最悪だ」一番若い下士官が言った。脱色されたような瞳(ひとみ)の、顔色の悪い若僧だった。「どうしようもない、本物の役立たずだな。たとえばアーランダーって野郎がいた。そんなに悪い奴(やつ)じゃあなかったよ。奴のミスは自分のやることが大して間違っちゃいないと思ったことだ。それがいけないんだ。なにがいけないかわかるか？ 未熟ってのは罪悪なんだ。アーランダーはまさにその未熟ってやつだったんだ。べつに俺(おれ)は脅してるわけじゃあない――そんなことをしたいわけじゃないぜ――だがな、そうしたらお前らが死ぬんだ」

七日目、七月九日、新兵たちの配属部隊が決まった。

ポール・バーリンが初めて知ったのは、アメリカル師団は第11、第196、第198の三つの歩兵連隊で構成されているということだった。各連隊はさらに歩兵大隊に分かれ、大隊は中隊、中隊は小隊、小隊は分隊にそれぞれ分かれている。

各連隊を維持しているのはチュ・ライの砂浜に沿って展開している巨大な軍官複合体だった。ひとつの司令部の下には砲兵隊三箇と病院がふたつ、飛行隊六箇、兵站(へいたん)・輸送・通信の各一箇大隊、ＰＸがひとつ、営倉ひとつ、慰問団（ＵＳＯ）ひとつ、ミニゴルフのコースひとつ、訓練された救助員のいる海水浴場がひとつ、副司令統括下の事務連絡所がひとつ、一二人の赤十字の可愛い子ちゃん（レッド・クロス・ドーナット・ドリーズ）、中央通信隊（ていしんたい）一箇、海の蜂（シービーズ）（訳注　海軍設営隊）、ＭＰ部隊が四箇、広報担当部一箇、コンピュータ技術部、民事担当部、心理戦争担当部、共同墓地管理所、軍用犬チーム、対民間設営部とそのメインテナンス要員、星条旗新聞（スターズ・アンド・ストライプス）支局、諜報（ちょうほう）・戦術作戦部隊、教会と従軍牧師と副牧師、調理係に書記に通訳に偵察員（ていさついん）に看護兵たち、検閲総監のオフィス、褒賞（ほうしょう）・式典装飾担当部、歯科医、海洋学者、人事担当将校、カメラマンと用務員たち、人口統計学者たち、がいる。

戦闘要員に対するサポート要員の割合は1対12だった。

ポール・バーリンは、自分が第198連隊の第46歩兵第5大隊に配属されるというのは、どう見ても不運で統計的にあるまじきことだ、と思った。

そもそも彼は土地勘の鋭いほうではなかった。一度、父に連れられてインディアン・ガイドのパック旅行でウィスコンシンにキャンプをしに行ったことがあった。ビッグ・ベアとリトル・ベア、か。そうやって親子で永遠の友情の契り（ちぎ）を交わそうってやつだ。懐（なつ）かしかった。オレンジ色の羽根の付いた黄色と緑のヘッドバンド。キャンプファイアのそばでやったおまじない。ビッグ・フォックスが『インディアン・ガイドのおはなしブック』に載っている話を聞かせてくれた。ビッグ・フォックスはイリノイのオシエボから来た白髪のおやじさんだった。製紙工場のオーナーだったっけ。だんだんすべてが蘇ってきた。二日目にはカヌー・レースをやって、ビッグ・ベアはぐいぐい漕げるのにリトル・ベアは苦労した。かわいそうなリトル・ベア。袋跳びレースはもうちょっと良かった。ビッグ・ベアとリトル・ベアは大きなウィスコンシンの空の下で仲良く跳びはねた。哀れなリトル・ベアがつまずいて、でも大丈夫、いつだって友だちさ。秘密のガイドのやり方で握手したら、もうイツマデモトモダチなんだ。三日目は森林行だった。パパが先頭、坊やは後ろ。リトル・ベアはビッグ・ベアが残した足跡や目印を辿って尾いていくのだ。そう、そうだった、思い出したぞ——リトル・ベアはそこで迷子になったのだ。ビッグ・ベアの足跡は曲がった小川に降りていて、だからちゃあんと『インディアン・ガイド・サヴァイヴァル・ブック』に載ってたみたいに向こう岸の土手も調べたのに、それなのに、なんにもなかったのだ。深い深い森があるだけだった——ビッグ・ベア！——叫んでみたけど森は静まり、小川まで引き返してみたら、今度は小川が消えていた。『サヴァイヴァル・ブック』にはそんなパニックのことはなんにも書いてなかった。迷子になったんだ。大きなウィスコンシンの森のなかで泣いてしまった。そうだった、はっきり思い出したぞ。リトル・エルクが懐中電灯で見つけたとき、リトル・ベアは大きなハリモミの木の下で泣きじゃくっていたのだ。それから四日目、ちょっと気持が悪くなって、ビッグ・ベアとリトル・ベアは早めにキャンプを切り上げることにした。撤退だ。家までの長いドライヴの道すがら、ハンバーガーとルート・ビアを買って野球の話、白人の話だね、なんかをして、そう、そうだった、そうしたら気分が悪いのなんてどっかに消えちゃったのだ。イツマデモ、トモダチ。

彼を乗せたトラックはハイウェイ一号線を走り、それから内陸の着陸地点区域（ランディング・ゾーン・ゲーター）に向かった。そこで第198歩兵連隊第46歩兵第5大隊に合流する。鉄条網と掩蔽壕（えんぺいごう）に囲まれた白い兵舎のなかで、大尉（たいい）が彼の名前と認識番号を革表紙の台帳に記入した。E―8徽章（きしょう）をつけた男が彼を傍ら（かたわ）に呼んだ。

「緊張してるみたいだね」E―8が囁い（ささや）た。「後方（リア）の仕事に回るってのはどうだい？　なんならそうしてあげられるんだけどね……フェンスのペンキ塗りとかさ。どう？」

ポール・バーリンはにっこりした。

「やりたいかい？　気楽なペンキ塗りだよ。泥地（どろち）を這い（は）まわるのも野蛮人（グーク）とやり合うのもなしなんだけどね？」

ポール・バーリンはにっこりした。E―8も微笑を返した。

「どうかな兵隊君（トゥルーパー）？　発車のベルが鳴った途端に降りちまえるんだよ？」

ポール・バーリンはにっこりした。奴がなにを考えているのかわかった。そうしてほんの形だけ、こっくりした。

「そうかい、ってことは」E―8が囁く。「どうやら君はまずい……とこに……来ちゃったようだねえ」

丘を下ってA中隊（アルファ・カンパニー）に向かう途中で、彼は樽（たる）をふたつ埋めた上に建っている木造の便所を見つけた。戦争に来て初めての懐かしい臭（にお）いだった。立ち止まり、雑嚢（ざつのう）を下ろして入り、ドアを閉めてジッパーを下げてからすわった。

長いこと坐っていた。アット・ホームで快適で、平和だと言ってもいいくらいだった。蝿（はえ）が網戸にぶつかる。外の丘のずっと上に高い塔が立っていて、その後ろに土嚢で囲んだ戦術作戦センターがあった。丘の下には砂利道に沿っていろんな中隊が点在している。全部で六箇——司令部、A（アルファ）、B（ブラーヴォ）、C（チャーリー）、D（デルタ）、E（エコー）。第46歩兵第5大隊もそのなかだ。丘の遥（はる）か下にはワイヤで囲んだ一画がある。塹壕（ざんごう）が掘られ、鉄格子（てつごうし）のゲートの上に手書きの看板が掛っている。「専門部（ザ・プロフェッショナルズ）」。ゲートの向こうは平らな水田だった。その向こうは山だ。ほんとに平和で、このなかは暖かく湿っている。蝿を眺め、晴れた空を眺め、ごみを集めている黒人とゆっくり坂を上ってゆくふたりの将校を眺めた。

平和だ。今度は便所の壁の落書きを眺める。「あんまり小さくて」と書いたのがあった、「俺は糞溜（くそだ）めに落っこちそう」その下にもひとつ、「ここは他所（よそ）よりまし」それから、「着陸区域（ゲーター）の風は吹くんじゃない。あれは吸うんだ」反対側には「プローン一等兵、ちびりかけてここにいたす」さらに「俺は何処にいるんだ？」その下、「知らなきゃ言っとく、俺がお前の尻をやっちまう前に出てったほうが身のためだぜ」そのほか、名前、日付、残りの日数。

「ハプスタインは変人だ……いやいや、ハプスタインはサイコーだ……俺はちっこい、タダイマ留守デス——留守番電話ガオ応エシマス……カチアート……奴はすげえだろ？」

　ポール・バーリンは鉛筆を取り出した。

丁寧にゆっくりと書きつけた、「俺はちっこい、木は見えても森は見えない」

　一九六八年七月一一日、ポール・バーリン一等兵はA中隊第一小隊に加わって初めて、隊のなかには各一二名、一〇名、八名の三箇分隊があるのを知った。

分隊は二名の一等兵と新任軍曹のオスカー・ジョンソンに率いられていた。

砲兵チームはなく、したがって戦術演習や掩護砲撃の標準作業手順もない。野戦将校もいない。先任軍曹もいない。ドク・ペレットが唯一の衛生兵で、彼が受けた訓練はかなり怪しげだった。

　小隊リーダーのシドニー・マーティン中尉は殆どポール・バーリンと同じくらい、戦争の素人だった。成績と訓練評価は明らかに並み以上だったが、実戦の力となると最初から疑わしかった。彼は湖の国——ドク・ペレットに言わせると「世界で最も美しい湖の国」——で死に、代わってやって来たずっと齢嵩の、しかし成績と訓練と実戦力は並みという中尉のコーソンがようやく兵隊に慕われる小隊リーダーとなった。彼は無謀なことはやらなかったし、命を粗末にすることもなかった。彼は、戦争をやるには齢をとり過ぎておっかなびっくりになっていたのだ。

彼らは各自の心的・知的適性、および軍の慣例によって編成されていた。が、もうひとつ、そこには迷信の力が働いていた。

迷信に比べれば階級さえものの数ではなかった。たとえばオスカー・ジョンソンが第三分隊のリーダーになったのもそのひとつだ。確かに彼は軍曹である。けれども彼がそうなったのは、ひとえに九か月近くも前線で生き延びたからだった。九は幸運の数字だった。おまけに、ポール・バーリンが知ったところでは、オスカー・ジョンソンがサヴァイヴァル法など殆どまったく知らなかったという事実が偶然の一致に輪をかけたのだ。要するについているかどうかが秩序の絆なのだった。

スティンク・ハリスが先陣をとるのは彼自身が自分の偵察能力を自慢にしていたからだった。エディ・ラッツィが無線を担当するのは声が自慢だったからだ。そこでは自負心が秩序の絆だった。

それからもうひとつ、信頼の篤さも絆になった。ベン・ナイストロムは、のちに後方へ送られてからは手紙ひとつ寄越さなかったような奴だったが、それでもエディに信頼の座を奪われるまでは彼が無線の担当だった。ジム・ペダーソンはいろいろな意味で最も信頼が篤く、したがって待ち伏せ(アンブッシュ)への攻撃行動については全責任を与えられて、対アンブッシュ隊形(フォーメイション)はジム・ペダーソンを中心に展開された。

命令違反はときには組織的で、ときにはそうでなかった。けれど、敵の隠しトンネルを発見したら爆破する前に必ずなかを探索しろというシドニー・マーティン中尉の命令に従ったためにフレンチー・タッカーとバーニー・リンが死んでからあとは、命令違反は完全に組織的なものとなった。

秩序を決めるのは、しばしば標準作業手順(SOP)でもあった。SOPには二種類がある。公式のやつと非公式のやつだ。

公式的には、隠しトンネルは爆破する前に内部を探索することになっていた。非公式のSOPで行けば、隠しトンネルは探索などせずに、つまり命を危険にさらさずに、爆破しなきゃならない。シドニー・マーティン中尉はあそこ(ザ・ポイント)（訳注　ウェストポイント陸軍士官学校）で訓練を受けて非公式SOPなど頭から否定しており、それが兵隊に憎まれる原因となった。

戦争というやつもルーティンになってくればどうにか堪えられるようになり、そこにいろんな些細(ささい)な物事も含まれてくる——なにをいつ話すか、いつ休憩し、いつ前進し、いつ警戒するか、どんなときにジョークを飛ばし、どんなときには飛ばしちゃならないのか、隊列の順番はどうするのか、いつアンブッシュをかけ、いつなら偽装(フェイク)で済ませるのか。全員がそういった非公式のＳＯＰに統制され、それこそが公式の指揮規範なんかよりずっと大事なものだったのだ。

「戦場に来てから何日だい？」Ａ（アルファ）中隊の郵便係がそう尋ね、ポール・バーリンはこれで七日目だよと答えた。

係は喉（のど）の奥で笑った。「違うね」とつづける。「明日だよ、あんたの初日はさ」

その朝、ポール・バーリンを乗せた補充武装ヘリ（チョッパー）は、あばた状に切り刻まれて焦土となった大地の上を飛び過ぎていった。希望なき大地。緑の空と速度ともつれた草原と水田と、やがて彼が死ぬことになるかもしれない地、その無数の可能性の地。彼は正視することができなかった。代わりに自分の掌（てのひら）を見凝めた。ぎゅっと握りしめ、開き、また握る。俺の手、彼は思う。まるで実感がない。俺の手なのに。

ヘリコプターがすばやく機体を傾け、旋回して下降した。

「戦場は何日目だ？」初めに顔の合った男が訊（き）いた。頭にしらみをたからせた筋肉質の男だった。

ポール・バーリン一等兵はにっこりした。「これが」答える。「俺の初日さ」

5　哨戒(しょうかい)地点

四級特技兵(スペック・フォー)ポール・バーリンは月明りに腕時計を翳(かざ)した。一二時二〇分――信じられないくらい時の経(た)つのが遅い。おまけにもうひとつ、恐怖が時間を遅らせる巧妙なトリックも信じられないほどだった。

時計のねじを一杯に巻いた。東の海のほうに向かってゆっくりと、ひと呼吸ごとに六〇まで数えてみる。そしてまた時計を見る。まだ一二時二〇分。時計を耳に押し当ててみた。動いている。大きくてはかない響きだった。秒針が虚(むな)しく文字盤をさらってゆく。

たぶん夜という時間が、この時の歪(ゆが)みの原因だろう。夜間警備のなかでも真ん中の時間帯は嫌(いや)な役目だった。早番はずっといい。いちばん安全確実で、終わってしまえば夜中ずっと眠ってられる。でなければ遅番だ。遅番も悪くない。海から夜明けがやってくるのを期待して待つことができるし、水面が絵の具を流したみたいに色づいていくのを眺(なが)めることもできた。その明るい色が気分をどうにか明るくしてくれた。

とはいえ、いまはいまだ。海も、塔の下の有刺鉄線の囲いも、浜辺を弓なりに縁(ふち)どる砂も、すべてが月の光で銀色の濡れた光を放っている。そろそろ夜が動き出す。見ないように努めても、それは本当だった——夜が動くのだ、うねるように、ざわめくように。陸の草叢が動き、遠くの木々が動く。真ん中の時間帯ってやつは、まったく見張りには最悪の時間だ。

ひざまずき、煙草に火を点けて掌で隠しながら立ち上がると、土嚢を積んだ壁に凭れて海を眺め下ろした。海が救いだった。背後を護り、戦争から離れた気分を与えてくれる。暖かな、洗われるような感覚。自分がずっと遠くの土地と結びついているという感覚。そんなふうにして彼の心は働き出すのだ。たとえば、ときどき暑い午後に塔の下で海を眺めていると、この海づたいに逃げ出したらどうだろうという思いつきが頭から離れなくなることがあった——オスカーの筏に糧食と悪天候用の装備と飲み水をどっさり積み込み、重い波濤を割って沖へ漕ぎ出し、そこでセイル代わりのポンチョを張る。それから横になって風と潮の流れに身を任せるのだ。サモアか、南太平洋の名もない島か、ハワイか、それとも懐かしの我が家へか——。例によって、これが、ふりだった。夢想ではなかったし、気が触れたのでもない。いつまで経っても過ぎていかない時間をやり過ごす、そのための手段だ。

月明りの下、錨を下ろしたオスカーの筏がぼんやりと見えた。みんなで泳ぐときに使っているやつだった。ときどき退屈でうんざりしてくると、少し沖合いまでそれを出し、釣りなどしながら日がな一日その上で過ごす。沖まで出れば陸の影は遠く、毎日の単調さから逃れることができた。

長いこと、海と浮かぶ筏を眺めていた。それからまた時計を見た。一二時二二分。

こういうときには一体どうすれば良かったろう。彼は頭をひねった。それから日数を時間にばらして数え、時間を分にばらして数え、分を秒にばらして——ひとつずつ数える。

数を数える、それがひとつだ。たとえば残りの日数を数える。それから日数を時間にばら

やってみようじゃないか。まず、ここに来たのが六月三日。そしていまは……いまはいつだ？　一一月の二〇日か、二五日か、大体そのへんだろう。はっきりしない。が、一一月ってことには確信がある。あそこには豊かに繁る木々があった。昔懐かしいデモイン河のほとりとはずいぶん違う一一月。一一月の遅い時期。ここでは季節の変化も、移り変わりもない。季節の変化につれて葉っぱの色が変わるなんてこともない、どころか季節自体がないのだ。空気がかりっと冷え固まることも、感謝祭もフットボールも、ともかく時間が流れ過ぎてゆく目安がなにもないのだ。浜の向こうの翳った内陸には貧弱な木がいくらかあったけれど、その殆どは松の木だった。松は季節には関係がない。

で、一一月の何日だ？

オスカーの誕生日は七月だった。八月にはビリー・ボーイ・ワトキンズが恐怖で死んだっけ——いや、六月かな。そう、あれは六月だ。六月の、初めて前線に出た日。それから七月になって、みんなでライフルやら発煙弾を派手に撃ち鳴らしてオスカーの誕生日を祝ってやってから、ソン・チャ・ボン沿いの陰気くさい村々を抜けて行軍したのだ。どこもかしこも怖ろしいくらい静かだった。その静寂を最後に破ったのがルディ・チャスラーだ。それが八月だった。それから——それから九月。九月のことは思い出せなかった。考えてみてもその

月のことはなにも浮かんでこない。過ぎた日のことを辿るのは難しかった。とりわけ出来事を順番通りに——つまり年表みたいに——並べるのは容易じゃない。あたりを覆いつくす静寂と退屈、長い夜と何処まで行っても終わらない行軍、そしてときに、最悪の事態——ペダーソン、バフ、フレンチー・タッカー、バーニー・リン。けれどその順番は？　断片を組み上げて正しい月に嵌め込んでやるのはどうやればいいんだ？　そしていまは——いまは一一月の何日なんだ？

親指の爪で煙草の火をひねり潰すと、下の浜に投げ捨てた。眠っている連中をまたいで西の壁に移り、陸のほうを眺める。

将来のことに気持を集めてみることにした。戦争が終わったらなにをしよう。うん、こいつはいい考えだ。戦争が終わったら……終わったらまずフォート・ダッジの我が家に帰るだろう。そう、そうするはずだ。汽車に乗って、流れゆく田園を眺めながら風景のひとつひとつをゆっくりと味わうのだ。一面の大地が見渡すかぎり真っ平らに拓け、それがトウモロコシ畑に変わって、白く塗られたサイロが見えてくる。そんな細かなことに、きっといちいち気づくに違いない。駅について汽車が停まったら、軍服の埃を払い、ちゃんと勲章が正しい位置についているかどうかを確かめ、それから力強く一歩一歩ステップを降りて、父としっかり握手する。眼と眼がまっすぐに見合う。「ちゃんとやってきたよ」そう言う。「勲章もいくつか貰ったんだ」父がうなずく。その後、たぶん翌日には、町の西側に開発中の住宅地に父が建てている家々を見にゆくだろう。ふたりで建築中の部屋を見てまわり、配線がどこでどうなるかとか、下請け業者や配管工相手の苦労のこととか、この家がいかに頑丈で長持ちするかとか、堅牢で耐久性に富んだ家をつくるにはいかにいい素材と高度な職人技と細かな気配りが必要かとか、そういったことを父はあれこれ説明するだろう。

夜はまだ動きつづけていた。気持を強く集中し、眼を細めて、うねりを止めようと試みてみる……。

ヨーロッパに行くのはどうだろう。なかなか悪くない考えじゃないか。フォート・ダッジでいくらか過ごしたらヨーロッパ旅行に出かける。とすると、フランス語をやらなくちゃな。フランス語をやってからパリへ行って、着いたら、カチアートの名誉を称えつつ赤ワインを飲る。いろんな美術館や名所旧蹟を訪ねて、歴史を勉強し、セーヌ河のほとりのカフェに坐って綺麗な女の子たちに微笑みかける。モンマルトルに部屋を借りるってのはどうかな。早起きして朝食の買い物に露天市場に出かける。それからゆっくりと食事するんだ。脚を組んで新聞かなんかを読みながら悠長に時間を過ごし、街をぶらついて場所の名前をいろいろ覚える。単なる旅行者としてじゃない、ちゃんとなにかを学びに来た人間として、だ。細かなことにきちんと眼を配って暮そう。そしてカチアートが探そうとしていたことを自分の眼で探そう。そう、たぶんできる。きっとできるさ。そうしてここが、この話のクレイジーなところだった——あらゆる困難、あらゆる厄介、あらゆる愚行、あらゆる過ち、にもかかわらず、本当にそれが実現できるかもしれないということ、そこだった。

6 パリへの途上の回り道

ハロルド・マーフィと奴のばかでかい機銃抜きで、一行は西へと向かっていた。途中で二度、カチアートが朝食に火を焚した跡を発見し、一度は要らなくなった弾薬をきちんと積んだのを見つけた。ほかに折れたペンナイフと仕掛け照明弾と手榴弾も見つけたが、カチアートだけは発見できなかった。

「戦いは終わりぬ」ドク・ペレットが御詠歌のような口調で言った。「平和と国中に溢れる静けさ——マルシリウス（訳注 一四世紀イタリアの学者。『平和論』がある）の一節さ。ま、平たく言やあこういうことだ——さあて故郷へ帰ろうぜ」

ジャングルが終わった。

急な下り坂が平らになったところで、地面の上にきれぎれの空が覗けた。雨の森に隙間ができている。羚羊や鹿がいる。木々が疎らになったところから草地が始まり、それが広く大きくなるにつれて、やがて思い切り拓けた平原になった。小さな丘の頂きで立ち止まり、地平線の彼方まで伸びるサヴァンナを見下ろした。みんな黙ったまま、代わるがわる中尉の双眼鏡を覗き込んだ。

「平和だねえ」ドクが呟いた。「かくて世界は終わりぬ、アーメン」

確かにそこは、神の恩寵とも言うべき広大無辺の地だった。北を向くと、双眼鏡を使ってやっと見えるかどうかのあたりから丘を縫って川が流れ出し、低地の平らな草原で大きく湾曲している。野生の花々の溢れる川辺に羚羊が群れ、空には鳥が飛び交っていた。

行軍がずっと楽になった。径幅がぐっと拡がり、川を目指して北に向かうと、すぐにちゃんとした道になった。昼ごろオスカーがブラックジャック・チューインガムの包み紙を見つけた。それから一〇分後、今度はエディが、すぐ次の丘の稜線の向こうから立ち上る一筋の煙を指さした。

「奴だ」スティンクが言った。歯嚙みする勢いだった。

肩からライフルを滑り落とし、弾倉を軽く叩いて装塡を確かめる。せっかちに手を泳がせ、他の連中に尾いてくるよう合図した。

道はどんどん広くなっていた。しばらく川と並行に走ってから不意に西へ切れ込み、捩れた菩提樹の木立を縫ってゆく。煙の臭いが近くなった。頭上で聞き慣れない妙な音がした。低い唸り声と足踏みのような音。すぐさまスティンクが背嚢を捨て、転げるように小走るとライフルを構えた。

木立の合間で道がぐいと捩れ、向こうに明るい空地があった。

一瞬の出来事だった。

短い、甲高い悲鳴。つづいて叫び声。スティンクが発砲した。次いで片膝を突き、連射する。脚をもつれさせたポール・バーリンが前のめりに転がった。気が触れた、一瞬そう思った。とうとう狂っちまったんだ。空地の真ん中には齢をとった水牛が二頭、それもでっかい木の荷車に軛でつながれているだけなのだ。

スティンクは狙いもつけずに引金を絞っている。自動連射だ。一瞬の殺戮。照準ゼロでライフルが身を震わせ、最初の一連射が手前の水牛の腹を襲う。そこで一拍。次の連射が頭に浴びせられ、水牛はその場に崩折れた。

あっけない出来事だった。こういうことは、いつだってそうだ。

撃ち方やめと誰かが叫んだが、スティンクはフル・オートで指を絞ったままだった。薄ら笑いが顔に浮かんでいる。仆れた動物の脇腹で肉塊が踊っていた。

ポール・バーリンは道の真ん中でぶざまに腹這いになっていた。頭を上げて覗いてみようなどという気も起きなかった。

狂ってる、彼は思った。けだものじゃないか。理由も警告しようって気も、奴にはそんなものありゃしない。ふと誰かの喚き声が聞こえたような気がした。女の泣き喚く声だ。狂ったような、引き攣るような声。白い靄のような渦があたりに立ち籠め、とっくに屍体になった水牛の体から肉塊と血しぶきが飛び散っている。背後の茂みのなかで仰向けに倒れた中尉が、虚しく、撃ち方やめを叫んでいた。

ようやく終わった。あたりが不意にしんとなり、スティンクがふたつめの弾倉を叩き込む音がした。

怯(おび)えた金切り声はまだつづいていた。ドクとエディがやっと起き上がった。オスカーの姿は見えない。

片膝をついたまま動かないスティンク・ハリスの顔に、ぎらりとした笑いが貼(は)りついていた。

「それいけ(ラッシュ)ラルー」スティンクが口ずさんでいる。「ラッシュ・L・ラルー」

誰が叫んでいるのか、金切り声はまだつづいていた。赤ん坊の泣き声のように甲高く、怒りが籠(こも)っている。

「ラッシュ・L・ラルー。どうだよ、見たかよ、お手並みをよ。はん？」

空地に陽(ひ)が射(さ)していた。死んだほうの水牛が血を流している。生き残ったほうの水牛は、逃げ出そうとしてまだもがいていた。ようやく足が出たところでよろめき、踏んばろうとして転倒した。

「電光石火の早業だぁ、ビシッバシッ！」

女の叫び声がする。どうやら荷車の後ろのあたりからしかった。荷車が血しぶきで染まっている。

スティンクが唇(くちびる)をちょっと舐(な)め、にやっとした。

「くだらん」ドクが言っている。首を振っている。「なんてくだらん話なんだ」

荷車はランプやら敷物やら家具で一杯だった。なかに三人の女たちが坐(すわ)っている。声を挙げて泣いているふたりは老女。もうひとりが少女。女というよりは娘、娘というよりは少女というところだ。一二歳でも二一歳でも通りそうだった。髪も眼(め)も黒い。アオザイを着てサンダルを履き、耳に金の環(わ)のイヤリングをしている。首に掛けた鎖の先に提がっているのはクロームめっきの十字架だった。

「稲妻のようにすっばあやく」スティンクが調子づいている。「鞭(むち)のよおぉな手技」

「莫迦(ばか)め」

「ドキュン、ズキュン、バキューン！」

「どうしようもない莫迦だな」

女たちが、今度は三人揃(そろ)って泣き叫び始めた。化け物屋敷さながらだ。高くなったり低くなったり、引き裂くような金切り声と消え入るようなすすり泣きを交えて泣き声はつづいた。

死んだ水牛は、依然、血を流しつづけている。

「西部でいっちばんの早ぁや射ちぃ」スティンクがくすくす笑いながら言い、ポール・バーリンに一瞥(いちべつ)をくれると眉(まゆ)を上げた。「ビシュッ、ドバッ、殺(や)っちまえぃ！」

彼らはその晩を空地で過ごした。

やった。オスカーは生き残ったほうの水牛を落ち着かせようとして、鼻づらを叩いてやったり鳴き声を真似してみたり、木陰へ連れていって繋いで水をやったりしている。スティンクが火を焚した。あたりが暗くなってから、中尉が訊問を始めた。

「難民です」若いほうの女――あるいは少女――が言った。不安げにスティンク・ハリスのほうをちらちら見ている。「難民、わかりますか？　私の伯母さんたち、私を連れて逃げます。でも戦争、追いかけてくる」

きっかけを貰ったように、ふたりの老女が月に向かって泣き始めた。中尉は眼をこすって静まるのを待った。

「ねえ君」優しく口を開いた。「すまないと思うよ、ほんとに。戦争ってのは、どうにもくだらないことだらけなんだ」

「可哀想なグェン」

「え？」

悲しげに頭を巡らせて、少女が死んだ水牛のほうを指し示した。「ちっちゃな赤ん坊だったころから伯母さんたちが育てたの。自分のお乳までやって。それなのに、可哀想なグェン――」

「莫迦めが」ドク・ペレットが言った。

スティンクが眼を上げた。肩をすくめ、銃をとって手入れを始める。

みんな黙っていた。中尉は背嚢に背をもたせかけ、しばらく炎を見凝(みつ)めていた。それから瞬(まばた)きをして、少女をまっすぐ見た。

「もう一度言う、すまなかった、本当に。ただ、こういうことは――わかってるだろうけど――起きちまうものなんだ。だから、ともかくいまはそれを忘れて、本当のことを言ってくれないか。君たちは誰で、何処(どこ)から来たんだ?」

「あなた、慰謝料払う?」少女が言った。「グェンのために賠償金払う?」

「いいだろう、本当のことを言えばね」

少女は溜息(ためいき)をついた。彼女の名前はサーキン・オゥン・ワン。もう何か月も難民暮しで、ふたりの伯母とともにサイゴンから西へ西へと逃げつづけている。家はショロン(訳注　サイゴン南部の中国人街区)。ショロンには中国人たくさん、と彼女は言った、素敵なレストランもたくさん。彼女の父もレストランを経営していたが、いまそこは伯父の持ち物になっている。父は母のお産の日に死んだのだ。ひどい話だった。その日双子の赤ん坊が生まれるのを待っていた父は、VC(ヴェトコン)、呼び出しを受け、歩廊をぐるぐる回っていったところで撃たれたのだという。

最悪(ナンバー・テン)ね、彼女は言った。VC、バッド・ニュースよ。真面目(まじめ)で正直なレストラン経営者だった彼女の父親は、にもかかわらずショロンにある組織側の家畜処理場から鶏をごまかしてきたという嫌疑(けんぎ)をかけられて、病院の壁の前で処刑されたのだった。理不尽な話だった。請求書や税金の支払いを滞らせたことなど、一度だってなかったのだ。それから二年して、悲しみに打ち暮れていた母が死んだ。一家はちりぢりになり、兄弟は従兄姉(いとこ)たちに養われ、姉妹は伯父や伯母に引き取られることになったものの、戦争がつづくにつれてショロンが戦闘地域になり、とうとう逃げ出すしか手がなくなった。というわけで少女とふたりの伯母は、二頭の水牛に荷車を引かせ、僅かばかりの貴重品を積み込んで、或る早い朝、西へと旅立つことにしたのである。

「それがほんとのことです」彼女が言った。「それで私の伯母さんたち、私を連れて難民になったです」

ポール・バーリンは彼女をじっと見凝めていた。なめらかな肌、堂々とした態度、ときに内気でときに大胆な眼、ぼさぼさになった黒髪。とても若かった。若過ぎるくらいだった。近くに寄ると、石鹼と線香の匂いがした。耳につけた金色の環が光った。

「そうか」中尉が重い口を開いた。「苦労したんだな。心から同情する。ただ訊きたいのは……君たちは一体何処へ向かってるのかってことなんだ。ちゃんとした目的地はあるのか？ここへ行こうっていう場所が？」

少女は肩をすくめた。「私たち、うちに帰るです」

「でも、難民だって言ってたんじゃなかったっけ」

「私たち、うちに帰る難民です」言ってから、初めて彼女はにっこりした。「難民になる、すごく長い道です」

中尉は鼻の頭を搔いた。「うーん、ま、いいか。ただね、俺が訊きたいのはこういうことなんだ。君と伯母さんたちの目的地、というか、つまり何処に行こうとしてるのかってことなんだよ」

「西」彼女が言った。

「だから西の何処？」

にっこりして彼女が言う。「ずっと西」

中尉はうなずき、しばし言葉を探して、唇を舐めた。「わかった、けど——」まだ鼻の頭を掻いている。「けど、どのくらい遠く？　それが問題なんだよ。ずっと西って、どのくらいずっと西なんだい」

「ああ」少女が答える。「難民が行ける限り遠くまで行くだけ」

「……ふむ」

「それ以上遠く行くの、莫迦みたいでしょ」

「そりゃまあ、そうだね」

彼女がまたにっこりした。「だったらあなたたち、私たちを連れていってくれますか。あなたたち、グェンを殺した。だからあなた、ずっと西まで連れていってくれますか？」

中尉が弱ったように後ろへ凭れた。首を振り、何事か呟きながら立ち上がって、焚火の向こうの茂みのなかへ消えた。

遅くなって、全員で魚と米の夕食を摂った。暖かな、居心地の良い夜だった。コオロギの鳴く声が聞こえ、風が頰を撫でる。ビロードみたいな空だった。ふたりの伯母さんたちはひとしきり死んだグェンのことで嗚咽し、軀を揺すってしゃくり上げていたが、まもなく眠ってしまった。明るい半月が空にかかった。

ポール・バーリンは焚火のそばに寄った。燃え殻を突ついてたきぎをくべながら、努めて少女のほうを見てないふりをした。若かった。よくわからないが――一五歳かそのへんか、でなきゃ一二か二〇歳か。目が翼のように弧を描いていた。毛布を広げてサンダルを脱ぎ、髪をとかしつけて伸びをし、欠伸をしてから横になる、そんな彼女のさまを彼はじっと見ていた。どれもが愛おしかった。彼に向かってにっこりしながら、軽くうなずいたり裾を直したりする、そんな様子も愛しかった。

頭のなかをひとつの可能性がよぎった。パリへの途上、起こるかもしれないひとつの出来事。焚火をじっと眺めながら、彼は長いこと考えていた。

翌朝、死んだ水牛の亡骸を埋め、ふたりの老女が花を供え終わるのを待ってから、彼らは出発の準備をした。エディとスティンクが荷車の上によじ上って各自の背嚢と寝袋を括りつけ、オスカーが残った一頭に軛と手綱をつけた。中尉は地図を調べている。みんなの準備が終わるとポール・バーリンは荷車に上って、可愛い彼女の隣りに腰を下ろした。自然に顔が綻んでしまう。オスカーが手綱を振るって、それっと声をかけた。大平原を西へ、パリへの騎行が始まった。

7　再び、パリへの道

かくて、一日中荷車に揺られて道と草原を眺めているだけの、長く輝ける日々が始まった。昼はあくまで陽光に溢れ、夜は深々として静かだった。一日一〇時間は荷車に揺られ、停まるのは年寄りの水牛に水をやるときだけだった。途中、何処にも村はなかった。緩くうねった大地に走る道は、干からびて埃っぽく、およそ人の通った気配がなかった。木々は丸裸だった。大地は乾き切り、雨は北まで届く気配もない。川は殆ど涸れかけている。夕方になると、ときおり山々のほうから涼しい風が吹き込んできた。そうなると荷車を停め、暗くなるのを待ちながら、歩かなくてもすむ長旅の気分を愉しんだ。眠りはすんなりやってきた。昼間、荷車に揺られている間、ポール・バーリンは終始静かにしていた。荷車が小さく揺れるたびに、軀が少しずつ可愛いサーキン・オゥン・ワンのほうにずってしまう。膝や肩がくっついてしまうこともあった。ときどきは偶然だったけれど、ときにはそうとも言い切れないこともあった。彼女の匂いも微笑みも、なにかを隠しているような謎めいた感じも好きだった。彼女が可愛いことも、無論そのひとつだ。貧しさが美を損ね、女たちが犬のように老いてしまうクァン・ガイ平野で、こんな女の子をこんなふうに眺めているというのはひどく奇妙な感じだった。第一、そもそもなんでこんなことになったものやら、それを考えると変な気分だった。

「それであなたたち——」二日目の終わりごろになって、サーキン・オゥン・ワンが言った。「あなたたち兵隊、でしょ?」

「うん」彼は言った。

少女は眉根を寄せて、遠くの青い丘のほうをじっと眺めた。「ひどい話」ぽつりと言う。「戦争がこんなに拡がってるなんて、嫌な話」

肩をすくめ、彼女を見ていないふりをするしかなかった。

「そうなの?」

「なにが?」

「戦争。こんなに遠くまで、戦争、追いかけてきてるの?」

ポール・バーリンはありったけの誠実さで、わからない、と答えた。いろんな見方があってさ。たとえばドク・ペレットに訊くと、莫迦言え、戦争は終わっちまったんだってことになるし、中尉に訊いたとするだろう、そしたらまだ戦争の真っ最中だって言われるしね。というわけだから、はっきりしないんだよ。

「そう」少女が溜息をついた。「じゃあ行くしかないね。あなたがはっきりするまで、このまま行くしかない」

夜、焚火の明りが落ちると、ふたりの伯母さんたちは決まって、死んだグェンのために声を挙げて泣いた。軀を揺すり、古びた革みたいな顔を空に向けると、やおら動物の吐息のような低い呻き声を挙げ始めるのだ。一時間かひょっとしたら二時間、呻き声は次第に大きくなってから啜り泣きに変わり、次第に恨みがましさを募らせながら高くなると、夜がいちばん深まったところで悲痛な細い叫びになった。慰めることなどできはしなかった。色黒で小柄な皺だらけのふたりの老女は、尻餅をついて軀を揺さぶり、夜通し泣き叫びつづけるのだった。そうして朝になれば、硬く押し黙ったまま荷を満載した牛車によじ上り、最後尾にちょこんと後ろ向きに坐り込んで、遠ざかる東を見凝めつづけている……。

「パリですって?」サーキン・オゥン・ワンが声を挙げた。「あなた、パリに行くの!?」

いや、ただの可能性だよ、彼は慌てて言った。万にひとつの可能性ってやつさ、ちょっとした思いつき。なんだって起こり得るってだけのことなんだから。

「でもパリでしょ!」

少女の眼が光った。毛布を畳んで重ねた上に坐って、小さな刷毛で足にマニキュアを塗っているところだった。

「パリ！　教会でしょ、美術館でしょ、それにノートルダム寺院！　ああ私、ほんとにパリの難民になりたい」

　そう言いながら刷毛をマニキュア液の瓶に浸すと、左足の爪を塗り始めた。陽光のなかで爪がきらきら光っている。

「あなた、連れてってくれるでしょ？　私、難民、ね？　ああパリ！　死ぬほど行きたい――ポン・ヌフでしょ、セーヌ河でしょ、窓に可愛い置物いっぱい。私たち、一緒に行くのね！」

　ポール・バーリンは慎重に言葉を選びながら、どう説明したものか四苦八苦していた。カチアートって莫迦な奴が地図とキャンディとＡＷＯＬバッグだけ持って雨のなかを出てったこと、それからみんなで奴を追いかけてきたこと――。危険な任務でね、これが。容易なことじゃないんだ。いままでにも、もう捜索隊のメンバーがひとりいなくなってるし――ハロルド・マーフィのことだ――、その後も何週間もジャングルと雨のなかを歩いてきたんだ。これからだって、いままで以上に苛酷なことが待ってるんだぜ。

「でもパリよ！」

「だからそれはあくまでも可能性なんだって」

　彼女はじっと見凝め返した。マニキュアの刷毛を鼻のあたりに掲げて、そっと匂いを嗅いでみる。赤いマニキュアの染みがぽつんと頬についた。「だいじょうぶよ、わかるの」彼女は言った。「私たち、きっといっしょにパリに行ける。いっしょにお庭を歩いて、いっしょに有名な遺跡を回りましょ。そしてね、恋に落ちたりするのよ。あり得ない？」

そのとき牛車が大きく揺れ、躯がぎゅっとくっつき合った。

「パリよ」うっとりとした囁き声。彼女の眼がまっすぐに地平線に注がれた。「そうよ、ぜったいこの眼でパリを見るの」


中尉は即座にかぶりを振った。

「駄目だ」

「しかし中尉、あの娘はフランス語ができます。ペラペラなんです」

「それで？」

「それで……その……つまり役に立つと思うんです。ガイド役というか、ほら、俺たち不案内だから」

老いぼれ中尉がもう一度大きく首を振った。荷車の前のほうに広げた敷物の上で大の字になっている。鼻の皮が剝けていた。「駄目だ。いいか、あのな、俺たちは兵隊でいまは戦争なんだ」

「でもあの娘は頭が切れます、ほんとですよ。だからきっと――」

「却下する」中尉はそっぽを向いた。「何度言ったらわかるんだ、お前は。こりゃあ子供の遠足じゃないんだ。民間人なんかいらん。次の村に着いたらあの娘たちを降ろして、それで終わりだ」

「放り出すんですか」

「仕方ないだろう。戦争なんだから」

「せめてあの娘だけでも――」

「駄目だ」老いぼれが溜息をついた。「駄目だったら駄目だ」


確かに、そう確かに女のいる場所などなかった。危険な旅だったし、状況は最悪。とすれば、非力な人間をしょい込む余裕などあるわけもない。わかりきったことだった。だが、それでもなおポール・バーリンは頭のなかで新しい可能性が次々と膨らんでいくのを止めることができなかった。可能性が可能性を呼び、選択の幅がどんどん拡がって、想像が転がってゆくのを止められなくなる。サーキン・オゥン・ワンがそこから脱けるのは厭だった。どうしても彼女にいてほしかった。その気持は、或る夜更けに彼女が焚火の傍らでやってみせた力自慢を見てから、ますます募った。「ねえ、わかる?」彼女はそう囁きかけた。「私が強いこと、わかる?」実際その通りだった。壊れそうで、小鳥のようにか弱げに見えるにもかかわらず、彼女は丈夫だった。服の裾を持ち上げて見せてくれた脚はすべすべした茶色で、ぴしりと引き緊っていた。膚はぴんと張って、小さな皺ひとつない。

「ここ触ってみて」みんなが寝静まったあとで、彼女がそっと言った。「わかる? 持久力は男の人並みよ。歩くのだって負けないし、文句も言わないわ」

腕と肩を掴(つか)んでみた。

「荷物もちゃんと運べるし、ペースだってちゃんと守れる。勇気だってスタミナだって十分あるわ」

もう一度彼女の脚に触ってみた。思いもかけず頑健(がんけん)なことは確かだった。手を組んで、指にぎゅっと力を籠(こ)めた。彼女の瞳(ひとみ)のなかで炎が銀色にゆらめいている。

「中尉さんに頼んで」彼女が囁いた。「私が強いことを話して。だからきっとパリまでいっしょに行けるって」

「でも油断できないんだよ」彼は答えた。「容易なことじゃない」

「勇気ならあるわ」

「沙漠(さばく)に、山に、沼に……」

彼女が払い除(の)けるように手を振った。「難民なんだから危険は当り前でしょ。安全な道を案内してあげる。そう……そうよ、ガイドができるわ！　あなたたち、ガイドが必要なのよ」

「カチアートがいるよ。奴が俺たちのガイド役さ」

「カチアート？」

「そう。ほら、話しただろう、奴が先にいるんだ。斥候(せっこう)だよ」

「構わないわ」彼女が唇(くちびる)を尖(とが)らせて服の裾を直した。「関係ないでしょ、四級特技兵(スペック・フォー)さん、だって私が必要なはずだもの。強いし、絶対要るようになる。私、どうしてもこの眼でパリを見たいんだもん」

大地は光り輝いていた。ピンクの珊瑚と赤茶けた鉄分が浮き出し、荒涼とした曠野が目の前一杯に拓けている。そのなかをもう二日間、水牛の歩みに任せて進んできた。村も、人影も、何処にもない。道があるだけだった。ふたりの伯母さんたちはいまも悲歎に暮れている。昼間は黙りこくって荷車のお尻に坐り込み、後ろを向いたまま、旅にも過ぎ去る景色にもまったく興味を見せない。そうして夜になると、例によって歎きの時間が始まるのだった。まるでコヨーテだな、エディが嗤った。スティンク・ハリスは嗤わなかった。くそったれの土人どもめ、そう吐き棄てた。土人村の土人ども、蛮人町のお姫さま、ってな。老女たちは変わらず、明るい日中は塞ぎ込み、夜になるといつ終わるともなく歎きつづけた。

それでも地面の状態は良く、天候にも恵まれて、ゆらゆらする牛車は西へ行くにつれて広くなる道を快調に進んだ。

一度、廃墟になった寺院に泊まった。遠くの丘の上に煙が立ち昇るのを目撃したこともある。二股の分かれ道にＭ＆Ｍチョコレートが目印みたいにばら撒かれていて北西向きの道を選んだこともあったし、ひどい熱帯嵐のなかで夜を過ごしたこともある。そのときは、増水して流れの速くなった川であわや水牛を溺れさせそうになったものだった。日曜の愉しい晩餐用にうずらを撃ったこともある。実にさまざまな出来事を一度きりずつ体験しながら、彼らはひたすら西へ西へと進んでいった。

そうしてとうとう、カチアートを捕まえた。

夜のことだった。五回目の交替警備の最中だ。低い林のなかで妙な衣擦れの音がした。次いで、聞き覚えのある柔らかな口笛。

するりと、猫のように焚火の側から離れたスティンク・ハリスが影のなかに潜み、侵入者の背後に回り込んで飛びかかった。叫び声を挙げてカチアートにタックルする。

「やったぜ！」スティンクが吠え立てた。確かに、その通りだった。

8　哨戒地点

海と凪にざわめく砂浜をくっきりと見晴らしながら、四級特技兵ポール・バーリンはクァン・ガイの夜景を見凝めていた。そろそろ午前一時。いつもなら次の当番を起こして交替するところだった。丸太のように転がって眠りこけている連中の間を抜け、そっとドクの肩をゆすりながら声をかけて、眼を覚ましたら腕時計を渡す。そうして後を任せたら、やっとぬくぬくとしたポンチョにくるまって眠るのだ。誰が死のうと生きようと、戦地でのそういうしきたりだけは大昔から変わらない。

ただし、いつもならば、だ。

そう、そのとき彼はドク・ペレットを起こさなかった。

代わりに塔の西側の壁ぎわにある梯子のところへ行き、裸足で積み重ねた土嚢の上によじのぼった。足の裏で梯子段を確かめて、すばやく下に降りた。

勇気のいる一瞬だった。

落ち着いていている。怖くはない。踵を返して海のほうへ歩いてみた。浜辺は清々しかった。

ひんやりと濡れた砂の感触が気持良い。動くものはなにもなかった。海が穏やかだった。沖合の珊瑚礁を通ってきた波が、滑らかなマットのように足許に広がり、次々に柔らかく折り重なって寄せては返す静かな無限の連なりを奏でている。岸から五〇メートルばかりのところだろうか、投錨したオスカーの筏がぷかぷか浮いているのがぼんやり見える。その向こうは広々とした海だ。

膝のあたりまで水につかり、脚を拡げてジッパーを下ろす。ふうっとひと息。心地良く力が抜けた。

頭上高く、星が提灯のように眩しかった。星座たちがくっきりと輝いて、いまの時間と場を告げている。なんだか勇気が湧いてくるようだった。いい気分だ。

すっかりからっぽにし終えると、水を掻き分けて渚の鉄線囲いのところまで戻った。立ち止まって手と顔を洗い、ついでに頭まで水をかぶってしまう。それから陸に上がった。

月明りが砂の上に塔の影を落とし、彼はしばらくの間そのなかに佇んでみた。なにをしようというのではなかった。身じろぎもせず、かといって物思いに耽るわけでもない。下から見上げると塔はいかにも妙な代物だった。工兵のはしくれとして言わせてもらえば、どう見たってぐらぐらと倒れそうで、せいぜい三〇フィートの杭でかろうじて支えられた土嚢の山といったところでしかない。でなきゃあ、クァン・ガイ名物ブリキの玩具か？　一体誰が考えたものやら――そう思うと自然に微笑が浮かんだ。そもそも哨戒地点といったところで、見張るものなんてなにもないのだ。村も、街道も、要衝になるような橋も、それどころか敵はおろか犬猫さえもいやしない。傾きかけた古い塔が海辺に立ってるってだけじゃあないか。回りを一周し、ためつすがめついろんな角度から塔を見上げてみながら、また海のなかに戻った。

違う、やっぱり今日は普通の夜じゃない。今宵海辺の哨戒に立つ俺は、勇気凜々頭脳明晰、怖いくらいの叡知に恵まれているんだ。指先がうずく。あらゆる可能性が脳裏を躍動し、しかもすべては完全にコントロールされている。そう、ここが大事なところだ——自分でちゃんと抑制が利いている、ということ。われながら落ち着いていた。頭が冴えたのがなんといっても効いていた。集中し、細部に神経を尖らせてみる。うん、こいつは凄い。

どのくらいそこにいただろう、塔まで戻って梯子を昇り、持ち場に引き返した。

一時二〇分になっていた。

ゆっくりと煙草を喫いながら、彼はあのデモイン河のほとりでの最後の夜に親父が言っていたことを思い出していた。「いいかい、これから先はそりゃ苦しいことだってあるだろう。そういうもんだからな、人生ってのは。しかしいいことに眼を向けるのを忘れちゃあいかんよ。探せば必ずそこにあるんだからね。それを見極めるんだ」

以来、これが彼の生き方になったのだった。そうしていまもまた、こうやってパリへの道すがら起こり得ることをあれこれ考えている。これが最良の結果に行き着くための方法なのだ。幸運と勇気と忍耐を携えて、俺たちは一体どんな道を見出すのだろう。

一時半になった。無線の側へ行って状況報告をする。それからもう一本、ドクの煙草に火を点けた。

なるほど、まったく飛び切りの人生訓だった。いいことに眼を向けろ、か。そう、そして

パリを目指すんだ。

9　いかにしてバーニー・リンはフレンチー・タッカーの次に死んだか

「M&Mをとってくれ」ドクが言った。スティンクが手渡すとひと振りして小さな丸いチョコレートを二粒つまみ出し、バーニーの舌の上にのせてやった。呑み込め、ドクが言った。シドニー・マーティンは片膝をついてバーニーの傷を覗き込んでいた。もとはといえば彼がフレンチーに坑道にもぐるように命じたのだ。そうしてフレンチーがやられると、今度は彼を引っ張り出すようバーニーに命令し、こうなったのだった。ざっと負傷の具合を見ると、彼は無線のところへ行ってベン・ナイストロムに手を貸した。

　ナイストロムはまだ泣き出してはいなかった。

　フレンチーはなにも掛けられないまま、坑道の入口のところに横たえられていた。もう死んでいる。誰ももう、気にもとめない。汚れていた。Tシャツが腋の下までめくれ上がって、やっとのことで引きずり出された跡を如実に留めている。肥った腹は真っ白で、傷の痕はなかった。もつれた黒い髪の毛が白い皮膚にべったりと貼り付いている。彼は鼻面を撃ち抜かれたのだ。いま顔は横向きになっている。彼らがそうしたのだ。

「呑み込め」ドクが言った。

「俺は聞いたんだ」バーニー・リンが言う。

「オーファン6―3、こちらインディゴ1―9――」中尉の声がする。戦闘経験が殆どないにもかかわらず、その声は静かで落ち着いていた。「緊急救援ヘリを頼む。繰り返す、緊急だ。味方死者一名、緊急の味方負傷者一名。地区は……待機中の地区は……」

「呑み込め」ドクが言う。「こいつぁ良く効くんだぜ」

「もう一度頼む。ワン・ナイナー」

「緊急だ」中尉は、ちっとも緊急に聞こえない声で言った。「繰り返す、待機中の地区は――」そこまで言ってから送話器をベン・ナイストロムに手渡すと、暗号帳を手に坐り込んだ。

　地面が震えている。

「そうら、どうかな」ドクが喉を鳴らした。「下りてくるぞ、下りてくるぞ、ほうら。すっきりしただろう、え？」

「ちゃんと聞こえたんだ」バーニー・リンが言った。

「そうかそうか、聞こえたか。どうだ？　良くなってきたろ？　いますぐヘリが来るからな……もうちょっとじっとしてろよ。動くな。すぐにここから連れ出してやるからな」

「いきなりだったんだ」バーニーが言った。「バンッ！　って……こんな感じだったんだ、バンッ！　って」

「わかった、わかった、じっとしてろ。もうちょっとでさっきの薬が効いてくるからな。どうだ、効いてきたろ?」

　言いながらドクは新しい止血帯のラップをむしり、バーニーの喉の下にしっかりと当てて掌で押えた。

「バンッって来たんだ。暗かったけど……けど、誓ってちゃんと聞こえたんだ……なにが悪かったんだ? なあ、ここはどうなってるんだ? ちゃんと、ちゃんと聞こえたんだぜ」

「うんうん、わかってるって」

「ほんとだぜ。誓ってほんとだぜ」

　背後で無線がザーザーと音を立て、つづいて地区座標数を訊いてきた。「もう一度言ってくれ。座標がわからんと救援が出せない。ヘリが出ないんだ。聞こえるか?」

「なんってこった!」四つん這いになったオスカーが喚いた。まだ地面は揺れつづけている。

　中尉はさっきから地図とコンパスを使い、暗号帳と首っぴきで座標の暗号数を割り出そうと鉛筆を握っていた。いつ見ても冷静で、急ぐ様子がない。

　その傍らの四角い岩の上にフレンチーのヘルメットとブーツとソックスがきちんと並べられていた。フレンチーの几帳面さがよくわかる脱ぎ方だった。バーニー・リンの服は、脱ぎ捨てた場所にそのまままつくねられている。

「家に帰れるぜ」ドクが言った。「間違いねえや。看護婦がいて酒があって、なんでも来いだ。うまいことやりやがったな、え? 気分も良くなってきただろ……まったく、必ず誰かがいい目に遭うんだよな……ん？　どうだ、ずいぶん良くなってきただろ？」言いつつその手が忙しく動き、止血帯を新しいのに替えた。なまなましい傷だった。喉の真下から胸にかけて鋭く斜めに抉られている。ゲリラの坑道のなかで撃たれたときの典型的な傷痕だ。それなのにまだバーニーがこうして喋っているというのは、信じ難いことだった。「……すごい大きさで、バンッっていうような……」言いかけて咳込み、首をぐらぐらさせて同じことをつづける。「ほんとにそうなんだ、バンッ！　って――」

「輸血針を刺してやってくれ」ドクが言った。

「俺ぁやだね。衛生兵はお前だろ」

「誰か――」

地面がまた揺れた。南・南西・西の三方向に第一・第二分隊が展開して、敵の掩兵壕を爆破しているのだ。爆発が来るたびにバーニーがせわしなく瞬きした。

「俺ぁやだよ」スティンク・ハリスが言う。「針を突き刺すなんて絶対いやだ」

「頼むから誰か――」

「いやだ。俺じゃねえ」

無線が喚き立てた。「ワン・ナイナー、ヘリの要請があったが、座標はいくつなんだ。それがわからんと――」

「早く言ってやんなよ」オスカー・ジョンソンが言った。どこかでサングラスを失くしたらしく、剣呑な眼つきでシドニー・マーティンをねめつけている。「暗号なんかどうでもいいから早く」

「ちょっと待て」

「早くっつってんだろう！」

中尉が暗号帳にかじりつく。

「インディゴ1―9（ワン・ナイナー）、こちらオーファン6（シックス）――」

「暗号なんかどうでもいいじゃねえか！」オスカーががなり立てた。「早く座標を送れよ。早くったら！」

「ちょっと待て」

「インディゴ――」

また地面が揺れた。向こうの茂みのほうで黒い煙が二本立ち上るのが見えた。

「あのな」スティンクが小声で言った。「駄目（だめ）なんだ俺、こういうの。駄目なんだって」

「だってこれを――」

「やだって」

「誰だっていいんだ」ドクが言う。「誰でもいいから早くやってくれ」

ルディが針をとった。スティンクが血漿瓶（けっしょうびん）と点滴管を持ち上げる。ルディがぶすりとバーニーの腕に針を立てた。スティンクは眼をつむっている。血を見るのが苦手なのだ。ドクがバーニーの喉に当てた止血帯をぎゅっと押える。

後ろでシドニー・マーティン中尉が再び無線に向かい、暗号化した座標を送り始めた。ひとつひとつ区切っては、落ち着き払って数字を送っている。

針がずれて抜けた。透明な液体がバーニーの腕にこぼれる。坑道の口あたりの泥が水を吸ってべちゃべちゃになっていた。ドクがすばやく場所を替えて針を入れ直した。

「繰り返す」シドニー・マーティンの声が聞こえる、「死者一名、緊急の負傷者一名、どちらも我が軍。繰り返す、緊急だ。座標は――」そこで切って、暗号にした座標数をゆっくり読み上げる。

ベン・ナイストロムがしゃくり上げていた。中尉の足許にしゃがみ、無線機を押えながら泣いている。

また地面が大きく揺らぎ、スティンクの手のなかで重たい血漿液が波打った。すぐさま谺するように爆発音がもうひとつ、南西のほうから聞こえた。

「了解、着陸地点を確認……到着予測時間をいま送る。このまま待機せよ」

また爆発音がして針が抜けそうになった。バーニーが起き上がろうとする。

「じっとしてろ、ほら――」

「おい！　誰かこいつを寝かせてくれ。ほら、しっかり持ってろ。ちゃんと寝かせとくぐらいできないのかよ！」

「ちょっと滑ったんだ」スティンクが眼を開けて瓶を握り直した。「じっとしてないからだぜ。俺のせいじゃねえよ」

「針が――」

「ちいっ、そのまま押えてろ」

ルディが針を押え、ドクが絆創膏をとりに雑嚢のところへと走った。朝空は依然きれいに晴れ上がっていた。薄雲がときおり太陽の下をかすめ、あたりにうっすらとした影を落とす。バーニーは太陽を浴びて横たわっていた。眼を開けたまま、ドクが針をまっすぐに直して絆創膏で止めている間も黙っている。スティンクは例によって眼を逸らしていた。

「なあ」バーニーが口を開いた。

「よお、どうした、気分が良くなったか」

「ああ、いいよ。……なあ、いま何時だ？　よくわかんないんだよ。バンッっていう音がしてから、なんか……。なあ、どうなったんだ？　俺、俺どうなっちゃったんだよ」

「大丈夫だ、落ち着け、すぐに――」

「俺、俺――！」

「押えてろ、起こすな」

ルディがしっかりとバーニーの肩を押え、ゆっくりとなだめながら寝かせた。

「ようし、それでいい」

「オーケイ」

「ようし、そこに寝かせといてくれよ」

バーニーの軀から力が抜けた。脚をまっすぐに伸ばして横になっている。首がゆっくり左右に振れた。中肉中背で髪は茶色、腕は細く、陽灼けした、眼の大きな若者だった。フレンチー・タッカーに眼をとめていたが、なにかを見ているわけではないらしかった。首がゆらゆらと揺れ、「聞こえたんだ」と繰り返している。

点滴の血漿瓶が空になり、ドクが新しいのをとり出して管を挿し込んだ。

「聞こえたんだよ」バーニーが言う。「ほんとだよ、ほんとなんだよ」

「うんうん、わかってる。だからな、落ち着いて寝てろってば」

バーニーがにっこりした。

「暗号だってよ」オスカーの声がした。いつのまにかサングラスを見つけたらしい。「暗号がなきゃいても立ってもいられないってか……まったくよ」シドニー・マーティン中尉に一瞥をくれ、ぺっと唾を吐いた。「なんだってんだ、くそっ」

バーニー・リンの唇が小さな円を描いた。唾液の泡がぱちんと砕けた。

「ん？　どうした、もっと薬か？」

バーニーの顔があどけなくなった。

「オーケイ、カウボーイ。もう一服だな、待ってろよ」

ドクがＭ＆Ｍの新しい袋をとり出して、注意深く、まるで薬剤師みたいに慎重な手つきで緑色の粒を三つつまみ出した。ひとつずつバーニー・リンの口に入れてやる。誰もが、もうわかっていた。プラスティックの点滴瓶を支えたルディと止血帯を取り替えているドクを除いて、いつしか誰もいなくなっていた。

10 パリへの途上の落とし穴

「捕まえたんだ」スティンクが情けない声で言った。「誓ってほんとだぜ、ちゃんとこの手で捕まえたんだ」

「そうだろうな」ドクが包帯をほどきながら言った。「じっとしてろよ。ちょっと痛むぞ」

「ちゃんとよ、あのチビデブのキンタマをこうやって――」

言いかけたスティンクの口から思わず叫び声が洩れる。ドクが包帯を解いた途端、傷口が突っ張ったのだ。もう夜は明け、全員が出発の準備をしていた。オスカーとコーソン中尉が水牛に軛を課して手綱をつけ、エディは荷車に全員の背嚢と寝袋を括りつけるので忙しい。長い、眠れない夜だった。

「野郎の息がかかるくらいしっかり捕まえたんだ。玉葱の臭いなんかさせてやがったんだぜ。まったくなあ、腐った玉葱の臭いだぜぇ！ それがちゃあんとわかるくらいだったんだ」

「うるせえぞ」オスカーがぺっと唾を吐いて、莫迦にしたようにスティンクの怪我を眺めた。

「どうやって捕まえたんだ、嚙みついたのかよ、え？」

「違う――」

オスカーの口許が意地悪く歪んだ。「どうもよ、おめえが奴を捕まえたんじゃなくて、おめえが奴に捕まえられたんじゃねえのか。へっ」

ドクがスティンクの肘を持ち上げ、傷が化膿してないかどうか調べた。昨夜はとりあえず止血だけして、ざっと包帯を巻いておいたのだ。幸い化膿はしていなかった。揃いの歯形がふたつ、はっきり残っている。

「ちっ、暗かったんだよ。なにができるってんだよ」

「そらぁな」オスカーがやり返した。「そらぁお前にゃできなかったろうな。捕まえたんですけど逃げられました、か？ おかげでこっちはひと晩じゅう藪んなか突っつき回してなきゃならなかったんだ。そらぁな、お前にゃなーんにも期待なんかしてやせんわな」

「俺がミスったんじゃねえってば。ありゃお前――」

言いかけた途端、ドクが塗ったヨーチンが染みて、スティンクが悲鳴を挙げながら身を捩った。血の気が失せている。ドクがサルファ剤の粉をはたいて包帯を巻き直している間じゅう、彼は顔をそむけていた。

「次に会ったら」繰り言が思わず洩れる。「次に会ったらあの小汚いドチビ野郎にお返ししてやる。誓って絶対に、だ」

「ほらほら、落ち着けよ」

「絶対だ、くそっ」

ドクが包帯に手を添えながら荷車に乗り込むのを手伝った。

「おい、ドク」エディが呼んだ。「奴にM＆Mをやったほうがいいんじゃねえの。欲しいだろ、な、スティンコ？」

「るせえ、このサル」

エディは高笑いし、背嚢を括りつけ終えた。それからふたりの老女が荷車に乗るのを手伝うと、糧食の袋を集めてからオスカーに手を振って合図した。牛車が動き出す。

「この次はな」スティンクがまだぶつくさ言っている。「この次はとっちめてやるからな」

エディが聞き咎めて嗤い声を上げた。「次はないんじゃねえの、ミスター・ナイスガイ？」

「そうさ」スティンクが言った。「もう絶対ない。次は……次はあのくそったれの口に歯ブラシをねじ込んでやるんだ」

その日の昼ごろになって、カチアートの残した地図がもう一枚見つかった。道に横倒しになった丸太に貼りつけてあったのだ。赤い点線が広大なゴム樹林地帯につづいている。ドクが地図の隅にある凡例を指さした。「ほら、この記号がこれですよ。この一帯はゴムと錫とマグネシウムがたくさん採れるってことですね。記号でわかる」

中尉が地図に触った。「こいつはなんだ」

「え？」

「これだよ、これ。地図の……ほら」

指の先に、真ん丸に描かれた手描きの赤い円があった。そのなかに小さめの円がふたつ並び、その間にもうひとつ、もっと小さな円が描いてある。一番下には大きなバナナ型の弧線。なるほど、でっかいスマイルを浮かべた真ん丸ハッピー・フェイスってわけだ。下のほうに次のような警告が活字体で添えてあった――〈要注意、行く手に落とし穴あり〉。

夕方、晩飯の前にコーソン中尉が新しいプランを説明した。

「どうやら見たところでは」中尉が言った、「カチアートはビルマのマンダレイに行くつもりらしい。確証があるわけじゃないんだが、このまま北西に向かって途中で西に曲がると、そのまんまマンダレイに入ることになるんだな。で、どうやらってわけだ」

老いぼれはそこでちょっと言葉を切るとカチアートの地図に眼を落とした。焚火に照らし出されて顔が赤く染まっている。眼が充血していた。

「ともかく……」言いかけて咳払いし、唇の端をちょっと舐めた。「ともかくそうだとすれば上策は、奴の行く手を遮ることだ。つまり奴の前に回り込むってことだな。わかるか？奴の後をただ追いかけるんじゃなくて、二点の間をまっすぐ斜めに辿れば、最短距離で行き着けるわけだ」中尉は親指で地図の上にまっすぐな線を引いた。緑色に塗られた深いジャングルのなかを突っ切ることになる。

「あのう、ってこたぁ道から外れて藪んなかを行くってことですか」エディが訊いた。「またあんな目に遭わすのは勘弁してくださいよ」

「それしか方法がないんだ」

「そらまあ、でも……うへぇ」

ドクが地図を拾い上げながら「力技ってやつさ」と言った。「三角形の残り一辺を使うってのが戦略の基本なんだ。斜めに横切れば前から行く手を断つことができるだろ？　まさに力技だよ」

「ああ、でも歩いて、だろう？」

「だから力技なんじゃないか」

中尉は眉間の鼻梁をこすっていた。「俺だってぞっとせんよ。またあんなジャングルを突っ切ってこうなんてのはな。俺だって考えただけでぞっとする」

「でも戦争だってんでしょ」エディが溜息をついた。

「そういうことだ。こいつはまだくだらない戦争なんだ」

ポール・バーリンが手を挙げた。「あのう、あの人たちのことはどうするんです？」

「誰だって？」

「おばさんたちですよ。それとあの娘」

「気の毒だな」中尉が言った。「前にも言ったが、これは遠足じゃないんだ。ご婦人がたの入る余地はない」なんとか明るく答えようとしているのがわかった。「お前にゃ残念だけどな。でも答えは変わらん。連中はここへ置いてく」

「あの娘もですか」

「すまんな」


その夜は準備に費やされた。荷物を詰め直し、水筒を充たして糧食を分ける。みんなが寝静まってから、ポール・バーリンはサーキン・オゥン・ワンの傍へ行って黙って坐った。言うことなどなにもなかった。ハッピーエンドの夢は絶たれたのだ。彼女の手を握り、ふたりでじっと燃えさかる炎を見凝めた。小さな、子どもみたいな手だった。

彼女が泣き出した。彼は鼻を彼女の髪に埋めた。

「どうにかして」消え入りそうな声で彼女が言う。「どうにもならないの？」

「やってはみてるんだけど」

「お祈りして。眼をつぶって一緒にパリに行けるようにお祈りして」

「してるよ」

「ちゃんと眼つぶってる？」

「うん」

「見える？　ふたりでパリにいるとこが見える？」

彼の眼にもはっきりと見えた。

「あなたなら必ず道を拓いてくれるわ」言いながら彼女は横になった。「わかるの。あなたならきっとできる」

そのうちに寝息が聞こえてきた。清らかで初々しい寝顔だった。睫毛が蘭の花びらみたいにカールしている。すべてが毀れもののようだった。ちょっと触れただけで脆くも崩れ去ってしまいそうで、手を伸ばすことなど思いもよらなかった。その夜はあれこれ解決策を考えて、結局一晩中まんじりともしなかった。いい案が浮かぶはずもなかった。

夜明け、ふと眼が醒めるとピンク色の太陽が昇っていた。仰天して跳び起きる。よく見ると先に起きていたエディとオスカーが火を焚しているのだった。

旅立ちの気分があたりに漲った。朝飯を終えると、全員でおばさんたちが荷車に乗り込むのを手伝った。オスカーは水牛の鼻頭を撫でながら優しい声で何事か囁きかけ、スティンクとドクが女たちの荷物を車に積み込む。誰もが少しでも別れの時間を遅らせようとでもしているみたいにゆっくりと動き、念入りに火を消したり、キャンプを張った跡を平らにならしたり、忘れ物がないかチェックしたり、そんなことばかりやっている。そうしてとうとう避けられないことがやってきた。もう後はない。ポール・バーリンは少女の手をとって荷車のところまで行き、馭者台に乗り込ませた。

サーキン・オウン・ワンは微笑んだ。瞳に涙を溜めている。手綱に手を伸ばした。

その手に口づけし、頬にキスした。

「あなたならきっと道を拓くことができるわ」彼女が囁いた。「私、わかるの」

押し黙ったまま頷き、踵を返した。中尉が唇をすぼめて同情の念を見せている。けっして意地悪な男ではないのだ。銃を肩に担ぐと水牛のところまでゆっくりと歩み寄り、脇腹をひとつ、ぴしゃりと叩いた。

ポール・バーリンの目頭が熱くなった。

どうにもできやしない。想像力なんて働くもんか。もう、なるようにしかならないんだ。

そう思ったとき、最初に震えるような音が来た。つづいてぐらりと大きな揺れ。水牛がたじろぎ、鼻息を荒げて身震いし始めた。道が揺れている。いや、地面全体が揺れている。一瞬ねじれるような感じがあって、いきなり大地を裂く激震が襲った。

「言ったでしょ」少女の声だ。「あなたならきっと道を拓けるって。そしてパリで――」

大地が口を開けた。

鼻腔を震わせ、眼を剝いて、水牛が逃げ出そうと懸命になっている。荒々しく後ろ脚で立ち上がろうとしてもつれさせ、膝を折って身を崩す。

大地に走った亀裂が、次の瞬間、大きく割れた。

「ひえぇ、神様」エディが呟く。

中尉が悲鳴を挙げ、スティンクが口をぱくぱくさせた。なにか言ったらしかったが、つづいて来た大きな揺れのなかで掻き消えた。岩盤が割れる。あたり一面、もの凄い埃が地面から噴き上げているようだった。

落ちる。落ちてゆく。胃の腑が引っくり返るような感覚だった。ポール・バーリンはサーキン・オゥン・ワンの手を摑み、ぎゅっと手繰り寄せて一緒に落ちていった。大地はもう足許にない、ただ落ちるだけだ。オスカーにエディにドク、老いぼれ中尉に水牛、荷車、おばさんたち、みんながパリへの途上のこの落とし穴に転がり落ちていった。

11 穴ぼこのなかの業火

ペダーソンはひどい有様だった。その躯を彼のポンチョでくるんでやった。ドク・ペレットがちぎれた認識票を見つけ、ペダーソンの口のなかに押し込むとテープで塞いだ。しばらくすると救援ヘリがやって来てペダーソンの遺体を乗せた。エディが死んだ戦友の手首をぎゅっと握り、ハロルド・マーフィがパイロットに合図すると、ヘリは高く飛び去って行った。

水田を渡ってゆく間、誰もジム・ペダーソンの話をしなかった。中尉がひとりひとりに尋ねて遺失物リストをつくり、それから半キロばかり離れた丘の上に向かった。頂上に着くと荷物を下ろして大きな円陣をつくった。ひどく暑い日だった。この水田地域に入ったころは涼しく、肌寒いくらいだったのに、いまや地面から湯気が立つくらいの暑さだ。空には雲ひとつない。田んぼにも人影はない。眼下に拡がる水田の隣りはホイ・アンという村だった。

中尉が地図とコンパスを使っている間、他の者たちはぼんやりと待っていた。

タオルを回して代わりばんこに田んぼの泥をぬぐう。髪の毛にも鼻にも、口のなかにまで泥が入っている。銃も泥だらけだった。ポール・バーリンは舌先を動かし、唾を溜めては吐いた。藻が混じった緑色の唾だった。掌にぬるぬるが絡み、ブーツのなかまで泥が詰まったような嫌な感じがする。他の連中も同じようにグリースを塗りたくったようで、同じひどい臭いがした。ハロルド・マーフィは脱いだトラウザーズで自分のでかい機銃を拭いている。エディはいつでも中尉が使えるように無線機をぬぐっていた。オスカーとヴォートとカチアートはライフルの分解掃除を始めた。

計算を終わった中尉が、無線を使って交信を始めた。きびきびした口調で座標数を読み上げ、砲撃を要請する。

その間、みんなじっとしていた。ポール・バーリンは平らな茶色い水田が一面に地を覆っているのを眺め下ろしていた。ホイ・アンの村はもう死んでいる。鳥も動物の姿もない。陽光が水田をきれいに照らし出している。高いところから見ればなんだってきれいなのだ。つとめてペダーソンのことは考えないようにした。ここでは、夜更けのような寒気がやってきたかと思うとひどい暑さに変わる。彼はシャツで手をぬぐい、舌先で歯をせせりながらなにも考えないようにつとめた。

無線がザーザーと音を立てた。金属音がつづく。ホイ・アンの南東の角の上空から砲撃が開始された。

中尉が着弾点の調整指示を送り、白燐弾を使用するよう依頼した。

無線がまた金属音を上げ、白燐弾が村を炎上させた。

「殺っちまえ」ポール・バーリンは呟いた。

中尉が炎上する村を見守っている。おもむろに無線に向かい、白燐弾をあと一ダース、HE（訳注　高性能炸裂弾）も同じだけ、と指示した。

砲撃は三〇秒間隔でつづいた。村中が真っ白な砲煙に包まれ、かろうじて残った垣根が激しく揺れる。一瞬にして燃え尽きた酸素が真空を生み、強い風が巻き起こる。ホイ・アンが炎上していた。木々が木っ端微塵に砕け散り、炎が酸素を貪り尽くす獰猛な音がする。背嚢の上に腰を下ろして、男たちは白煙のなかから黒煙が噴き出すのを眺めていた。藁の切れはしも木っ端もすべてが跡形もなく焼け落ち、ときおり村を走るフラッシュバルブのような爆発の閃光がすべてを溶かして炎熱を噴き上げている。熱気は彼らのいる遙か高い丘の上にも伝わってきた。なにか液体みたいなものが村の真ん中に注ぎ込まれ、一瞬にして沸騰して爆発したかと思うと水田に噴き出してくる。そんな感じだった。

「殺っちまえ」ポール・バーリンは言った。悪意はなかった。

中尉がまた無線に向かった。

新たにウィリー・ピーターとHEが交互に襲いかかる。初めは白、次が黒。拍手する奴など誰もいなかった。誰も感情を表にしなかった。村が焦土になるのをただ黙って見ている。砲撃が次々に煙まで吹き飛ばしてゆく。木々も小屋も垣根も塀も、すべてが姿を失くしていた。白い灰がもうもうと舞い落ちてくる。着弾するたびに煙のなかでなにかが閃き、まるで熔鉱炉の中心みたいに光った。砲撃はまだ止まない。音は殆どしない。小さな、軽く震えるような音がするだけだった。オスカー・ジョンソンだけが爆発のたびににやにやしていたが、あとは誰もが呆(ほう)けたようだった。それから自分たちで発砲を開始した。全員が一列に並び、燃えさかる村に向けて撃つ。ハロルド・マーフィは例によって機関銃だった。煙のなかに曳光弾(えいこうだん)が鮮やかな赤い尾を引いて次々に吸い込まれ、ウィリー・ピーターとHEがさらに降り注いだ。ようやく終わったのは全員の弾倉が空になったときだった。村はもう、ただの巨大な穴ぼこだった。

その夜はソン・チャ・ボンで野営だった。河で水浴びし、キャンプを張って晩飯にした。夜になって、誰ともなくジム・ペダーソンの話をし始めた。いつだって、黙っているよりは喋(しゃべ)っているほうがずっとましなのだ。

12 哨戒（しょうかい）地点

問題は、言うまでもなく勇気ってやつだった。いかに振舞うべきか。逃げる、戦う、手を結ぶ、どれだっていい。が、要は恐怖を持たないことではなく、恐怖をうまく飼い馴（な）らしながら賢く行動することだ。腹のなかに溜（たま）った胆汁を吐き捨てて恐怖を自覚すること、それが本当の勇気なのだ。そんなふうに、少なくとも彼は信じていた。そうして、だとすれば当然の理屈として、恐怖心が大きければ大きいほどその人間の潜在的な勇気も大きいことになるはずだと、そんなふうにも信じていた。

月明りでできた塔の影が、南のほうへ長く伸びている。

そろそろ二時一五分。だが少しも疲れてはいない。熱に浮かされたような気分で内陸のほうを向き、耳を澄ます。いろんな物音を数え上げてみた。海に逆巻く風波、引き潮、無線機の遠い雑音——。他の連中はみんな眠っている。スティンク・ハリスは膝（ひざ）を丸め頭を抱え込んで、倒されたボクサーみたいにちぢこまっていた。オスカーはやけに満足そうに手足を一杯に伸ばしているし、エディ・ラッツッティは寝返りを打ってはときどき寝言を言っている。

いずれにせよ、眼を醒ましそうな奴なんてひとりもいない。みんな夜に溶け込んでいる。

小声でゆっくりと号令をかけながら、軀を曲げて準備体操をした。腕や首や肩をほぐしてから塔上の小さな敷板をぐるりと二周する。疲労感はない。恐怖もない。夜は動きを止めている。

土嚢の壁にもたれかかり、ドクの煙草にもう一本火を点けた。戦争が終わったら煙草は止めよう。きっぱり止めてそれっきりにするんだ。

深く息を吸い込み、止めて、軽い酸欠が頭のなかにじんと拡がるのを愉しんだ。

そう、問題は勇気だ。いまだけじゃない。子どものころからずっとこれが問題だったのだ。いろんなものに怯えさせられてきたのに、一度として克服できたことがなかった。物音や暗闇、そういえば坑道もそうだ。あのときはもうちょっとで勇敢な行為を称える銀星章を貰えそうだったのに……。まあしかし本当の問題は勇気だ、シルヴァー・スターが貰えるかどうかなんてのは関係ない。というか、欲しいことは欲しかったけれど、それが問題なわけじゃない。そりゃあ、もし貰えたら親父に見せたかったし、その重みをずっしりと掌に感じながら自分がどんなに勇敢だったかを親父の前でとっくり披露したかったけれど、でもそれは枝葉末節のことだ。本当の問題は恐怖に打ち克つ意志の力であり、それをどう働かすかなのだ。どうにかして心のなかの秘密の小部屋に入り込み、そこにもつれたままで置き捨ててある回路、ひとりの人間がなし得るすべての可能性を最大限に開いてくれるような回路、それを探し出すことなのだ。ドク・ペレットと同じように、彼も、人間ひとりひとりのなかには勇気を司(つかさど)っている生物学的な中枢(ちゅうすう)みたいなものがあるんだと信じていた。それは触れた途端にスパークして、化学反応かどうか、ともかくそんなふうに動く一片の組織体なのかもしれないし、さもなければ刺激を受けたらすぐ、連鎖反応みたいに胆汁の分泌(ぶんぴつ)を停止して勇気を惹(ひ)き起こす一個の染色体なのかもしれない。でなきゃ点火によってすべてのエネルギーを一気に発散させるフィラメントやヒューズみたいなものだろうか。とまれそれが彼の肉体のどこかに秘められて輝いているシルヴァー・スターなのだ。

13　再び、パリへの途上の落とし穴

そうして下へ下へ、闇のなかの風車のようにくるくると落ちていった。危ないと叫んでライフルとサーキン・オゥン・ワンをたぐり寄せるのが精一杯で、あとはただ落ちてゆくしかなかった。

遙か下のほうに、水牛と荷車が引っくり返ったままで落ちてゆく朧ろげな姿が見えた。ふたりのおばさんたちは、まだ牛車の後ろに坐って歎いている。そして不意に見えなくなった。肺が痛い。血の流れが止まったような気がする。眼がひりひりする。頭から真っ逆さまに突っ込んでゆく。穴ぐらは終わることなく口を開け、深く細く、流星のようにびゅんびゅん過ぎ去ってゆく松明に照らし出されてつづいている。なんだか滑らかな岩肌に瞬く赤い目玉みたいだな、そう思いながら落ちてゆく。隣りの可愛い彼女の手をしっかり握った。彼女は微笑んでいた。おかしな話だが、彼女はにこにこしながら落ちてゆくのだ。

なんだこりゃあ、彼は考えていた。一瞬あの監視塔に戻ったような気分がして、確かに周囲に夜が溢れていると思ったのに、そう、そこでも彼は落下しつづけているのだ。眼が事物

の表面を虚ろに滑り、なんだか思わずとろりとしてくる。ほっぺたを抓ってみた。まだ落ちている。まったく莫迦げてるよ、こいつは。なにかが横を掠め落ちていった——なにか生き物、それもたぶん人間だ——と思ったところで老いぼれ中尉がスカイダイヴァーみたいに手足を一杯に拡げて落ちてゆくのが見えた。それからごちゃごちゃになった武器や弾薬や水筒やヘルメットや背嚢や手榴弾や……そんな物どもが次々に空を切ってゆく。つづいてはスティンク・ハリスにオスカーにエディにドク。ドクなんて手を振っているし、オスカーはこんなときでも変に気どって、高跳び込みの選手みたいにぴったりと両腕を頭上に揃えている。エディは落ちながらヨーデルを歌い、スティンク・ハリスは子どもみたいに丸くなって震えている。その後をじたばたしながら落ちてゆくポール・バーリンの眼に、穴の奥深く消えてゆく彼らの姿が映った。

落ちつづけながら、ふと、なんでこんなことになったんだろうという疑問が走った。ちゃんとパリに愉しく向かっていたはずだったのに。そう思うと恐怖がこみ上げてきた。こんなの莫迦げてるよ、そう思うことにした。

彼はサーキン・オウン・ワンの手をぎゅっと握った。彼女がにっこりする。「素敵ね」囁いたその眼が、薄く開いて潤んでいる。

落下の風を耳に受け止めているうちに、恐怖が胃の腑までせり上がってくるのがわかった。ちびりそうだった。脚を振り眼を閉じてみたが、圧迫感は止まず、遂に太腿が濡れるのがわかった。いっそ笑い出したいくらいだった。

「素敵だわ」傍らで一緒に落ちてゆく少女が呟いた。唇が薄く開き、舌が上唇を舐める。「素敵だと思わない？　言ったでしょ、あなたならきっと見つけてくれるって。わかってたのよ、そう、わかってたの！」

だが彼は自分で自分をどうにもコントロールできなかった。脳はもうばらばらになり、全身が濡れそぼって、腕も脚も縛りつけられたように動かない。ただ落ちるに任せているしかないのだ。

そうして、柔らかくぶつかった。

有難いことに耳のなかの轟音は消えている。しんとしていた。それから誰かの笑い声が谺してきた。気味の悪い声だった。起き上がると身震いし、肩をさすりながら声のするほうを探った。

オスカー・ジョンソンがマッチを擦った。

あたりは、硬くて赤い岩壁が切り立つ坑道になっていた。笑い声を立てると、壁に反射して甲高い狂声に聞こえる。

「大丈夫だ」ドクが囁く。「静かにな。もう終わったんだ」

それでもポール・バーリンは笑い声を抑えることができなかった。ビリー・ボーイが恐怖で狂い死にしたときみたいだった。へらへらと洩れる自分の声を抑えられない。

「落ち着け」ドクが語気を強めて腕をとった。「しっかり摑まれよ。上に行くからな」

それでも抑えられなかった。

「ほら、落ち着けってば」ドクが言った。「大したことじゃないだろ。道に落とし穴があるなんて、べつに珍しかないじゃないか」

ずいぶんと入り組んだ通路のつづくトンネルだった。壁に、ほぼ五〇メートルおきに松明が灯っている。彼らはそこを一列になって進んでいった。コウモリや罠杭やブービー・トラップにも用心しなきゃならない。スティンク・ハリスが先頭だった。つづいて老いぼれ中尉、それからオスカーにエディにドク・ペレット。しんがりはもちろん、少女の手を引いたポール・バーリンだ。水牛と荷車とふたりのおばさんたちはいつのまにか何処かへ消えていた。

坑道が大きくカーヴし、広くなったところで大きな明るい部屋のような場所に出た。

向こうの壁ぎわに、小柄な男が背を向けて坐っているのが見える。緑色の野戦服にサンダル、頭には草の芯を編んでつくった帽子を被っている。男は、メーターやダイヤルや点滅ランプが並ぶ操作台の上に据えられた巨大なクロムめっきの潜望鏡を覗き込んでいた。こちらに気づいた様子はなかった。

静かにと手で合図して、中尉が忍び足で部屋を横切るとライフルの銃口を男の首筋に向けた。

「動いたら」中尉の声が響いた、「あの世行きだぜ」

だが男は動いた。スツールの上でくるりと一回転すると、微笑みながら右手を差し出した。

「ようこそ」男が言う。「あなた方が落ちてきてくださって、とても嬉しい」

彼の名前は、自分から名乗ったところによればなのだが、リ・ヴァン・ゴク——ただのヴァンで構わないからねと彼は付け加えた——、第48ヴェトコン大隊の少佐だった。立ち上がると中尉の肩ぐらいまでしかない。肌は土気色で、笑うと糸のように細くなった眼のまわりに小皺がいっぱい寄った。

突きつけられた銃口を平然と無視してお辞儀をすると、彼はみんなを隣りの部屋に案内した。蠟燭の明りに照らされた豪勢な晩餐のテーブルの上に、米の入った鉢や肉に魚、新鮮な果物などが溢れ返っている。

「さて」リ・ヴァン・ゴクが微笑みながら言った。琥珀色のデカンタからブランデーを注ぐ。「さてそれでは、戦争のことでも話しましょうか、ねえ?」

再び、落ちるような滑るような感覚があって、ポール・バーリンはまたあの海辺の監視塔の上にいるような頼りない感じを味わっていた。意識が出たり入ったりするような不安で不快な気分だ。

生きた敵を眼の当りにするのは、彼にとって初めてのことだった。見たことがあるのはカチアートが撃ち殺した少年のヴェトコンだけだ。爆撃で死んだ屍体も見たことがある。だが、生きている敵は初めてだった。ゲリラのトンネルのなかを見たのだって、実を言うと初めてだった。いや、本当を言うと一度だけ覗きかけたことがある。銀星章(シルヴァー・スター)を貰(もら)い損ねたあのときだ。あのときは代わりにバーニー・リンがトンネルに潜っていって銀星章を貰ったのだった。そういうわけで彼は、敵もトンネルもシルヴァー・スターも、経験しそうで結局していない、というわけだった。

眠気と、それでもなお昂(たか)ぶる気分とがごっちゃになりながら、彼はまた落ちてゆく自分を感じていた。恐怖は消えていた。

一体どうやって、と彼らはリ・ヴァン・ゴクに訊(たず)ねた、あんたらはあんなふうに身を隠せるんだ？　あんなふうにずっと物音を立てないでいられるのも不思議だし、第一どこで眠ったり、どうやって風景のなかに溶け込んでしまえるんだ？　何者なんだね、あんたらは？　あんたらの原動力になっているのはイデオロギーなのか、それとも歴史とか伝統とかってやつなのか、でなきゃあ宗教、政治、恐怖、あるいは教育の結果なのか？　クァン・ガイの秘密についても教えてもらいたい。何故(なぜ)地面が赤く光る？　夜が動くように見えるのは、なんかわけがあるのか？　幻覚か、それとも本物かね？　どうやったら簡単に有刺鉄線を抜けて来られるんだ？　まさか空を飛べるってんじゃないだろう、それとも幽霊みたいに岩を通り抜けられるってか？　あんたたち、人間の生命には価値なんてないと思ってるってのは本当かい？　あんたたちの女は、間抜けなＧＩを引っかけるためにヴァギナにカミソリを仕込むんだって？　死んだ人間は何処に埋めてるんだ？　どれがＶＣ（ヴェトコン）の村でどれがそうじゃないのか教えてくれよ。何処の村に行っても婆（ばあ）さんと子どもばっかりなのはどうして？　大人の男は何処だ？　シン・イン山の戦いじゃあなにかこっち側の内部情報を握ってたんじゃないのか？　あんた自身はあそこにいたのかい？　フレンチー・タッカーになにがあったか知ってるか？　ビリー・ボーイ・ワトキンズが戦場で狂い死にしたとき、あんたはあそこにいたんじゃないのか？　ソン・チャ・ボンであんなふうに静かだったわけをなにか知ってるんだろう？　あれはほんとに心理作戦（サイ・オブ）だったのか？　どの径（みち）には地雷が仕掛けてあってどっちはそうじゃないんだ？　何処の水には毒が入れてある？　なんでこの土地はこんなにおっかない——というか、十字型の水田にトンネル、墳墓、ごわごわした生垣（いけがき）、それから貧困と恐怖……そんなものしかないいんだ？

「大地」リ・ヴァン・ゴクが呟いた。

それからゆっくりとブランデーを含んで微笑んだ。

「兵隊というのは大地の代理人に過ぎんのだよ。君たちの本当の敵はこの大地なんだ」ちょっと口を噤（つぐ）む。「この国には古い表意文字があってね、社（サ）と読む。意味は——」そう言って彼はサーキン・オゥン・ワンをちらりと見やり、助けを求めた。

「共同体です」彼女が言った。「英語ではコミュニティ。それから『土』とか『家』とかもね」

「そう」リ・ヴァン・ゴクは頷（うなず）いた。「しかしそればかりじゃあない。地球、空、聖なるものを意味することだってある。社(サ)というのはたくさんの意味を含んでいるのだよ。けれど核心は、やはり大地にある。人間の魂が宿り、先祖伝来みんなが憩(いこ)いながら米を育ててきたこの大地にね。というわけで君たちの敵は、この大地なんだよ」

スティンク・ハリスがふんと鼻を鳴らした。中尉とオスカー、エディにドク・ペレットは並べられた簡易寝台に坐っていたが、やがてブーツをはいたままそこで眠ってしまった。

「すると地雷は——」

「大地が自分で自分の身を守っているわけさ」

「トンネルは」

「言うまでもあるまい、ん？」

「生垣と水田は」

「さよう」と敵の将校は言った。「大地のかさぶたってとこかな。ブランデーをもっとどうだね？」

サーキン・オウン・ワンに助けてもらいながら、彼らはふたりでずいぶん長いこと、クァン・ガイという土地のことについて話し合った。たとえば、土地の地形というものはその風土についてなにがしかを語っているわけだが、しかし風土自体はなにも語りかけてこない。むしろ大事なのは地下(アンダーグラウンド)なのだ、そう言って男はにっこりした。つまり地下こそがその地を文字通り集約し、そこに含まれている神秘を簡潔に伝えているんだ。本当に偉大な真実は表面には語られない。結社(サ・ホイ)つまり我々の党は、社(サ)つまり大地のなかに姿を潜めているんだ。

だから君たちの敵は大地なのさ。

「豹が隠れるのか」とリ・ヴァン・ゴクはさらに切り出した。「それとも自然のほうが豹を隠すのか。隠れるのか隠されるのか、果して一体どっちだろうねえ？」

やがて他の連中が泥のように眠り込んでしまうと、リ・ヴァン・ゴクは彼を連れてトンネルのなかを案内した。

部屋から部屋へ、ふたりは戦争のアンダーグラウンドを探険してまわった。コウモリが乾草小屋の屋根裏に棲む鳩みたいに梁に巣をつくっている。壁はタイルや石のタペストリーやモザイクで飾られている。曲がりくねった地下茎のようなトンネルのあちこちに火薬の入った樽や導火線の束、弾薬の箱といった軍の物資がある。

部屋と部屋は狭い通路で結ばれており、次々に通り抜けてゆくと最後には元の指令室に戻っていた。

リ・ヴァン・ゴクは含み笑いをしたまま、彼をクロムめっきの操作台の前へと促した。

「待ってなさい」そう言って、小柄な彼はボタンをあれこれと押していった。潜望鏡がウィーンという唸りを挙げて昇ってゆく。ガチャンと音を立てて昇り切ったところで、彼はスツールを引き寄せ、ポール・バーリンに覗いてみるよう手招きした。

「なんだい、これ」

「おや」リ・ヴァン・ゴクが言う。「知らないのかね？」

眼を細めてスコープを覗き込みながら、それでもまだ彼はどういうことなのか呑み込めなかった。坑道の入口のあたりに男たちの集団が見える。ぼんやりした像だ。喋っているのは数人、残りは黙っているらしい。ひとりが四つん這いになって穴ぐらのなかに潜り込もうとしている。

「何なんだ?」ポール・バーリンは言った。「俺にはさっぱり――」

「もっとよく見てごらん。集中して」

14　銀星章を貰いそこねたあのとき、のこと

フレンチー・タッカーが撃たれる音が全員の耳に聞こえた。その後ほどなくしてバーニー・リンが自分の耳で聞くことになったのと同じ音だった。

「誰かなかに入る者はいないか」シドニー・マーティン中尉が言った。ポール・バーリンと同じくらい、戦争に無知な男だった。

但しこれも後の話だ。最初彼らはフレンチーが自分で這い出してくるんじゃないかと待ったのだ。スティンクとオスカー、ペダーソン、ヴォート、それからカチアートが坑道の入口のあたりで待機し、残りは遠巻きに輪になっていた。

「ほうら、言わんこっちゃない」オスカーが不平を垂れた。「さっさと爆破して移動しちまえば良かったのに、いちいちくそったれどもを探索なんてさせるもんだから、ほうら見ろ、このざまだ」

「これは戦争なんだ」シドニー・マーティンが言う。

「へへえ、ほんとですかい」

「そうだ、へらず口を叩くんじゃない」

「戦争ねえ！」オスカー・ジョンソンが大声を挙げた。「いやあ、こちら様が仰言るには俺たち戦争してるんだってよ。どうだい、信じられるかい」

「まあ、故郷に送る手紙にはそう書くよな」エディが応じた。

「戦争だってよ！」

全員が銃声を聞いたのだった。初めから全員で、フレンチーが穴にもぐってゆくのを見ていたのだ。うすらでかくて毛むくじゃらの彼は、これが終わると次の輸送ヘリで後方に送られて、血圧の検査を受けることになっていた。政治の話が好きな、まったく気のいい男だった。それが命令を受けて、嫌々ながらじりじりと少しずつ穴のなかにもぐり込んでいったのだ。

「俺ぁ嫌ですよ」彼は初めからそう言っていた。「いくらなんでも殺生でさぁ。このフレンチー・タッカーだけは勘弁しちゃもらえませんか」

「お前だ」シドニー・マーティンは言った。

「ちきしょうめ」フレンチーが言う。「俺じゃ突っかえちまうってのに」

「豚みてえにだろ」スティンク・ハリスが言い、他の連中からぶつぶつ不満が洩れた。

オスカーがシドニー・マーティンを見据えた。「そんなにやらせたきゃあ」口を開く、「自分でやったらどうです。どんな気分になるか自分で味わってみりゃいいんだ。自己啓発ってやつでしょうが。あん、きっとブッ飛んでしまうんじゃねえんですか」

若僧の中尉は首を振り、黙ってフレンチー・タッカーを見凝めると、穴ぐらか、さもなくば軍法会議のどちらかだと言った。いずれにせよどっちかひとつだ。やむなくフレンチーは悪態をつきながら背嚢を降ろし、ブーツとソックスとヘルメットを脱いできちんと岩の上にひとまとめにした。不平たらたら、また血圧が上がっちまうとこぼしながらわざとのろくさしている。

それから全員でこの大男がぶつくさ言いながらもぞもぞ穴にもぐってゆくのを見守ったのだ。そうしてすぐに、銃声が聞こえたのだった。

長い間、待ってみた。シドニー・マーティンが懐中電灯を見つけてきて、穴を覗いてなかを照らした。

それから言った。「誰かなかに入る者はいないか」

みんな後ずさりした。坑道の入口のあたりに居合わせてしまったバーニー・リンはそっぽを向き、なにやら独り言を呟いた。

「誰か」新米中尉が言った。「いますぐだ」

スティンク・ハリスが肩をすくめた。「フレンチーはきっと大丈夫ですよ。もうちょっと待ってやれば自分で出てきますって」

ペダーソンとヴォートが相槌を打った。希望の光でも見えたみたいに、みんなが口々に、奴は大丈夫さとかフレンチーなら間違いないよとか言い合う。スティンク・ハリスに至っては、あの音はＡＫライフルじゃないと言い張った。「ありゃあ小銃じゃねえって」重ねて彼は言った。「あいつはAKの音じゃねえもん」

「誰か」中尉が言う。「誰か行く者はいないのか」

誰も動かない。

「すぐだ。間に合わんぞ」

スティンクは踵を返し、さっさと包囲網の端っこまで歩いていくと、ヘルメットを脱ぎ捨ててその上にどっかり腰を下ろした。煙草に火を点ける。エディとヴォートがあとにつづいた。ひと塊になって煙草を喫う。ドク・ペレットは医療ポーチを開いて、まるで在庫確認みたいになにやら備品を調べ始める始末だし、ペダーソンとバフとルディ・チャスラーは生垣の向こうに隠れてしまった。

「おい、聞け」シドニー・マーティンが言った。背が高く、顎のところににきびの痕がある。「いいか、これは命令じゃない。しかし現に仲間がひとり穴のなかにいるんだ。だから誰かが助けに行かなくちゃならんだろう。それもいますぐに、だ」

スティンクが鼻を鳴らした。「あのチビ公にやらせりゃいい」

「誰だって？」

「チビ公。カチアートですよ。奴にやらせなさいよ」

オスカーがカチアートに眼をくれた。まん丸い顔をにこにこさせて背嚢を降ろそうとしている。

「駄目だぜ、こいつじゃ」

「誰か。誰か決心する奴はいないのか」

ポール・バーリンは一人ぽつねんと佇っていた。壁に押し塞がれるような気分だった。つとめて誰とも眼を合わせないようにした。

バーニー・リンがいきなり喚き声を挙げた。立っていた場所にそのまま装備を落とし、頭から穴ぐらに突っ込んでいった。畜生め、畜生め、そう言いつづけている。バーニーは以前、ふざけてフレンチーの缶詰に虫除け剤をふりかけたことがあったのだ。「ちっくしょうめぇ」言いつづけながらもぐり込んでゆく。

撃たれたのは、まだ足先が外に出ているときだった。水泳選手のように爪先が突っ張った。ドクとオスカーが足首をひっ摑んで引っ張り出した。脚はまだ汚れていない。そのくらいあっけない出来事だった。悪態をつきながら頭からもぐり込んだところで、喉の下わずか半インチのところを撃たれ、引っ張り出されたのだ。汗をかく間さえなかった。腕にこびりついた泥が、乾いて剝げ落ちた。眼をぽっかり見開いている。「ああ、神様」言葉が洩れた。

15 パリへのトンネル

「わかるかな？」潜望鏡を降ろし、銀色の鍵でロックしながらリ・ヴァン・ゴクが言った。「物事というのは実にさまざまな角度から眺めることができるのだよ。下から見上げたり内側に入ってみたりするだけで、まったく思いもかけなかったような発見があるものなんだ」

彼はぺこりとお辞儀をし、ポール・バーリンをべつの部屋へと連れていった。朝の中庭という設定なのだろうか、そこは眩いばかりに照明された地下の部屋だった。練鉄製のテーブルの上では小鳥がさえずり、蝶々までひらひらしている。他の連中は、もう席に就いて朝食にしていた。

その後リ・ヴァン・ゴクはこの巨大な要塞のなかを案内して回り、中尉を相手に販売員もどきのにこやかな顔で専門的な質問に答えたりしながら、例のクロムめっきの台の上に付いているいろんなダイヤルやスイッチや点滅ランプの機能を説明した。コーソンはいたく感じ入ったようだった。ふたりの将校は素晴しく意気投合した。

見学を終えると彼らは居間の椅子でひと休みした。少佐が葉巻を勧め、中尉が受け取った。

「なるほどねえ――」長い溜息が洩れる。「なるほど、これが地球の反対側の暮しってわけか。いやあ、まったく驚きだ」

ふたりは長々と、主に軍事関係の話を交わし、ようやくひと区切りついたところで中尉が腕時計をちらりと見やった。小さく咳払いをする。

一瞬、沈黙があたりを覆った。

「うむ、ここは本当に洒落た造りだ」コーソン中尉は言い、念を押すように「素晴しい独身将校宿舎だな」と付け加えた。それからもう一度腕時計に眼をやって言った。「さてと、もっとお邪魔していたいのは山々なんだが、そろそろ行かなくちゃあ。なにしろまだ先が長いものでね」

「もう少しゆっくりしてってたらどうかね」

中尉はかぶりを振った。「残念なんだけどね。ほんとに、せめてもう一週間あればお互い勉強になったと思うんだが。まあしかし、我々はまたあの埃っぽい路上へと戻らなきゃならんのだよ」

「話ができて良かった」

中尉が頷いた。「それで、だ。出口を教えてもらえるかな? 途がわかれば自分たちで行けるから」

リ・ヴァン・ゴクは相変わらず微笑を浮かべていたが、困ったようなそぶりが見えた。

「難しいな」彼は言った。「簡単には行かないのだ」

「駄目だってことか？」

「うーむ、まあねえ。なにしろ、ほら、問題がひとつあるではないかね」

「つづけてくれ」中尉が言った。

リ・ヴァン・ゴクは帽子をとってしばらく頭を掻き、被り直してからようやく言った。

「たいへん厄介な問題なのだ」繰り返しながら、うまい言葉を探して言い淀み、探しあぐねて天井の扇風機を意味もなく睨んだ。「つまり……つまりだね、規則に従うなら貴公らはいまや私の捕虜になっているわけだ。わかるだろう？　戦時捕虜だ」

部屋じゅうが静まり返っていた。褐色の脚を組んでソファに坐っていたサーキン・オゥン・ワンが爪を切る手を止め、エディは声にならない呻きを洩らした。スティンク・ハリスが椅子から乗り出しかけ、元に戻った。ポール・バーリンは反射的に銃に手をかけていた。

「わかった」中尉がゆっくり言った。「――と思う」

そのまま人差し指でコツコツと前歯を叩いた。また静寂が戻ってくる。リ・ヴァン・ゴクは所在なげに自分の掌を見ていた。

「そうか」ようやく中尉が溜息まじりに口を開いた。「ようやく問題点が見えてきたぞ。戦時捕虜(POW)、と、そう言ったな？」

リ・ヴァン・ゴクが軽く会釈した。

「それで……それでその規則ってのは融通が利かないわけだ」

「簡単にはね」

「そりゃそうだろうな」

小柄（こがら）な彼がにっこりした。「緩い規則（ルール）は貧者の防具（ツール）と言うから、ね？」

ポール・バーリンは自分の息が浅くなっているのに気づいていた。肺のごく上のほうにしか空気が入ってこないような変な感じで、呼吸が短くなって目が回る。少し前まで何事もなくパリへの道を愉（たの）しく進んでいたというのに、いつのまにか振り出しに戻らされて、挙句には戦時捕虜だなんて。時計の音がやけに耳に響いた。暑苦しい緊張した音だった。

「あんたはこの俺（おれ）たちがＰＯＷだって、そう言うんだな？」

「気の毒だが」

中尉は銃の安全装置をいじっていた。どうやら本人は無意識らしかった。まるでおはじきでもしているみたいに、時計の音に合わせてパチンパチンと弾（はじ）いている。

「言うまでもないだろうが」中尉が優しげな声で言った、「こっちは数で優（まさ）っている」

「そうだね」リ・ヴァン・ゴクが頷いた。

「人数もそうだし、武器のほうでもだ」

「わかってるよ。この巨大なジグソー・パズルのなかで唯一（ゆいいつ）、ちゃんとわかってる部分（ピース）だね」

「数で優り、武器で優り、テクノロジーでも優ってるんだ」そう言ってコーソン中尉は、プラスティックでできた銃床を指の腹で叩いた。

「お見事」敵官が言った。「実に簡潔に問題点を要約してくれた。いやあ、まったくお見事だ」

　余裕を見せようとして中尉が無理に微笑んだ。「要約なんかじゃない」かろうじて言う。

「こいつは事実なんだ」言って立ち上がり、ひとつ伸びをしてみせて葉巻を揉み消した。スティンクとオスカーに構えの合図をする。

「ああ、答えが見つかったかね！」リ・ヴァン・ゴクが顔を輝かせた。心底ほっとしたようだった。「我々の難題が遂に解決したのだね？」

「簡単なことさ」

「素晴しい！　正直、これでどんなに救われたかわからないよ。で、どんなふうにパズルを解いてくれたのかね？」

「これさ」中尉がそっと言った。

リ・ヴァン・ゴクが眉をひそめた。「これはライフルみたいに見えるんだが……きっとなにかの間違いだろうね」

「冗談言うなってか？」中尉が構えた銃をしっかり見据えた。「そう、冗談じゃあないぜ。ご覧の通りさ」スティンク・ハリスに合図する。「このちびの莫迦野郎を縛り上げろ」

「え？」

「こいつを縛れ」

「なんでです？」

「こいつの靴紐でもなんでもいいだろうが。つべこべ言ってないで早く」

「だって、こいつの履いてるなぁサンダルですよ。紐ったって――」

「縛れ！」

結局彼はカーテンを下げる紐を見つけ出してきた。スティンクに手脚を縛られている間じゅう、リ・ヴァン・ゴクは首を振り、哀（かな）しげな笑みを浮かべていた。

全員がばらばらになってさっき案内されたすべての部屋に素早く散った。手順は言うまでもない。いつも通りのチーム編成だ。真ん中の武器庫を叩くのはエディとオスカー。水道と電気系統を破壊するのはドク・ペレットとポール・バーリンの役目。中尉は新たな意欲と使命感に燃えて、単身、例の巨大な制御装置を叩き壊し始めた。リ・ヴァン・ゴクは縛りつけられたまま意味不明の笑みを浮かべておとなしく見守っていたが、中尉があの自慢の潜望鏡にとりかかろうとすると初めて声を挙げた。

「やめてくれ、お願いだ」精一杯の抵抗だった。「同じ将校だろう。頼む、それだけはやめてくれ」

「糞（くそ）くらえ」

「暴力ではなにも――」言った途端、中尉の銃剣が潜望鏡のレンズを貫通した。ガラスの破片が床に散らばった。「やめてくれ、頼む！　こんなやり方じゃパズルは解けないんだ！」

中尉は一切耳を貸さなかった。レンズをこじって滅茶苦茶（めちゃくちゃ）にしてしまうと、中尉はそこに銃口を挿（さ）し込んで引金を引いた。六発だった。

リ・ヴァン・ゴクは震えていた。「わからないのかい？　こんなことしてもパズルの断片（ピース）

が増えるだけなんだよ。壊せば壊すほどパズルは難しくなるんだよ。お願いだから、お願いだからやめてくれよ」

「黙れ」

「頼むよ！」

「黙れと言ったんだ」中尉は椅子の背を持ち上げ、彼の眼（め）をじっと覗（のぞ）き込んだ。「さあ、これでおふざけ（マンボ・ジャンボ）はおしまいだ。いいかひとつだけ訊（き）くぞ、この土人野郎（ディンク）。どうやったら此処（ここ）から出られるんだ？」

「だからそれは——」

「出方だ。それだけをちゃんと言え」

リ・ヴァン・ゴクは縛りつけられた椅子の背にぐったりとうなだれた。草の芯（しん）を編んでつくった軽い軍帽がずり上がって後頭部に引っかかっている。

その口から溜息が洩れた。

「もし知ってたら」疲れた声音（こわね）だった。「こんなとこにいるわけがないでしょう？　ぼくは頭がおかしいわけじゃないんだよ」

「なんだ、そらあ。はっきり言え、この野郎」

ちびの敵将は首を振ってずれた帽子を直そうとした。ようやくまっすぐになると、眼を細めてじっと前を見凝（みつ）めた。

「このパズルはね」と彼は口を開いた、「君たちだけのものじゃないんだ。一番はっきりしてることを教えてやるよ。ぼくも知らないんだ」

「この野郎、殺っちまおうや」スティンクが言う。

「知らないんだ」

「蛆虫に喰わせちまおう。チャイニーズ・クッキーだぜ」

「ほんとに知らないんだ」言っていきなりがっくり首を折った。笑みは消えていた。すすり泣いている。床に落ちた帽子が独楽みたいにくるりと回り、真っ白な髪の毛が現われた。

「ヴィクター・チャールズ（訳注　VC〈ヴェトコン〉にひっかけた兵隊の隠語）だぜ、これが」スティンクがあからさまに莫迦にした様子で言った。「見ろよ、これがかの有名なヴィクター・チャールズだってよ」

男は背を丸め、縛られた身を捩って泣いていた。初めは低かったが、やがて堰を切ったようにしゃくり上げ始めた。

「ざまぁねえなあ、おい」スティンクが言う。「これで有名なヴィクター・チャールズとはねえ」

中尉がブランデーをグラスに注ぎ、肩に手をかけてなだめながら優しく口に含ませた。しずくが顎から滴った。

しばらくして、リ・ヴァン・ゴクは身の上を語り始めた。

見かけはどうみても五〇歳といったところだったが、実はまだ僅か二八歳だという。ハイフォン生まれのハノイ育ち。家族に恵まれ党からの信頼も篤く、なにより素晴しく出来のいい学生で、電子技術に秀れていた。将来はまさに無限、そう思えた。そこへ戦争が起こった。

そして徴兵。たった一通の通知でこんなことになるなんて——彼はそう言った。それから狂ったみたいに電話をかけまくり、ラオ・ドンの司令部にも日参し、担任教師や坊さんやかかりつけの医者や、さらには学校の校長からも嘆願書を送ってもらった。が、どれもすべて無駄だった。あっけなく入営の日が来て訓練に送り込まれ、七か月後、南への浸透命令を受けたのだった。

「未来がすべて破壊されたんだ」リ・ヴァン・ゴクは嗚咽を押し殺し、濡れた眼で中尉を見上げた。「戦争のことなんか興味もないし、これっぽっちだって考えたこともないのに。なのに戦争で全部駄目にされたんだ」

そこで深く息を吸い込んだ。眼をしばたたかせ、ひとりひとりの顔を見回す。ポール・バーリンのところで視線が止まった。

「だから」ゆっくりと言葉がつづいた、「だから抵抗することにした。つまり……その……つまり脱走したんだ。考えてもみてくれよ！ 混乱、怒り、不満、あの気持をどんなふうに言えばいいんだ!? でも……そうさ、でもともかくぼくは脱走した。しばらくはハノイの外れの村で友だちと一緒に暮したよ。それからひとりでもっと田舎のほうを放浪して、乞食みたいに過ごした。隠れて逃げ回ってたんだ。もちろん最後には捕まったよ。裁判はたった八分間だったっけ。簡単だったな、全員一致で有罪」リ・ヴァン・ゴクは頭を巡らせて、架空の裁判官たちの顔を眺め回してみせた。「これがその判決さ。地下トンネルに一〇年間幽閉。それでぼくはここにいるんだ」

短い沈黙が支配した。男は眼を伏せた。

スティンク・ハリスがにたりと笑った。「ひでえ災難だよなあ。ええ、くそったれのオカマ虫よ!?」

中尉が静かにと手を振った。

「なあ」優しい声で語りかけた。「ほんとに気の毒な話だ。まったく胸が痛むよ。ただな、それだけじゃ俺たちにはどうにもならんのだ。もう一度訊くが、出口はどっちなんだ?」

小柄な将校は無理に微笑を浮かべた。苦い笑いだった。

「まだわからないのかい? 出口なんてないんだ。これはパズルなんだよ。ぼくらはみんな囚人ってことさ。全員、ひとり残らずね。みんながPOWなんだよ」

「突っ殺しちまおうぜ、こんな奴」スティンクが言った。「こんな惨めくさい奴ぁ、叩っ斬っちまおうや」

リ・ヴァン・ゴクはなんの反応も見せなかった。「一〇年だよ」呻きが洩れた。「長い長い一〇年間」唇が震える。「一〇年! まるでミミズじゃないか。蛇に蛆虫、こうもり、鼠、毛虫、とかげだっている。それも寝床のなかまで入り込んでくるんだ。どう言えばわかってくれる? 怖ろしい? 発狂しそうな? 出口なんかない牢獄なんだ……迷路みたいに何処まで行っても次のトンネルがつづいて、通路の次はまた通路で、袋小路に当ったり横道に逸れたり、分かれ道も曲がり角もあるけど、結局何処にも出られない。全部真っ暗闇だよ。こんな莫迦でかいごみ溜めみたいなとこに埋められて……。なんて言えばいい? ちくしょう！　一〇年だよ。一〇年、一体なんのために？　ねえ、なんで!?」

彼はまた肩を揺すって泣き出した。それが収まるのを辛抱づよく待ってから、中尉が質問を変えた。あくまでも優しい物腰で彼の腕を軽く叩きながら、脱出の方法を教えてくれと促している。けれどもリ・ヴァン・ゴクは首を振るばかりだった。出口はないんだよ、そう繰り返している。もうとっくに自分で試したさ。そう、それが最初の一年間に彼がしたことだった——トンネルのなかを這い回り、洩れてくる光がないか、ハッチでもドアでも通風孔でもいいからなにかないか、必死で探した。結局すべて駄目だった。ここは出口のない迷路なのだ。そうして彼は諦め、一〇年間待つことにしたのだった。

「諦めたのか」コーソン中尉が訊いた。「止めちまったのか？」

リ・ヴァン・ゴクは肩をすくめた。「受け容れることにしたんだよ。どうしたって大地に勝つことはできない。だからここで、ささやかに心地良くやることにしたんだ。地獄のなかでもかろうじて生きられる小部屋をつくってね」

中尉は自分の掌をじっと見ていた。何度も引っくり返しながら、ためつすがめつ掌を眺め、節々を調べ、爪まであらためている。解けないパズルを前にしたときのように口許が緩み、渋い顔になっていた。聞こえるのは、天井から吊るされた扇風機の音だけだ。

スティンク・ハリスも笑うのを止めていた。代わりに落ち着きなくうろうろ歩き回り、頭を掻きむしってシラミを潰した。エディとドクとオスカーは黙りこくっている。やにわに降って湧いた災難だ。いや災難というより絶望だろうか。閉じ込められたのだという実感。いやに壁が迫って、締めつけてくるように思えた。空気までが、ついさっきまでは感じなかった饐えた臭いを放っている。

大地――その言葉がポール・バーリンの脳裏につきまとって離れなかった。戦争捕虜、大地の囚われ人。

誰も喋らなかった。

べつの部屋で時計が時を刻んでいる音が聞こえるくらいだった。

そのとき、サーキン・オゥン・ワンが組んだ脚を解いて立ち上がりざま言った。「道ならあるわ」

中尉はまだ掌を眺めていた。指が小刻みに震えている。

「入口が出口よ」

リ・ヴァン・ゴクが笑い声を上げた。が、少女は振り向きもしない。

「入ってきた道が」彼女はつづける、「出ていく道なの。大地から脱け出るにはそのなかに溶け込まなきゃ駄目。家に帰ろうと思ったら難民にならなきゃいけないのと同じなのよ」

「判じ物だね！」リ・ヴァン・ゴクが吐き捨てるように言った。「まったく莫迦げてる！」

サーキン・オゥン・ワンはポール・バーリンの手をとった。「わかる？」彼に言う。「あなたたちは私が必要なのよ」

小さな敵の将校が縛られた身を捩って喚いた。「その女は狂ってるぞ！　出口なんかない、希望なんかないんだ」首を一方にのけぞらせて言う。「ここから……ここから出てったら地獄だぞ。君たちには想像もつかない汚濁の世界なんだ！　すぐに迷っちまうに決まってる。迷って、それも永遠にだ！　だから言うことを聞きなさい——我々はみんな囚われ人なんだ、ひとり残らず全員が」

サーキン・オゥン・ワンは勝手に、ポール・バーリンを部屋の戸口まで引っ張っていった。「入口が出口なのよ」くぐもった声で言った。「この穴には落ちて入ったんだから、今度は落ちて出られるはずよ」

「落ちて出る？」中尉が訊いた。

「そうよ。落ちて入ったときとおんなじよ」

中尉は言葉を切った。まだ掌をしげしげと眺めている。それから肩をすくめた。手を突いて立ち上がり、全員に出発の準備をしろと合図をした。

「その娘がペラペラ喋ってるのは全部狂人のたわごとだぞ！」リ・ヴァン・ゴクが泣き声を上げた。「謎めかしてたぶらかそうとしてるんだ！　もう一度警告する、ここから出てったら希望もなく野垂れ死にするだけだ。永久に迷いつづけるだけなんだ。言うことを聞け！」

中尉は耳を貸そうともしなかった。全員がゆっくりと荷物をまとめ、ライフルを肩にするとヘルメットを直した。誰も口を利く者はなかった。エディとオスカーは米と干魚とキャンディの袋をまとめて括りつけている。ドクは老いぼれ中尉が背嚢をかつぐのを手伝っている。

全員の用意が整うと中尉はリ・ヴァン・ゴクの縄を解いてやった。「どうするね？」

「さて、一緒に来るなら来てもいいが」彼に言った。

男は恐怖に顔を引き攣らせて鉄柱にしがみついた。

「厭だ」声が低い。「私を処刑してもいい、撃ち殺したっていい。でも、あんな地獄に行くのだけはご免だ」声が震えている。「大地に打ち克つことはできないんだよ。そのことを受け容れなさい」

中尉が躊躇いの色を見せた。眼をこすり、サーキン・オウン・ワンのほうに一瞥をくれる。彼女がにっこりした。部屋を横切ってくると中尉の手をとり、戸口のところまで導いてゆく。エディが後につづいた。それからドク、オスカー、スティンク、ポール・バーリン。

「受け容れなさい！」背後から声が追ってきた。だがもうそのときには、全員が巨大な闇に呑み込まれていた。落ちて出てゆこうとしていた。


下へ下へか、それとも上へ上へなのか。知る術はなかった。サーキン・オウン・ワンは一列になった彼らの先に立って真っ暗なトンネルを進んでゆく。闇のなかを蝙蝠が飛び交った。鼠や蛇が足許を掠め、蜘蛛の巣がカーテンのように拡がっている。死の臭いがした。足の下に得体の知れない生き物が蠢き、墓場のような漆黒の闇が降りている。全員が手をつないでいた。道が狭くなると這って進んだ。土工兵みたいだな、ポール・バーリンは考えていた——腹這いになって手と膝を使いながら匍匐してゆくのだ。ときどきひどい暑さになった。鉄でも溶け出したような、シュルシュルと音を立てる空気が肺を焦がした。かと思うと今度は寒さが襲う。自分で自分の身を抱き、足踏みして互いに背中をこすりながら堪えた。するとまた暑さ。そしてまた寒さ。それでもサーキン・オゥン・ワンの足どりは、どう見ても初めてとは思えないくらいしっかりしていた。歩みは素早くしなやかで、みんなが疲れ果ててくたばりそうになると、にっこり微笑(ほほえ)みながら励ましている。どのくらい時間が経(た)ったのだろう。何時間、いや何日というべきなのか？　交替で睡眠をとった。誰かひとりだけは鼠を追い払うために始終起きていた。やっぱりここは迷路なんだ、ポール・バーリンは考えつづけていた。迷って、閉じ込められてしまった。一体なにがいけなかったのだろう、彼はひたすら訝(いぶか)しかった。

16 ピックアップ・ゲーム

隊はソン・チャ・ボンの湿地沿いに点在する村々を回っていた。新しい村に着くと、まず周りを包囲し、村内を探索し、ときには火を放つこともあった。生きた敵の姿は一度も見かけなかった。ただ、奇数日の午後には決まって狙撃を受けた。偶数日の夜は臼砲の攻撃だった。そこには一定のリズムがあるというわけだった。実際誰もが、いつ警戒態勢をとることになるかを知っていた。休んでも大丈夫なときや偵察隊を出してもいいとき、いけないとき、すべてがわかっていた。この戦争には或る種の決まり事と規則性とがあって、それだけが確かだと言えるものだった。

七月の最初の週になって、それが終わりを告げた。なにも起こらなくなってしまった。奇数日の午後は暑く静かで、偶数日の夜は平穏そのものだった。

全員がすっかりくつろいでしまった。フレンチー・タッカーとルディ・チャスラーは行軍の途上で蜒々と言葉遊びをやっていたし、オスカーにはハンモックを繕う時間ができた。ポール・バーリンは母と父に手紙を出すことにした。すべて良好です、そう彼は書いた。死傷者も出ないし嫌な物音も聞こえない、まったく素敵な時間を過ごしてます。ただ河にはトンボとか蛭とか物凄い数の虫がいますけどね。とにかくいい時期です。誰にだっていい時期と悪い時期があるものでしょうけど、いまは——と彼は両親に強調した——ぼくにとって明らかにいい時期です。彼がそんな手紙をいくつか書いては溜めて、しまっておいてから、補給ヘリが七月の八日にやって来ると素早く封筒に宛名を書き込んで、右舷にいる機銃手に手渡した。若いガナーはお返しにスポルディングの「丈夫で長持ち」バスケットボールを放ってよこした。

というわけで、その日の午後のいちばん暑くなった時間帯をサプ・ロという名前の小さな村で過ごしていた彼らは、分隊別にバスケット・チームをつくることにしたのだった。エディ・ラッツティは村の女が使う穀物入れの籠の底をひっぺがし、木によじ登ると、ワイヤで括りつけてから高さを調節した。バックボードがないんだけどさ、と彼は言った。それがなんだってんだよな、まだ戦争やってんだから。だろ?

エディをキャプテンにした第三分隊は、向かうところ敵なしだった。まずルディのチームを52対30で破り、次に第二分隊を60対12で軽くあしらう。それからサプ・ロの村を離れて河を見晴らす日が暮れるまでみんなでそうやって遊んだ。それからサプ・ロの村を離れて河を見晴らす砂地の丘まで戻り、再戦のことやら雪辱戦をわいわい話し合った。その後、丘のあちこちに散開して各自でタコツボを掘り、坐り込んで夜になるのを待った。すべてが相変わらず平穏そのものだった。西向きの山の端が赤く染まった。眼下を流れる河面はあくまでも、無表情だった。

「ほんとに頭のいいやり方ってのはな」ドク・ペレットが穏やかな声でエディに講釈していた。「裏を掻くことだ。どのスポーツだっておんなじだよ。相手方にはひとつのことだけを信じこませといて、やおらズバッと、予想とはまったく反対のとこを衝くってわけだ。心理学の基本だな」

エディは真顔で頷き、タコツボから半身を乗り出して盛り土の上にいろんなプレイの陣形図を描き始めた。ひと通り終わったところでそれをドクが難しい顔で点検し、親指で×や○をいくつか描き込んだ。

「ほら、こうなんだ、わかるか?」ドクがにっと笑いながら言った。「こいつらはたぶんお前か俺がシュートするだろうと考えてる。もう、当然そうだと思い込んでいるわけだな。で、こっちとしちゃあ、そこがまさに狙い目だ——奴らをそっちに引きつけるだけ引きつけといてから、ビシッと地面を抉るようなバウンド・パスをカチアートに送る、と」そこでドクはくっくっとひとりで笑った。「な、わかるだろ? お前、一体誰がカチアートがシュートするなんて思う?」

夜はゆっくりと更けていった。臼砲の攻撃はなかった。朝になると河沿いに東へと移動をつづけた。何処にも敵の影さえなく、ただただ暑くて空っぽの一日だった。

その日の午後遅く、彼らはドクの新しいプレイを試してみることにした。エディがセンターでボールを捉え、一気に左へドリブルして速攻のフェイントをかける。引っ掛かったルディのチームは全員が残らずおびき寄せられて左側に殺到し、がらあきになったゴールの下にカチアートが取り残された。エディが止まり、もう一度フェイントをかけてピヴォットでくるりと一回転、そこでパスした。カチアートが易々とボールをキャッチする。例によってにこにこしながら向きを変え、シュートした。外れた。

「ま、ともかくだ」と、試合後ドクは言ったものだった。「原則的にはちゃんと理屈に叶ってるんだ。基本的なセオリーにまでケチつけんなよ、な？」

その翌週からずっと、彼らはソン・チャ・ボンから東向きに海のほうまで河に沿って点在する一四の村々を移動しつづける間中、つねにバスケットボールを携えていた。村はどこもみんなおんなじで、もちろん毎日の任務も変わらなかった。村の米倉を壊し、トンネルがあれば爆破し、終わったら暗くなるまでバスケットボールをやる。ハーレム国際駿足団だな、エディがそう言うようになった。口にするのがいかにも愉快そうだった――ハーレム・グローヴ・トロッターズ堂々の公開試合、ビク・キン・ミ、スク・ラン、ミ・ケ3、ピンクヴィルを転戦！　親善大使世界をめぐるってわけさ、エディは言った。

こうして凪のような日々がつづいた。

最初に胸騒ぎを覚えたのはポール・バーリンだった。打ち消せないなにかが胸にわだかまった。炎天の空に薄い靄みたいな雲が拡がるような、夜中に何処かでカタカタと物音がするような。つまりどこか不自然な、偽りの平和のような感覚だ。なにかが間違っている、そう思えた。

はっきりそうわかったわけではなかったが、彼は明らかにそれを感じていた。ふと、この状態が一体どんなふうにして終わるのか訝（いぶか）しく思い、その思いが彼を神経質にさせたのだった。

バスケットボールのほうは相変わらずつづいていた。ゲームは勝ったり負けたりで大抵は勝っていたが、彼自身、勝つのを愉（たの）しみにしていた。特に好きなのは最終スコアを暗記して数え上げることだった。50対46、68対40、それから一度ミ・ケ2（セカンド）で収めた110対38という完全に一方的な勝利。そういった数字の明快さが好きだった。誰が何点で勝ったかを覚えるのも好きだったし、自分たちが勝者になるのも好きだった。そういうわけで彼はエディやドク、オスカー・ジョンソンたちと一緒になって、あれこれ新しいフォーメイションを図にしたり、作戦を組み立てたり、弱点を分析して克服する方法を考えたりしながら過ごした。夜になると、ときどき頭のなかでもう一度ゲームを再現してみたりもした、速攻の夢も見た。ひと晩中、エディの手製の柳のバスケットの縁を回りつづけているボールの夢。白熱したゲーム。シュルッと柔らかな音をたてて次々と自陣の籠のなかに落ちてゆく眠りのなかのボールたち。ジャンプ・ショット、フック・ショット、ダンク・ショット。スタジアムの情景や居眠りしている観客を夢に見たこともあった。或るときは野外スタンドに自分の父親が坐っているところも出てきた。長年建築業を営んできた老いたる父に声援されているという、心の底に根を下ろしたあの夢。無謀な角度から放たれたシュート、とんでもないバウンド、サスペンス、交差する勝利と敗北、ピッという審判の笛とともにブロックされたシュート。いろんな場面が夢のなかを飛び交った。

第三分隊は勝ちつづけていった。タン・マウではルディのチームを56対16で圧倒し、ロン・ソン・シェイでは村の女や子どもたちがサイドラインぎわで見守るなか、第二分隊を83対50で蹴散らした。

七月一二日までこんな調子がつづいた。そして七月一三日、ヌオック・ティという村で雨に見舞われ、試合はお流れになった。

「なんか臭うぜ」バフが言った。河のほうを眺めている。大男で、額に汗を浮かべていた。雨のなかで河の流れが銀色に光っている。「なんかこう変な……やな感じなんだよな。臭わねえか？」

ドクは肩をすくめただけだった。「当るも八卦、当らぬも八卦ってな」

「臭わねえってのか？」

彼らは村はずれのちっぽけな土造りの一軒家に身を寄せ合っていた。村は荒れ果てて、人間も家畜の鶏や犬もいない。まったくの空っぽだった。が、それはどことなく人のいそうな無人というか、つい最近空っぽになった無人空間といった具合で、それが彼らを落ち着かなくさせていた。奇数日だった。

「まったく、臭うったらありゃしねえ」バフがぶつくさ言った。「気に食わねえな」

「当り外れは紙一重だぜ」

「まあな」

「当りと思ったら雨でお流れ、とかね」

結局その日の午後中、雨が上がるのを待ってぼんやりするしかなかった。オスカー・ジョンソンはハンモックによじ上った。バーニー・リンはヘルメットのなかにぽいとカードを放り込み、ヴォートとハロルド・マーフィ、バフその他数人がはした金を賭けてポーカーをやりながらルールのことで口喧嘩した。シドニー・マーティンはひとりで地図を見ながら坐り込み、ぼろ家の隅ではカチアートがドリブルの練習をしていた。

「心理作戦ってやつだな」ドク・ペレットが呟いた。誰も顔を上げなかった。「どうやらこいつぁ蛮人式の神経戦ってわけだ。絶壁野郎の心理学か」

「うるせえぞ」オスカーがハンモックの上から言った。「今日みたいな日にごたくなんか並べんじゃねえ」

ドクは微笑んだ。「俺が言ってんのはただの原理だよ。初歩的な心理学さ――沈黙がつづく、気が立ってくる、そこをバン！　だけどほんとに頭のいいやり方ってのは――」

「頭のいいやり方ってのは」オスカーが遮った。「口をつぐんでることだ」

「心理学だぜ」

「なんだろうとおんなじだ。ええくそ！　おい、誰かカチアートがくそボールをポンポンやってやがんのを止めさせてくれ」

闇がしっかりとあたりを包むころになると、シドニー・マーティンが全員に外に出てぼろ家の周りに円陣を張るよう命じた。ポール・バーリンは高い生垣（いけがき）の列のひとつに小さな切れ目があるのに気づいた。しゃがんで辺り一帯をつぶさに眺め、もう一度坐り直した。もう寒くなっている。彼は思った。地球上で一番蒸し暑い、それこそ地獄のようなこの同じ場所がこんなに寒くなるなんて……彼は重みを確かめるようにライフルを軽く振った。それから気を楽にしようと自分に言い聞かせて、バスケットのいろんなフォーメイションを頭のなかで練習した。拾って蛇行する（ピック・アンド・ロール）プレイ、なめらかなフェイント、ドクのガード、下手（ショヴェル）パス、ダブルパス（フリーフリッカー）、そしてとっておきのロング・シュート——。だが、集中することはできなかった。膝（ひざ）がしくしく痛み、その場に横になった。いい時期と悪い時期の違いってのは一体なんなのだろう。彼は思いを巡らせた。奇妙なことに、それははっきり感じられるのにうまく言葉にはならないのだ。

翌朝、空はきれいに晴れ上がっていた。雨が止み、午後には地面もきれいに乾いていた。午後の試合は全員が張り切り過ぎてへまなミスが続発した。結局、ガッツ・ポーズもなければ汚い野次も飛ばないという煮え切らない状態のまま試合は終わり、そのまますぐにシドニー・マーティンの命令が出て東へ移動した。

凪のような日々は、依然つづいていた。

毎日がおんなじだった。草原がそろそろ褐色（かっしょく）に変わってきた。水田は雨が降ったすぐ後でさえからからに干上がり、地平線の向こうまででっかくて真っ平らなシーツを拡げたみたいにつづいていた。ともかく確かなことはただひとつ、地平線の向こうにもなんら変化のない真っ平らな風景があるだけだということだった。誰もがうんざりして愚痴をこぼした。暑さ、退屈、それにシドニー・マーティンという上官のことも。或るときマーティンが全員に小さな入り組んだ塹壕を探索するように命じたことがあった。スティンク・ハリスとヴォートがわざと豚のように鼻を鳴らした。初めは小さくだったが、だんだん大きくなり、やがて他の連中まで一緒になって真似し始めた。反抗とか命令拒否とかいうほどではなかったが、それに近いものではあった。結局全員がその場からいなくなり、中尉は肩をすくめて背嚢を投げ降ろすと、自分で塹壕のなかに潜り込んでいった。それを他の全員がおとなしく待つ、という恰好になった。誰もシドニー・マーティンのことを殆ど心配などしてなかった——なにしろ気難しいくらいの潔癖漢で、軀つきもガリガリだったし、おまけに髪の毛はやたらぴかぴかするブロンドだ。いつもせっついてばかりいるような感じがした。えらく任務に忠実で、トンネルだの塹壕だのそんなものを探索することに凄い値打ちでもあるかのようなことを言い募る堅物。要するに軍紀一点張りで、こんな下らない戦争をやるにはまとも過ぎる奴なのだ。

翌週いっぱいかけて、彼らは全部で一二か所のトンネルを破壊した。水牛を一頭殺し、米を焼き払い、鶏をまとめて撃ち殺し、壺に蓄えてあった穀物をそのへんにぶち撒けた。水田を踏みにじり、塀をなぎ倒し、井戸にゴミの山を投げ込み、掘割を壊して堰き止めた。まるで自分で自分の狂気を挑撥しているかのようだった。けれど、そこまでしても敵はいっこうに姿を現わさず、沈黙だけが彼らを消耗させていった。

兵隊たちは口論や殴り合いに走り、警戒心は気まぐれになった。苛立(いらだ)ちが剝(む)き出しの粗暴に転化し、事態は悪くなるばかりだった。歩くときは軀を硬張(こわば)らせたまま俯(うつむ)いて、おどおどと地雷や罠(わな)や待ち伏せ(アンブッシュ)を心配していた。動作が鈍くなり、代わりに気が立った。休憩や睡眠から次の行動に移るのがひどく遅くなり、怒りっぽく、しかも神経はぎりぎりまで緊張していた。ドク・ペレットはさまざまな症状を分類した。心身症(サイコソマティック)だな、そう診断したのはハロルド・マーフィが顔じゅうにおできとひどい膿疹(のうしん)をこしらえたときだった。ルディは背中が痛いと言い出した。スティンク・ハリスは片足の指先が痺(しび)れると訴えた。ドク自身でさえもが同じだった。どれも単純な心理戦(サイ・オプ)の効果が身体(からだ)の症状になって現われてるだけさ——そう言いながら、その実自分でも鎮痛剤をやたら服(の)み、ひっきりなしに煙草(たばこ)を喫(す)い、いつのまにか隊の最後尾に近いほうにつくようになっていた。ドクお得意のセオリーがいささか支離滅裂なものになってきていた。

「つまりこれは」と、束(つか)の間(ま)の平和がなんと四週間めに入った日にドクは言った。「完全な真空状態なんだ。わかるか？ 真空。空っぽ、要するに吸い取られてなんも失(な)くなった状態だな、こういう状態には秩序ってものがないんだ。秩序があるためには、ほら、中身がなきゃいけないだろう、ちゃんと手応(てごた)えのある実質が。ところがいまの俺たちときたら……秩序のための中身ってもんが一切ないんだ。目的がないんだよな、つまりは。子どもの遊びにあるだろう。鼻垂れ小僧が寄ってたかってアジアの間抜けなロバに尻尾(しっぽ)をくっつけてやろうとしてるんだが、尻尾なんてほんとはないんだ。それどころかロバもいやしないんだよ」

朝方の光は真っ白で明るく、まるで大地そのものが光り輝いているみたいだった。ドクは地面に腹這いになって、河岸までつづいている茶色の田んぼをぼんやりと見ていた。無気力な眼だった。河の向こう岸にはさらに田んぼがつづいている。

「真空、か。実体がないんだよな、観念的な手応えっていうかさ。なあ、わかるか？　こりゃあ兵站の理論からすると相当まずいことなんだぜ。つまり俺たちは、現実はともかく観念的な補給の面で水増しのスカ喰わされてるんだ。で、ここが要注意なんだが、なにしろいまの軍隊ってのは駄馬の背中でゆらゆら浮き沈みしてるみたいなもんだろう。補給路ももうへたり切ってるんだ。……ちょうどロシア戦線のドイツ軍みたいなもんだよな。ぷっつり切れる限界まで補給線をぎりぎりに引き伸ばしつづけて、結局パチン、ドボン！　哀れシベリアの下水に沈めり、ってわけさ。だから観念の補給物資だけはちゃんと確保してもらわなきゃ、な？」

ポール・バーリンは頷いた。

「ほんとだぜ。だってナポレオンもそうだったじゃないか。物資が不足すりゃ戦争にゃ勝てない。真空のなかじゃあ勝てるわけもない。最後はボナパルトの二の舞だ。されるがままに流されるしかないんだよ」

シドニー・マーティンは相変わらず強気だった。内陸部をミ・ケ1、2、3と移動したあと南、次いで南東、それからまっすぐ北上して河のほとりへと戻ってきた。その間、例によって静寂はつづき、敵の姿もまったくなかった。午後のバスケットボール試合はだんだんと性質が悪くなっていた。カチアートは歯を折られ、ハロルド・マーフィはジャングルで受けた古傷がぱっくり口を開けて出血する目に遭わされた。ベン・ナイストロムはドクにこっそり自分で自分を傷つけるならどこがいいのかを訊いていた――手かな、脚かな、それとも指？　険悪な空気が隊全体を覆うようになり、野営する場所、休憩の場所、食いもののこと、果ては発見したトンネルを捜索するか直ちに爆破して次へ行くのかの判断まで、すべてが口論の種になった。スティンクは苛立たしげにライフルを手入れしては油を差し、フレンチー・タッカーはしょっちゅう呼吸器が変だとか胸が痛いとか動悸がするとか訴えていた。ヴォートにはじんましんが出たし、ポール・バーリンは昼間長々と時間をかけて穴をいくつも掘り、その前に石や粘土の塊を積み上げたり、固めた泥で手榴弾壕や防弾壁をつくったりした。そうして彼は夜になるとその穴のなかで眠り、背に冷たい地面の感触を覚えながら、バスケットボールの夢やモグラになった夢や湿った空気に包まれた墓穴にいる夢を見るのだった。

ひどい時期だった。八月の初めにはベン・ナイストロムがいきなり膝を折って泣き出し始めた。いっこうに泣き止まなかった。径の上に殆ど仰向きになってしまい、首を振って泣いていた。全身から力が脱けているようだった。ドクが手を貸してようやく立ち上がらせたものの、泣き声は止まなかった。

その後、ますます殺気を孕むようになってきた午後のバスケットボールの後で、スティンクとバーニー・リンが本物の喧嘩を始めた。

二人ともなにも言わず、ただ殴り合っている。絡み合ってどっと崩れ落ち、互いに腕を相手に回した。誰も止めようとはしなかった。スティンクがバーニーの顔に爪を立ててがっしり摑む。バーニーは拳と肘打ちで応ずる。どちらも相手を負かすためというより、怪我させるために喧嘩しているようだった。いっさい口は利かない。スティンクがバーニーの眼のあたりを殴りつけ、血が出ると爪を立てて引っ搔いた。皮膚がべろりと剝け、そこをさらにスティンクが搔きむしった。負かすためではなく、相手を傷めつけるための喧嘩だった。まともな戦法もなく素早い応酬もない。スティンクがバーニーの頭に嚙みついて歯で髪の毛をぐちゃぐちゃに引っ張り、バーニーはまだ拳と肘打ちだ。爪を立て、眼を突き、殴る。周りは身じろぎさえせず見守っている。スティンクがバーニーの耳に親指を突っ込み、バーニーはスティンクの股間を殴りつけた。バーニーの顔は血で真っ赤だった。剝けた皮膚が垂れ下がり、肉の見えるところへさらにスティンクが爪を立てる。喧嘩はそうやったまま終わった。けれども凪のような日々は終わらなかった。

八月一二日、彼らはソン・チャ・ボンの細長い地形沿いに陣を張った。河の向こうはトリン・ソン2という村だった。朝方のうちにシドニー・マーティン中尉が、明日は全員で河を渡って対岸の村を調べる予定だと告げた。その眼がまっすぐにオスカー・ジョンソンを指す。もしトンネルがあれば、と彼は言った、必ず内部を探ってみなきゃならん。淡々と盛り上がりのない声だった。みんなそっぽを向いていた。

「わかったか?」若い中尉が言う。「もしトンネルを見つけたら徹底的に捜索するんだ。ちやんと規則通りにな。俺自身もそう希望している」
「ご立派」オスカー・ジョンソンが言った。
「俺はただ、はっきりわかっといてくれと言ってるんだ」
「はっきりとね。おてんとさまみたいにかな」オスカーが呟いてみせた。「それともお月さんのウサギみたいにか？」

夜がゆっくりと更けていった。

兵隊たちは夕飯を済ませると各自タコツボを掘り、夜になるのを待った。対岸の村とまともに向き合う気にはならなかったので、誰もが斜に構えて素早く一瞥をくれたり、見るともなく見ていた。第一、しっかり見るべきものが大してあるはずもなかった。まばらな藁葺き屋根と濃い生垣、影のなかで河のほうへ切れ下ってゆく粘土質の小径、そんなものばかりだ。

ひそひそと会話が交わされた。バフは以前、数か月前にもここに来たぜと話した。ひどかったな、あれは。ぞっとするよ。とんでもないとこだぜ。スティンク・ハリスが笑った。おい、どうしたよ、でっかいなりしてえらくびくついてるじゃねえか。スティンクはそう言ったが、ルディ・チャスラーは首を振って、びくついてるくらいのほうが上等なんじゃないかと言った。マーフィがその言葉に頷いた。

オスカーがぺっと唾を吐いた。中尉のほうを見やる。彼は地図を前に河のほとりに坐っていた。「なんにしてもあいつだ。野郎、俺たちにトンネルを調べろだと。聞いたかよ」
「ああ」

「勇ましい話だぜ」

オスカーは無意識にベルトから手榴弾を抜き取った。重さを確かめるように軽く両掌(りょうて)に転がす。

「あいつ、いつか面倒に巻き込まれるんだぜ」彼が言った。「ちげえねえよな、きっと自分で自分の墓穴を掘りやがるんだ」

「言ってやれよ」

「俺ぁもう言ったぜ」

「は！」

「だって、お前——」

「おい、カチアート！」エディが怒鳴った。度外れて大きな声だった。「うるせえからボールをぽんぽんやるのは止めろ！」

カチアートはにっこりするとタコツボのところへ戻り、ボールを投げ入れてから自分も潜り込んだ。しばらくすると今度は口笛を吹き始めた。

「そうだよなあ、面倒が起きるよなあ」オスカーがそっと言った。その手がまだ手榴弾を弄(もてあそ)んでいる。まるで新しいボールを手にしたピッチャーのような撫(な)でまわし方だった。「なにしろ自分から面倒を起こしたがってるんだからよ」

隊の面々は三々五々(さんさんごご)、河を見凝(みつ)め、煙草を喫った。死んだトンボが下流の海のほうに流されてゆく。水面ぎりぎりのところを生きたトンボや羽虫やいろいろな昆虫(こんちゅう)が飛び回っている。

「聞いてみろよ、ほら静かだろう」

「聞いてるよ」

いよいよ日が暮れて河面が最後に美しいばら色に染まるころ、犬が一匹村から出てきた。腹まで河につかって水を呑(の)んでいる。あたりが真っ暗になってくると犬は踵(きびす)を返して径を駆け上がり、木立のなかに消えていった。

ポール・バーリンは眠ってはいなかった。眠ろうともしてなかった。タコツボの奥底で、河に背を向けて坐っていた。背後に水の気配を感じるのが好きだった。確かにこの沈黙は怖かったけれど、河のそばで死ぬというのは想像もできなかった。深い森とか、でなきゃ山の斜面、あるいはどこかの田んぼ、そういった場所ならあり得ない話じゃないだろう。しかし河のほとりだけは考えられない。

緊張しまいとした。声に出して数をかぞえながら時間をやり過ごす。河の音に耳を澄ませた。親父(おやじ)がやっていたように、木々や草々のざわめく音から河のせせらぎの音を聞き分けようとしてみた。闇(やみ)はますます募っていった。真夜中を過ぎたころ、暖かな霧が河の上を覆い始めた。しっとりと柔らかく重く、穴のなかの彼の軀まで包んでくる。

いつしかバスケットボールの夢を見ていた。

ふと、隣りのタコツボのカチアートがボールを弾ませている音で目覚めた。しばらくすると音は止み、再び静寂が戻ってきた。

ポール・バーリンは穴の隅(すみ)っこの深いところにしゃがみ込んだ。頭を垂れて眼を閉じ、耳を澄ませる。なにも聞こえなかった。風の音も草のざわめきも、河の音さえもう聞こえない。

とんでもないとこだ、バフはそう言ってたっけ。とんでもないところ、ひどい時期。考えないようにしようとすると、余計そのことが頭に浮かんでくる。朝になると河を渡って村に入り捜索する。それがシドニー・マーティンの命令だった。そして……でもなにも起こらない。まるで死んだような静けさ。そう、それがいま彼の頭のなかを支配しているものなのだ。沈黙ならざる沈黙。朝になると河を渡って村に入って、そして、そして……。彼はバスケットボールのことを考えた。ゲームに勝つのは本当に気分のいいことだった。速攻もフェイントもいろんな戦法を練ることもすべてが愉しい。でも、勝利こそが彼の心をふわりとあったかくさせてくれる。静寂に脅かされ傷つけられたところ、まさにその一点を勝利こそが暖かく癒してくれるのだ。そのとき最悪の場所はたちまち最良の場所になる。そう、そうなんだ。勝利——はっきりとスコアがわかって、どうすれば勝てるか、逆転できるか、そんなこともちゃんとわかった上での勝利。そういうときは勝算だってちゃんと弾き出せる。まさに勝利こそ目的、あとはなにが要るだろう。ゴールをめがけてシュートする、それはちゃんと標的に狙いを定めることだ。たとえ外れたとしたって、そこにはちゃんと、狙ったという事実が残る。いつも自分でそれがわかってる。仲間たちを頼りにすることもできる。だから朝になれば……。

霧が晴れた。

あの静けさが彼の頭のなかを占領していた。膨れ上がり、いまや外に噴き出そうとしている。もう頭のなかはそれでいっぱいだ。

日が昇り、兵隊たちがタコツボから這い出してきて朝飯にした。それからポンチョをたたむ。

バフは頭を振りつづけていた。スティンク・ハリスは笑い出しそうににたにたし、カチアートはバスケットボールをしまい込み、フレンチー・タッカーは血圧の心配をしていた。ポール・バーリンは依然、頭のなかのあのことばかりを感じている。

朝飯の火を消した。

装備を背負うとシドニー・マーティン中尉が高く手を掲げ、渡河を命じた。水はぬるんで、脚から腹までが暖かくなった。

渡り終えると集合し、隊を組み直してトリン・ソン2（セカンド）の村へと径を上がっていった。ポール・バーリンの脳裏で静寂が唸（うな）りを挙げた。頭が割れそうだ——そう思いながら彼は暗い村のなかに歩み入って行った。こうして、ルディ・チャスラーが地雷を踏んだとき、くぐもって殆（ほとん）ど儚（はかな）いくらいの音しか聞こえなかったのに、全員の脳裏には遂（つい）に来るべきものが来てくれたという安堵（あんど）が鮮烈に拡（ひろ）がったのである。

17　パリへのトンネルの終わりの光

そうしてサーキン・オゥン・ワンは、一行の先頭に立ってトンネルを西へと進んで行った。やがて足許が下水に変わり、深いぬかるみを抜けると少しずつトンネルの傾斜が上向きになってきた。鼻をつまんで口で息をしながら足を早める。壁が広くなってセメントになり、天井が高くなった。入り組んだパイプ・ターミナルや揚水機や詰まったフィルターをまたぎ越しながら、彼らはヘドロを掻き分けて進んで行った。

そうしてとうとう眼の前に、ボルトで石壁に固定されたスティール製の梯子が現われた。サーキン・オゥン・ワンが先に立って上り、全員が急いでつづいた。すぐに鉄の蓋に行き当たる。サーキン・オゥン・ワンが持ち上げる。鉄の軋む音。マンホールの蓋が開いて深夜の空が垣間見えた。彼らが這い上がったのは、マンダレイの街路だった。

サーキン・オゥン・ワンの後をいそいそと従いて回っている間も、滑らかな三音節の単語の響きが彼の脳細胞をくすぐりつづけていた。マン―ダ―レイ、まるで音楽のようなその名前。彼ははっきりとその情景を思い浮かべることができた。美術館と黄金の彫像、飾り立てた白馬に引かせた馬車、傍らにはスペアリブを給仕する白服のウェイターがいて、花に囲まれた清潔で柔らかなベッドがある。

マンダレイ——彼はうっとりと思い描き、殆ど口に出してしまいそうだった。

一行はさまざまな街の匂いの立ち籠る曲がりくねった土の道を急いだ。泥づくりの粗末な家並みがすぐにコンクリートの長屋に変わる。人の姿はまだ見えない。けれど気配はそこかしこに充ちていた。路地で追いかけっこをしている猫とニワトリ、ぐちゃぐちゃのゴミに濡れた排水溝、かすかに聞こえる低い音、往来の響き。道はパルミラやトディなどの椰子の並木で縁どられていた。痩せこけて腹をすかした野良犬どもがゴミ箱をあさり、自分で自分の尻尾を噛み、吠え立てている。

「デトロイトだな、こりゃあ」オスカーが囁いた。「なあおい、カチアートのやりたいようにやらせとこうや。きっと家に連れてってくれるぜ」

アーケードを抜けると露天市場が開けていた。荒れ果てていた。市場を横切り、砂利を敷いた街路を下ってゆく。あたりは鉄のスライド・ガードで前を閉ざした古い店ばかりだ。ポール・バーリンの脳裏ではさっきの低い音がまだ聞こえていた。なにと特定はできなかったけれど、覚えがあった。なにかひとつに名指しできる音ではない、ひとつの物音ではない。低い唸り。

街路が広くなった。ゴミの臭いがスパイスの匂いに変わり、例の音がいきなり大きく押し寄せてきた。そう、これだ、わかったぞ。

街路は幅広い大通りになっていた。

黄色いガス灯がともっている。鮮やかな色に水を染めて噴き上げている噴水、ビー玉で遊ぶ子どもたち、公園のベンチには年寄りが坐り、手を握り合った恋人たちや乳母車を押す女性、ぼんやりしている者、お喋りしながら笑いさざめいている者、行き交う自転車やホンダのバイク、荷車にバスにロバ、きれいに並んだナツメヤシ、きちんと四角に刈り込まれた生垣。

「文明だ」ポール・バーリンは言った。

トロリーバスはがたがたと街の中心部に向かって走っていた。車内はビルマ人の乗客と彼らが連れている犬や子どもやニワトリでぎっしりと混み合っていた。吊り革も手すりもなく、車が傾いだり揺れたりするたびに車内は押し合いへし合いだった。窓は目張りをしてあるし、室内灯はチカチカ点いたり消えたり、無論エアコンなどあるわけもない。それでもポール・バーリンは思わず顔が綻んでくるのを止められなかった。にこにこしながら彼は行き過ぎる街の様子に心を奪われていた。ボール紙の切れっぱしをうちわ代わりにして煽いでいる婆さんたち、合いの手を入れながら手を振って唄っている男たち、山羊の革袋に積めた米酒を呑んでいる男たち……。トロリーは転げるようにカーヴを曲がって眩く輝く街へ入っていくと、やにわにガックンと停車した。束の間、開け放たれたドアから新鮮な街の空気が流れ込んだところでホーンがいなないて、トロリーは再びがたがたと往来の流れに紛れていった。降り立ったそこは夜の街角、大きな赤い月の下で絹のように滑らかな夜気があたりを覆っていた。

彼らはホテル・ミネアポリスに向かった。

「ヒルトンならぬ」オスカーがぼやいた、「ホテル・ミネアポリスってとこが泣けるよな」

果してそれは傾きかけた羽目板づくりの三階建てだった。全体が風下に向かって傾ぎ、錠が下りて真っ暗だ。オスカーがどんどんと力任せに扉を叩くと、ようやく開いてひとりの女が顔を出した。革のサンダルに脂染みた茶のローブ、鼻の下には髭まで生えている。彼女は全員を中へ招き入れた。「安いよ安いよ」女が言う。「なんばーわん、ちーぷ・ちーぷ・ほてるネ」一ダースほどの裸の子どもの連隊が階段から机や床までを占領していた。ひとりの勇ましい子どもがオスカーの武器に手を触れてきた。それからオスカーの手に触りにゆく。オスカーがひざまずくとその顔にも触った。「黒んぼだぜ」オスカーが言う。その子がぱっと顔を輝かせて大声を上げた。「黒んぼ!」ほかの子どもたちがくすくす笑い、例の女がその子たちを追い払った。彼女は蠟燭に火を点すと、中尉に随いてくるよう手招きした。顔じゅうが出来物ででこぼこになっている。「なんばーわんヨ」女は言い、先に立って階段を上るとうねうねした回廊を辿って彼らを部屋まで案内した。「ほてる・みねあぽりす、なんばーわんぐっすりネ」

「陽に灼けて逞しいわ」彼の膝の下のほうでサーキン・オゥン・ワンが喉を鳴らした。そして小さな鋭い音——パチン、パチン。「パリに着いたら街じゅう歩き回りましょうよ、ね？そうよ、陽に灼けて逞しくてどこにでも歩いていくの。自分の家みたいに街のことを知り尽くして、勉強できることはなんでも全部勉強するの」

「なんでも全部」彼は言った。

「それから……そうよ、それから遺蹟を回って、手をつないで、パリの夜景を見て、それから河まで歩いて可愛いお店に入ってそれから……それからね、あなたがなにか可愛い物をあたしに買ってくれるの」言葉がいったん途切れた。「ねえ、可愛い物なにか買ってくれる？」

「なんでも全部ね」彼は言った。

足がこそばゆかった。子どものときから足に触られるのは好きじゃない。

部屋は暖かく、ベッドはふわふわふわだった。なんだかどうも落ち着かなかった——なにもかもがふわふわで柔らかなのだ。彼は思わず身もだえした。彼女が彼の左足の親指をつまんで、爪先を立たせては爪切りと取っ組んでいる——パチン、パチン。彼女の髪の毛がまるで海の藻のように彼の脚にまとわりついていた。すべてが余りにも柔らかだった。

彼女のほうは完全に没頭していた。口を薄く開けて、ときおりちろちろと舌で唇を湿している。

「ねえ、四級特技兵（スペック・フォー）？」彼女が言った。

彼はじっと横になっていた。彼女にスペック4（フォー）と呼びかけられているのは、考えてみるとなんだか変な感じだ。

「スペック4（フォー）、起きてる？」

彼は指の先をぴこぴことやってみせた。

「スペック4（フォー）、一体いつまで……いつまであたしたち、ここにいなきゃならないの？　いつになったらまたパリに向かうことができるの？」

彼女が爪切りできれいに爪を切ってくれている間、彼は訊（き）かれたことを考えているふりをしていた。静かでふわふわで暖かくて、すべてが本当に柔らかだった。

「ねえ、スペック4（フォー）？」

「わかんないよ」彼は言った。「必要なだけってことかな」

「必要ってなんのための？」

「任務を果すためさ。カチアートを探すためだよ。そのために必要ならいつまでもさ」

彼女は切った爪をかき集める手を止めた。

再び口を開いたとき、その声はいかにも不服そうな響きを帯びていた。

「それ、どうしても？」

「え？」

「ほら、その、そんなに必死に彼のこと探すのがよ。どうしてもしなきゃいけない?」彼は肩をすくめた。「どうしてもってわけじゃないんだろうね、きっと。だけどこれは任務なんだ。なにがあろうと任務は任務なんだ、逃げることは許されないんだよ。ぼくらはまだ兵隊なんだからね」

「それで彼を見つけたら? 捕まえたら? そしたら?」

「現実に戻るんだ」彼は言った。「奴(やつ)を捕まえたら、そのときは現実の世界に戻る時間なんだ」

サーキン・オウン・ワンが動いた。小さな、後ずさりするような動きだった。

「それじゃパリは?」彼女が言った。ひどく柔らかな声だった。「ビストロに行ったり、街じゅう探険したり、綺麗(きれい)な公園に行ったりするのは? 公園に行く約束、忘れちゃったの?」

「いや」彼は言った。「忘れちゃいないよ」微笑を浮かべているのが些(いささ)か辛(つら)くなってきた。「まだ可能性はあるんだよ。そう。可能性はちゃんと生きてるんだ」

けれども彼女は離れていった。長い髪が彼の向こう脛(ずね)を滑り落ちていった。彼女が背を向けて窓のところまで行ってしまうのを、彼は見凝(みつ)めていた。青と黄色のネオンが瞬(また)いて部屋のなかを照らし出した。彼女は啜(すす)り泣いていた。彼は起き上がり、彼女のところへ行った。うまくやるんだぜ、そう自分に言い聞かせ、おずおずと後ろから彼女の腰に手を回しながら、少しずつ少しずつ手を下げていった。彼女の髪に鼻を埋(うず)め、思いつくままに言い訳と約束を囁く。パリに行く可能性はほんとにまだあるんだよ。カチアートは浮世離れした奴だから簡単には捕まんないしさ、ね、心配しないで。挙句にとめどもなく話を飾り立てて、突拍子もない約束までしていた。ウィンドウに飾ってある可愛いのをたくさん買ってあげるから、陽当りのいいカフェのお昼にも連れてってたげよう、チュイリュリー公園をぶらぶら流してから、タクシーを拾ってヴェルサイユへ、いやそれともヨットの上から海に花火が上がるのを見物しにニースかマルセイユへ行くってのはどうかな、ね？　ほんとにまだ可能性はあるんだよ、と彼は囁きつづけた。いっくらだって手が届くんだ。行けちゃうってば、実現できるよ、たぶん間違いないさ。どれもが言い訳と約束だった。彼女がようやく微笑み、彼にしがみついてきた。それからベッドへ戻ると再び爪切りとの格闘に熱中し始めた。爪の下に溜った垢を丁寧に爪切りの刃でこそぎ出し、後をアルコールで拭う。そうしてすぎのためにもう一回洗面器に足を浸させる。その後、ふたりは愛し合う一歩手前まで行った。

　朝になって、彼らは探索を開始した。ポール・バーリンはサーキン・オゥン・ワンの腕をとってマンダレイの街中を回り始めた。バザールの表側、パイプをふかした男たちがしゃがみ込み、女たちが果物や色物の絹織や宝石を商う行商人を相手に値切っているあたりに沿った道筋だ。それはいうならばパリのための予行演習だった、来たるべきすべての良きことに向けた予習。すべてが輝いていた。頭を締めつけるヘルメットもなかったし、背嚢も防弾チヨッキも手榴弾も照明弾も武器も要らないまま、身軽に街路を闊歩できた。すべてが清潔で、新鮮だった。「偽りの告白」という名前の通りではサーキン・オゥン・ワンが彼のために新しい服とハイキング・ブーツを一足選び、「美しい松」という通りでは鳩にパン屑をやった。イラワジ河に沿って歩いていったところで出会ったのは移動動物園だった。少女がひとり、クジャクやガチョウや猿や蛇の傍らで化粧をしていた。彼女は彼の手をとった。そっと彼の軀に触って、笑い転げ、へんてこな帽子とだぶだぶのズボンを履いた年寄りたちを、ねえ見て見てと指差した。彼は幸せだった。街には秩序があり、調和があった。色が溢れ、融和と人間的な交わりとごく当り前の歓びがあった。こうして河に沿いながらサーキン・オゥン・ワンと歩いているのは、散歩であって行軍ではなかった。ポール・バーリンはさまざまな細部に眼を向けた。たとえば夕刻まで消え残る陽光。たとえば小さな河のはしけから荷揚げされる穀物。たとえば革紐につながれて踊っている猿回しの猿。そうしてたとえば河面が暗くなり、空がピンク色に染まって街がきらきらと輝き始めるさまを。眼に映るすべてのものを、彼は信じた。

18　パリへの途上、突如現われた僧侶たちの一団

その夜ふたたび、彼らは探索に出かけた。その前に屋上のレストランで魚のフライを食べた。眼下では街全体が輝き、鉢植えの椰子の葉につけた風鈴がちりんちりんと音を立てている。探索はそれからのことだった。

ところが初めに、エディがこう訊いた。「なあ、実際問題として俺たちはなにを探してるんだ?」

髭を剃り、ブルゥジーンズと縞のTシャツを着たエディは、どこからどう見てもアメリカ人だ。黒い髪の毛に丁寧に櫛を入れて、てかてかと光らせている。「つまりさあ」言いかけてウェイターがワインの栓を抜くのをちょっと待った。「つまりここはでっかいだろう?とすりゃあ、俺たちもなんか計画を立てたほうがいいと思うんだよな」

ドクがワインをひと口含み、結構と告げた。ウェイターは椰子の鉢植えの向こうの闇に姿を消した。

「言いたいことぁ分かるかい?」エディが言った。「要するに作戦命令はなんなのかってこ

とさ。ストレートな偵察任務なのか、パトロールなのか、それとも待ち伏せか。どれなんだ、え？」

「どれでもねえな」オスカー・ジョンソンが言った。シルクのシャツのボタンを上ふたつ開けて着ている。膝に大きなフェルト帽をのっけていた。彼は指を二本、立ててみせた。「お前はカチアートを見つけてえ、だよな？　だったらベーシックなことに気を配ることだ」言いながら指を一本折る。「第一は、まず酒の出るとこよ」次いで二本目。「で、第二が女だ。酒とスケ。え、どうだ？　それがカチアートをめっける手だぜ。ま、この点についちゃあどんなに勇ましい兄ちゃんだって似たようなもんさな――酒とパン助、これだぜ」

エディは眉をひそめた。「どうだかな。あんまりカチアートらしいとは思えないけどな」

「俺の言ってんのが怪しいってのか？」

「そうじゃないよ」エディが言う。「ただどうもピンと来ないって言ってるだけさ」

「それが基本だぞ。まず基本的必須物に注目せよ、ってな」

「だけどカチアートは酒呑まないぜ」

オスカーは肩をすくめた。

「それにさ」エディが言った。「あいつに女とフレンチ・フライの区別がついてんのかどうかも怪しいもんだぜ」

「フレンチ・フライか」スティンク・ハリスが溜息をついた。「ちぇっ、食いてえよなあ」

ウェイターがオレンジ色の液体の入った小さな杯を七つ、捧げ持って現われた。ドク・ペレットは立ち上がり、グラスを掲げると静粛を求めた。

「乾杯しよう」彼は言った。「平和と一家の安泰に。同志の絆と良き思い出に。エディとオスカーとスティンク・ハリスに。俺たちを見捨てていったハロルド・マーフィに。すべての思い出に、それらがみな安らかな眠りに就くよう――」

彼らは杯を呑み干し、ウェイターが空のグラスを充たした。ドクは再び、今度は過ぎ去った日々と苦難の数々と悪しき時に乾杯し、次いで中尉に乾杯しようと言い出した。「二五年間たゆまず軍務に尽くし、いま大胆不敵なる任務に部下たちを率いて立つ男、我らが中尉殿に。それから……と、愛らしい若き難民のお嬢さんに、オスカー・ジョンソンに、それからペダーソンとバフとビリー・ボーイ・ワトキンズ、あの莫迦野郎たちみんなに」

「カチアートに」ポール・バーリンが言った。

ドクが肩をすくめた。「そらそうだ。じゃ、カチアートに」彼らは乾杯を終えて、勘定を払った。

「もう一個、最後に訊きたいんだけどさ」エディが言った。「それでいざ奴を見つけたら? そしたらどうするんだ?」

誰もが黙った。顔を見合わせ、最後に視線が老いぼれ中尉に集まる。彼は酔ってしゃちこばったまま坐っていた。殺げた頬骨に暗い影が落ちている。その昔はいつも明るいブルゥに輝いていた眼が、いまは鈍く乾き切って、まるで二個の石ころのようだった。

「どうします、中尉」エディが訊いた。「もし俺たちが野郎を見つけたら?」

コーソン中尉は漠然と、追い払うような仕草で手を振っただけだった。

こうして彼らは探索を開始した。

それはもうルーティンになっていた。真夜中まで飾り立てられた盛り場を流して歩き、ホテル・ミネアポリスに寝に帰ってまた明くる日の暑い午後を探して回る。

それはポール・バーリンにとって一種のパズルだった。カチアートは一体何処でのんびりしているんだろう。なにかの後を追っかけてるとでもいうのか。奴を駆り立てて、先に先に追いやってるのはなんなんだ？　どっちへ？　いつまで？　そして何故？　ポール・バーリンの探索行は細部に集中していた。サーキン・オゥン・ワンを連れて喫茶店や居酒屋や法外な数の安宿を覗き、レストランを検め、果ては夕方から街の外にある競馬場に出て博打までやった。紫色に暮れなずむ夕刻は最高だった。夜はいつもシャン高原からゆっくりと舞い降り、紫の暈が折り重なるように濃くなってゆく。それを眺めているのが好きだった。人混みを掻き分け、街角のざわめきや往来の喧噪をくぐり抜けてゆくのも良かった。そう、探索はまさにこういう細部を味わう任務だった。この行き過ぎてゆくすべての、一体なにがカチアートの心を惹いたのだろう？　なにが彼を此処に招き寄せたのだろう？　彼は手がかりを探していた。ドク言うところの「世界一の湖の国」で釣り糸を垂れていたカチアートの姿を、彼は思い出した。奴がすり切れたアルバムをいつも背嚢の底に蔵っていたのも思い出した。

あの表紙には、赤い字で『ヴェトナムのけしき』と書いてあった。なかを開けると一〇〇枚以上もの写真が年代順にきっちりと貼ってあって、カチアート本人よりもずっと印象に残った。最初の頁は、ちょうど序文みたいなものだろうか、真面目くさった顔の大人と子どもがひとり写っていて、その下に「ぼくの家族」と書いてあった。アルミ製のクリスマス・ツリーの前で撮った写真だ。親父さんは顔色が悪く、おどおどしたふうだった。セールスマンとかそんな感じで、でもひょっとしたら保険会社の計算屋かもしれなかった。姉たちは双子で、これは可愛かった。お袋さんも可愛い顔立ちで、いささか痩せ過ぎだったけれどきれいに着飾っていた。なにしろスナップの下にはちゃんと「クリスマス・イヴの宵に」と赤い活字体で書いてあるくらいだ。アルバムをもっと繰ってゆくと、黄色い縁どりをした化粧漆喰づくりの家だとか間抜けな鼻面の56年型オールズだとか、誰かの膝の上で丸くなってる猫だとかもいたし、雪掻きしながらにこにこしているカチアートや入隊して頭を坊主にされたときのカチアートがいた。野戦服を着たカチアート、休暇で家に帰ったときのカチアート、マシンガンの前でポーズをとっているカチアートとヴォート、カチアートとビリー・ボーイ、カチアートとオスカー、射ち殺された緑のパジャマ姿のVCの屍体の横にしゃがむカチアート、艶やかな黒い髪を一房摑んで死んだ少年の頭を掲げて見せているカチアート、にこにこしているカチアート。

それにしてもこいつは一体何者なんだろう？　赤ん坊みたいな血色、ぽっちゃりした丸顔、大きな吊り目、柔らかそうな肉づき。なんだかひどくぼんやりしたイメージだった。細々したことは思い出せても、それがちっともひとつに纏まらなかった。待ち伏せのときに口笛を吹く癖。いつも嚙んでいるチューインガム。あの笑顔。デブでのろまで禿げかけて、若い。物に憑かれたみたいにぼうっとしていて、しんどいことを進んでやりたがった。おまけに莫迦だ。そっくりそのままの莫迦。莫迦のエキスを煮出して固めたみたいな正真正銘の莫迦、その典型、それがあいつなのだ。

そうして彼はカチアートを発見した。

「奴だ」言った途端ペストリーのかけらが喉につかえた。もう一度見直してぐっと嚥み込む——「奴だ！」

サーキン・オゥン・ワンが微笑んだ。ところは「宝石」通りに面した野外のカフェ、静かな紫色の夕暮れだった。「誰？」

「奴だよ」ポール・バーリンが指差した。「ほらあそこ。あいつだ」

振り向いた彼女が訝しそうに見回して、また微笑んだ。カチアートは彼女の真後ろを横切っていた。二メートルもない。ステッキでもあれば触れそうなくらいだ。

「どこ？」

「そこだよ。ほら、すぐそこ」

振り向いて眼を細め、首を振った。

「そこだってば！」

彼はまるで僧侶のような恰好だった。長い茶色のローブをまとって、殆ど昔話の修道士といった体だ。前で手を組んでにこにこしている。その周りを他の坊さんが四人、まるで弟子かなにかみたいに取り囲んでいた。全員が同じ裾長のローブを着て剃髪し、カチアートと同じ虚ろな笑みを浮かべている。

特に足を速めるでもないのに、彼らはもう闇に紛れようとしていた。

「あの人？」サーキン・オゥン・ワンが言った。

「違う。あれだよ、あれ。ほら、あの真ん中の——あの男」

「あの人？」

「違うってば。あれだよ、あの男じゃないか、ほら」

カチアートはもう殆ど見えなくなろうとしていた。

ポール・バーリンは急いで勘定を払い、彼女の手をとって小走りに追いかけ始めた。街路は大きな公園にぶつかったところで切れていた。

サーキン・オゥン・ワンが立ち止まった。

「カオ・ダイよ」彼女が囁く。

「なに？」

「すごく神聖な人たち。カオ・ダイ——夕暮れに祈る人々って意味よ」そう言って彼女は、公園の真ん中に大勢集まった僧侶たちの群れを指差した。カチアートはちょうどそのなかに加わろうとしているところだった。

「どの人？」サーキン・オゥン・ワンが言った。

だがもう、膨れ上がる人波のなかにカチアートを見つけることはできなかった。僧たちの群れがまたひとつ東から入ってきた。数人がガラスの風除けをした蠟燭の灯を捧げている。石の祭壇に蠟燭が据えられ、傍らを路面電車がごろごろと行き過ぎていったところで僧たちが動きを止め、リズムに合わせて軀を揺らし始めた。薄紫色の夕暮れのなかで、低い祈りの声がさざなみ立ってゆく。

僧たちの数はどんどん増え、もう数百にもなろうというのに止まる気配もなかった。

「奴を捕まえてくる」ポール・バーリンが言った。「早くしないと——」

「駄目！」

サーキン・オゥン・ワンは手を伸ばしたが、既に彼は足を速めていた。

彼は人だかりの端っこのところでいったん立ち止まった。一瞬、カチアートの顔が見えた。いや、見えたような気がした。息を吸い込み、頭から群れのなかに突っ込んでいった。

僧たちの数はいまや数千にも及んでいるかのようだった。群徒、その言葉こそがふさわしい。何千という剃髪の丸い頭と空っぽの笑みが静謐な乱れのない夕闇の空の下で揺れている。

彼は人群れの中心めがけてぐいぐいと押し入って行った。香の匂い、人いきれの重圧、深々と祈禱の声に包まれ、大きなうねりが立ち上ってくる。肘を使いながらさらに前へ進もうとするものの、僧の群れのなかではままならない。耳許に呟きと唸り声がにじり寄った。

次いで叱声（しっせい）が襲う。誰かが彼の腕を鷲摑（わしづか）みにして引っ張り、叱（しか）り声が大きくなったところで、ふっと波が止まった。刹那（せつな）、わっと上から押し被（かぶ）さられた。激しく身を捩（よじ）ったが、ふたりの僧に腰を捉（とら）えられていた。さらにもうひとりが膝を捕まえにくる。もんどり打って地に叩（たた）きつけられる直前、カチアートの丸顔がハロウィンのお化けみたいに目の前をよぎった。

息ができなかった。しようとしてもできなかった。沈んでいくようだった。かすかに、耳許に押し寄せる人いきれをつんざいて彼らの金切り声が聞こえた。

肺が灼（や）きつく。これは夢だ、雪崩（なだれ）に巻き込まれる夢だ。次々に上から押し被さってくる。もがいても無駄だった。緑色の眼を光らせたひとりの僧がなにやら叫びながら彼の腕をふたつに折り曲げてくる。他のふたりが胸の上で跳びはねる。息ができなかった。必死に力をふり絞ろうとしたが、どうにもならなかった。重みと香の匂いと汗がのしかかって、予想すらしたことのないような力に押し潰（つぶ）されていた。躯がずぶずぶとめり込んでゆくようだった。窒息する、頭の片隅（かたすみ）でそう思った。マンダレイで夢は死に砕けるのか。

ふと気づくと、公園は空っぽだった。

サーキン・オウン・ワンが屈（かが）み込んで優しく彼の額を舐（な）めていた。

「生きてる」彼は呟いた。

起き上がり、自分の躯に触れてみた。左腕が思うように真（ま）っ直（す）ぐにならない。肺はセメントを流し込まれたみたいだった。

「ほんとに生きてる」

彼女はまだ額を舐めていた。闇のなかに満開の芍薬の花が見えた。紫水晶の空、公園のベンチの上で一本だけゆらめいている蠟燭。あの僧侶たちは何処かへ消えていた。

「どうなったんだ?」立ち上がろうとした。「なにがあったんだ?」

サーキン・オゥン・ワンが彼の顔を撫でた。「だからあのときわたし——」

「ねえ、なにがあった? ちゃんと言ってくれ」彼は膝を突いた。まだ腕は真っ直ぐにならない。

「すごいヒーロー」彼女が言った。「カオ・ダイのなかに割って入るなんて、すごい勇気あるヒーロー。だって、あの人たちの夕方のお祈りを中断させちゃったのよ。不可触民に触っちゃったのよ。駄目ってわたしが言ったのに、あなた、スペック4、ほんとにすごいヒーロー」ゆっくりと首を振りながら、彼女は屈み込んでまた彼の額を舐めた。「なんて勇敢なスペック4」

彼はもう一度自分の軀に触ってみた。肋骨が痛んだ。

それから恐怖が襲ってきた。草叢に坐り込んでしまう。マンダレイの素敵な夕べだった。長いこと坐ったまま彼女が額の傷を舐めるに任せ、ようやく恐怖が通り過ぎていったとき、屈辱感が湧き上がってきた。初めて怒りを感じ始めていた。

立ち上がり、埃を払った。

「どっちだ」

「え？」

「カチアートだよ。どっちに行った？」

それは本物の怒りだった。スティンクが抱くのと同じ種類の怒り、すなわち、殺意だ。

サーキン・オゥン・ワンが後ずさって、じっと彼を見凝めた。イヤリングが柔らかに光った。溜息をつく。踵を返して、彼女は公園の向こうの暗い大きな建物を指差した。

「あっち」彼女の声は優しかった。「あっちのほうに走って行ったわ」

ポール・バーリンは眼をこすった。巨大な建物だった。石とセメントと鋼鉄の塊。正面玄関につづく長い車道に、タクシーがずらりと並んでいた。

「なんだい、あれは」

サーキン・オゥン・ワンはにっこりした。「パリに行く道よ」そう言った。「鉄道の駅なの」

19　哨戒地点

　三時、エディ手づくりのぶっちがいの海賊の旗がマストの半ばに翻り、強くなった海風にあおられて靡いた。それにしてもどうだろう、この夜の冷え込みは。昼間は一日中フライパンで焼かれているような炎熱で、夜ともなると今度は昼の暑さが恋しくなる始末だ。片々たる瑣事に至るまで、ここでは一事が万事この調子なのだ。

　彼はポンチョの裏当てを探してくると、それにくるまってもう一本煙草に火を点けた。煙草を覚えたのは戦争に来てからのことだった。果てしなくつづくこの教訓のひとつだった。三時、いちばん暗いこの時刻。東の空が最初にピンク色に色づきはじめるまでもう二時間ばかりある。彼は次の番のスティンクをわざと起こさないことにした――今宵此処では、警備の交替はとりやめだ。

　彼は北の壁に歩み寄った。バタンガンの岸壁がぎざぎざのシルエットを浮かび上がらせ、己が影に呑み込まれるまで弓なりに反ってつづいている。月は雲に隠れていた。危険な時間帯だった。そういえば夜間警備兵が襲われた話は何度も聞いた。決まってこの真っ暗な時間帯に、分隊ごと爆破されたり、数日経って首無しや腕無しの屍体になって発見されたりするのだ。彼は忘れようと努めた。こういうときの賢いやり方は、もっと良いことに気持を集中することだ。たとえばパリへの旅。でなくても眼で見、肌で感じることができるようなあらゆる種類の幸せなことに集中する。それから、ごく普通のことがらの数々。平和と静穏。これまで彼が望んできたのも、つまりはそれだ。普通の暮しにぴたりと収まり、つつがなく齢を重ねてゆく。パリを見物してそれから家に帰り、ごく当り前の時の流れを経ながら普通の町の普通の家で暮してゆく。特に壮大なことも、特に劇的なこともない。それは地味に、平凡に人生を送るための位置だ。親父の後を継いで建築業者になるのかもしれないし、でなきゃ学校に戻るのも、可愛い娘を見つけて結婚して子どもをつくるのかもしれない。そうしていずれ齢をとれば、昔のことを振り返って子どもたちに戦争のことを語ってやることができるだろう。戦争？　あれだって普通なんじゃないか？　戦争の話はいくつかある——ビリー・ボーイとペダーソンのこと、湖の国で過ごした最悪の時期のこと、トンネルのこと。それから或る日カチアートが勝手に歩いていって、で、全員でどんなふうに追跡して、旅をつづけて、結局パリまで追っかけてったのかということ。

彼は微笑んだ。こりゃあきっと面白い戦争物語になるぞ。うん、そりゃ無論いろいろ疑問も呼ぶだろう。ねえ、お金はどうしたの？　ホテル代とか食べ物とか汽車の切符を買うお金も要るじゃない？　パスポートは？——とかね。それにいろいろ実際的な事柄だって無視できない。ヴィザに着替えに予防接種の証明は？　ねえ、要するに脱走ってことなんじゃあなかったの？　最後は捕まって営倉に放り込まれたんじゃないの？　あと国際法は？　だって不法入国でしょ、文書もないし軍の上層部からの命令だってないでしょ、それから武器携行の認可だってないじゃない？　警察とか税関の役人もどうなったの？

　彼は内陸のほうを眺めた。

そうさ、疑問ならいつだってしこたまある。でもちゃんと説明できる自信もあった。注意深く、要点をひとつずつ踏まえてそれらがいかに瑣事に過ぎないかをちゃんと説得しようじゃないか。些細じゃないか、的外れだよ、ってさ。たとえば金なら、稼いだことにしてもいい。でなきゃ、盗むか物乞いか借りるかしてもいい。パスポートのほうは、忘れた、とかね。べつに嘘ついたって構やしないし、オマワリなら鼻薬利かせたっていいやな。可能性ならいくらだってあるし。手段もちゃんと見つけられるし。そう、これが決定的だ。手段ってやつは、いつだってちゃんと見つけることができるものなんだ。もし突っつかれたら、とりあえず解決法をでっちあげちまってもいい――ちゃんとしてて説得力のある解決法をね。でもこっちの想像力は、どっこいそんなことよりずっと素早くて活発だからな。なにしろほら、速度と運動性能が違うからさ。ってわけで、どうせ方法は見つかるし答えだって出てくるんだから、想像力のほうはもっと重要なことのほうに向けることにしよう。そう、カチアートだ。それから旅の感覚、途中で見聞したこと、学んだこと、色や動きや人間のことや、そうして最後にはパリのこと。うん、そう、できるさ。だってこれこそいちばん大事なことじゃないか。そう、間違いなくできるって。

20 着陸地点・B（ランディング・ゾーン・ブラーヴォ）

彼らは向かい合わせに二列になって坐（すわ）っていた。さっきからスティンク・ハリスが歯をカチカチ言わせている。隣りではエディ・ラッツティがレース前の肩ならしみたいに首を左右に回していた。オスカー・ジョンソンは汗をかいている。ルディ・チャスラーは余裕のある様子だった。ヴォートとカチアートはコークを回し飲みし、ジム・ペダーソンは両手で胃のあたりを押えながら眼（め）を瞑（つむ）っている。彼にとってみれば、戦争なんぞより飛行機のほうが怖いのだ。

チヌーク（訳注 C—47大型兵員輸送ヘリ）は、下降するたびに長い浮遊感をもたらした。不意に一〇〇フィートも沈み、ふわっと浮いてうゎんと弾む。そのたびに尾翼方向の開口部から冷たい空気が流れ込んだ。ポール・バーリン一等兵はその冷気が理不尽に思えて嫌（きら）いだった。油じみた機械の臭（にお）い。ヘリの両舷（りょうげん）にはひとりずつ機銃手（ドア・ガナー）がいて弾丸の雨を地上に降らせ、その低い単調な音が、回転翼やエンジンの叩（たた）きつけるような音と混じり合って耳を聾（ろう）している。ほんの少しでも変わった音が混じると、兵隊たちはすぐに気づいて首を伸ばし、なにが起こったのかを知ろうとした。なかにはにやっとしてみせる者もいた。バフは爪を嚙み、バーニー・リンは咳をし、けれど誰も殆ど口を利かなかった。彼らが見凝めているのは大抵がライフルかブーツの爪先か、さもなくば向かい側の連中の眼だった。オスカー・ジョンソンは滝のように汗を流し、スティンクはずっと歯をカチカチ鳴らしている。バフは右の親指の爪をしげしげと眺めていた。ちょっと嚙んでは仔細に眺め、また口へ持ってゆく。ペダーソン――騒音と機械と高いところを忌み嫌ってはいるもののそれ以外では優秀なこの兵士――は、胃を抱え込み、しっかりと両脚を閉じていた。他の者たちは彼のほうを見ないようにしていた。ヘリがまた沈み、冷たい空気が流れ込んできて、ポール・バーリン一等兵は身を縮めた。ドア・ガナーたちはそれぞれ機関銃のうしろにしゃがんで撃ちまくっている。

飛行はけっしてスムーズではなかった。ヘリはいきなり落下したかと思うとぐいと制動をかけ、また沈んでは弾み、そのたびにポール・バーリンは震えながら壁の吊り革にしがみついて、なんでこんなに寒いんだろうとひとりごちた。

もう少しましなことに考えを向けてみよう、彼はそう思った。そうして淡々と仕事をこなしているドア・ガナーたちに眼を向けた。機銃に押し被さり、長射程の射弾散布パターンで引金を絞りつづける彼らは、唇を開け、リズムに乗って腕と肩を震わせていた。眼はサングラスとヘルメットの陰に隠れて見えない。空になった薬莢が機体のバンクや機首の上下につれて床を転げ回って小さな山をつくっている。

ポール・バーリンは寒さに我が身を強くこすった。ほかの連中のほうを見る。バフは今度は左の親指にとりかかっていて、バーニー・リンは小刻みに震える脚と戯れていた。ペダーソンはひたすら軀を丸めて閉じ籠っている。その眼はしっかり閉じられて、ときおり、舌で流れる汗を舐めるだけだ。隣りにはドク・ペレットが坐り、ドクの隣りがバフ、バフの隣りがベン・ナイストロム。中尉は床に坐り込んで背を丸め、ライフルに詰まったゴミを拭っていた。銃に話しかけでもしているというのだろうか、その唇が小さく動いていた。

ドア・ガナーは機銃に前のめりに凭れるようにして撃ちまくっていた。

ひどい気分だった。寒さは並みではなく、ポール・バーリンは不思議な気分のなかで他の連中もおんなじように感じているのかどうか考えていた。どうしてもつい連中の様子を眺めてしまう——だが、どの顔もそれぞれさまざま、落ち着き払っているのもいれば思い悩んでそうなのもいて、結局なんとも言えやしない。どの顔からもなにかを読みとることはできないし、ドア・ガナーに至っては顔さえありゃしないのだ。

チヌークが東へと身を翻し、いったん速度を落とすと、再び鋭い角度で降下し始めた。ペダーソンの頭が前のめりに縮こまってヘルメットがぽんと撥ねた。そのまま宙に浮いてゆっくりと床に落ちてゆくように思えた。けれどペダーソンには手を伸ばすことさえ叶わない。唇を舐めているしかない。だが、高いところが怖いのは彼のせいでも教会のせいでもない、彼の信仰心に欠けるところがあるからだと言われても困るのだ。

「あと四分!」クルゥ・チーフが怒鳴った。サングラスに顔を隠した太った男だった。彼は通路を辿って尾部のタラップを巻き下ろすと、乗り出して外景を確認した。「あと四分!」

再び怒鳴って指を四本立ててみせ、それからポケットに突っ込んだ『ニューズウィーク』を手に取ると腰を下ろして読み始めた。

オスカー・ジョンソンが麻薬煙草（ジョイント）に火を点（つ）けた。エンジンと翼の動きが激しくなって、チヌークがぶるんと身を震わせた。

銃手（ガナー）たちは引金を絞りっ放しだった。

オスカーは深くまで吸い込み、眼を瞑ると、ジョイントを隣りに回した。兵士たちの眼はもうそこに吸い寄せられて、ジョイントが口から口へと移ってゆくのを誰もがじっと見凝めていた。片方の列の一番向こうまで回ったところでハロルド・マーフィが立ち上がり、向かいの列のヴォートに手渡して、やがて二列目のポール・バーリンのところまで回ってきた。もうほんのかけらほどになったジョイントを指先で摘（つま）みながら、彼は火傷（やけど）しないよう注意して唇に挟（はさ）んだ。

深くまで煙を吸い込むと、息を止めてなにかいいことを考えようとした。チヌークが落下してゆくのが感じられた。ペダーソンの顔は脂汗（あぶらあせ）まみれで、寒気がいよいよ吹きつけ、ガナーたちは撃ちまくっている。

クルゥ・チーフが指を三本立てた。

突然音がした。天井を這（は）っている外装の制御ワイヤのコードの、むずかるような作動音だった。機が激しく傾いた。ヴォートが妙な笑い声を立て始めた。ドク・ペレットが叱（しか）ったが笑い声はとまらず、機体は足許（あしもと）から離れて勝手にくるくると転げ落ちていきそうに思えた。

ガナーたちは左から右へ、また左へと撃ちつづけている。

「あと二分！」クルゥ・チーフが怒鳴った。それから雑誌を丁寧に折ってポケットに仕舞い、頭の上に指を二本翳した。

ガナーたちがすがりつくような姿勢で莫迦でかい機銃と一体になり、肩を震わせて右に左に地を薙ぎ払ってゆく。

クルゥ・チーフがまた怒鳴った。

チヌークが長い傾斜姿勢に転じ、一瞬ポール・バーリンの眼に西のほうの山の端が、次いで眼下のべったりと真っ平らな水田が映った。機が水平に安定し、クルゥ・チーフが別方向に乗り出した。怒鳴りながら両手の親指を立てる。通路を横切って兵隊たちがそれぞれ背嚢を背負った。オスカーが顔を拭ってぎらりと笑う。中尉はまだ床に坐ってライフルを掃除しながら、近々と身を寄せてなにやら囁いている。冷たい空気が機体をさあっと吹き抜け、ガナーたちは射撃をつづけている。ポール・バーリンは縮み上がりながら、胸のあたりを叩いて弾嚢を探した。弾倉を抜き出し、かちりと音がするまで押し込むと、ボルトを引いて最初の一弾を薬室に送り込んだ。どうかどうかあんまり寒くありませんように、彼はそれだけを祈った。骨の髄まで凍るような寒さだけは御免だ。

「行くぞ」チーフが叫んだ。顎の下の肉がぶるりと震えた。「あっちは燃えてるぞ、ガキ共。ぐずぐずしてねえでさっさと降りやがれよ、この野郎」

彼が両の親指を立て、兵隊たちは立ち上がって尾部のほうへ小刻みに歩み寄った。にやにやしている者、咳込んでいる者、眼をぱちぱちさせている者、さまざまだ。バフは肩に担いだマシンガンでバランスをとりながら爪の甘皮を噛んでいた。妙に几帳面に指を一本ずつ順々に片づけると、肩の機銃を反対に担ぎ替える。真っ直ぐに立っているのは実際難しかった。チヌークがぐいと身を振り、兵隊たちはお互いの軀につかまりながらタラップのほうへと押し合いへし合いした。

「あと一分」チーフが怒鳴る。

と、また知らない音がした。犬笛を吹くような甲高い鋭い音だった。ヴォートがやにわに叫び声を挙げ、エディとスティンクが跳び上がって後尾のほうにつめかける。ハロルド・マーフィが転んだ。そのまま横倒しになった彼はでかい軀でばつが悪そうに笑いながら首を振ったが、でも起き上がることは叶わない。ただ寝転がって首を振っているしかなかった。機体に穴が開いた。みるまにその数が増える。そこから風が強く吹き込んでヴォートが叫び声を挙げた。ヘリの床に長い被弾孔の亀裂が走り抜け、一気に天井まで繋がっていって、八方から風が渦を巻いた。一瞬真っ白な光が穴を射抜き、反対側の穴を貫いていく。光のなかに無数の塵が漂っているのが見てとれた。なにかが焼ける臭いがした――機体の金属胴、過熱した機関部、銃手の焼ける銃身。ハロルド・マーフィはまだ寝っ転がったままてれ笑いをしながら起き上がろうと懸命だったが、どうにもままならない。なんとか膝を突いてよろめき上がりかけたところで、またもや引っ繰り返っててれ笑いし、また立ち上がろうとした。ペダーソンは眼を瞑っている。腹を抱いてじっと蹲っている。このなかで坐っているのはもう彼しかいない。

ガナーたちは必死になって撃ちまくっていた。狙いなどなかった。ひたすら銃にへばりついていた。

やおら風が強くなった。チーフの雑誌が床に落ち、吹き抜ける風に飛ばされた。「くそったれめ！」チーフが金切り声を挙げた。

「ゼロ・ファイヴ・ゼロ」クルゥ・チーフが怒鳴った。

チヌークが激しく身を捩り、兵たちは壁に叩きつけられた。歯ぎしりするような絶叫するような、引き裂いて焼きごてを押しつけたようなその音。金属が焦げる。青い煙があたりにたちこめ、物凄い力が彼らを壁に宙吊りにし、さらに押し潰すような重圧、被弾孔、吹き荒れる風、銃手たちは機銃の後ろにしゃがみ込み、引金を絞り、遊底が前後しつづけ、銃身が吠え、銃口が火を噴く——。マーフィは床の上だった。カチアートのコーク缶が口を開けたヘリの尾部にカラカラと転げてゆき、ちょっとそこに引っ掛かってからビュンと外へ吸い出されていった。ペダーソンは静かに蹲っていた。天井に裂け目が走った。クルゥ・チーフが金切り声を挙げ、ハロルド・マーフィはまだてれ笑いのまま起き上がろうとし、ガナーたちは撃ちつづけている。

肥え太ったチーフの顔から血の気が失せていた。必死で兵隊たちをタラップに押しやろうとしている。

ペダーソンは坐ったままだった。チーフが頭の上から金切り声を浴びせたが、ペダーソンは自分の軀を抱き締めたまましっかり胃をかかえ込んで蹲っていた。

「ゼロ・ワン・ゼロ」チーフが怒鳴る。「この糞野郎を引っ張ってけ！　誰か――」

チヌークがふわりと着陸した。

銃手は撃ち止まない。熱くなった銃身に覆い被さるように、撃って撃ちまくる。文字通りの盲射ち、標的なんかありはしない。

「出ろ！」チーフが怒鳴りながら最初の兵隊の背をタラップから小突き出し、煽られてガナーたちがさらに狂ったように手当りしだい銃火を浴びせた。機銃の陰で彼らは一言も口を利かない。チーフは喚き立てながら次々に押し出してゆく。

スティンク・ハリスが先頭だった。それからオスカー・ジョンソン、中尉、ドク・ペレット。彼らが泥に身を沈め始めてもガナーたちは射撃を止めようとはしなかった。次にバフ、さらにエディ・ラッティ、ヴォート。水田が弾着で泡立っている。どろどろのなかを必死ではいずり、こけつまろびつ全員が身を屈めて速く走ろうと必死になっている。ガナーたちは半身を激しく揺らし、水田の面はまるで沸騰したようだ。ハロルド・マーフィが足をもつれさせながら降り、次がベン・ナイストロムにポール・バーリン、カチアートだった。あの冷気はいつのまにか消えていた。いまはもう太陽と水田と止むことを知らないこの銃火だけだ。ポール・バーリンは思い切りよく滑って泥沼のなかに突っ込み、しばらくじたばたした後で諦めたように横たわったまま、ガナーたちが倦むこともなく自動人形のように撃ちつづけているのを眺めていた。撃ち止める気配さえなかった。白熱して燃え立つ銃身をせわしなく揺らし、撃ちつづけている。

チヌークがふわりと浮いた。身を震わせ、田んぼがさざ波立つ。クルゥ・チーフが喚き散らしながらペダーソンをタラップまで引きずり出し、外へ突き落とした。

ガナーたちが左右に振り出す機銃弾の曳光が、吹きつける雨のように長く美しい弧を描いた。ペダーソンは一瞬泥沼のなかでバランスをとりあぐねたように身を止め、それからぎゅっと眼を閉じて猛然と泥水を掻き分け始めた。ヘルメットが失くなっている。背後では機銃と溶け合って一体となってしまったかのようなガナーたちが紅の曳光と白く燃え立つ炎を田んぼの上からあたり一面に撒き散らし、その刹那、一弾がペダーソンの脚を射抜いた。

だがガナーたちは撃ち止めなかった。規則的に横縞を描いてゆくように右へ左へと地を薙ぎ払っている。銃身が真っ白に燃え出して煙が視界を遮っても撃ち止めることはなく、再びペダーソンの脚と股ぐらが射抜かれた。

ゆっくりと静かに、泥濘のなかへと彼は仰向けに崩折れた。

撃たれてもとり乱したふうはなかった。静かだった。胃のあたりを抱いたまま沈むに身を任せて、半ば浮いたような半ば坐り込んだような具合だった。それでもガナーたちは構わず撃ちつづけ、一弾がまたもや彼に当った。軀がびくんと後ろに引っ張られ、彼は飛沫を上げて倒れた。

巨大なチヌークが咆哮を挙げた。地を離れて向きを変えると、身を揺すって斜めに上昇し始める。風のなかで稲穂がいっせいになびき、それでも掃射の銃火は止まない。ガナーたちはサングラスの陰で盲射ちのまま、途切れることなく、水平照準で一定間隔を保つようにして機銃を支えていた。両腕が真っ黒になっている。

ペダーソンは仰向けに倒れていた。つかのま身を硬張らせて軀を抱いていたが、ようやく息を落ち着かせた。

ゆっくりと大儀そうに軀を動かしてライフルを取り上げる。

そうっと狙いをつけた。チヌークは上昇旋回し、ガナーたちはまだ掃射しつづけていたが、ペダーソンはゆっくりと時間をかけ、慌てることなく機影を捕捉して照準を定めた。

すうっと引金を絞って、一発、放つ。銃声は他のとはまるで違っていた――硬く、鋭く、決然として、耳に際立ってくる。次いでもう一発、さらにもう一発、注意深く引金が引かれ、チヌークのぼってりした腹から緑色のプラスティック板が弾け飛んだ。

逆上したガナーたちが応酬し、ペダーソンは再び射たれた。だが彼はなおも驚くべき注意力で狙撃し、上昇するヘリを捕捉した。一回に一発、正確に、慎重に。どろどろの泥砂のなかにぐいと身を起こして、チヌークを捕捉し、その巨大な下腹を狙撃している。上昇する機影を追いかけ、たっぷり時間をとって狙いをつけるために、彼はごろりと転がった。とつぜんドア・ガナーたちの姿が消えた。が、白熱し切った機銃はふらふらと首を振りながら自動的に弾丸を吐き出しつづけている。ペダーソンが落ち着き払って照準し、プラスティックでできたヘリの下胴に発砲した途端、チヌークがぶるりと身を震わせた。

彼の真上をチヌークの影がまっすぐに通り抜けた。

影が小さくなり、次いであっというまにチヌークは高く遠くへと飛び去ってゆく。あとに残されたのは波紋と水泡を浮かべた水田だけだった。けれどポール・バーリンには、そのときになってもなお、ヘリの機銃音が耳に響いていた。

21　パリへの鉄路

雲ひとつとてない一二月の或る午前二時、ポール・バーリンはぽりぽりと首筋を掻きながら起き上がり、窓辺へにじり寄った。

田園の景色は、依然、まるきり同じだった。だだっぴろく、水を湛えた稲作地が眠ったようにべったりと腹這っている。明りもなく、町の影もない。月はひと晩じゅう中空に貼りついたようだ。もう八時間も彼らを乗せて走っているというのにデリー急行はまだ僅か二〇〇マイルほどしか来てはいなかった。古ぼけたこの列車は走っているというより、ただガタガタとよろめいているだけなのかもしれない——でたらめで気まぐれな動きにいきなり急ブレーキがかかり、かと思うと蜒々停止しているような感覚がつづく。おまけにひと晩に二度は長い停止時間があって、機関手と制動手が外で腰かけてお茶を呑むという始末なのだ。

ポール・バーリンは溜息をついた。しばらく窓の外をじいっと眺める。それから立ち上がって軽く屈伸をやり、後ろの、中尉が寝ているあたりをうろうろした。老いぼれ中尉の顔には変色した打ち傷があった。シートを敷いた上で腹をさらけ出し、脚を立てて眠っている。

ポール・バーリンは手を伸ばしてポンチョのライナーをかけてやった。

中尉が眼をぱちぱちさせた。

「あ、すみません。どうぞ寝てください」

中尉がこっくりする。「夢を見てた」囁いた。「いまは……いまはどのへんだ？」

「もうすぐチッタゴンです」

「夢を見てた」コーソン中尉が言った。軀は動かない。そのまましばらく放心したままのようだった。と、再びまばたきした。「チッタゴン？」

「町です。都会、かな。もう一時間てとこですよ」

「チッタゴン」中尉が溜息をつく。「チッタゴンてのはなんだ？　なんか……なんかこう、眼が醒めたらすべては夢の彼方っていうような感じがして仕方ないんだ。あるだろう？　ぷふぅ、悪い夢だったかっていうような感じさ。昔ソウルでも一度あったよ。俺が初めてＭＰにパクられたときのことだ。海軍の設営隊の奴らがいてな、そのうすらでかい親玉が――腕なんかこんなでな――ジャック・ダニエルズって名前だった。なんとジャック・ダニエルズで本名だぜ。『なにぃ？』さすがに俺は言ったよ、そしたら奴が『ジャック・ダニエルズだ』って、ずいぶん真面目くさって言う。だから証明できるかって訊いてみたら、ちゃあんと認識票に身分証に、名前を書いた酒筒まで引っ張り出したよ。ジャック・ダニエルズ、なるほど確かにそう書いてあった。まったくろくでもない阿呆だったよ。で、ま、とにかく奴に連れられてとんでもない三流バーに行ったことまでは覚えてる。それからものの三〇分で俺はべろべろのぐしゃぐしゃで……わけなんかわかりゃしない、当然な。でもってジャック・ダニエルズはって言やあ、これがどうしたと思う？　いきなり喧嘩をおっ始めて、殴り合いはやるわ椅子はぶん投げるわ、もう滅茶苦茶。あの阿呆、ハリウッドかなんかのつもりでいやがったんだ。それでＭＰが飛んできて、俺はそりゃあ確かにそこにはいたけど、完全に酔い潰れてたから一発も手なんか出しちゃいない。なのに翌朝はブタ箱だ。『なんで？』って訊いたよ、そりゃ。『俺ぁなんにもしちゃいない。赤んぼみたいにおねんねしてただけじゃないか』って。だけど、それがどうしただよ。俺はパクられた、な、わかるか？　なんにも知っちゃいなくたって結局パクられて、で、それが事の始まりってわけだ。……くそ、なんてこった、いまの気分がまさにそれだ。わけがわからん。まさにこれじゃないか」

「ええ、確かに」

「なにがジャック・ダニエルズだ！　今度奴に会うことがあったら、そしたら――」

「だいじょうぶです。ほら、横になって」

お袋があやすようにして、ポール・バーリンはポンチョのライナーを中尉の顎まで引き上げてやった。列車はいつ終わるともなくゴトゴトと音を立てている。

「お前はいい奴だな」

「見かけだけですよ」

「いや、そんなこたない。気分のいい奴だよ。ジャック・ダニエルズの手下全部集めたってお前のほうが上さ。俺ぁもう二度とあんなクソ酒は呑まないぞ。もしまたいつかあんなことがあったら……。ま、ともかくお前はいい奴だ、ひねてないしな」中尉は身を起こし、後ろにちらりとめくばせをくれると、秘密を打ち明けるように声をひそめた。「なあ、もし俺が内部情報を明かしたとしたら、お前ちゃんと黙ってられるか？」

「中尉、もう休んでください。その話は明日の朝聞きますよ」

「莫迦。俺はお前を信用してるんだ。他の連中は——こいつらはクズだ。だけどお前は違う」そう言って、彼はまたちらりと後ろを見た。唇を舐める。「あのな、俺たちは誘拐されたんだ」

「は？」

「誘拐だよ」嗄れた声で中尉は言った。「拉致されたんだ。酔っ払わされて囚われたのさ、俺たち全員がな」

「なるほど」

「ちっ、なにがなるほどだよ。これは確かな情報なんだ。俺たちは誘拐されちまったんだよ」

ポール・バーリンは思わず口許を緩ませてしまった。

「で、容疑者は上がってるんですか」

「いや、まだだ。だから油断するなよ」

「もしかして、カチアート——？」

「莫迦」中尉は嗤うように首を振った。「お前、また寝呆けてるのか。まったく、しっかりしてくれよ。カチアートだ？　へっ、あんな奴ぁ雑魚だ。この裏にいるのはもっと大物さ」

つかのま、老中尉は口を閉ざして横になっていた。鼻先でせせら笑いながら拳を握った。列車の動きに合わせて軀が揺れている。

「チッタゴンか！」鼻先でせせら笑いながら拳を握った。「俺もずいぶんいろんなとこに行ったもんだが、チッタゴンてなぁ初めてだ。わけわからんよ、なあ？　俺はベニンにもポークにもソウルにもホンコンにも行ったよ。どこもこの眼で見たさ、しかし……。お前、『ホンコン珍道中』って知ってるか？」

「ボブ・ホープでしょう」

「お、知ってるな。そうさ、あれだよ。本物の映画さ」中尉が横になった。笑い出し、咳込んでしまう。「だけどチッタゴンじゃなあ。一体誰がいまどき『チッタゴン珍道中』なんて観るかよ。な、何が言いたいのかわかるだろ？　時代は変わるってやつなんだよな、たぶん。何回変わりゃあいいかってなことじゃない。ただ変わるだけ、ひたすら変わるだけなんだ、そうだろ？　変わらなくなることなんて絶対ないんだ、そうだろ？」

「でしょうね」

「チッタゴンか！」

「どうかちゃんと眠ってください」

コーソンは首をすくめた。「わかったよ。死んだふりでもするさ。でもこれだけは忘れるな――つねに目ん玉をしっかりひん剝いて、チャンスが来たらさっとずらかるんだ。俺も行く。このしっちゃかめっちゃかの出口を見つけて、サッとな、必ず逃げてやる。絶対にだ」

三〇秒もすると中尉の息が柔らかくなった。もう、すやすや眠っている。

誘拐――？　ポール・バーリンはしばらく中尉の話を考えた。そもそもこれが愉快な椿事として始まったのはどういう経緯だったろう。なのにそれが、いつどこで変わっちまったんだろう。べつに害はない。しかしなにかがおかしい、常軌を逸してる。だっていろんな出来事だけが自分勝手に起こってるじゃないか。

彼は立ち上がって前のほうの手洗いへ行き、鍵をかけて閉じ籠った。ボタンを外して便座に腰を落ち着かせると、不意の横揺れや急停止で転げ落ちないよう、片手を壁に突っ張る。信じられない悪臭だった。口を開けて息をするしかなかった。

誘拐か――老いぼれは、べつにさほど間違ってるわけではなかった。あの打ち明け話にしたって、なるほどその通りなんだろう。が、それで彼にもたらされたものは、結局一体なんだったか。不名誉、戦友の消滅、戦場の絆というロマンスの終焉、すべての終わり。

立ち上がるとトラウザーズのズボンを留めて、便器の取っ手を強く押す。しゅうしゅうと柔らかな音がしただけで水は流れない。

老いぼれは、カチアートについてもなるほど正しかった。そう、言うならばあれは、最終的な責任の所在をしっかり明示しておくための莫迦でのろまで間抜けな目印なのだ。責任。それこそがなにより必要なものだった――厳粛なる誓いの下で責任を負う何者かが。

「責任」声に出してみた。

姿勢を正して、鏡のなかを覗き込む。効果のほどはまだ定かでない。「責任」また言ってみる。声音（こわね）を引き締めてみる。眼を細め、唇をしっかり真一文字に結ぶ。「責任」彼は言った。

　そのとき、それが眼に入った。

　ここに来るまでの間、俺は他になにを見落としてきたんだろう？　捕まえ損ねた他の手がかりは一体なんなんだ？

　今度のは、だが、偶然ながら見逃さなかった。それは鏡の上にピンクの口紅で書かれていた。その鮮やかさに、彼は思わず眼を瞠（みは）った。

　　バラは赤だ
　　スミレは青だ
　　デリーはこの次
　　それからティンブクトゥ

　気分がぴんと張りつめた。

　スティンクは廊下で早射（はやう）ちの練習をしていた。ライフルの銃床をぐいと肩に押し当て、銃口を低く構えて射つ。「ドキュン！」甲高い声。「ドキュ、ドキュ、ドキューン！」

　ドクは衛生ポーチの中身を検（あらた）めていた。

　エディ・ラッツティはそわそわして軀に触ったり歯を舐めたりしている。

オスカー・ジョンソンは戦闘プランを練っていた。冷静で、沈着で、実力があった。古参でもある。殺した人間の数も多い。戦場でのルールはみんな彼がとりまとめてきたのだ。いま彼は、黄色い紙の切れはしに忙しく作戦要領を書きつけている。終わったところで立ち上がり、全員に静かにしてくれと呼びかけてから、これから始めることの手順を説明した。

「ごく普通の索敵・狩り出し（サーチ・アンド・フラッシュ）任務だ」彼は言った。「変わった点はなにもない、順々にやるだけだ、いいな？」

エディとドクが頷いた。明快だ。

「ようし、それじゃあ」オスカーが呟いて、列車の略図を掲げてみせた。「エディと俺が前から、ドクとバーリンは後ろからだ。スティンクはここで中尉と一緒にいろ。そうやって――」

スティンクが不満の声を上げた。

「そうやって」オスカーが有無を言わさず柔らかな声でつづける、「俺たちが奴を狩り立てて、腕を鳴らしながら待ってるスティンクのとこへ追いやるんだ。藪を叩いて七面鳥を狩り出すのとおんなじさな」

「なるほどターキー狩りかあ！」

「というわけだ。コツは順序通りにやること。ドジはなしだぞ、見逃しもなしだ。動くものはなんでも探せ。ドアがあれば全部開けろ。ゆらゆらしてるものがあれば必ず手でつまんでみろ。すべて標準作業手順（SOP）通り、順番通りだ。なにも見落とすな」

全員が散開した。

狭苦しい二等車のなかには虚(うつ)ろな眼を光らせた子どもたちや泣き喚(わめ)く赤ん坊、犬、鶏、廊下では小さい焚火(たきび)を前に女たちがしゃがみこんでいる。

「ほうら来たぞ」ドクが言った。「あんときと同じだな」

ポール・バーリンはよく覚えていた。あの唯一(ゆいいつ)の、本当に恥ずべき記憶。

彼は人々と眼を合わさないようにした。人形だ、そう思うことにした。混(こ)み合った客車のなかを押しのけて進みながら、機械的に身分証を調べ、付け髭(ひげ)や付け鼻でないかどうかを検(あらた)めて敵の下部組織員でないことを確認した。ひとりずつ調べ上げては次へ行く。荷物は全部開けて中を掻き回し、米の入った籠(かご)は蹴飛(けと)ばして中身をぶちまける。奴らを検査しろ、シドニー・マーティン中尉はそう言ったのだ。そうして彼は、言われた通りに彼らを検査した。あれはソン・チャ・ボン沿いの沼沢(しょうたく)地域でのことだった。最初は子どもだった。小さな足首から骨張った脛(すね)、ボルトみたいに突き出した膝(ひざ)と上がっていって、腿(もも)から尻(しり)へ行き、黒い小さな眼を見ないようにしながら腰を探り、さらに上半身を肩から髪の毛のなかまで調べ、そうして次の子どもに同じことをやり、そうして次に、村の共同井戸の脇(わき)にじいっとしゃがんでいる三人の老人たちだった。ゴメンヨ、パパサン——彼は心から絞り出すようにそう念じた。うまく言葉にはならなかったが、そう念じた。そう、それだけは確かだった。最初の老人に笑いかけて自分の真意を精一杯のそぶりで示し、それからぎこちなく検査を始めた。骨張ったその老人は白いショーツを身に着けているだけで、顎の先にそよぐひとつまみほどの毛がホー・チ・ミンのようだった。ゴメンヨ、パパサン。落ち窪んだ胸、ひびわれた唇。老人はお返しに笑みを浮かべてくれたじゃないか。あのとき、お互いが相手の立場ってものを理解したはずじゃないか。ボクダッテコンナコトハ好キジャナイ、誰ダッテ好キジャナイサ、デモシナキャナラナイ、シナイワケニハイカナインダ。そのことを、あのときわかってくれたんじゃなかったのか。哀れな山羊のようなあの老人は、笑みを浮かべていてくれたんじゃなかったのか。あれは八月のソン・チャ・ボン近郊の晴れ上がった一日、そこで彼はあの老人を身体検査したのだった。念入りに検査すると称して白いショーツまで脱がせ、節度などかなぐり捨てて年寄りを震え上がらせたのだ。徹底的に奴を調べろ、マーティンはそう言った。そうして老人は、恥部まで探られるのを無言で自分の腕を握りしめながら堪えたのだ。そう、それからその次が、女たちだった。奴らも全員検査するんだ、シドニー・マーティン中尉は言った。笑わせてやれ、と。で、彼は彼女たち全員を調べた。一列に並べ、ひとりずつ腿から尻から胸まで、眼を逸らし気味にしながら、なにも感じないように、しかしまったくの無感覚にはならないようにしながら、なるべく指を使わず、掌で叩いて調べていった。その次が赤ん坊だった。眠り込んでいるのをライフルの銃口で揺籠から突つき出して、調べた。犬猫の類いまで全部調べた。村じゅう一切合財を調べ上げた。それは火炎検査法（フレーム・フリスキング）（訳注　潜伏者をいぶり出すために村を焼き払うこと）と呼ばれるテクニックで、それから二時間後、バフがでっかいヘルメットを被ったまま息を絶やしていたのだった。

彼は覚えていた。それは自然の法則というやつだった。人間がやっていいことといけないことについての、当り前の原則だ。

人の群がっている廊下に歩み入り、ドクが背後から見張っているのに援護されながら箱のなかから手提げや座席の下まで探り、貨物車両のなかをくまなく掻き回して車掌室まで当った。

それから手順通りに戻って三等車両のほうへ行った。ぎっしり詰まった家族たちが大混乱のなかで泣き叫ぶ。鶏が跳びはね、女たちは幼い子どもを必死で抱き締め、車掌が巨大なレンチを振り回しながら喚いた。「恥知らずめ！」

しかし彼らはそれを無視して、前のほうへと突進していった。

「恥知らずめ！」車掌が怒鳴る。顎髭を生やし、油で汚れた麻のターバンを巻いている。顔がワニスでも塗りたくったようにてらてらしている。「悪魔！　鬼！」

来た道を逆方向に二等車の列を戻った。怯えた乗客たちが座席に縮こまって恐怖の臭いがあたりを覆っていた。郵便車両に入り、封をした貨物袋を切り裂き、キャンバス地の郵袋に銃剣を突き立て、積み上げた小包の山を拳で殴り崩した。

「違法行為だ！」車掌が怒鳴った。フェンシングかなにかみたいにレンチを振り回して、まるで及び腰で踊っているようだ。ドクが力ずくでレンチをもぎとったものの喚き声は止まない。「恥知らず！　卑劣漢！　けだもの！」

隣りの車両の乗客たちが異変を察したように前方から郵便車両になだれ込み、転がり込んできた。女たちが叫び、赤ん坊が泣き、犬が吠え、男たちが怒鳴りながらじりじりと進んでくる。

ドクがライフルを構えて天井に一発放った。が、群衆はなおも近づいてくる。再び今度は窓をめがけて一連射。空気を切り裂く熱い弾丸のうねりが車両のなかを貫き、それでもなお群衆は止まらない。先頭にいるのはあの獰猛なる車掌だ。

ポール・バーリンの武器は弾丸ではなかった。彼はにっこりした。自分にちゃんと言い聞かせ、理解の微笑みと隣人としての善意を顔じゅうに溢れさせてみる。ボクハアンタタチト一緒サ、彼は言う。ボクダッテコンナコトハ好キジャナイ。嫌イダ。ボクハ仕方ナクヤッテルンダ。それでも群衆は近づいてくる。

「出口だ」ドクが言ってポール・バーリンの腕を掴んだ。

群衆がどっと詰め寄せる直前、ふたりは隣りの客車に素早く駆け込み、投げつけるようにドアを閉め鍵をかけると、急いで一等車まで戻った。

ポール・バーリンは震えていた。「野蛮人め」呟きが洩れる。

「落ち着けよ」

「世の中全部、狂っちまった」

遅れてオスカーとエディが入ってきた。仏頂面だった。

「ネズミの糞だぜ」オスカーが言う。

「なんにもなかったのかよ」

オスカーが肩をすくめた。「こんだけさ」白い縫い取りのあるビニール製の黒い雑嚢を持ち上げてみせた。それは紛れもなくカチアートのＡＷＯＬバッグだった。しかも中身は、空っぽだった。

22 彼らのこと、または彼ら自身による彼らのこと

エディ・ラッツッティは歌うのが好きだった。勇壮なマーチも優しいバラードも好きだった。ときにはフォークソングも歌ったけれどべつに過激派きどりってわけではなく、反戦歌の類いは莫迦にしていた。お気にいりはなんといってもママ・キャスだ。「俺だってなあ」と彼はよく口にしたものだ。「あんなふうに歌ってみせたいもんだよな。夜ごと町から町へ、女どもを引き連れ、懐には札束をうならせ……なあんてさ」そんな彼の歌うちょっと湿っぽい歌が第三分隊の人気だった。故郷の歌、家族の歌、恋人の歌。そんな歌をしみじみと歌ってみせた。クラシックは嫌いなふりをしていたが、実は毎週土曜の夕方六時の——この定時放送のおかげでみんな今日が何曜日だったかを知るのだ——『曹長の巨匠たち』は絶対に聴き逃さなかった。ジェイク・イームズ曹長の司会でダナン基地から放送されるラジオ番組だ。それが終わるとエディはいつも景色を眺めながらしんみり余韻に浸り、やがてハミングし始め、そして歌い出した。するとたまには戦地の夜も、そう捨てたものではなくなるのだった。

タールで舗装した滑走路のように滑らかで疵ひとつない額が、鋭い角度で縦横に拡がっていた。鼻は大きかったが、低くも拡がってもいない。顎は大きくがっしりしていた。耳はぴったりと頭に寄り添い、こめかみのあたりで血管が硬く突き出すように膨らんで、そこから余分な圧力が噴き出したみたいに頭の鉢がてっぺんに向かって開いていた。汗をかくと銀色に光った。黒い眼、黒い肌、でっかい頭のかたちを強調するようにぴったり張りついた真っ黒な硬い髪。太く力強い猪首。人や物に向かうときの物腰はまるで貴族のように、測り知れないほどの自制心を窺わせた。ときにはその自制が崩れたかとも思わせたが、結局そんなことはなく、いつも風にそよぐ柳のごとく優美に物事を受け流した。つくりものめいた薄笑い、細い眼、表情がなく危険なときにも殆どなげやりに見える瞳。一言でいえば、冷酷、だ。自然なのか作為なのか、ともかくなにか距離を感じさせて、それがために愛されるとか無条件に好かれるということがない。つまりハードで、タフで、クールで、そして……。あくまで自称によればの話だが、オスカー・ジョンソンはデトロイトの街の真ん中で生まれ育ったということになっており、そこで人間同士の駆け引きの基本を学んだから自分はこんな人間になったんだというのが彼の言い分だった。彼の挙げる基本は全部にきちんと順番がついていた――まず互いの譲歩、次にギヴ・アンド・テイクの原則、それから礼儀正しさ、最後にあくまで鷹揚な態度。「で、それでもてめえの欲しいものが手に入らないとなりゃあ」とオスカーは言った、「そこで初めて、トンカチでもって一発相手にかましてやりゃあいいのさ」

彼が好んで言うところによれば、外交術とはつまるところ説得の芸術だ。そうして戦争というのは――べつに彼自身の言葉ではないのだが――要するに他の手段を以(もっ)てする外交なのであり、そして……。彼の口から聞かされるデトロイトは、親しみやすいがどこか陳腐なイメージばかりだった。つまり、黒んぼの町(クーンズヴィル)、クルマの町(モータウン)、背徳の町(シン・シティ)、といったやつだ。ライオンズやタイガース、ピストンズといったデトロイトの地元チームのことをえらく熱狂的に話したが、ちょっと突っ込まれると現役の選手のことは誰も知らなかった。ボビー・レインはいまでも凄(すげ)えパスを放(ほう)るぜ。イェール・ラリー、あいつはリーグ一のパンターさ。ノーム・キャッシュ？　ありゃあどうしようもない四流の屑(くず)で、そして……。彼の話はデトロイトだったが、郵便の宛先(あてさき)はメイン州のバンゴアだった。野郎はよ、ババ、バだっけ、もとはと言やぁそこから来た黒んぼ(ニガー)なんだぜ、ヴォートはいつもそう言っていた。東海岸の兄弟(ダウンイースト・ブラザー)さ、ロブスターの匂(にお)いをぷんぷんさせた兄(あん)ちゃんってえわけだ。けれどもそう言われてもオスカーは固く押し黙り、笑いもしなければ弁解もせず、そして……。確かに彼の喋(しゃべ)り方自体は、現代的というか当世風というか、早口で音(おん)が飛び、妙に訛(なま)って都会の下町風だった。ちゃんとそれらしいところに抑揚が付き、子音が落ちて、売人(マザー)とか兄ちゃん(デュード)、いかした(クール)、ごきげん(バッド)といった、殺気と暴力の気配を濃く漂わせるゲットー隠語ばかりが耳に残った。なるほどみんな本物だった。ポール・バーリンにとっては、しかしそれらがどうもわざとらしく聞こえて仕方ないのだった。演技だというのではないが、どこか自然じゃない。人真似(ひとまね)が抜き差しならず身についてしまった役者というか、つまりそんな感じだ。とはいえ、それを正確にどこがどうと言うのは難しかった。そうして結局のところそのいわく言い難さがオスカー・ジョンソンに或る威信を授けているのだった。

「かとりっくデス」ジム・ペダーソンは十字架やロザリオを提げた村人を見ると必ず、そう言って声をかけた。にこにこしながら「かとりっくデス、かとりっくデス」と言ってお辞儀をし、またにっこりしながら背嚢のなかを掻き回して、茶色いマニラ紙の紙挟みにはさんだイエス・キリストの絵札を渡した。なんでもテキサスのエルパソにある伝道教会から支給されたものなのだそうで、「かとりっくデス」いつもそう言いながら紙挟みを引っ張り出し、丁寧に一枚引き抜いては汚れや破損がないかをちゃんと調べて、深々とお辞儀をしながらそいつを差し出すのだ。べつにカトリック教徒というわけでもないのに、どういうわけか彼はとにかくひたすらキリスト教精神を広めるのが自分の義務だと考えていた。ドクに言わせるとジム・ペダーソンは倫理的姿勢なるものを持っている、というわけである。おかげで一度など、ピンクヴィルの或る村に第三分隊が火を放とうとしたのを止めたこともある。また一度は、死にかけているVCの女を手当てしてやったこともあった。それからビリー・ボーイが戦闘で死んだときには彼の両親に宛てて手紙を書き、ご子息は素晴しい人物で我々の良い仲間で、私がイエス・キリストにお祈りするときもよく一緒に祈ってくれたものでしたと言って送った。返事は来なかったが、ジム・ペダーソンは気にしなかった。

ただれた皮膚。クルゥ・カットの頭を跳ね回るしらみ。激しやすく喜怒哀楽がすぐに顔に出て、そのくせ案外ちゃっかりしている。何事も徹底的に先手必勝と心得ていて、勝ち目があると見るや否や大胆になる。自分では猜疑心が強いくせに、他人に対しては見え透いたおべっかで信頼させようと妙に躍起になった。筋肉質で、背が低く、頑強で、まるでハト時計のねじを一杯に巻き上げたところみたいだった……。スティンク・ハリスは七人家族に育った。女ばかりのきょうだいのなかのたったひとりの男だ。機械工か鋳掛け屋みたいに厖大な労力をライフルの手入れに注ぎ込んで、油差しに分解掃除、雨のときは濡れないように気を配り、寝るときまでテディ・ベアを抱いた子どもみたいにライフルを抱き、ともかくしょっちゅう銃の可動部分をどこか無意識に弄っていた。こいつは俺の親友なんだ、口癖までがこれだった。というようなわけだったから、六月の初めにバーニー・リンがえらく親切に接してきたとき、スティンク・ハリスはすっかり生真面目に受け止めてしまい、ドクに向かって戦友ってものがいかに大切か、その点でバーニーがいかに素晴しい戦友なのかを切々と説明するありさまだった。それでも初めはずいぶん用心していたのだが、次第にまったく打ち解け切って、一番下の妹のカーラ宛の手紙のなかでもバーニーのことをいろいろと書き送り、やがてこの新しい友と自分の可愛がっている妹とが毎日文通するまでになったのを、誇らしげに、まるで慈父のような気持で見守るようになっていた。彼らの仲を詮索するのもひどく控えめで、良いほうにばかり考えていた。けれどその友情も、六月三〇日、スティンクがバーニー・リンの財布のなかからカーラのスナップ写真を見つけたときに終わった。彼の最愛の妹は一糸まとわぬ全裸のまま、恥じらいのかけらすら見せもせずに、高々と開いた脚をこちらに向けてカメラに収まっていたのだ。スティンク・ハリスは、結局裏切られるようにできている奴なのだ。

妻に先立たれてもコーソン中尉はずっと結婚指輪をしていた。二度も大尉になったのに二度とも――一度は不当に――降等されてしまい、いまでも名残の戦功章を二本、ポケットにつけている。それでも根っからの職業軍人で、いまでも合衆国陸軍を心から愛していた。任務を信じ切っているという点ではシドニー・マーティンとも似ていた。違うのは、任務というのを知的な判断力に基づいた命令だとか職業的な規範なのだとか、いちいちそんなふうに考えていない点だ。コーソン中尉にとっての任務というのは、具体的な状況のなかでこそ初めて効力を発揮する一種の抽象概念とでもいうべきもので、ここが他の将校たちと彼の違うところだった。実際、コーソン中尉は部下たちにトンネルに潜れなどと命令したりはしなかった。彼は単にトンネルを爆破しろと命令するか、でなければ自分で爆破するだけだった。要するにそれがひとりの兵士としての彼の任務なのだ。そういうわけで部下たちは、彼のことを愛していた。

瞳はグレイだったが、ときどき違って見えた。鼻筋がまっすぐ通り、唇(くちびる)は薄く引き締まって背が高い。歯の色が髪の毛の色と殆ど同じになってしまうほどのチェーンスモーカーで、おかげでメタルフレームの眼鏡にまでヤニの膜が張っていた。ドク・ペレットは理論家にしてプラグマティスト、科学の敬虔(けいけん)なる信奉者だった。とはいえ、一口に科学といってもさまざまだ。たとえばビリー・ボーイ・ワトキンズが死んだ理由を恐怖のためだと診断したのもそれだったし、バーニー・リンにM&Mを服(の)ませたのも、また経験的観察の繰り返しによる仮説の立証という、ジム・ペダーソンやフレンチー・タッカーと議論するときにドクがいつも展開する論法もここから来ていた。「いちばん大事なのは」と、いつだったかドクは言ったことがある、「効き目があるのはなにかってことだ。効き目があればそいつが本物の科学なのさ。呪術(じゅじゅつ)でも魔術でも呼び方なんか構やしない、効き目があるのが正しい科学ってもんなのさ」第三分隊の面々にとっても、無論、それで十分だった。ドクは自分の昔のことは殆ど喋らなかったが、一度だけポール・バーリンに、子どものころは雷雨と火と機械が妙に好きだったんだと打ち明けたことがある。「ほんとに我ながら変なガキでなあ」と彼は言った。

「いつだったか親父(おやじ)が新しいエアコンを家に持って帰ってきたことがあるんだ。エアコンの出始めのころのモデルでさ、そいつをひがな一日、一体どっから冷気が来るんだろうってあっち見たりこっち見たりして過ごしたよ。わかるだろ？　なにしろガキだからさあ、このなかのどっかに冷たさの素かなんか入れた小さな箱でも入ってるんじゃないかと思ってたんだよな。まったく莫迦な話だけどな。でもって遂にネジ回しを持ってきて、バラし始めちまった。アルミのチューブだのモーターだのなんだの、もちろんなにがなんだかわかっちゃいない。とにかくぜーんぶ、こう……ま、要するに解剖したわけさ。でも箱なんてなかった。冷たさの素は見つかんなかった。親父は、そりゃあ一目で気も狂わんばかりだったよ。この莫迦野郎のなんたらかんたらって散々とっちめられて、で、こう言ったな、『箱なんかあるわけないだろう。これは冷気製造機なんだ』ってな。そう言われても俺はまだわかんなかった。やっぱりこのなかのどっかに場所があって、そこが冷気の冷蔵庫みたいなもんなんだって思い続けてたよ。莫っ迦な話だよなあ。結局親父も元通りにはできなくってさ、いまでもうだうだ言われるよ。だから俺も言ってるのさ、もしあのままやらせといてくれたら、きっと見つけ出してやったのにってさ——」

何人かの名前はフル・ネームで覚えられていたが、その他は名前の一部だけか、でなければ本名はまったく知られずじまいという状態だった。特にトンチンカンな的外れというのでなければ、兵隊たちは大体において自分の好きな呼ばれ方で呼ばれることになっていた。洗礼名でも苗字でもニックネームでも無論構わない。スティンク・ハリスはスティンク・ハリスで、よしんば奴が他の名前を持っていたとしても誰も知らなかった。フレンチー・タッカーもフレンチー・タッカーで、他の誰でもありはしない。戦地に来る前とおんなじ名前の者もいたし、戦地に来てからついた名前の者もいた。バフという名前は、実は水牛(ウォーター・バファロー)のような力と粘りと忍耐、というところからついた名前だった。ちゃんと本名が呼ばれるなんてことは殆どなかったから、バフと呼ばれる以外、彼にはファースト・ネームもラスト・ネームもなかったのだ。ドクというのは、これはもうあんまり自然過ぎて誰も気にさえとめなかった。もちろんファースト・ネームなんて誰も知らないし訊(き)いたこともない。要するに呼ばれ方の基準というのは、その人間の明らかな属性か、でなければそいつ自身の好みということだけだった。たとえばカチアートというのは奴の苗字で、それ以外のなにものでもない。また渾名(あだな)がついてない連中の理由というのは、単純に、ついている連中の理由を裏返しただけだった。つまり本人が嫌(いや)がった、どうも似合わない、誰もつける者がいなかった、と、そういうことだ。階級だけで通っている何人かもいた。たとえばシドニー・マーティン中尉の後に来たコーソン中尉は単に「中尉」か、もしくはご本人の希望で「LT」と呼ばれた。苗字で呼ばれる者も名前で呼ばれる者もいた。ポール・バーリンの場合は姓と名と大抵両方が揃(そろ)っていて、そうでなければどうも不似合いな感じだった。というわけで名前は彼らを互いに結びつけていたが、それは同時に互いの間がとんでもなく離れているということをも意味していた。たとえばレディ・ミックスは誰からも本名を知られていなかった。正真正銘誰ひとり覚えてさえいやしなかった。新米の下士官(NCO)で、本国で三か月だけの教習を受けて軍曹の肩章をしょったにきび面(づら)の若僧だった。一緒にいたのはほんの一二日間。そういえばどことなくすぐ死んでしまいそうな気配があって、実際そうなったし、そうなってみると誰も本名を知らないのはかえっていいことだった。そうすれば死んだってこと自体を簡単に忘れてしまえるからだ。そうして簡単にこう言えるようになるからだ――「レディ・ミックス？　さあな、セメント・シティにいるんじゃねえか。ほら、墓石のさ」

23　パリへの途上の妖し(アシュラム)の場

デリー市内のホテル・フェニックスのタイル貼りのロビー、そこで中尉が狂おしい恋に落ちた。

彼らがデリーに着いたのはちょうどお昼ごろで、外貨を換金し、すばやく操車場のあたりを調べてからタクシーを拾って昼どきのごったがえした都心部へと向かった——まさにポール・バーリンがいつも思い描いてきた通りのインドだった。裸足の子どもたちの一団が走り回り、甲高い喧騒に充ち、マドラス綿のターバンや衣料を吊した物干し竿の間で牛がもぐもぐと新芽を食んでいる。手ごわい人混み、富に押しひしがれた貧しさ。けれど、そんな光景もポール・バーリンには捨てたものでもなかった。インスタマチック・カメラを取り出せればな、と彼は思った。

そんなことがあってから、ホテル・フェニックスでご老体が恋をしたのだった。

彼女は受付デスクの後ろでエクササイズ用の自転車を漕いでいた。ブルゥジーンズに薄物のモスリンのブラウス。ポール・バーリンはとっさに自分の母親のことを思い出した。とはいえ、それはほんの一瞬のこと、全体の漠然とした感じというだけのことだった。細部を見れば眉は全部抜いてきれいに描き直してあるし、唇には濡れたような紅色のリップスティック、漆黒の髪の毛には渋い金色の紐が器用に編み込んである。

その彼女が「アメリカ人ね！」と叫んだ。

満面に微笑みを浮かべ、わずかに息を弾ませながら、自転車を降りて彼らを招き入れる。昂奮しているらしい様子が見てとれた。「アメリカ人でしょう⁉」また言ってひとりひとりの上に視線をさっと滑らせ、最後にじっと中尉の顔を見凝めた。「アメリカ人——あのね、信じてくれないかもしれないけれど、わたし今日のことわかってたのよ。前触れっていうのかしら。本当なのよ。だって今朝起きて外を見たときに、ふと思ったんですもの。今日アメリカ人たちが来るって。ね、当ってたでしょ、ね？」

そう言って彼女は中尉をじっと見凝めた。頷いた中尉が見凝め返す。かくて背嚢も下ろさないうちに、彼はもう恋に落ちてしまったのだった。

わたしの名前はハミジョリ・チャンド、彼女が名乗って、綴りを手近の絵葉書に書きつけた。アメリカ人にはいつもジョリーって呼ばれるわ。

その日の夕方、カクテルを前に語ったところによれば、彼女はバルティモアで二年間過ごしたことがあるという。奨学金を貰ってジョンズ・ホプキンズ大でホテル学を勉強したのだそうだ。あたしの人生でいちばん素敵な時代だったわ、彼女は言った。ヨット遊びをした思い出、デパートにショッピング・モール、フォート・マクヘンリー、街一番の繁華街ザ・ブロック、そしてリトル・イタリー。アメリカは彼女の脳裏であたかもスレイマン大寺院（モスク）の黄金の鐘のごとく高らかに鳴り響いているというわけだった。

「でもそれは堕落なんですって」彼女は朗らかに言った。「夫はそう言うの、お前はハンバーガーやフライド・ポテトやウィンストン100にかぶれて堕落したんだって」

「貴女（あなた）はご主人のいる女性（ひと）なのか」

ジョリー・チャンドはまたもやポール・バーリンに自分の母親を思い出させる仕草で頷いた。言葉にするには余りにも辛過（つらす）ぎる事実を認めているのだと、そう物語る仕草だ。

彼らは夕辺の中庭に坐（すわ）っていた。足許（あしもと）はタイル貼（ば）りで、いましも飛び立とうと翼を拡（ひろ）げる鳥の絵がモザイクしてあった。ニームの木陰の草叢（くさむら）のなかでコオロギが鳴いている。

すっかりくつろいで錫（すず）メッキの大きな杯を傾けながら、彼らはジョリー・チャンドがアメリカでの思い出を幸せそうに語るのに聴き入った。

「天才と発明の国なのね」彼女は言う。「たとえばテレビ。あれはただ観（み）るだけのものじゃない。テレビっていうのは、なんていうのかしら、偉大なるアメリカの発明のひとつなのよ。他の人は知らないけど、わたしに言わせれば、あれはつまり——つまり国をひとつにまとめ上げるための素晴しいアメリカ的な発明なのよ」

そう言って脚を組み、長い煙草（たばこ）に火を点（つ）けてから、彼女は中尉に笑いかけた。弓反りにきれいに引かれた眉が絶妙の動きを見せる。薄闇（うすやみ）のなかで爪（つめ）と唇が甘いピンクに光っている。その唇が開いて「そうよ」と、ひとりつづけた、「テレビっていうのはいかにもアメリカ的な天才が生んだユニークな産物なの。複合的な国を完全に手つかずのままにしておくための手段なの。アメリカが富と機会と複雑さで溢(あふ)れ返っていろんな方向に爆発し始めたちょうどそのときに、テレビが現われて全部をひとつにまとめた。そのおかげで金持ちも貧乏人も、黒人も白人も、みんながおんなじヒーローを共有して、マット・ディロンからパラディン（訳注　ともにTV西部劇の主人公）まで分け合うっていうわけなんだわ。一月になればみんながみんなスーパー・ボウルに夢中だし、一〇月には野球。他の人の考えはわからないけど、あたしに言わせてもらえば、そんなに器用にいろんな階級の間に即席の橋をかけて、多様性をひとつにまとめることができたのはアメリカ人だけなのよ」

黙って注意深く耳を傾けていた中尉が、ドクに向かってうむと頷いた。

「まったく」厳かな口調だった、「素晴しいご婦人だ」

「ジン取ってくれよ」スティンクが言った。

「くださいだろう」中尉がじろりと見やった。「そのくそったれ(ファッキン)ジンを取ってください」

それからジョリー・チャンドがみんなをダイニング・ルームへ案内した。事前に彼女が予告していたようにメイン・コースは血の滴(したた)るようなロースト・ビーフ、彼女が愛(いと)おしげに「聖なる牛」と呼ぶ一品だった。給仕は彼女の夫だ。彼女の半分くらいしか背丈のなさそうな小男だった。料理を出し終えると彼は薄衣(うすぎぬ)のカーテンの向こうへ消えた。

「たぶんハキーズはこれを快く思ってないわ」彼女はワインと牛肉のほうに手を振った。

「アメリカではみんな自分の好きなものを食べられるでしょう?　神様の思(おぼ)し召しね。しきたりなんかに縛られずに……なのにここじゃあ、ただ普通のハンバーガーが法律に触れる犯罪だっていうんですもの。まったくひどい話だわ」食事中も彼女は説明をつづけ、牛肉が欲しければアーマダバッドから密輸入しなければならず、それも法外な値段の上に危険が伴うのだと言った。

「勇敢な女性だ」コーソン中尉が言った。真剣になると腕組みする癖がある。「貴女はまったく勇敢だ。素晴しいご婦人ですよ」

「ハキーズ――さっきの夫ね――にはどうしようもなく堕落した女だって言われますわ」

「そう？」

「ええ。不純だ、穢れてるって」

長々とつづく豪勢な晩餐の間じゅうジョリー・チャンドは魅力的だった。ニシンの冷製が出たときにはドクに社会医療の将来について質問をし、彼が衛生救護体制だの医者と患者の適正比率だの看護側対患者側の意思の疎通だのについて滔々と長広舌をぶつのに熱心に耳を傾けた。スープとサラダのときはオスカーのサングラスと新品の帽子を誉め、スティンクには姉妹四人の写真をぜひ見せて頂きたいわと話しかけ、エディがＴＶの『逃亡者』の最終回をくわしく再現するのにキャッキャッとはしゃぎながら、最後にとうとうリチャード・キンブルが片腕の男を追いつめて捕まえるところまで来ると割れるような拍手を送った。けれどもそれらを含めて大半は、もっぱら中尉が注目の的だった。優しく甘く探りを入れるように、彼女は彼に軍人として過ごしてきた人生のあれこれについて、行ったことのある土地も見てきたもののこともすべて話してくれるようせがんでいた。ご老体はどうやら酒の回りが殊の外早いようだった。

一度だけ、デザートのときに彼女の夫が再び姿を見せた。全身白一色で頭にはターバンを巻き、脚には膝までの脚半を巻いている。ほんの少し静かに立っていただけで、彼はまた無言のまま薄衣のカーテンの向こうに消えていった。

その間、中尉は気にも留めなかった。

朝鮮戦争のときは、と彼はジョリー・チャンドに話しているところだった。「俺たちは現地の連中に好かれてたよ。わかるかい？　この好かれてるっていう感じ。どう言うかな、つまり敬意を払われてるってことさ。あれはちゃんとした戦争だった。戦線の前衛後衛の区別もはっきりしてるし、いきなり背中から仕掛けられるなんて汚い真似もなかった。そりゃ負けたこともあったが、それ自体は問題じゃない、戦争には勝ち負けがつきもんだからね」

手に持ったワインが少しこぼれ、気の抜けた眼で彼はそれを眺めた。

「問題てのはそんなことじゃあない」彼はゆっくりと言った。「なんだかわかるかい、ん？　ほんとの問題ってのは、ナムじゃあみんながみんなを嫌い合ってるってことなんだ」

弱々しく首を振り、こぼれたワインをナプキンでゆっくりと拭った。

「そういうことさ、つまり。そこがいままでとは全然違う。ナムじゃあなにかに敬意を払うなんてことがあり得ないんだ。まともなハートなんてないのさ。誰も持っちゃいない。戦争と平和は一緒くただし、戦闘っていやぁ寝首を掻くことしかない。それが違いだよ……ハートなんてないのさ」

ジョリー・チャンドが彼の腕に触った。その腕をとって、外でブランデーでもいかがかしらと連れ出した。他の者たちがその後につづいた。

なめらかなフェルトのような夜だった。オリーヴの香りのそよ風、コオロギの鳴き声、ニームの木々と薔薇の花々。庭の向こうから遙か離れた往来の音がかすかにポール・バーリンの耳に届いていた。全員揃って籐の長椅子に腰かけると、すぐに少年がブランデーとグラスを運んできた。静かな宴だった。

午前零時を回ろうとするころ、ドクは部屋に寝に戻っていった。それから二〇分後にスティンクとオスカーがビリヤードでもしようぜと室内に戻った。

平和な夜だった。ポール・バーリンはサーキン・オゥン・ワンの膝に掌を乗せて坐っていた。そのまま心をからっぽにする。なんだか徐々に物事がごちゃごちゃになり始めているみたいだ。ブランデーが回ったかな、たぶんそうだろう。姿勢を正して、ずり落ちるような変な感じが鎮まるのを待った。ブランデーを舌の上で転がす。灼けるような歯触り、舌の真ん中に浸み入ってゆく最後のひとしずく。

「ハートだよ」中尉がぼそぼそ呻いた。「ハートこそ変わっちゃならないものなんだ。韓国か……あそこにゃハートがあった。みんな人間同士だった。ちゃんとした自制心と尊敬とがあったんだ」明らかに酔っている。低く、みじめな声だった。「それがどういうことだ？なにが変わっちまったんだ？」

ジョリー・チャンドに支えられてようやく立ち上がる。

「ハートだよ」またくぐもった声。「ハートはどうなっちまったんだよ」

残りの連中が部屋に引き揚げるのを背に、老いたる中尉はひとり啜り泣いていた。

翌朝、中尉もジョリー・チャンドも朝食の席に姿を現わさなかった。ということは……困ったことだった。例の亭主殿は相変わらずのまま、庭を見下ろす小ぶりなダイニング・ルームでお茶とパンを給仕した。荘重な、疲れた面持ちだった。一度も顔を上げなかった。お茶を注ぎ、しばらく佇んでから再び消えた。

エディがうたぐるようにテーブルの上を見やった。「食っても平気かよ」

「砒素が入ってるかもな」そう言ってドクが紅茶に口をつけ、肩をすくめた。「ま、そうだとしたってしようがないやな、あのオッサンの立場を考えりゃ。まったく、うちのオヤジさんにも困ったもんだよな」

「イカサマだぜ」

「え？」

「あの女はイカサマだってんだよ」オスカーが腕組みした。「きのうの晩の、やれTVだショッピング・モールだってあの話にしてもよ、あんな大ぼら聞いたことがあるかってんだ。オヤジだってデタラメを鵜呑みにしてねえでさ、ちったあ鑑識眼ってえやつを持ってくれねえとよ」

「恋は盲目ってやつだな」エディがにたっとする。「軀じゅうゾクゾクッて来るんだよな」

その後、ほかの連中が街へ出払ってしまってから、ポール・バーリンはロビーのふかふかした椅子に坐り込んで絵葉書に手紙を書いた。うまい言葉がなかなか出てこなかった。彼は母親の顔を思い浮かべてみた。「すべては順調です」とりあえずこう切り出してみる。「デリーは人で一杯のきれいな街です。ぼくは元気。戦争は終わって家に帰ろうとしてるところです」それから二枚目の葉書に、ひとりの女の子に逢ったことを書いた。若い難民の子で、うまく行けば春には一緒にパリに着くでしょう。

上の階ではサーキン・オゥン・ワンがまだ眠っていた。

カメラを見つけ、彼女にキスしてから葉書を出しにひとりで外へ出た。まだ早いうちだというのに、街は車と家畜とスパイスの臭いに溢れ返っていた。白い細かな埃があたり一面を覆っているようだった。

ポストを見つけてからチャンディ・チョークの市場までぶらぶら歩き、ときどき立ち止まって、思い出になりそうなものを手当りしだい写真に撮っていった。ブラッドストーンに蛇使い、ターバンと白いショーツ姿の老人たち。そうだ、スライド大会でも開こう――ママとパパを椅子に坐らせ、居間の明りを消す。そしたら写真がひとりでに語り出すんだ。

石畳の道を曲がってみると、新興の金持ち地域に通じていた。

典型的な住宅街だった。陽除けの木々、広々とした緑の芝生、住人の名前と家を記した木の掲示板。どれもみんな馴染(なじ)みがあった。夏の日曜日だ——屈(かが)むと肘(ひじ)まで来そうな庭の緑を手入れする母、スプリンクラーで水浴びしている小鳥たち、石を敷いた中庭、刈り込まれた生垣(いけがき)、どこかの家の裏庭でぶんぶん音を立てている芝刈機の音……。

家か、彼は思った。

眼の前の家々の向こうには木々の生い茂る公園があった。その向こうは長屋で、そのまた向こうは最低の掘っ立て小屋街だ。

そこまでは行かなかった。

ホテルに戻ると、遅い午後になっていた。ジョリー・チャンドと中尉が庭にぽつねんと坐っている。邪魔はしなかった。ロビーの机の上にサーキン・オゥン・ワンのメモがあった。きちんとした活字体の手紙だった。「スペック4(フォー)ダーリン。石鹸(せっけん)とクリームを買いに行ってきます。ほかの人たちはオバケが出そうなバス・ツアーに行っちゃいました。アメリカ人て、なに考えてんの?」封筒の中には五〇ルピーが一緒に入っていた。

みじめな気分になった。自分でもわけがわからなかった。

部屋に戻り、シャワーを浴びてベッドに横になった。家のことが頭から離れなかった。ずいぶん遠くまで来てしまったように思えた。みんなはわかってくれるだろうか。逃げてるわけじゃない。正確にはわからないが、これはそれ以上の意味のあることなんだ。家を建てている父親のことを思った。それから母、そして故郷の町。彼は自分がひどく幼い気がしてならなかった。

24 故郷への呼び声

八月。それまでの約二か月を前線で過ごした小隊は、チュ・ライに戻って一週間の休息期間をとった。

海水浴をし、浜でミニゴルフをやって酒を呑み、手紙を書き、朝寝坊を愉しんだ。夜はフロア・ショウがあった。歌に踊りにストリップ、それからホームシックだった。結局、良くも悪くもない期間だった。戦争は始終彼らについてまわった。

休息の最後の日、オスカーとエディとドクとポール・バーリンは第82連絡分隊に出かけていった。最近、本土までじかにつながるという無線電話が設けられたばかりだった。

「これはMARSと言います」受付デスクの若い一等兵が言った。「ミリタリー・エア・ラジオ・システムの略ですね」愛想のいい、しみひとつなく陽灼けした赤毛の坊やだ。両の手首に金張りの腕時計をして、両方の時刻がなにか関係でもしているみたいにしょっちゅうチラチラ見ている。少しばかり気が急いているように見えた。

電話の順番待ちをしている間、一等兵がシステムの仕組みについて説明を始めた。電波はまずリレー中継で太平洋を渡ってホノルルのダウンタウンにある電話交換所に送られ、そこから通常の海底ケーブルを通ってサンフランシスコまで行くと、あとはアメリカ中のどんな電話にもつながる。「ちょっとした魔法ですよ」坊やが言った。「天気にかなり左右されますけど、いいときはまったく隣りの奴と喋ってるみたいなんです。おんなじ部屋にいるんじゃないかって思っちゃいますよ、きっと」

それから一時間近くも待たされた。ちょっと中継の具合が悪いらしくてと一等兵が言い訳した。そこでオスカーのブーツに眼をつけて、にやっとする。「あんたたち、その足許から見るとたぶん……たぶんだけど、歩兵でしょ」

「かもな」オスカーが言った。

坊やが真面目くさった顔つきで頷いた。なにか言いかけて、黙って首を振る。「足許がね」小さく呟いた。

エディが真っ先に呼ばれた。

一等兵が小さな防音ブースに案内し、スピーカーとマイクとヘッドホンを二個備えたコンソールの後ろに坐らせた。ポール・バーリンはプラスティックの窓越しにそれを眺めていた。しばらくはなにも起きない。それから赤いライトが点滅して一等兵がヘッドホンのひとつをエディに手渡した。エディがそわそわと椅子を揺すり、片手でマイクを握りしめると前屈みになった。顔が半分隠れた。

それからずいぶん長いことブースを占領していた。部屋から出てきたときには顔が火照っっていた。オスカーの隣りに腰を下ろす。ふうっと息をついてから眼を覆い、ごしごしこすって煙草に火を点けた。

「参るぜ」ゆっくりと口を開いた。

それからやにわに笑い出した。引き攣ったような妙な笑い声だった。咳払いして微笑し、眼をぱちぱちさせる。荒っぽく煙草をふかした。

「まったく参るぜ」口を開いた。

「どうした――」

エディがクスクス鼻を鳴らした。「だってさぁ……聞かしてやりたかったよ。お袋がさ、『誰？』ってんだぜ。いや『だあれぇ？』って、こうだぜ」

ハンカチを出して鼻をかみ、頭を振った。眼が潤んでいる。

「だってよ――『だあれぇ？』で『エディだよ』ったら『どこのエディ？』だって。だからかけたかもな。たぶんこれがナムからだってわかって、俺が死んだとでも思ったんだろうな。卒倒し『エディったら他に誰がいるんだよ』って言ってやったら、もうお袋は絶句したね。『あんたどこにいるの？』共同墓地からかけてるとかなんとか思ったんじゃねえかな、ありゃ――」

「そらあ良かった」ドクが言った。「ほんとに良かったじゃないか」

「うん。ありゃあ――」

「良かったよなあ」

エディはつんとした耳を直すみたいにまた頭を振った。しばらくじっと黙る。そしてまた笑う。

「まったくさあ、聞かしてやりたかったよ。『誰？ 誰？』そればっかだもんな。『誰』って、ほんとよく聞こえたよ。隣りにいるみたいってのは、ありゃほんとだな。そんでな……そんでピーティだぜぇ！ 奴がいま高校生だとよ、な、信じられるか、な？ 俺の弟だよ。もうピーティなんて気安く呼べねえな。『ピートだよ』ってさ、本人が言うんだもんなあ。なんかこう結構大人びた、ローレンス・ウェルク（訳注 五〇年代に人気のあったバンドリーダー）かなんかみたいな声で『ピートだよ。ピーティじゃない』ってさ、当の本人が言うんだもんなあ。信じられるかよ、え？」

「すごいな」ドクが言う。「まったくすごい」

「それもきれいに聞こえるんだぜ、な。お袋のさ、あのおんぼろの鳩時計の音まではっきり聞こえたんだぜ！」

「技術の勝利だな」

「そうともよ」エディがにたあっとした。「そらもうギジツの差よ。でな、『よう。母ちゃん』つったらなんてったと思う？ 『あんた誰？』だってよ。それがまるっきり眼の真ん前にいるみたいでさ、もう俺ぁ――」

「ほんとに良かったな、エディ」

ドクが次の番だった。その次がオスカー。出てきたときはふたりとも可笑しそうにしていて、べつに昂奮してはいなかったが、よく見ると自分を抑えているのが歴然だった。最初は静かにして、それからいきなり笑い出し、早口でべらべら喋るとまた黙る。そんな様子にポール・バーリンは暖かなものを感じた。なにしろあのオスカーまでが幸福の絶頂みたいな顔だったのだ。

「技術だよな」ドクが言う。「やっぱり技術ってのは莫迦にならないもんだよなぁ」

「なに寝言いってんだって。それよか俺の親父と来たらよ、『どうぞ』って、こんだけだぜ。『こっちはいい天気だ』なんて言って、で、『そちらどうぞ』だぜ」オスカーがげらげら笑い出した。彼の父親はイタリア戦線で無線兵だったのだ。「なあ、信じられるかよ、親父ったら言うことは『そちらどうぞ』だけなんだぜ。でよ、あとは『以上、了解』だもんな。まぁったくよ」

そこでふたりとも物思いに耽る。やがてどっちかがくすくす笑い出すか、にやにやし始める。

「パイレーツは今年は駄目だってさ。誰ももう期待してねえって。ピーティがそう言ってた」

「そりゃ気の毒だな」

「まあな……だけどピーティはパイレーツ狂いなんだよな。なにからなにまでそればっかよ。なんしろ俺たちがここで相手にしてんのはロシア人だって思ってるぐらいだからな。そんくらいパイレーツに入れ上げてんだよな」

った。

「どうかしてるぜ」オスカーが言った。まだ頭を振っている。「了解、以上終わり」そう思えた。そのたびにみんなとまた一層親しくなったような気がした。みんなが笑うたびに彼も笑った。

そうして一等兵が彼の肩を叩いた。

めまいがしそうになるのがわかった。ブースのなかは全部真っ白に塗られていた。腰を下ろし、つくり笑いをして手をぎゅっと握った。プラスティックの窓の向こうでドクが手を振るのが見えた。

「気を楽にして」一等兵が言った。「市内通話のつもりでね」

手伝ってもらいながらヘッドホンをつける。カチカチいう音がして掃除機の音みたいな唸りがつづいた。日曜日ごとにお袋が使ってた旧式のフーヴァー製みたいな音だった。家のあのカーペットの臭い、窓越しの黄色い陽光のなかを舞う細かな塵。きちんと掃除された家。よく片付いたあの家。

なんだか笑みを抑え切れないのが自分でもわかった。ヘッドホンを整えてみる。今日は何曜日だっけ、日曜だといいのにな。日曜なら親父はたいてい家にいて、なにかいらってるはずだ。いらうというのは親父流の言い方で、なんだかんだいじったりぼんやり考えごとをしたり、要するに暇だもんだから修理や組み立てや分解掃除の真似事をしているだけのことだ。だから……だから日曜ならいいんだがな。でもほんとはなにをしてるんだろう。大体いまは何月なんだっけ？　電話機の場所を思い浮かべた。キッチンの流しの左側だ。色は黒。親父はパステルカラーが嫌いなんだよな。……電話が鳴り出すところを想像してみた。呼出し音が鳴る。キッチンと地下室に鳴り響く。地下室の電話は親父が自分で取りつけたやつで、壁がセメントだからえらく大きく反響する。地下室の様子も思い浮かべてみる。それから居間、物置の小部屋、そしてキッチン。ピンク色の合板を敷いたカウンター、小さな水玉模様のピンクと白い壁だ。親父はいつも……。

一等兵が腕に触った。「なるべくはっきり喋ってください」注意を言う。「ひと区切りしたら『どうぞ』と言ってください。これが決まりです。向こうの人にもそうしてもらってください。いいですね？」

ポール・バーリンは頷いた。すぐにヘッドホンからザーザーという音が聞こえ始めた。なにかちゃんと意味のあることを言わなくちゃ。そう考えて、いや力まなくてもいいんだと思い直す。気楽に自然に、でも愛情をこめて。たぶん出だしは、まあうまくやってるよということだろうな。ほんとのとこ、そう悪くはないって。それから親父さんの商売のことを訊く。怖がらせちゃいけない。心配なんかさせんなよ、それがドクのアドヴァイスだった。休暇でもとってるみたいな感じでな、素敵なビーチのこととか真っ黒に陽灼けしちゃったとかな。そいでもって……うん、陽灼けし過ぎて皮膚ガンにでもなっちゃうかもしれないよなんて、マイアミでのんびり酒でも呑んでるみたいな調子で言うんだ。それがドクのアドヴァイスだった。そいでもって……。一等兵がマイクを彼のほうに向けた。両腕の時計を確かめて微笑み、なにか囁く。キッチンだ、ポール・バーリンは思った。眼に浮かぶようだった。お袋がミネソタの伯母さんから譲られた古いウォールナットのダイニング・テーブル。でっかい白いオーヴンと冷蔵庫、流しの上のステンレスの戸棚。黒い電話機。隣りのストーンさんちのきれいに片づいた裏庭が見える窓。ミセス・ストーンてのは変人だったな。そうか、親父に訊くことがまたひとつ増えたぞ。あのお婆さんはいまでもやっぱり冬に庭に出てんの？　ほら、吹雪の日まで箒でせっせと雪を掃いてたじゃない。秋は落葉掃きだし、今年も夏はタンポポの綿毛を掃いてるの？　そりゃそうさ！　親父が言う。そして彼女の噂話を始める。愉快な明るい話題だ。そのさまを彼ははっきり思い描くことができた。ストーンさんは例によって雨の日まで庭に出て、せっせと雨水を掃き出してるよ。なにしろ一日中だからなあ。排水溝に掃き出して、表の通りにまでせっせと掃き出してな。ところがだ、ほら、表の道は少し傾斜がついてるだろう。だから雨水が戻ってきちゃって、やれやれストーンさんときたら足首まで水に漬かりながら真夜中まで箒で重力に立ち向かってるってわけだ。やれやれ。首を振りながらそう言うのが親父の癖だった。そうだな、ご近所さんの話題ってのはいいな。それから……それから今度はお袋に煙草を止めたかどうか訊いてみよう。これも例の通りのジョークだ。「ええ、止めたわよ。今週は四回もね」ＴＶかなんかでお袋が仕入れたらしいジョークだった。でなきゃこうかな、「ううん。でもチューリップは止めてラッキーストライクだけにしてるわ」そこでみんなが笑う。ま、なんにせよぼくが怖い思いをしてるって話だけはなしだ。そう、ビリー・ボーイのこともフレンチーのことも、バーニー・リンに起こったことも、みんななしだ。ともかくひとしきり笑ってから、おしまいはお袋と親父に愛してるよって言うんだ。考えてみればいままで、手紙の終わりに書いたのを除けば面と向かってそんなことを言ったことがあったっけ。でも今度は……。回線がまたザーザーと音を立て、カチカチいってから、繋(つな)がったときの空白がちょっとあった。最初の呼出し音が鳴る。うん、これだ。なんかちょっと白っぽいというか、長距離で洗われたみたいな感じになってるけど、この音に間違いない。昔からもう一万回もこの音を聞いてきたんだから。まるで家族の声を、親父とお袋の声を、時が経(た)ってちょっと老(ふ)けたけど相変わらずの声を聞いているような気分で、彼は呼出し音を聞いていた。考えるのを止め、ベルの音に集中した。黒い電話機が見える、それが鳴っているのが聞こえる。一等兵が親指を立てたのも殆(ほとん)ど気づかなかった。ただにこにこして、彼は呼出し音だけを聞いていた。

「ついてなかったな」後になってドクが言った。

オスカーとエディが慰めるように彼の背中を叩いた。一等兵は肩をすくめ、ときどきあるんですよねえと言った。

「ま、仕方ないやな」オスカーが言った。

「うん」

「まあ……わかんないよな？　親父さんたちゃドライヴかなんかに行っちまったのかもしんないしよ。買い物でもしに行ったのさ、きっと。世界は止まっちゃくれないんだよな」

25　そのとき考えていたいちばん大きなこと

そうして彼らは山へと向かっていった。シドニー・マーティン中尉は最初にそう釘をさしていた。素早く仮病は一切通用しない、そのときは置き去りにするまでだ。着々と進め。任務をこなせ。もし倒れる奴がいたら、武装ヘリが山麓に到着する前にそう言った。「野郎は厄介だな」オスカー・ジョンソンはいつだって厄介ごとを探してやがる。好きなのかよ、え？　野郎はトラブルを愉しみにしてやがんじゃねえか？」

それから彼らは山へと向かっていったのだった。

道は赤い肌をさらし、歩兵にとっては最悪の勾配で上へ延びていた。山肌に沿って自然に上向きに周回してゆくのではなく、まっすぐ一直線に切れ上がっているのだ。ハイキングや山歩きになら、それでも良かったろう。なるほど眺めは最高で、道端にはいろんな恰好の熱帯植物が生い茂り、あたり一面手つかずの自然が拡がっていた。植物採集やスケッチになら素敵な道だ。が、行軍には向いちゃいない。

雨はもう長いこと降っていなかった。おかげで路面は罅割れた陶器みたいだったし、路傍の草も干からびていた。風でも吹けば樫材の床を箒で掃くようにさらさらと草も靡くのだろうが、あいにく凪はなく、鳥たちにさえ暑過ぎる午後の陽射しのなかで行軍の足音だけが耳に響いた。真っ赤な道をブーツが踏みしめ、動くたびに弾薬や背嚢の付属物がカチャカチャと鳴った。兵隊の音だ。総勢三八名の兵隊が黙々と山を登る。そしてもうひとり、先頭には案内に雇った現地の一三歳の男の子がいた。

三八人の兵隊と少年。彼らは一様に頭を下げていた。陽射しと急勾配の山道に堪えながら、誰もが前のめりになっていた。全員が疲れ果てていた。頭はもう空っぽで、全身が脚だけになってしまったような気がした。何人かは首にハンカチを巻いていた。軍用無線機を背負った連中は歩くたびに細長いアルミのアンテナをゆらゆらと光らせていた。トランジスタ・ラジオを持った連中もいた。いちばん屈強な連中はマシンガンを肩に担いで、片手で銃身を押えながら片手でバランスをとっていた。そのほか全員が携行しているのは、破砕榴弾と蚊除けの防虫スプレーと肩に提げるマシンガン用の弾帯だ。水筒もある。大抵はヘルメットの代わりに布のブッシュハットを被り、ヘルメットと防弾チョッキは背嚢に括りつけていた。八月の終わりの暑さは尋常ではなかったし、戦闘地域はまだ先だ。赤土の道にてこずりながら麓から一列縦隊を組んできたために、第三分隊がやっと上り勾配に差しかかったときには、第一分隊の列はもう最初の山頂の台地に達していた。おかげで列がぐにゃりと曲がっていた。先頭はそのまま西に向かい、戦闘地域のある次の高い山のほうを目指し始めていた。大半の兵隊が上半身裸だった。戦争暮しが長い連中はよく陽灼けしている。着いたばかりの新兵たちはなまっちろく、鎖骨から上の肩と首筋だけを真っ赤に陽灼けさせていた。足許のブーツはまだ新品で、粘土で赤茶けてはいない。彼らは休む術も知らず、ただ歩くことに気持ちを磨り減らしていた。そんな姿が見るからに非力だった。誰も連中の名前さえ知らない。そんないとまもなく、急き立てられるようにして山のなかのこの戦場に狩り出されてきたのだ。

列のいちばん後ろ、総勢三九人の最後尾でポール・バーリン一等兵は真綿のような行軍の重圧を感じていた。山のことも、いずれ来るだろう戦闘のことも頭にはなかった。そこでなにが起こるのかも知ったことではなかった。眼に映るのはブーツの下で一歩ごとに見え隠れする道、ただそれだけだ。臀がひどく硬張っていた。路面はかさかさに乾き切っている。足を引きずっても埃さえ立たない。まるで真夏のセメントみたいだった。ものを考えるのさえ、もう嫌だ。この上り坂が頭にまわるエネルギーをすべて吸い尽くし、脚と臀と背中に注ぎ込んで、ただなにも考えず登るに任せていた。登る、登る、登る、ふっと心が滑り出すのがわかった。この登攀行での最初の出来事だった。また登り、ちっぽけな山のてっぺんを見上げて登りながらまたふっと心だけがその場を滑り落ちた。見上げると、金髪の中尉が上から見下ろしていた。

シドニー・マーティン中尉はひとりで突っ立って、部下の兵隊たちが登ってくるのを腕組みして眺めていた。きちんとシャツを着ている。それでもさすがに脇の下と背中の真ん中は汗に濡れて黒ずみ、袖口も肘までまくり上げていた。横顔だけを見るとひどく若い。が、正面からだとさほど若くはない。唇がわずかに動いて、まだ登ってきている兵士たちの数を数えていた。二一人、と例の案内の少年だ。

分隊リーダーの下士官たちが傍らへやってきた。全員きちんとシャツを着ている。なにやら話し合いながらひとりが西のほうを向き、双眼鏡を取り出して戦闘が行なわれているはずの山のほうに向けた。そのまま金髪の中尉のほうに向き直って話しかけたが、中尉は頷いただけで応えなかった。下士官たちはまた分散し、ひとり残った中尉は部下たちが登ってくるのを眺めていた。それから一度だけ、西のほうを見やった。素晴しい山の緑だった。いわゆる緑色というのとは少し違う色合いなのだが、全体としてはやはり緑というほかなく、その彩りが鮮やかな印象を残した。嘘だとわかっていても思わず静謐で平和な穏やかさを感じてしまう眺めだった。戦争の気配なんて、どこにも見えやしない。見えなくたって音を聞けばすぐそれと分かるのだが、その音でさえもうここ何時間も耳にしていない。ということは、だ。部下たちの兵力の温存も考えなきゃいけない。が、といって戦闘が終わる前に駆けつけなきゃならないのも事実だ。こうなるといろいろ考慮しなきゃならないことが山とあった。たとえば地雷の危険を冒してもスピードを重視してこのまま道を行くべきか。それとも道を通らずに——ということは危険も少ないがスピードも落ちるということを前提とすることになるわけだが、ともかく荒地のなかを行ったほうがいいのか。それにこの暑さも問題だった。消耗した兵隊を戦闘地域に送り込んでも大丈夫かという問題もある。ほかにも問題は山積みだ。が、いずれにせよ彼は指揮官なのだ。昔から受け継がれてきた命令体系のルールを通じて部下たる下士官たちを動かす立場の人間なのだ。だからこそ下士官たちはこの上司に仕えることの幸せを実感するのだし、ひいては末端の若い兵隊たちからの尊敬をも打ち立てることになるのだ。中尉は、常識と軍事戦略にかけては十二分な訓練を受けたという自信を持っていた。ツキジデスとクラウゼヴィッツだってちゃんと読んだし、おかげで戦争とは或(あ)る目的に達するための手段なのだという兵学理論も理解していた。その結果として起こり得る善悪双方の可能性も、無論考えての上だ。が、実をいうと彼自身にいちばん興味があるのは、大戦略的な結果の良し悪(あ)しよりも実戦上の効果のほうだった。つまるところ軍人の興味とは、結果ではなく手段なのだ。そうしてこの若い中尉もまた、戦術と戦略に関する自分の歴史的知識を誇らしく思い、ドイツ語とスペイン語を流暢(りゅうちょう)に操れるだけの語学力や、ウェストポイントで受けた訓練や、部隊の能力を最大限まで引き出し得るはずの自分の統率力に自信を持っていた。そこでは任務こそが最高の信ずべき拠(よ)りどころだった。もちろん部下たちも信じてはいたが、最優先となるべきは任務以外にはなかった。そのことを部下たちだっていつかはわかってくれるだろう、そう彼は望んでいた。実戦上の効果とは任務に従事する軍人に辛(つら)い義務を課すものだ。とりわけ現実の戦闘となれば手ひどい犠牲もやむを得ない。だからこそ敵の掘った地下トンネルがあればいきなり爆破する前にちゃんと中を調べておかなければならないのだし、山道があれば一刻も休みなしに踏破しなければならないのだ。そのことを部下たちだっていつかはわかってくれるだろう、そう彼は望んでいた。望んでいるというより、信じて疑わず、心配もしていなかった。彼は部下に甘い顔を見せたり友だちぶった接し方をしようとはしなかった。べつに軽く見ているわけではない。その証拠には、行軍の前にもきちんと兵隊たちに向かって、諸君らの生命には十分気を配っているし、むざむざ浪費するようなこともしないと語ったのだ。と同時に、しかし軍人にとっての責務たる任務の遂行も怠ってはならない、と強調していた。そうでなければ失われる人命はただの犬死になってしまう、と。だから小隊全員、たとえどんな炎天下だろうと仮病を大目に見るなんてことはない。「我々は軍人たらんとする者なのだ」そう彼は全員に訓示した、「したがってたゆまず行軍し、戦闘に遅れをとるようなことがあってはならない。脱落者はその場に置いていく。日射病だろうとなんだろうとだ」拍手は来なかったが、若き中尉にはべつに問題ではなかった。

無帽のままで山頂に立って、シドニー・マーティンはこのまま道を行くことに決めていた。おごそかに宣言するような口調で決定を告げた。「戦闘の音が聞こえるまで我々はこの道を行く」いったんそう口にすると、もう迷わなかった。代わりに空を見上げて雲を探し、なんとかこの太陽を遮ってはくれないものかと思った。だが空はあくまでも高く、ぴたりと静止していた。地上は至るところじりじりと灼き尽くされていた。中尉は腕組みした。登ってくる兵たちを眺め、全員が頂上に登り着くのを確認すると次の山に向かって再び移動を開始した。

道に沿って登り続けながら、ポール・バーリン一等兵はひっきりなしに滑ってはずり落ちていた。それでも足は踏み外さなかった。こうやって登ることも、なるほどなかなか捨てたもんじゃない。躯の動きが確実に時の経過と連動している感じも悪くなかったし、持続感と目的感も心地良かった。頭を下げ、前のめりになって、首の一インチばかり下、ちょうど背骨のいちばん上のあたりでバランスをとりながら体重を全体に按配よく高めにかけて、脚と上り勾配の路面を繋いだ。無念無想だった。上のほうに腕組みをしたブロンドの中尉が見えた。ベルトのバックルが陽光に燦いて、ひとり言でもいうみたいに中尉の唇が動いているのがわかった。数でもかぞえているんだろうか。だが、一体なにを勘定してるんだ？　なんでそんなことしてるんだ？　ポール・バーリン一等兵にはわかるわけもなかった。わかっているのは道と背中にかかっている力と手のなかの黒いライフルの感触、それに装備の重みと暑さだけだ。

　道の途中に村はなかった。農耕地帯でもないし、ジャングルでもない。要するに田んぼとジャングルの間にある、痩せた、けれど美しい土地なのだ。深々と草が生い茂り、伸び放題の草原を靡かせる風もない。動くものはといえば着実に前進する三八名の兵士、プラス一三歳の案内人の男の子だけだ。頭は空っぽだった。行軍が彼を道に結びつけ、もはや登ることだけがすべてだった。腱が伸び縮みし、筋肉と体液とゼラチン状の細胞がメカニカルに嚙み合って動いている。まるで人体解剖学の講義みたいな感覚だった。躯だけが休みなく動き、頭はすべての活動を停止している。きっとこの機械が止まるまで登りつづけていくんだ。止まるときが来たら、やり方は機械を止めるのとおんなじだ。スイッチを切る。パチン。止まる。ただ止まる。そして休止し、倒れる。汗みどろの二の腕で汗まみれの額を拭った。時間が来たら、と彼はひとり頭のなかで囁いた、そしたら止まるんだ。そこでまた心が滑った……。

ブロンドの中尉は彼が登ってくるのをじっと眺めていた。その兵隊の名前も知らなかったが、べつに問題ではなかった。彼にとっては「兵隊」か「隊員」か、名前を知らない者はただそんなふうに先に思いついたほうの呼び方で呼べばいいだけの話だった。どっちの呼び方も、ことさら冷淡さや貶めた感じはないはずだ。それにしても、彼がじっと眺めているその若い兵隊の動き方は奇妙だった。機械のような歩き方で一歩ごとにたどたどしく足を下ろしている。それを見ているうちに彼は痛々しさと誇らしさが湧き起こってくるのを覚えた。この男は兵士だ、そう思えた。まだ良い兵士じゃないが、でも兵士だ。大いなる全体の一部分、任務という力でひとつにまとめ上げられた兵士たちのひとりなのだ。もちろん中尉は莫迦ではなかった。こんな信念が必ずしも一般的ではないこともよくわきまえていた。彼は自分の命令下にある多数の連中から成るこの集団が、自分と同じように考えているわけではないことをよく知っていた。だからといって意見を強要し、うわべだけ兵士らしく、軍人らしくさせるつもりもなかった。それでもポール・バーリンがよたよたと着実に我慢しながら登ってくるのを見ていると、感嘆と称賛と愛おしさが入り交じったような感情を抑え切れなかった。彼は密かに心のなかでポール・バーリンを励ましていた。無論任務のためでもある。小隊全体の秩序のためでもある。が、それ以上にこの男のけなげさを思うと、なにがなんでも戦闘に参加して勝ってやろう、勝たせてやろうと感じるのだった。

中尉は、戦うこと自体を愉しむといったタイプではなかった。残忍でも怯懦でもなく、過去の数少ない戦闘経験でも愉しんだという気持はなかったし、戦闘が終わったときの胃にせり上がってくるものも好きではなかった。けれど戦闘は、戦われなければならない。

その男が登ってくるのを眺めながら、彼は励ましと誇りとを感じていた。彼自身まだ若く、同年輩で階級もおなじくらいの他の将校たちにしょっちゅう冷やかされもしていたが、本質的には生真面目な男だった。中尉にとっては誇りこそが意志の力だった。部下たちを眺め、例の男をじっと見ながら、彼は誇りを覚えていた。彼らは知らないし、知ることもないだろうが、実は彼は部下たちを愛していた。たとえ名前も知らなくとも、列のおしまいでふうふう言っているポール・バーリンのような兵隊だろうとも、彼は部下たち全員のことをこよなく愛していた。

とはいえ彼は莫迦ではなかった。この戦争にどこか間違っている点があることも知っていた。要するに共通の目的が欠けているのだ。だから、どうせ戦うならフランス戦線のほうが良かった。でなければノルマンディ公ウィリアムのヘイスティングズの戦いか、ナポレオンのアウステルリッツの会戦だ。フランス戦線ならバルジの戦いのあったサン・ヴィットがいい。けれども中尉は、どんな戦争であれ至上の目的なんてものはあり得ないこともよく知っていた。目的も原因もだ。戦闘というのは人間同士の間で戦われる。目的と目的が戦うわけじゃない。崇高な目的に殉ずるなど想像すらつくわけがない。はっきり言ってしまえば死こそがその目的、あらゆる留保の余地もなく、戦争とはつまるところそういうものなのだ。彼は戦争を美化してはいなかった。栄光を信じてもいなかった。それでも彼は、戦闘の持つ或る種の不滅の魅力のようなものは認めていた。死と直面するさまざまな機会、それを一気に増やすのが戦闘だ。中尉は密かに、戦争とはつまりこれをこそ動機として発明されたものなのだと信じていた――だからこそ男たちはより良く果たさんとして同じことを繰り返すのであり、その教訓に味をしめて次にもまた適用し、かくて自らの死を誰の手にも奪われずにすむのだ。こういった意味においてのみ、シドニー・マーティンは戦争を目的のための手段なのだと信じていた。死という結末に直面するための手段、そしていくたびとなく繰り返されるその結末――。彼は莫迦ではなかったし、虚勢を張っているわけでもなかった。もの静かな男だった。ブルゥの瞳(ひとみ)ときらきらするブロンドの髪、頑丈(がんじょう)な白い歯。彼はプロの軍人だったが、ほかのプロたちとは違って、最優先の任務とは自らにとっての内なる使命でもあるのだと考えていた。あらゆる男たちが自分自身にとっていちばん大切なことを学ぶための使命、それが任務なのだ。こういった考え方を、彼はほかの将校たちに話したことはなかった。部下たちにも無論話したことはない。が、彼はそう信じていた。彼はこの山地に向かうという任務を、単に任務だから重要なのだというふうには考えてはいなかった。そうではなく、これはひとりの男が自分の勇気と忍耐と意志の力を試すための、いわば個人的な責務の証(あか)しとしてあるような使命なのだ。

ようやく頂上まであと四分の一というところまで来て、ポール・バーリン一等兵はまだ赤土の道と格闘していた。中尉の立場から見えるような眺望も見通しも高みもなかった。この登攀行のなかで、彼は既に自動化した軀の動きと辛苦だけにすがる身になっていた。強くなったような気がした。筋肉が腿と腹で動きつづけているのがわかる。山のことも戦闘のことも頭にはなかった。もうなにひとつ考えられなかった——ただただ行軍に付き従っているだけだ。それは楽な話だった。まったく辛くはなかった。軀は力強く、頭は空っぽだった。そうして時が来たら、自分で判断を下せるときが来たら、そのときは止まることができる。ただ止まるだけ、すべてを停止させるだけ。だがいまは脚の動くままに登りつづけるだけだ。彼は道を見凝めた。歳月と天候とでまだらになった道の色を眺め、微動だにしない路傍の草を眺めた。スティンク・ハリスが草叢に機関銃の弾帯を投げ捨てて脚を速めるのが見える。カチアートがライフルを杖代わりに、銃口を下にして歩いているのが見える。上半身裸になったエディ・ラッツィとペダーソンとヴォートの背中で、磨きをかけたみたいに汗がきらきら光っているのが見えた。部隊が少しずつひとつながりの線をつくったままで上へ動き、奇妙な風体の男たちが地面にへばりつくように、重力に押しひしがれながら、硬直した脚を持つ歩兵の一団となって真っ赤な道を行くのが見える。上のほうではブロンドの中尉がぽつんと立ってこちらを見守っているのが見える。「良く戦えば」とシドニー・マーティンは行軍の前にそう言った、「まずい戦いをしたときよりも戦死者はずっと少ないだろう」ポール・バーリン一等兵はその訓示の意味をきちんと吟味したわけではなかった。が、それが確かに真実で、しかも危険な真実だということはわかった。自分がとうてい「良く」戦えなどしないことも知っていた。任務を愛していたわけではなかったし、良く戦えるように自分を鍛えてやるつもりもなかった。いまだって、すぐにでも止めてしまいたいのはやまやまだった。だが、いま脚はこうして頭とは無関係に動きつづけ、ひたすら登りつづけている。そのことが驚きだった。ポール・バーリンは、齢をとって軀が衰弱し切ってしまうまで死に直面したいなどと思ったこともなかった。こんな山のなかで本物の戦闘があれば自分みたいな奴が生き残ることなんてできやしないとも思っていた。それでも軀は登りつづけている。自分は良く戦えるはずもないことを知っていながら、それでも登りつづけている。一歩が出れば次の一歩が出た。ひとつひとつがきれいに分離していた。白い花をつけた野草も転がる砂利も、一歩登るごとに一コマのなかに切り取られていた。まるでなにかの物理的な力か、でなきゃ単なる惰力か、それとも群衆親和力だの磁力だのといったようなもののためなのか、ともかくそんなものによって引き上げられているみたいだった。意志の力だの欲望だの決意だの誇りだの、そんなものは関係なかった。ただ筋肉が収縮と弛緩を繰り返し、脚が振り子のように前に出て、肺が吸気と排気とをつづけながら登っているだけだった。思考のかけらもなかった。意志も、目的のための力もなかった。ドラマなんて感じなかった。奇妙な静けさだけを感じていた。いつだって止まることはできる。時が来さえすれば、もう止めてもいいんだと自分に言い聞かせるような時が来さえすれば、止まることはできる。そうして彼は決めた。止まろう。それは最初、夢みたいな感じだった。どう見てもできそうになかった。しかし決めたのだ。自分にそう言い聞かせた。いまがその時だ。もう止まるのだ。登らなくていいんだ。もう決めたんだから。膝を折って、ぐにゃりと軀を投げ出し、ぱたんと倒れる。

逆らわなくてもいい、ただぱたんと倒れるだけだ。どこに転がったっていいじゃないか、もう二度と動けないんだから。そうやって倒れよう。倒れて、脱落しよう。もし倒れるのが終わったら、そのときは眼を開けてみよう。それからまたつぶるんだ。静かに横になって空を見上げ、もしかしたらちょっと眠るかもしれない。それから背嚢からコークを取り出して飲むかもしれない。それからまた眠るかもしれない。そういった全部を、もう決めた。決めたんだ。ところがその決意は、彼の脚までは届かなかった。決心したのに、それが脚まで届いてくれないのだ。脚は依然として赤土の道を踏みしめていた。力もなく、そのくせ力に満ちて、相変わらず真っ赤な道を登っていた。まるで雪崩のなかの小石みたいだった。ポール・バーリン一等兵は山へと向かう道を一刻も止まることなく、止まることさえできずに登っていた。

シドニー・マーティン中尉は彼がやって来るのを眺めていた。三九人の一列縦隊の最後のひとりが雄牛のような粘りでよじのぼってくるのを讃嘆の眼で見守りながら、この男こそあらゆる美徳を兼ね備えた兵士ではないかと考えていた——不屈の精神、規律、忠誠、自制、勇気、力。これこそは神の偉大なる賜物だ。ポール・バーリン一等兵が登ってくる姿を見守りながら、中尉はそう考えていた。これこそ意志のまったき解放ではないか。

シドニー・マーティンは強い誇りを覚えていた。情に流されるようなタイプではなかった。彼は手を挙げ、その男を励ました。

けれどポール・バーリンは、中尉の心情を理解できるようなセンスを持ち合わせてはいなかった。ただ眼を伏せてだらだらと道を登りつづけるだけだった。歩みまで、もはや頭のなかと合致していた。暑さももう気にはならなかった。美しい景色も、中尉が掲げた腕も、見えてはいなかった。もし気づいたとしてもなんら理解できなかっただろう。彼は弛み切った精神と、脱け落ちた魂と、時の移ろいすら感じられなくなった抜け殻そのものだった。そうして彼の心を占めていたのは、どうして俺は山に向かうこの赤土の道を登るのを止めることさえできないんだろうという、ただそのことだけだった。

26 パリへの途上でひと休み

デリーで過ごした時間はまんざら悪くなかった、結局カチアートは姿を見せず、となれば日に一回警察署に立ち寄ってみる以外、時間を無駄にする手もなかった。日中は炎熱だった。夕方になると少しはましだった。エディ・ラツッティはホテルの向かいにある冷房の利いた映画館で午後を過ごすことにした。オスカーとエディは新市街で娼窟を見つけて来た。ドク・ペレットはアメリカの雑誌を売っているキオスクを発見し、中尉はジョリー・チャンドといつも一緒にいて、一日がかりで田舎まで出かけてみたりホテル・フェニックスの中庭に一日中坐って低い声でお喋りしたりしながら、ずいぶん健康を回復したようだった。

ポール・バーリンは毎日サーキン・オゥン・ワンと一緒だった。雨降りの日はロビーで一緒に外を眺めながら静かに午前中を過ごし、空が晴れ上がるのを見届けてから手をとって街へ出かけた。ときには服や宝石や特別製のフェイシャル・クリームなんかを買った。動物園に行くこともあった。おなかがぺこぺこになるまで外を歩き、それからお昼を食べて、また夕食まで外を歩いた。旧市街でランチを食べたり歩いたり写真を撮ったりしながらこうして彼女と一緒にいると、戦争のことも パリのことも頭から消えた。一日一日が味わい深く、平和で、心配事といえばどこで晩御飯を食べるかだけだった。ごく普通の日々。満ち足りた日々。歩きながらサーキン・オゥン・ワンはよくショロンのことを話した。独特の趣きっていうのかしら、それがある町なの。ことこと煮込んだ秘伝のシチューみたいなものよ。お父さんの経営してたレストランも軍の偉い人とか政治家でいつも一杯だったわ。それから今度はフォート・ダッジのことをあれこれ訊ねた。家畜の町って本当？　靴に拍車をつけて歩くのって難しくない？　そうだねえ、彼は答える。家畜の町っていうよりほんとはトウモロコシの町なんだよ。でも拍車をつけて歩くのは確かに難しい。みんなそれで脚に怪我したり足首を痛めたりするんだ。だからね、彼は調子に乗ってつづける、うちの町の病院じゃ拍車で怪我した患者が銃で撃たれた怪我人に次ぐ二番目のお得意さんなんだよ。

そして夕方になると、ふたりは大抵ロビーでカード遊びをし、それから部屋に上がってキスをした。それだけでもう、彼はセックスしたような気分になった。

パリのこともふたりでしょっちゅう話し合った。レストラン巡りから始めるのがいいかしら、それともセーヌ右岸の美容院に真っ先に行くのがいいかもね。だって街いちばんのお金持ちのレディたちに特別なお肌の手入れをしてるっていうんですもの。サーキン・オゥン・ワンはあれこれ迷った。そんなときの彼女はきらきらと顔を輝かせていて、するともう、触れてみたい気持を抑え切れなかった。ふくらはぎにそっと手を置いてなめらかな肌の感触を確かめた。剃り残しのつんと硬い黒い毛までが愛おしかった。彼女の肌にクリームを塗ってやるのも好きだった。彼女はクリームならひと揃い、なんでも持っていた。「これはね、お顔の脂分を補給するものよ」そう言って、どんなふうにクリームが毛穴を塞いで黴菌が入るのを防ぐかを縷々説明した。それから笑って彼の鼻の頭にちょんと塗り、すべすべと延ばしていって、顎から喉、胸から腹まで手を滑らせながら、どう？　感じる？　栄養が補給されてる気がする？　そう尋ねた。ああ、感じるよ、彼は答える。すごく栄養たっぷりって感じがするな。いつもそう答えるのだった。

彼は夕暮れの時間が好きだった。午後も好きだった。けれども朝方がいちばんだった。雨に濡れた朝の街路を眺め、人々の群れが軒先で雨宿りをしたり傘や新聞で雨よけをするのを眺めていた。朝方、サーキン・オウン・ワンの首筋にそっと手を触れて彼女を起こし、その顔ににっこりと微笑みが浮かぶのを見るのが好きだった。ときには子どものようにあどけない彼女の寝顔に見入ったまま、クリームと石鹸の匂いがふわりと立ち上ってくるのをそっと嗅いでいた。まだ眼を醒まさない彼女がもぞもぞとシーツの上で身をよじり、ようやく眼をこすりながら起き上がって床の上で朝の体操をするのを眺めているのも好きだった。

そう、やっぱり朝がいちばんだった。だが夕方も捨て難かった。ジョリー・チャンドは優雅なディナーを用意し、いつもアメリカ式の食べ物と素敵なワインと、食後にはなみなみとブランデーを取り揃えた。或る日の夕方はドク・ペレットが中庭のグリルを使ってハンバーガーを焼いた。オスカーは豆のサラダをつくり、スティンクとエディはスイカを切った。ジョリー・チャンドは上機嫌でファンファーレを口ずさみながら、ハンツの小壜入りケチャップを持って現われた。アメリカから戻るとき四、五本か持って帰ってきたのよ、彼女は言った。で、これが最後の一本。全員が歓声を挙げ、中尉が何度も乾杯の音頭をとって、ちょっとしたピクニック気分のなかでフォークソングを歌い、みんなで夜更けまでジェスチュアをやって愉しんだ。

　こういうとき以外は、しかし、中尉とジョリー・チャンドは滅多に姿を見せなかった。いちばん心配していたのはドク・ペレットだった。「忠誠心がどっかに行っちまいやがった」彼は言った。「反動から来る典型的な過剰補償症状ってやつなんだよな。このまんまだとオヤジは使いもんにならなくなっちまうぜ」

　が、たとえそうだとしても、中尉がめきめき恢復の兆しを見せているのは事実だった。肌にははりと弾力が蘇り、気分も昂揚して、赤痢の症状も消え失せていた。ジョリー・チャンドがいると柔和にさえなった。礼儀正しく、些かぎこちなかったものの、席に就くときは彼女の椅子を引き、空になったグラスにも目ざとく気を配った。アメリカの七不思議について彼女がひっきりなしにお喋りするのにもひとつひとつ相槌を打っては笑い、意気投合して一席弁じてみせた。自分のことにも気を使うようになり、きちんと身づくろいをして髪も古風な七三にとかしつけ、あまつさえ部下たちにまで同じように良き習慣を要求し始めた。「駐留軍兵士としての自覚がだ」と彼はジョリーにもちゃんと聞こえるよう大きな声で言った、「戦時の軍隊をつくり上げるんだ」おかげで或る日など、スティンクはせっかく生やしかけていた鼠みたいな口髭を剃りに二度も部屋へ戻りに行かされた。

「もう見込みなしだ、ありゃ」と或る午後ドクが言った。

中尉とジョリー・チャンドは向こうの庭でピッチャーにつくったマティーニを仲良く飲んでいた。ころころと笑う彼女の声がこちらのロビーにまで響いてくる。

「まったく怖ろしい話だよな」ドクがぼやいた。「だってなあ、オヤジにゃ務めってもんがあるじゃないか。それをあのチャラチャラした厚化粧女のために棄（す）てるわけにゃいかんだろ？　おまけにこんなのぁ躯（からだ）にだって毒だぜ」

ポール・バーリンは肩をすくめた。「医者がそう言ったのかもしれないよ。だって——」

「莫迦（ばか）言え」そう言ってドクは一瞬たじろぎ、煙草（たばこ）を投げ捨てた。「お前さんの眼の前にいるのは医者だぞ。その俺（おれ）がこう言ってるんだ。間違いなく、ありゃ厄介（やっかい）だ」

「そうかな」

「そうさ」

だが、できることは何もなかった。中尉は明らかにのぼせ上がっていた。或るときオスカーがそろそろ次に行くことを考えたほうがいいんじゃないですかと水を向けたが、彼は薄笑いを浮かべただけでジョリー・チャンドの手をとり、さっさと消えてしまった。もうカチアートを探すことにもなんら関心を見せなくなっていた。

こうなると、あとは待機作戦しかなかった。オスカーかスティンクが必ずパトロールを指揮し、大使館や駅を見張った。二個所の大きなバスの発着所にも眼を配った。が、やがてはそれも単なるルーティンと化してしまった。勢いが失せてゆくのが自分たちでもわかった。

なにやら落ち着かない胸騒ぎを覚えながらポール・バーリンはカメラを持って一日中街をうろついて回った。平和な感覚も街の色味やハーモニーも好きだったが、それでもなお動き出さねばならないという切迫感が次第に募っていった。とにかくいまのこの状態は終わらせなきゃいけない。加えて、妙な後ろ暗さもあった。たとえば夜サーキン・オゥン・ワンとチェッカーをやって遊んでいるときも……ふっとした拍子にすべてが掻き消えてしまうように思えた。静か過ぎる、穏やか過ぎる。そう思えた。宙ぶらりんになったような気分だった。俺はこんなとこでなにしてるんだ？　どういうわけだ？　正確に言うとそれは、後ろ暗さというより、自分の行動を正当化できるような根拠がない、という感じだった。いつかはきっと事の次第を報告しなきゃならなくなるだろう。どういうわけで戦場を離れたんだ？　その目的は？　法廷の様子を想像してみた。白い鬘を被って白粉を塗った判事がいる。よく見ると、なんと親父だ。フォート・ダッジのすべての住人が厳粛な面持ちで傍聴席に並んでいる。起訴状が読み上げられている間、ひそひそとした嘲りや含み笑いが聞こえた。町の恥さらしめ、見下した眼がそう囁いている。けっして怖気づいたわけでも任務を放棄したわけでもないんです、そう言いながらじっとりと汗ばんでくるのがわかる。正確には違うんです。あれは、あれはその、一部分はカチアートのしでかしたことのためです。それから一部分は任務ですし、一部分は惰性でした。それから冒険心と、あと、どこまでやれるか可能性を試そうとしたってことです。けれども、彼には本当はわかっていた。こいつはそれだけじゃない。はっきりと指摘できるわけじゃないが、これは一連の長い出来事のすべてを見届けなきゃならないってことなんだ。その途上で見て、感じて、学ぶことのすべてをだ。そうしてその終わりにはパリがある。

こうして、再び動き出す準備が整った。

そうして或る朝、ドク・ペレットが彼に新聞を見せた。

「カチアートじゃないか」ポール・バーリンが言った。

新聞を取って光に翳して(かざ)してみた。写真は粒子が粗くところどころボケていたが、それはカチアートの例の太平楽な顔だった。

「奴(やつ)はここにいるんだな？　このデリーに！」

ドクはかぶりを振った。「もっとよく見てみろ。背景だよ。なにが見える？　どうだ？」

「え、これ？」

「そうさ。どうだ？」

ポール・バーリンは写真の背景に写る黒く燻(いぶ)したような部分を仔細(しさい)に眺めた。「これは……なんだろう、でかい機械か何かかな」

「機関車だよ」ドクが言った。微笑が浮かんでいる。新聞を畳んでポケットにねじ込んだ。

「つまりそういうことさ。この写真は昨日の晩タピールの駅で撮られたんだ」

「で？」

「で、この列車はカブール行きだ。カチアートの野郎がこれに乗ったこたぁ間違いない。賭けてもいいぜ」ドクがまた微笑した。「というわけで荷づくりだ。確かアフガニスタンに行ってみたいって言ってたのはお前じゃなかったっけ?」

お昼までにはすべて用意ができた。

スティンクとエディが背嚢をロビーに降ろし、オスカーがタクシーを捕まえに行った。ホテルは静まり返っている。庭のほうでは中尉とジョリー・チャンドが並んで籐のブランコに坐っている。揃ってコニャックを舐めていた。

「時間です、中尉」ドクが言った。指で腕時計を軽く叩く。

中尉が微笑した。片足の爪先で地面を軽く蹴り、ブランコを揺する。膜を張ったような濡れた眼だった。

ドクはポール・バーリンをちらと見やってから中尉の肩に優しく手を触れた。

「中尉。時間が——」

「嫌だね」中尉が言った。ブランコがかすかに軋んだ。ぐいとコニャックをひと呑みしてジョリー・チャンドをじっと見凝め、それから首を振った。「俺にはもうすべてが終わったんだ。正式に引退したんだよ」

「莫迦言わないでください」

「莫迦なんか言っとらんよ」

「駄目ですよ、さあ」ドクがブランコを止めた。「来てください。あと二〇分で汽車が出ます。冗談言ってるときじゃありませんよ」

コーソン中尉が苦い笑い声を挙げた。「冗談だって⁉」

「さあ早く――」

「冗談じゃあない！」ぐっと喉を詰まらせたようだった。立ち上がり、グラスに酒を満たすとひと息にあおった。汗が噴き出している。顔が赫かった。「冗談だと？　それを言うならあの間抜けを追っかけることじゃないか、え？　脱走だ？　冗談じゃない！　いいか、ちゃんと聞いとけよ、こいつはもう終わったんだ。これ以上はない。どっちにしろ最初っから俺の戦争じゃあなかったんだ」

「戦争は終わったんです、中尉」

「ハ！」

「終わったんです」ドクが繰り返した。「だから今度は家に帰るのに貴方が必要なんです」

中尉はグラスを揺すった。「くだらんことを言うな、ドク。沢山だ。戦争は終わっちゃいない。俺たちがあの血まみれの戦場から離脱しただけだ――離脱して逃げたんだよ。わかるか、え？　もう義務も任務もなしなんだ。終わったんだ」

「我々には貴方が必要です」ドクが言った。「本当に貴方が必要なんです」

ポール・バーリンは頷き、微笑んでみせようとした。中尉がどさりとブランコに腰を下ろし、ジョリー・チャンドの肩に腕を回すのを眺めた。彼女は意味もなく微笑んでいる。

頭を振り、中尉は掌のなかのコニャックを見凝めた。「俺が必要だって？　シドニー・マーティンを必要としたようにか？」

　ポール・バーリンの眼がずきずきした。

「違う」中尉が溜息をついた、「お前らは俺を必要としてなんかいやしない。絶対そんなこたぁない。あのな、俺は阿呆かもしれん。老いぼれの耄碌じじいかもしれん。だがな、俺はお前たちのことぐらいちゃあんと知ってるんだ。親しみなんてありゃしない、敬意のかけらもないじゃないか。ビジネスライクなだけだろう。俺はそんなこたぁわからん、わかりたくもない。一〇年前にさっさと辞めとくべきだったんだ、俺は」彼はジョリー・チャンドをもう一度見凝めた。「ここが俺の終着駅だ。老兵は消え去るのみさ」

「カチアートのことはどうするんです？　俺たちは――」

「達者でやれよな」

　ドクはなにかを言いかけて、口を噤んだ。溜息。

「それだけですか、中尉」

「ああ、それだけだ。元気でな、諸君。麗しのパリィに着いたら葉書でもくれや」

　しばらく沈黙が流れた。ドクが握手の手を差し出した。ポール・バーリンの眼がキリキリ痛んだ。眼をしばたたかせ、言葉を出そうとしてできなかった。

　もはや言葉はなかった。中尉がポール・バーリンの腕を軽く叩いた。そのままぐいと摑む。が、もう遠くを見る眼つきになった。すべては終わった。彼らは庭を立ち去り、後にはブランコのかすかな軋みだけが残った。

ロビーでドクはほかの連中に事の次第を話した。

「可哀想な人なんだ」ドクは言った。「病気なんだ、病人なんだよ。本当に可哀想な人なんだ」

オスカー・ジョンソンが肩をすくめた。サングラスを外し、磨いてからポケットに吊るした。口許がにやにやしている。

「なにが可笑しい」

「傷を負ってるってわけだな？」

「なに？」

「傷を負ってるっつったんだよ。あの老いぼれがよ。歩く心の傷ってぇわけだ、な？」

ドクが眼を上げた。それから微笑した。

「な、わかるだろ？」オスカーが言う。「そらぁ怪我人を放っとくわけにもいくまいぜ。できっこねえやな」

あたりが暗くなってから、彼らはそっと庭に忍び入った。ジョリー・チャンドの姿は見えない。中尉は鉄のテーブルに突っ伏して深く眠り込んでいた。コニャックの壜は空っぽだった。オスカーとエディが脚を持ち上げた。スティンクとポール・バーリンが肩口から腕を取った。ドク・ペレットがドアを開ける。彼らはご老体の軀をタクシーに押し込むと、運転手に五〇ルピー渡して急いでやってくれと言った。

27 想像力の飛翔

今度の列車は前のよりずっと新しく、速かった。その車輌に乗っているのは彼らだけだったから、ポンチョを拡げて座席だろうと廊下だろうと快適に眠ることができた。下ろした窓から夜風が吹き込み、石炭の煙の臭いとまた世界が動き出したという実感のなかで、素晴しいスピードとそれを支える確かな平地、闇に閉ざされた美しい谷、力強く登る機関車、涼しげな高地、パンジャブからペシャワル、ペシャワルからカブール、カブールからさらに――。朝日が昇った。山の端が赫く染まり、やがて白んで、みるみるうちにさまざまな色が混じっていった。汽車はまだ登りつづけている。

山の頂きに雪が見えた。雪に覆われた峻険な絶壁だった。中尉は眼をこすりながら雪を見凝め、打ち枯らしたように首を振った。

「何処だ？」そればかりを訊ねていた。「俺は一体どこにいるんだ？」

老兵はまるで玩具の兵隊のように身を硬くしていた。ポンチョをはねのけてペルメルの箱を叩きながら一本とり出し、火を点けてからまた訊いた。「俺は何処にいるんだ？」それから溜息をつき、行き過ぎる高原と風のすさぶ一一月の風景を見凝めた。遠くの山々は永遠に凍てついたような雪の冠を戴き、風は高くあたりを充たしている。

「誘拐か」中尉が言った。「それでここにいるんだ」

翔べば、翔ぶとき、翔んで、翔べ……。高地を下り、上り、鉄路を遮る吹雪のなかを列車は驀進していった。山々は谷間から鋭く切り立ち、雪を捉えて放さないしたたかな歳月の重みを見せていた。

翔べば、翔ぶとき、翔んで、翔べ……。ポール・バーリンは溢れんばかりの機関車の牽引力を実感しながら、頭のなかでそう唱えていた。

剝き出しの荒れ果てた土地だった。まばらに山羊の姿が見える。石壁の傍らで身を硬くするラクダが一頭。氷塊を乗せて流れ去る川面。

まるで湖の国だな、ポール・バーリンは思った。世界で一番の湖の国。

考えたくはないことだった。あの山を登り、最後にやってきたあの戦闘。真っ赤なあの道を果てしなく登りつづけ、止まることさえ叶わず、結局は思った通りぶざまな戦いぶりだった。実戦場でのあの大きな戦闘で、彼は身ひとつほどの小さな窪みに隠れ、ひたすら隠れ、指を、手を、脚を、胃の腑のすべてを貝殻のなかに縮こめるように引き攣らせながら、ただただ爆撃機の音を聴いていた。爆撃は何時間にもわたった。山々はすっかり焼き尽くされた。

岩までが焼けた。シドニー・マーティンは立ち上がって声を限りに前進を叫んでいた。レディ・ミックスがやられた——レディ・ミックス、本名は誰も知らない。隊は前進をつづけた。山が陥ちた。そこかしこに屍体が転がっていた。爆撃でできたでっかい孔も屍体の山だった。屍体の殆どは痩せた小さな男たちで、全身真っ黒焦げになり、ひどい臭いがした。塹壕も屍体で埋まっていた。どれもが武器に覆いかぶさるようにして前のめりに膝をつき、でなければ屍の山のなかに身を晒していた。その夜はその真ん中で過ごすことになった。ようやく朝が来ると全員で屍体の数をかぞえた。頭ひとつで一体、という勘定だった。それから屍体を積み上げていった。拿捕した火器も数えた。未使用の弾薬の籠や医薬品の類いもだ。そのころになってもポール・バーリンは軀の引き攣りを止められなかった。お昼前に雨が降り始めた。爆撃孔が灰色の水で一杯になった。雨は翌日も降りつづけた。三日目になってもまだ降る雨水で孔が全部隠れてしまい、埋まっていた屍体がぷかりと浮かんできた。どれもが水膨れしてぶよぶよになっていた。それを指してドク・ペレットは「湖の国」と名づけたのだった。「世界で最も美しい湖の国」ドクはそう言った。彼らは浮かんでいる屍体を向こうから押し出し、こちらから網の上に引っ張り上げた。坑道や塹壕のなかも仔細に調べた。シドニー・マーティンがそう命じたからだった。塹壕のなかを掘ると、もっとたくさんの屍体が現われた。どうやら敵の野戦病院だったらしかった。一緒に調理器具やら医療品のかけらが出てきて、キャンプベッドに横になったまま焼け死んだらしい傷病兵の屍体や肉片、皮膚、それにヘルメットなどが出てきた。その片づけ作業の間じゅう、雨は止まなかった。

「湖の国(レイク・カントリー)」、そう言ったドクの言葉はたちまち全隊に広まって、みんながこれを湖の国と呼びならわすようになった。坑道(トンネル)はまだあった。山の深い岩盤のなかまで蜒々(えんえん)と延びていて、複雑に入り組んでいた。シドニー・マーティンは全部を徹底的に調べろと命じた。それが事の始まりだった。この湖の国で、あのとき、オスカー・ジョンソンが真面目(まじめ)な顔で或(あ)る解決策を主張するようになったのだった。

翔ぶ、翔んで、翔んだ……。花崗岩(かこうがん)に覆われた一帯を上り下りしながら、列車はアフガニスタンの中央部へと近づいていった。もう真冬のただなかで、河は激しい濁流となり、彼らの乗った一等客車も人いきれと埃(ほこり)くさい機械の熱で充満していた。仕方なく彼らはカードをやり、眠り、怪鳥が翼を拡げたような不思議な異国の地を窓外に眺(なが)めていた。


「何処だって?」老中尉が尋ねた。

「オヴィッシル」彼らが一夜を明かした石屋のなかで、その村の長(おさ)が答えた。

「はあ?」

「オヴィッシル」再びそう答えて、中尉やオスカーやエディが発音を真似(まね)するたびにハッハッハッと笑った。「ほうら、舌を使うんじゃよ――オゥヴィッスィルじゃ」

線路は先のほうが補修の最中で、彼らは仕方なくこの村長の石屋で一夜を過ごしたのだった。巨大な尻をした頑健そうな細君が羊肉のシチューとパンとミルクをふるまってくれた。それが済むと、大きな暖炉のなかで燃え盛る炎のダンスを眺め、風の音に耳を傾けた。吹雪は夜どおしつづいた。窓も雪で厚く塗り込められてしまった。あたり一帯が冷たく凍てつき、けれど村長の家だけは温もりに満ちていた。村長は顎の先まで垂れる立派な口髭を生やした大男だった。髪は黒々として、昔話を朗々と語った。「わしが語るのは昔のことだけですわい」彼は言った、「先のことはよう語らん。先のことを語るのは狂人か年寄りだけでな。昔話はちゃあんとした知恵の賜物じゃ。ばちあたりのたわけ言じゃあないからな。先のことを語れるのは神様だけじゃいな。神様だけが歴史をつくりなさるんじゃ」

はげしい吹雪が金切り声を立てるなかで、村長はパイプをふかし、昔話を語り始めた。彼自身の話だった。それから彼の細君、そして中尉の話だった。かつて中尉がいかにして佐官にいま一歩というところまで行ったのか、そこまで行きながらどんなふうに酒に溺れ、不運に見舞われてすべてを失ってしまったのか……。神様の御意思はいつも人の意思よりも強いんじゃよ、彼はそう言った。「人間が生きられるのは自分の人生だけでな、じゃから馬を納屋に追い払うように払いのけるわけにはゆかんのだわい」

その後、ほかの連中が寝静まってから、ポール・バーリンはぼくのことを話してくれませんかと頼んだ。けれど村長は微笑んだまま、首を横に振った。「あんたは若い」彼は言った。「昔と言えるほどのもんができたら、またおいで。わしはできてもおらんことを語ることはできんでな」

「ぼくはそれほど若かない」

村長はぎゅっとポール・バーリンの腕を摑んだ。「一〇年したらまたおいで。そうすればちゃあんと語れるだけのもんが溜まっとるでな」

彼らは雄羊の皮にくるまって眠った。

朝になるとオヴィッシルの村長が駅まで連れていってくれた。「良い旅をのう」彼は言った。「安全に、神様がお恵みくださるようにのう」

それから彼は中尉に袋いっぱいの仔羊の乾し肉を手渡した。左右の頬に別れの口づけし、しっかりと手を握って肩を抱きしめた。村長は眼に涙を溜めていた。

それから汽車に乗り込んだ。長靴と長い毛の外套と帽子を被ったオヴィッシルの村長が外に立ち尽くし、にっこりと微笑んで涙を流しながら、列車が遙か遠ざかるまで手を振っていた。

28 哨戒地点

彼にも昔はもちろんあった。

父は住建業を仕事にしていたし、母は庭に酒を隠していた。夏には野球をやった。父とカヌー漕ぎに行ったこともあった。ウィスコンシンの森のなかでインディアン・ガイドをやって迷子になったこともあった。日曜学校にも林間学校にも行った。学校では真面目な生徒で、作文と歴史と地理が得意だった。こまごましたことに几帳面な性格だった。デモイン河によいしょといくつも岩を投げ込んだことがあって、これがいつの日か河の流れを変えるんだというつもりになってみた。そこから新しい流れやうねりが生まれ、ほんの些細なことがやがて大きな影響を及ぼしてゆくさまを想像してみた。大金持ちになって世界中を旅行するつもりになったり、経験したこともない架空の記憶に遊んでみたりした。空想癖が強いようです、担任の教師たちは通信簿にそう書いてよこした——引っ込み思案です、恥ずかしがりです、物おじする傾向が見えます。もっとも、そんなものは成長とともに消えてゆくのが普通だった。高校ではルイーズ・ウィアツマが大抵お決まりのガールフレンドだった。彼女と一緒に映画に行き、終わるとなにか特別なことでもしているみたいに他愛もないお喋りをし、それからおずおずとキスの真似事をした。高校を卒業した。センターヴィル・ジュニア・カレッジに進学し、三六単位を取ったところで辞めた。その夏は親父の仕事を手伝って家を建てた。どっしりと堅牢な家だった。仕事はハードで陽射しはきつく、材木の感触を掌に感じた。ハンマーを握り、建材を上げ、組み上げて次の指示を待った。終わると親父のシヴォレーで町のメインストリートを流した。窓から肘を突き出して煙草を喫い、女の子の品定めをし、ルート・ビアを呑んで、家に帰った。そうして二〇歳のときに兵隊になった。

そう、彼にだってもちろん昔はあったのだ。

29 パリへの途上の残虐非道

彼らはテヘランの古風な下宿屋に部屋をとった。静かなところで、色の褪せた敷物と羽毛の毛布と、壁紙にはロバとラクダの絵が描かれていた。部屋は清潔で、またもや赤痢の発作を起こした中尉がじっとしているのに手ごろだった。

そこで彼らはクリスマスを祝った。ドクとエディが居間に色電球を飾りつけ、スティンクがエッグノッグをつくっている間にサーキン・オゥン・ワンが蠟燭をこさえた。イヴの当日になると闇に乗じて国王の名を冠した国立公園に忍び込み、おあつらえむきの針葉樹の枝を折ってエディのポンチョに隠すと、前後で抱えて古い街路を戻ってきた。そうやって手にいれたツリーを前に、その夜はみんなで過ごした。酒を呑み、ぼそぼそ話をしながらツリーに勲章や紐や手榴弾や蠟燭をぶらさげた。それからいくつか讃美歌を歌って、オスカーの持っていた最後の貴重な葉っぱをみんなで回し喫みした。お祝いはそれで終わりだった。中尉は居間の床に長々とのびてしまった。サーキン・オゥン・ワンはベッドへ行った。スティンクとエディとオスカーは明け方までサイコロをやっていた。ま、こんなもんか、ポール・バーリンは思った。どうせここは異教徒の国なんだし。

中尉の病気はそのまま大晦日まで持ち越され、一月に入っても治らなかった。ベッドに横になっているか窓のそばで毛布をひっ被っているかするだけで、一日中なにも食べず口も利かずに蹲っていた。デリーからずっとこの調子だった。眼だけが光り、異様な気配がした。膝を抱えて揺すり、凍てついた街を虚ろに見凝めている。ときおり、まるで記憶に一閃の鞭でも入ったみたいに古い行進歌を唄い出し、高い声で拍子をとってまた押し黙ってしまう。どう見ても心配しないわけにはいかない様子だった。

「脳が半分いかれてる」ドクが言った。「前にも同じようなのを見たことがあるんだ……熱で脳が炒めもんみたいになっちまうんだよな」

「悪いのか？」

ドクは肩をすくめた。「良かあないやな、そりゃ。スクランブル・エッグにハッシュ・ブラウンのつけ合わせみたいになってんだからな。前にも見たことはあるけど、ここまでじゃあなかった。間違いない、こんなにひどかなかったよ」

ポール・バーリンは居間の窓の前で呆けたように坐っている老中尉を見やった。サーキン・オウン・ワンがそっとスープを呑ませている。

「やっぱり医者を呼んだほうがいいんじゃないか。もし――」

「駄目だ」ドクが遮った。「医者なんかじゃ中尉の病気をどうにもできん。こいつはペニシリンを打てばどうにかなるってもんじゃないんだ」

「駄目なのか」

ドクは首を横に振った。眼鏡を外し、シャツの裾（すそ）で拭（ぬぐ）う。

「要するにノスタルジーってやつなのさ、この病気の根本は。そんなもん治せる医者がいるなんて聞いたこともない」

「ノスタルジー？」

「ああ。中尉のはその進んだ症状なんだ。調べたんだよ。ノスタルジーってのはれっきとした病気でな、もとはギリシャ語から来てる。語源というよりそのまんまだな。『アルゴス』が痛み、『ノストス』が帰郷。つまり『故郷を想（おも）う痛み』ってのがノスタルジーなんだ。懐旧の情ってのかな、そればっかり考え詰めて苦痛が生まれてくるわけだ。わかるだろ。平たく言やあホームシックってことだけど、中尉の場合は糞（くそ）ったれみたいな戦争とか軍隊とか職業軍人らしい生き方とか、そういうものに対してノスタルジーが生まれてる。赤痢とか発熱とかは、そのほんとの病気の単なる表面ってわけなのさ」

「だったらどうすりゃいいんだよ？」

「時間だ」ドクが言った。眼鏡をかけ直す。「時間だけがノスタルジーの薬なんだ。オヤジさんにゃ時間をやることとしかないのさ」

そういうわけで彼らはテヘランでなりゆきを静観することにして、なんのしどころのないまま新しい年を過ごし始めたのだった。むろんカチアート探しの件はいつも通りだった。ホテルをチェックし、駅やバスの発着所に眼を光らせた。けれどどこにもカチアートの形跡はなく、かといって見物には気候が寒すぎた。一度だけサーカスを観に行ったのと、郊外のほうへ週末の小旅行としゃれこんだのを除けば、誰も下宿屋のそばを離れなかった。日中は鬱蒼と垂れ込め、夜はいつまでも果てなくつづくようだった。そのうち、なんとかここから動こうやという声が強くなっていった。例によって平和を愉しんでいたポール・バーリンでさえもが、行動を起こすことに渇望のようなものを感じ始めていた。

そうして彼らは逮捕されてしまった。

それは打ち首を目撃してまもなくのことだった。

穏やかな冬の午後のことだ。彼らは渋る中尉を引っ張り出して街の狭い通りへと連れ出した。保健上の配慮だよ、ドクが言った。きれいな空気を肺に送り込んでやるんだ。そうしてそれが起きたのだった。彼らがアーチの掛かった小径を抜けて煉瓦敷きの広場に差しかかると、一段高い壇の周りに群衆がむらがっていた。ものすごい喧噪だった。誰もが少しでも前に出ようと押し合いへし合いしていた。

スティンクが肘を張ってみんなを先導し、ロープを張った台のすぐ真下まで連れていった。そこで立ち止まった。

「スペクタクルだぜ」ドクが言った。「人間文明が生んだ最大の見もののひとつだ」

「なんだよ、こりゃ」

「ショウさ。まあ見てろって」

壇の後方に色とりどりの幟や旗がパーティの飾りつけみたいに巡らされていた。その下に幕が張られ、十数人の軍人が重厚な革張りの低い椅子に坐っていた。揃って礼装用の軍服に身を固め、勲章や肩モールや徽章で飾り立てている。にこやかに微笑んで群衆に手を振る者もいる。

「こりゃあ逃げられないな」ドクが呟いた。「死ぬほど走ったってここからは逃げられねえや」

「確かに」

「あれ見ろよ」ドクがシェリーを啜りながら煙草を喫っているふたりの軍人を指差した。「リングサイドの特等席だぜ。あんな連中はナムに送るべきだよな。おあつらえ向きだろう。お前、やってみろよ。もっともこれじゃあ逃げようがないけどな」

ざわめきはいよいよ凄くなっていた。白いショーツとサンダルを履いた小さな男の子が突き倒され、あっというまに押し寄せる群衆のなかに見えなくなってしまった。誰かが大声を挙げた。ほどなくして男の子の姿が見え、立ち上がった。ひとりの女がその子の耳を引っ張って連れ出した。群衆から笑い声が挙がり、拍手が聞こえた。女は拳を振り上げた。どこもかしこも人いきれとざわめきで溢れ返っていた。

壇の向こうのほうで、警察が警棒を振り回しながら揉みくちゃの人混みに通路をつくろうとしていた。行く手にあるものをお構いなしに殴りつけているが、群衆は怯む様子もなく再び詰め寄せて通路を塞ぎ、警官たちが怒鳴りながら力まかせに殴りつけていた。壇上の軍人たちは気にする気配もなく、どっかりと腰を下ろしてジョークを飛ばしながらシェリーを啜っている。

「そうらお出ましだ」ドクが言った。

指さした向こうで警察の護送車が壇の後ろに停まるのが見えた。あと数メートルというところまでじりじりと進んできたところだった。サイレンが鳴り渡り、警官の一隊が道を開けるためになだれを打った。だが効き目は殆どなかった。護送車はたちまち群衆にびっしりと取り囲まれてしまった。フェンダーやドア・ステップに跳び乗る者がいるかと思うとボンネットやリア・バンパーに鈴なりにのしかかっている者もいる。その間、広場の後ろに据えつけられたラウドスピーカーからはひっきりなしに軍楽曲が流れていた。

「わかるだろ？」ドクが言った。「な、俺が言った通りだったろ。これこそ正真正銘のスペクタクルだぜ」

「ああ」

「文明の大いなる供物ってわけだ」

中尉はその場に坐り込んでいた。頭を抱え、音楽に合わせてゆらゆらと軀を揺らしている。

護送車がようやくロープのところまでたどり着くと、さらに大勢の警官がやって来て、壇に昇る楔形の踏み台を据えた。群衆が静まった。ひそひそとした笑い声が聞こえ、一度だけ遠くで金切り声が上がった。音楽はやんでいた。

つかのま、怖ろしいほどの静寂があたりを覆った。護送車のドアが開き、二〇歳ぐらいの小柄な憔悴し切った若者が降りてきた。両手は背できつく縛られている。怖がっているのだろうが、その気配は表には見えない。眼は正面を見据え、首を真っ直ぐに立てている。昇り切ると幟の下がったそばにおとなしく立った。兵隊が両手の縛めをほどくと、若者はかすかに微笑んだ。

「よく見とけよ」ポール・バーリンの肩に手を置いてドクが言った。「パリまでの大旅行のなかで起こるあっというようなスペクタクルは全部見とくんだ。こいつが文明ってやつさ。ちゃんと眼を開いとくんだぜ」

「もう行こうよ」ポール・バーリンが小さな声で言った。

「駄目だ。俺はお前さんがこいつを見るのを見届けたいんだ。いいか、細大漏らさず見とくんだぜ」

ポール・バーリンはほっそりした礼儀正しいその若者が壇の正面にある椅子に坐らされるのを見ていた。群衆は依然として静まり返っている。が、その内側でかすかな唸りが柔らかくふつふつと沸いていた。兵隊がふたり、若者を両側から警護して椅子の両脇に立った。少し遅れてべつの兵隊が壇上にあがってきた。手に白いタオルと銀の器具を載せた盆を捧げ持っている。盆の上のものが乾いた冬の陽光の下で燦いた。つられて吸い寄せられるように群衆が前へ出た。唸りのようなざわめきが高まった。後ろのほうで誰かが口笛を吹いてなにか叫び、人波から忍び笑いが洩れた。

すばやく、第三の兵隊が慣れた手つきで若者の肩にタオルを掛け、盆の上から器具を選んでとり上げた。

「なんてこったよ」エディが囁いた。眼を逸らし、またすぐ視線を戻す。

「なんだ？」

「なんでもありませんよ、中尉。眠っててください」

「どうしたんだ？」

「剃刀ですよ」ドクが言った。「だろうと思います」

群衆から拍手が起こった。風変わりな、どこかお行儀の良過ぎる拍手だった。拍手が止んだ。兵隊はブラシを盆の上の浅いボウルに浸しながら若者の首筋に泡を塗った。若者は黙ったままだ。眼を見開いている。少し前屈みになって兵隊に首筋を差し出した。それを見た群衆が拍手を送った。シュッシュッと手際良い職人技で兵隊は首筋と頭蓋の付け根を剃り上げてゆく。ほんの一分間ほどのことだった。終わると兵隊は一礼し、若者に真っ白なタオルを手渡した。若者は微笑みながら残った泡を拭きとった。

「なにやってんだよ」スティンクが言った。「あんなすかし屋なんかぶん殴ってやりゃいいんだ」

ラウドスピーカーがまた軍楽曲を流し始めた。ステージ後方に坐っていた軍人たちがひとりずつ立ち上がると若者のところへ歩み寄り、頰に口づけして、また退ると会釈して坐り直した。判で押したようにシェリーの杯を充たす。それからふたつスピーチがつづき、曲が流された。その間、若者はじっと待ちつづけ、知った顔でも探すように群衆を見渡していた。表情はいたって平静で、怯えた気配もない。

空気が冷えこみを増したように思えた。風はなく、壇の後ろの旗や幟もぴくりともしない。ポール・バーリンは落ち着かなかった。集中するんだ、それしかない――すべての細部を記憶し、いつかすべてを理解できるときが来るまでしっかり心に蓄えておくんだ。

ドクが彼をつついた。

若者が壇を横切って重そうな木のブロックのほうへ導かれた。気をつけの姿勢をとり、将校のひとりが短い声明文を読み上げる。細部だ、ポール・バーリンは念じつづけていた。食い入るように見凝めた。若者の鼻に蠅が止まっている。冬なのに、でも確かに蠅だ。若者は首を振り、息を吹きかけて追いやろうとしている。が、蠅はつきまとって離れない。なにか言いかけた。首を大きく振って身を捩ったが、兵隊が両脇からがっちりと腕を押えた。

「蠅だってば！」ポール・バーリンは声を上げた。「誰か――」

けれどももう若者の頭はがっちりと押え込まれていた。まだ蠅と格闘し、舌を打ち鳴らして眼には涙さえ溜めている。怖いのではない。恥ずかしいのだ。必死で蠅を追い払おうとして軀を慄かせている。首がブロックの窪みに押え込まれた。ごくりと唾を呑んだ。眼がまたたいた。注意はすべて蠅に向けられている。頭巾を被った執行人が歩み出てくるのにも気を留めない。

斧が振り下ろされたときも、若者は鼻先に舌を突き出していた。

ブロックの下には受け皿はなかった。

細部だ、ポール・バーリンは念じた。ちりちりするような些細なこと。布についたしみ、土くれのかけら、噴き上げる炎のような葉叢のなかのたわわな果実、恐怖を恥辱に溶かし込む濡れた脱漏感。

眼を潤ませ、舌をぶざまに突き出した若者の頭が重い音を立てて転げ落ちた。

「スペクタクルだ」ドクが囁いた。

どっと群衆から喝采が上がった。音楽が流れた。高官たちが会釈し、壇を降りていった。

蠅はまだ若者の鼻に止まっていた。

午後は依然として冷たく陽射しを注ぎ、オスカーは人混みを掻き分けてみんなを広場の外れのスタンドバーに案内した。店内はざわめいて混み合い、そこかしこで客たちが処刑のことを声高に話しながら身ぶり手ぶりで再現してみせていた。

彼らは窓際に席をとり、呑みものを注文した。

「というわけで俺たちは見ちまったわけだ」ドクが溜息まじりに言った。「一国が治安と秩序を維持する場面をさ。まさに望外のお愉しみってやつだな、え？」

オスカー・ジョンソンは汗をかいていた。ナプキンでぬぐい、サングラスを拭いた。背後でよその客が鼻をぴくぴく動かして仲間を笑わせている。

「たまにはあるんだな、ここまでのもんも」

「元手がかかってるからな」オスカーが言った。額をぬぐう。

「な、そうだろ、オスカー」

「きっと殺人犯だぜ」スティンク・ハリスが言った。「間違いねえよ。ほら、なんていうかさ、見ただろ、奴のあの眼。まるでリチャード・ウィドマークみたいだったじゃねえか。だろ？　ぎらっと煌っちゃってさ」

「莫迦言え、瞳は青かっただろうが」

「誰が」

「ウィドマークだよ。あいつは本物の碧眼だったろ。だけど今日の男は――ほら、茶系だったじゃないか」

「違うってば」スティンクが言った。「殺人犯だって言ってんじゃねえか。賭けたっていいぜ。おう、そうさ、ドク、賭けようじゃねえか」

「やだね。なあ呑もうぜ」

「呑めよ、呑みゃいいじゃねえか」

「ま、ともかく見ものだったってことさ。俺が言った通りだったろ？」

中尉の顔は使い古しのクリネックスみたいに皺んでいた。なにも口にしなかった。広場のほうに向かって坐り、例の壇のあったほうに眼を向けている。もう群衆のあらかたは姿を消していた。

夕方まで呑んで席を立ち、歩きながら広場を突っ切ってまたごちゃごちゃした裏通りに入った。あたりには銀行や官庁が並んでいる。みんなしたたかに酔っていた。歌うと声が建物に響いた。貝が食いてえ、スティンク・ハリスはそう言いつづけていた。なあ、晩飯はクラムにしようぜ。そこでみんなで貝料理を出してそうな店を探した。そうして代わりに、全員が逮捕されたのだった。

それはなんの前触れもなかった。

オスカーがエディをなじり、エディはスティンクをなじった。てめえがクラムを食いてえなんぞとぬかしやがるからだ。

「見てみろ、ばかやろ」エディは署に向かうパトカーのなかでぶつぶつ言った。「こんなとこで貝を食いてえなんてお前がぬかしやがるからだ。ちゃんと覚えとけよ。てめえがぬかしたんだぞ」

「ポリ公に訊いたのはお前じゃねえかよ」

「しようがなかったじゃねえか。行き先がわかんなきゃ誰だってポリに訊くだろうが。だからお前の代わりに訊いてやったんだぞ」

警察署に着くと小さな取り調べ室に通された。窓の鉄格子がカーテンの向こうに見え隠れしていた。調度品はきちんとして真新しいカーペットはふかふかだった。室内にかすかに魚の匂いがした。だからクラムだって言ったんじゃねえか、エディが呟いた。

たっぷり一〇分、そこで待たされた。それから長身で痩せぎすの細い口髭を蓄えた男が陽灼けした肌を見せながら入ってきた。中尉のほうに顎を振って、儀礼的な笑みを浮かべながら全員に席に着くよう促した。

私の名前は、と男は言った。ファウィ・ラロン、イラン王室軍銃歩兵連隊の大尉です。ただ、と彼はさらに付け加えた。最近ＳＡＶＡＫに一時出向中でね。

「え、なんだって？」オスカーが訊いた。

その将校は再び笑みをみせた。歯が煙草のヤニでくすんでいる。「ＳＡＶＡＫですよ」彼は言った。「貴方がたの用語だとどう言えばいいのかな、つまり……対内治安維持機関ってな感じですか。クルド族あたりを抹殺するためのぞっとしない任務ですよ」

「なぁるほど」オスカーが言った。「そらぁ愉しい仕事なんじゃねえの、あんたみたいな人にとっちゃな」

大尉はいたって平静な顔つきのままお茶とサンドウィッチを軽く済ますと、パイプを取り出し、革製のポーチから葉を詰め直して火を点けた。それからさも困惑しているかのような顔つきで彼らのテヘラン滞在に関して礼儀正しい質問を開始した。貴方がたは川っぷちの素晴しい寺院を歩いてまわったのかな？　それとも博物館？　まさかアラムコ石油の施設じゃあないでしょうな？　この街は、と彼は言った、見物しようということなら素敵な街ですからね。

「そりゃあ、あんた」オスカーが言った。「俺たちも全部見さしてもらったからね」

大尉は頷いた。「そりゃ結構。で、貴方がたは旅行者だという話でしたかな?」

それはしかし、質問ではなかった。どう聞いても決めつけだった。そこでまたパイプを弄る。再び微笑を浮かべると女っぽい仕草で脚を組んだ。

「旅行者ねえ」彼は言った。「旅行者だったらテヘランじゅう見てまわったというわけだ。コーペット・ダー種の羊を捕まえたければ山岳方面のほうへもね。で、どうなんです、羊狩りはしたんですかな?」

「いいえ」ドクが言った。

「じゃあ単なる旅行?」

「そうです」ドクは言った。「見物ですよ」

いつのまにか大尉のパイプが消えていた。彼は苛立たしそうに紙巻の煙草をとり上げると火を点けた。「ま、それなら結構。なにしろでかいラムはやたら脚も速いしね。数は多くないんだが、なにしろ速い。で、ということはだ、あんた方は密猟に来たわけじゃあないと、そういうことですな」彼は申し訳なさそうなそぶりで首を振ってみせた。「とするとこいつは明らかにミスだな。なにしろあんた方は単なる旅行者なんだから。こうなると、私もウラム軍曹に言ってやらなきゃいかんわけですなぁ」

「誰?」

「ウラムって軍曹ですよ、あんたがたを逮捕した下士官です。奴に間抜けめと言ってやりましょう。なにしろ奴はあんたがたを兵隊だと思い込んでいますから。それもパスポート不所持のアメリカ兵だというんですな。しかしこれではっきりしたから、奴にあんたがたはただの旅行者なんだと言ってやりましょう。間抜けめってね、これでいいのかな?」

「クルクルパーってのはどうです」ドクが言った。

「クルクルパー!」ラロン大尉は膝を叩いた。「そりゃあいい――クルクルパーか!」笑って咳払いし、また膝を叩いた。

それからドク・ペレットに笑顔を見せた。「さて、となると貴方がたのパスポートを拝見したいというのは無茶な話ではないわけだ。べつに難癖をつけるつもりはないんだが、規則は規則でね」

「難癖にはなりませんよ」ドクは言った。

「それを聞いて安心した」

「難癖なんてとんでもないことです」ドクはしかつめらしく言った。「実際問題、パスポートをお見せできればこちらも有難いぐらいのものですから」

「いやはや、感謝にたえませんな」

「お互いさまですよ、大尉」

大尉は微笑みながら全員を眺め渡した。「規則ってのは面倒くさいもんだが、ま、規則は規則ですからな」

「もちろん」

「そう。では、パスポートを見せてくださいますかな?」

「どうしても?」

「恐縮です」

ドクも負けずに微笑み返した。「まったくお恥ずかしい話なんですがね、実はパスポートをお見せできないんですよ」

「できない?」

「残念ながらね」ドクは溜息をついた。ちらりと中尉を見やる。眼を閉じていた。「というのも、現在我々はパスポートを持っておらんのです。そうでなければ喜んでお見せするのですがね。正直なところ」

ファウィ・ラロン大尉はまだ笑顔を崩さなかった。しばらく煙草の灰を眺め、上唇から短くなった煙草を外した。

「貴方がたは……パスポートを持ってないと?」

「残念ながら」

彼は頷き、考えをめぐらす顔つきになった。「なるほど。ひとりも持ってないというんですね?」

「それが」ドクは丁寧な口調で言った、「つまり残念だと申し上げているわけです」

「なるほど」

ドクがひとつ咳払いをした。さも重大な機密を打ち明けるふうに口を開いた。「実を言いますとね……どう言えばいいんでしょう……つまり我々は或る軍事条項に従ってこうして旅をしているんです。相互軍事行動協約にね。で、パスポートは不要なのですよ」

「ははあ」大尉が言った。「すると貴方がたはやっぱり軍人なのですな？」

「移動中の軍人です」

「間違いない？」

「ええ」ドクが言った。声音はあくまでも親しげで、重大機密ふうの調子を保っている。「旅を任務にする軍人なんですよ。そういう意味では、ま、正確には普通の軍人とは違いますね。かなり違う」

「それでパスポートは不要だというんですな？　これで間違いないですか？」

「ええ、ひとつもね」ドクは言った。

「しかし軍人であることには変わりがないと」

「まあそうですね」

「休暇中の軍人ですか？」

ドクは肩をすくめてみせた。「まあ、見かけはそんなもんでしょうか。旅行中であることは確かですからね」

頷きながら脚を組み直し、背凭れに寄りかかりながら、大尉は困惑の表情を見せた。二枚目ではないが物腰には威厳が感じられる。

「それならそうと」彼は唸った、「早く言ってくれればいいのに」

「申し訳ない」ドクが言った。「こちらも最初からきちんとさせておけば良かったです」

「軍人であることはべつに恥ずかしいことじゃないですよ」

「そりゃそうです。それどころか正反対ですね——むしろ名誉であり、誇りですよ」

またぎこちない沈黙があった。そこへ当番兵がお茶とサンドウィッチの載った盆を持って入ってきた。大尉はほっとした様子だった。立ち上がってお茶を淹れ、布のナプキンの上にサンドウィッチをとり分けた。こちらに向けた笑いは絶やさないままでクリームと砂糖を忘れた当番兵を叱りつけ、昔はこんなじゃなかったんだがといった顔で首を振った。

スティンクとエディとオスカーが食べ物にとびつくのを彼は満足そうに眺めていた。

「貴方がたのリーダーは」彼は言った。「なにも召し上がらんのですか」

中尉はうとうとしているようだった。眼を閉じ、サーキン・オゥン・ワンの肩に頭を凭れている。彼女が優しく頭皮を揉んでやった。

「もし具合が悪いのなら」大尉は気遣うように言った、「すぐ医者を呼びますよ。こちらの方は病気ですか?」

「ホームシックです」ドクは言った。「我々のような任務だとたまにあるんですよ」

「もっともな話ですな」言いながらお茶を啜り、まだ心配そうな顔で中尉を見凝めた。「さてと。で、パスポートがないと言ってましたね?」

「ええ、それが話の核心でした」

「それで……なにやら条約の庇護下で旅行をしていると。それでいいんですな?」

「そうです。まったくその通り。我々は相互軍事協約に従って旅をしているんです」

「それでパスポートはいらないんだというんですね？」

「その通りです」

「私は莫迦なのかなあ」大尉が言った。頭を叩く。「私はこれでも良い軍人のつもりでね、条約だって全部勉強しているんだが、やっぱり頭が悪いんですかなあ。白状しますが、そういう特別な条約など私は全然知らんのですよ」

「べつに不名誉なことじゃありませんよ」ドクが言った。

「いや、やはり知っとかなくちゃ。まったく困った話だ」

スティンク・ハリスが薄笑いを浮かべ、もうひとつサンドウィッチに手を伸ばした。いつのまにかブーツを脱いでいる。

ドクは彼を睨むと大尉のほうに向き直った。「繰り返しになりますが、なにしろ条約の類いってのはむやみにありますからね。全部ちゃんと呑み込んでおくのは不可能ですよ。ただはっきりしているのは、この協約がちゃんとあって、現在でもすべての加盟国によって遵守されているということです。軍事相互旅行協定、一九六五年です」

「そう？」

「一九五六年に批准されて、六五年に更新されたんですよ。ジュネーヴでね」

「ジュネーヴか」彼は唸った。手もとの黄色い紙片に書きつけた。それから口髭をしごくと溜息をついた。「規則、規則、規則。いやはや。私はやっぱり東部で前線にいるほうが似合いの莫迦な兵隊なんだ。規則！　私はね、SAVAKに来てやたらと勉強ばかりしましたよ。ワイフなんか私のことを退屈だなんて言うぐらい、明けても暮れても勉強ばっかりだ。ところがそのそばから、また新しい規則だと来る。まったくかなわんですな。しかしまあ、そりゃあ気の利いた条約だ。私が無知で知らんというだけでね」

「べつに害はないですよ」

「害？　いやいや、無実の人間を拘留するというのは害です。私が莫迦なために害を及ぼしたとあっては、こりゃあお詫びをせんといけませんな」彼はぱちんと自分の額を叩いた。それからサーキン・オゥン・ワンに眼をやる。「それでこちらのお若いご婦人は？　こちらも軍人ですか？」

「いいえ」ドクは言った。「このご婦人は、まあ一時的なエスコートとでもいいますか――ちょっと微妙な事情がありましてね。といっても彼女も無論、おんなじ条約の庇護下にあります。規則も特権も我々と同様ですよ」

「疑問の余地なしですな」大尉は言った。「私自身、確かにそういう条約があったような気がし始めているのですよ。ジュネーヴでしたね？」

「そうです、その通り」

「よし、これで忘れないぞ。規則に条約！　まったくこいつらときたら私の悪い頭を霞みたいにすり抜けていくんだから。しかしこれでもう大丈夫。一九六五年のジュネーヴね。ちゃんと資料を探して、もう二度とこんなことが起こらんよう勉強しますよ。規則は規則なんだから。役所仕事っていうのはまるで蛇の穴みたいにゴチャゴチャしてますなあ。そのなかで現役の部隊がどうにかこうにか戦争してるっていうんだから、まったく奇蹟みたいなもんだ」

「まったくね」ドクが言った。「神技だ」

大尉は立ち上がり、ぱんと手を叩いた。

「さあて、一件落着だ」

「じゃ、もう行ってもいいですか？」

「そりゃ問題なしですよ！　ただ私としちゃあ――」そこで言い淀んだ。「正直なところ、どうやってこの失態をお詫びしていいか迷っておるんです。どうでしょう、ここで私が改心の誓いを立てるっていうのは？」

「そんな、必要ありませんよ。我々は――」

「いやいや、ぜひそうさせてください。この私の莫迦さ加減を埋め合わせるためにもね。なにも言わんでください。……そうだ！　お詫びに一献差し上げましょう。どうです？」

ドクは肩をすくめた。「光栄です」

それから大尉はちょっと書類を片づけますからと言って少し彼らを待たせた。終わると高く尖った帽子を被り、ポケットにきちんとボタンをかけると全員を駅まで案内した。もう夜になっていた。冷たい風が街路を走り抜け、大きな雪玉を暗い建物の壁や窓に吹き寄せた。つかのま、ポール・バーリンは昔に引き戻されるような感じを覚えていた。荒れ果てた、灯りもなく陰鬱にすさんだ街路。打ち首の光景が頭に蘇る。あの蝿——冬の死。ぞくっと身震いし、サーキン・オゥン・ワンの腕をとった。

アーチの掛かった暗い小径を通り抜けながら、大尉は最近テロや争議事件が相次いで夜間外出禁止令が敷かれているのだと説明した。「しかし問題はありません」言って彼はドクの肩を叩いた。「軍人は例外なんです。実をいうと禁止令の取り締まりなんていうのは名目だけみたいなもんでね。軍人としてはむしろ歓迎なくらいだ。だって、ねえ？　我々自身は取り締まりと称して呑み明かしてればいいんだから！」

彼は吹き晒しの裏通りを抜け、狭い路地がごちゃごちゃとつづくなかを伝って一軒の穴ぐらのような地下室に案内した。表には看板もネオンもない。だが、中に入ると溢れんばかりの客が踊ったり歌ったり呑んだりしていた。兵隊と学生が半々といったところだった。踊っているのは大抵が学生たちだ。兵隊のほうは壁ぎわのテーブルに陣どっている。

「さあて禁止令の取り締まりだ」大尉はにっこりしてみせた。普通に喋ろうとしても、ガンガン鳴り渡るアメリカ製の音楽のなかでは怒鳴り声になってしまう。

顔見知りに手を振ると、大尉はバンドのステージのそばの大きな丸テーブルに全員を案内してビールを注文した。

彼の名は王立銃歩兵連隊大尉ファウィ・ラロン、最近、国家治安警察に転属になったばかり。響き渡るドラムやギターの音に負けじと大声を挙げながら、彼は前線暮しの良さを熱っぽく語り始めた。戦闘のなかでは束の間の平和がいかに有難いものか、惨めきわまりない塹壕のなかではいかに愛と、ときには神そのものの存在までが実感されるものか——。それはポール・バーリンが絶対に心を動かされない種類の話だった。彼は音楽に乗ってせわしなく踊る学生たちのほうを眺めた。フラッシュライトのなかで見るその姿はまるで水族館のゆらめく魚のようだ。壁際のほうを見ないようにしながらそっと見やると、兵隊たちがきちんと畳んだ帽子を膝の上に載せて坐っていた。彼らもこうして取り締まりを強化しているというわけなのだろう。

踊りと音楽がポール・バーリンに故郷のことを思い出させた。テーブルの下でサーキン・オゥン・ワンの手を探ってそっと握り、昔のことは考えまいとした。

「こういう話題をアメリカの軍人と話し合えるのは良いことですな」音楽がひと区切りしたところでラロン大尉が言った。「軍人はつねによその軍人からいろんなことを学べますからね。ただ、ほら私はお喋りなもんだから、つい学ぶほうがおろそかになりがちなんですよ。我ながら少しは人の言葉に耳を傾けることもしなくちゃいかんと思っているような次第でしてね。さあ、どうぞなにか話してください」

「なにかってなにを?」エディが言った。「雨のこととか蚤シラミのことかい?」

「違う違う、戦争のことですよ。あなた方の戦争のことをいろいろ聞かせてください」

エディがげらげら笑った。「そらあんた、サイコーだよ、サイコー」

「私を莫迦にしておいでのようだな」

「いやいや、ホントだってば。まったく映画にしたいくらいサイコーなんだって」

「サイコーのゴミ溜めみたいな戦争なんだよ」スティンク・ハリスが言う。

「君らは私を莫迦にしている。そんなことぐらいはわかってる」

「ただの戦争ですよ」ドクが言った。「べつに目新しいことはありません」

ファウィ・ラロン大尉は微笑んだ。「反論するつもりはないが、同意はしかねますな」

「じゃあ謹んで伺いましょう」

「兵士というのはひとりひとりが違った戦争をしているものです。おんなじ戦争でも人によって見えているものが違う。どうです、わかりますか？」

「見解の相違ってやつですな」ドク・ペレットが言った。

大尉は頷いた。テーブルの上にひと膝乗り出す。黒い瞳がきらりと煌る。「見解の相違ね！　そう、まさにそれです。戦場のなかでの兵士というのは全体の一部分しか見てないものです。兵士は写真機ではないですからね。カメラとは違う。言うならば、前もって受け容れる用意のあることだけを受け容れて、それ以上のことは受けつけない存在なんだ。わかりますか？　つまり私が言いたいのは、ひとつ戦闘が終わると兵隊たちはひとりひとり全部、まったく違った物語を有することになるということです。ひとつ戦争が終わると後には一〇〇万個の戦争が残るといいますかな、要するに兵隊の数だけの戦争が残されるわけですよ」

ドク・ペレットはふっと黙った。ポール・バーリンをちらりと見やってことさらに無表情を装う。それは、ジム・ペダーソンやフレンチー・タッカーと議論をする前のドクのいつもの流儀だった。

「ま、おおよそのところはその通りでしょう」ドクは言った。「我々人間ってものは全部違うようにできていて、だから見るものも憶えているものもそれぞれ全部違っている、と」

「そう、まさにそうです」

「なるほど。まあ私も、大方のところは同意見です。ただ、ひとつだけ違う。戦争ってのはそういう見解の相違ってやつとはべつに、ひとつ確固たる実体を持ってるんですよ」

「ふむ、あなたはリアリストなんだな」ラロン大尉はにっこりした。「あまりポピュラーな立場ではなさそうだけどね」

ドクは穏やかに手を振った。「ポピュラーでないというのは優れた分析家にはつきものの代償ですよ。ま、そんなことはいいとして、肝腎なのは見解だの認識だのがどうであれ戦争は戦争だってことです。戦争にははっきり独自の現実ってものがある。戦争は人間を殺し、片輪にし、土地を根こそぎ破壊して孤児や後家さんをつくる。それが戦争ってもんです。どんな戦争だってそうなんだ。ヴェトナムで初めて起こったことなんてありゃしない。ナムだろうとなんだろうと所詮はおんなじだ。政治学も社会学も知ったこっちゃない。ところがですよ、一番イライラさせられるのはみんながみんな揃いもそろって、やれヴェトナムはどんなに特別かとか、やれアメリカの戦争史上でいかに例外的かとか、そんなことばっかりしたり顔で喋ってみせるじゃないですか。ヴェトナム戦争における兵士の感情体験は朝鮮戦争や第二次大戦のそれといかに異なっているか——なんてね。どうです、分かりますか？　つまりね、私が言いたいのは戦争の気分なんてものはナムだろうとオキナワだろうと一緒だってことですよ。感情の体験の違いなんてありゃしない。根本のところじゃ見るものも記憶するものも全部おんなじ。そういうことですよ」

「戦争目的はどうです？」大尉が言った。

「戦争目的？　そんなもんおんなじですよ。いつだって変わりゃしない」

「しかし……しかしですな、私の理解するところでは、現在のあなた方の場合、目的の欠如というのがひとつ難しいところとしてあるのじゃありませんかな。目標とか目的がないから、歩兵たちは精一杯戦って勝ち抜くための道徳的な自律心なしに放り出されていると、そんなふうに私は理解しておるんですが違いますか？」

ドク・ペレットはジョッキを持ち上げ、空になったのに気づいてピッチャーから注いだ。バンドの連中がぞろぞろとステージに戻り始め、学生たちが立ち上がってダンス・フロアに向かった。

「あなたの言うのは正しい」ドクはゆっくり言った。「そして間違っている。そりゃあ確かに、一体全体なにが起こってるんだかわけがわからんこともときにはあります。しかしね、それを言えばヘイスティングズだのバルジだので戦争した連中だって同じ問題を抱えてたに決まってるんだ。そう、そうなんです。たとえばの話、そういう昔の連中がふと立ち止まって、自分は一体なんのために戦ってるんだなんてことを考えたとしたら、ナムにいる連中とおんなじように混乱して頭がグチャグチャになったに決まってる。それにですよ、目的なんてことを言うんだったら、じゃあ悪い目的はどうします。悪魔の目論見に加担して怖ろしいくらいよく戦った連中だっているでしょう、ナチにしても、ジャップにしても」

「そう。そして彼らは敗けた」ラロン大尉が言った。「そうだ！　言ってやれ！」

突然、中尉がぴんと背筋を伸ばした。

「ご気分が良くなりましたかな？」

「おう！　あんた、こいつらに言ってやれよ！」

騒音がまた始まった。ドク・ペレットは振り返り、顔をしかめてバンドの連中を見やった。

「オーケイ」ドクが言った。「そう、確かに奴らは敗けた、その通りだ。しかしそれは奴らの戦い方がまずかったからでしょうか？　違う。奴らが敗けたのは飛行機や列車や弾丸や爆弾を十分につくれなかったからだ。奴らが敗けたのは目的のためじゃあない。物資のためなんだ。要するにですよ、奴らの敗因は十分な軍需物資を生産できなかったってことに過ぎんのですよ」

ラロン大尉は黙って考え込んだ。「なるほど。しかし……ですよ、戦時下の国家というのは自国だけで工業生産が間に合わんとなれば同盟国の力でそれを補うこともできるわけです。違いますか？　たとえば英国の場合、偉大なる道義的目標を掲げてみせることで、ドイツを打ち倒すための産業援助をアメリカからとりつけたわけだ。それに対してドイツと日本はと言えば、事実上ひとつの同盟国もなしに孤立するしかなかった。つまり彼らの大義名分ではよその国を賛同させられなかったわけです。なぜかといえば、要するに彼らの言い草は大義なんてものじゃなかったからですよ。ですから、結果的にはやはり、純粋に道義的な戦争目的がなかったことが敗北を呼んだということになるわけですな」

「でかい声で言ってやれ！」中尉が言った。「奴の痛いとこは突いてるぞ。あとひと押しだ！」

音楽が鳴っていた。荒々しい大音響の曲だった。色とりどりのライトが点滅し、学生たちはめいめいグループやペアで踊っている。壁際の兵隊たちは歌っていた。

「見事な弁舌だ」ドクは言った。「ただ、あんたは主題をすり替えてしまった。いいですか、我々が話していたのは勝ち敗けの話じゃない。話は戦争ってのがどんな気分なのかってことだ。それも地べたにいる兵隊にとってね。で、俺は、普通の兵隊はそんな目的だの大義だのなんてのはこれっぱかしも考えてやしないと言ってるわけだ。考えてみようとさえしやしないってね。ケツを撃たれて転げ回ってるときはなおさらだ。目的？——くだらねえ！ってさ。考えてることって言やぁ、どうやったら生き残れるかってことだけ。でなきゃ……地雷を踏んじまったら一体どんな気がするんだろうってことかな。発狂すんのか、ヘドを吐くのか、それとも泣き叫ぶのか、気絶するのか、キャーキャー喚くのか——。つまりは俺が骨とぐじゃぐじゃの肉のかけらだけになっちまうと、一体全体どんなふうに見えるんだろうってね。それが兵隊の考えてることですよ。目的なんかじゃない」

「それと、逃げることですな」大尉は静かに言った。余りにも静かな声で、もう一度繰り返さねばならなかった。

「なんですって？」

「逃げることと、ですよ」ファウィ・ラロンは言った。「兵隊は逃げることを考える。逃げるか、しからずんば留まって戦うか――」

ポール・バーリンは眼を逸らし、踊っている学生たちを見た。

「そう」大尉はひとりつづけた、「逃げることも兵隊の考えることでしょう。おそらくしょっちゅうそのことを考えているはずです。戦闘を放り出してしまった自分というのがどんなものかを想像しながらね。武器を棄てて回れ右して、逃げて逃げて、後も振り返らずにひたすら逃げまくって……。兵隊はそう考えます。私は知ってますよ。あなただってそうでしょう？　なにしろ兵隊にとってこれ以上の関心事はほかにないんだから」

「それで？」

彼は口髭に手を触れて微笑んだ。「で、こういう考えから兵隊を守っているのが、つまり目的だというわけですよ。目的がなければ兵隊は逃げるでしょう。檻のなかの獣さながらに、自分たちの夢に向かって逃げてゆくでしょう。そういう思いを押し止めて彼らを戦いの場に留めているのが、すなわち目的なんです。それ以外にはないんですよ」

中尉が喝采を挙げた。オスカー・ジョンソンはぶつぶつ言いながら立ち上がって近くのテーブルに移った。片っぱしから女の子に声をかけ、ようやく四人目が、肩をすくめながら彼とダンス・フロアに行った。ブルゥジーンズとポロシャツを着ている。踊っている間じゅう、彼女はそっぽを向いて鼻先で天井を睨んでいた。

「ま、そうかもしれん」ドクは言った。「確かに目的ってやつもその一部なんでしょう。でも、もっと大きいのは自尊心のほうですよ。それと恐怖心」

「逃げない理由が？」

「そう。自尊心と恐怖心、それがあるから兵隊は逃げないんだ」

「恐怖心から？」

「そうです。俺たちがなんとか持ち堪えているのは、一度背中を見せたが最後なんて言われるか知れやしないからですよ。要するにエゴなんです。で、そういう自尊心が俺たちを前線につなぎ止めているってわけだ」

「しかし目的意識が自尊心を高めているとは言えませんかな？」SAVAKの将校はあくまでも言った。「良い目的がなければ兵隊のエゴだって危機にさらされて、だんだん勇敢に戦うこともできなくなっていく。でしょう？　もしも戦争に大義がなければ、生命を犠牲にして自分のかけがえのない生命を投げ出すことなど、まるで無意味なことになる。そうなれば自尊心だって意味はない。違いますか？」

エディとスティンクが席を立ち、踊りに行った。ドラムの響きとグラスの触れ合う音で耳がばかになりそうだった。音楽はポール・バーリンに故郷のことを思い出させていた——高校の体育館でルイーズ・ウィアツマを相手に踊ったこと、それからフォート・ダッジの町はずれのでっかい納屋に行ったこと。納屋にはもっとたくさんの若者たちが集まって、踊ったり酒を呑んだりしていた。小屋のなかには乾し草の匂いと、解体されて売られて食べられていったたくさんの家畜の臭いが漂い、そこにルイーズ・ウィアツマの髪の匂いがほんのり重なった。故郷の匂いだった。彼はサーキン・オゥン・ワンの手を強く握りしめた。彼女は若かった。ここにいる全員が、あまりにも若かった。カチアートも、いまそこで踊っているエディもスティンクもオスカーも、そしてペダーソンもフレンチー・タッカーも。みんなあまりにも若かった。

ファウィ・ラロンは今度は彼らの旅について訊ね、ドクが結構な旅だったと答えていた。ラオスにビルマ、インド、アフガンの高地を経て、いまはこうしてテヘランを旅していると
ころです。この後はすぐにまたパリに向かって出発するところでね。

「パリ！」大尉が叫んだ。「いやまったく羨ましい。私の旅でいちばん良かったのはダマスカスでしたが、パリとは比べものにもなりませんな。パリねえ！　ガイド付きですか」

「ええ」ドクが言う。「ま、似たようなものがね」

それから彼はカチアートのことを話し出した。モンスーンの季節に奴が戦場から姿をくらましたこと、そこで全員が奴を連れ戻すために派遣されたこと、そして彼ら自身、この件に正しい解決を授けるべく心を固めるに至ったこと……。

「やっぱり目的があるじゃないですか」大尉は言った。「あなた方は素晴しい目的のある使命を帯びているわけだ」

中尉があからさまに嘲りの声を挙げた。

ラロン大尉はちょっと眉を寄せた。「しかしですよ、そうするとその男は脱走兵ということですな？　カチアートでしたか。で、あなた方の目的はその男をストップさせるというこ

とだ。脱走ねえ、そういう連中は地球の果てまで追いかけられるしかないでしょう。犬ころみたいに地面に叩きつけられるしかないってことだな。でなきゃ――」

「でなきゃなんだよ?」中尉が言った。「でなきゃなにが変わるね。兵隊がひとり減るってだけじゃないか」

大尉は面喰らった顔になった。

「それは本気ですか?」

「いいや」コーソン中尉は咳込みながら言った。「どうせ俺ぁなにが起こってるかもわからん病気持ちのクソッタレだからな」

「しかしですよ。もし……もしそのカチアートというのがこのまま好き放題を許されてしまったら、その影響は――」そこで大尉はまた言葉を切ってドク・ペレットをちらりと見た。「まあ、私のは個人的な見方といいますか、つまり私自身の国での話に過ぎませんけれどもね。ただ、脱走というのはここでは大変な重罪なのです。今日の午後も似たような件で若いのがひとり死にましたし」

「あの坊やは脱走兵だったのか」

「いえいえ」大尉は言った。「あの子は戦線離脱者と言うほどじゃない。ただ戦争が怖くなっただけですよ。本物の脱走なら、とてもあんな程度じゃ済みません」

「あれでかい。いやはや」

ウェイターがやって来てテーブルを拭き、新しいピッチャーを三つ置いていった。いつのまにか音楽はゆっくりとむせぶような曲に変わり、激しく踊っていた学生たちもぴったりと寄り添っていた。ゆらゆらとメランコリックなメロディ。それを耳にし、踊っている連中を眺めながら、ポール・バーリンは過ぎ去った昔のことに引き込まれてゆくのを感じていた。灯りと花を飾りつけたハイスクールの体育館。ルイーズ・ウィアツマのブロンドの髪と思わせぶりな笑顔。ダンスしながらハミングするその癖。あのときと同じ歌、同じ胸の疼き。そういえばチュ・ライでもそうだった。非番でしけこんだあの店。同じゆるい歌がゆらゆらと力強く流れ、それに合わせて韓国人の娘が一枚ずつ脱いでいた。みんなが歌い、肩を揺らし、ストリップを眺め、そして誰も明日の朝のことなんか考えてもいなかった。ただ歌いながら、惨めで幸せな気分に浸っていた。ペダーソン、バーニー・リン、フレンチー・タッカー、みんなそうだった。

　そうしていまこの眼の前では、学生たちがゆっくり踊っている。傍らのファウィ・ラロンの話は戦争の状況と戦略についての質問に変わっていた。いいときにはすごくいい、悪いときはひどく悪い、全体的にどうかというと難しいですな、ドクがそう応えている。なにしろ確かなことがよくわからんのでね。大尉が同意した。そうでしょう、戦争の成り行きをちゃんと掴んでおくのはいつだって困難なものですからね。音楽が低く大きく心を乱し、学生たちがぴったり寄り添っていた。踊りながら口ずさんでいる者もいた。エディとオスカーとスティンクはもうテーブルに戻っており、大尉にいろいろな待ち伏せ用フォーメイションを説明してみせていた。クラシックなX型とL型とO型があるんだけどね、しかしこっち側の防御と三六〇度の殺傷範囲という点じゃベストなのはＯ型だな。抉(えぐ)るように心を震わせる音楽、学生たちがぴったりと身を寄せ合って踊る。〈怖がらないで、悲しい歌を受け止めて、良くなって、忘れないで……。オスカーが警戒線と索敵戦術のやり方を図解しながらいくつかの成功例とたくさんの失敗例を説明し、大尉(たいい)が頷(うなず)きながらノートをとっている。歌が終わるまで、学生たちはぴたりと身を添わせていた。

曲が変わった。速い、あまりメランコリックではない曲だ。学生たちはぱっと身を離し、リズムに乗った。

「仕掛け爆弾てのは」傍らでエディが喋っている。「いまじゃ役立たずでね――」

ポール・バーリンはサーキン・オゥン・ワンの手をとってフロアに行った。うまく踊れなかった。ハイスクールの体育館のときも彼はひどい下手っぴいだった。「ほら、こうやるのよ」ルイーズ・ウィアツマは言ってステップを踏んでみせたが、いざ自分でやるとどうにもならなかった。用心しいしい、無器用に踊った。サーキン・オゥン・ワンは眼を閉じて音楽に身を任せていた。セーターの上でメッキの十字架が弾み、真(ま)っ直(す)ぐな髪が大きく揺れている。彼はそれを見ているだけで良かった。踊りながら彼女は微笑みを浮かべていた。それも好きだった。ルイーズ・ウィアツマとおんなじ微笑み、なにかを隠し持ったような微笑。口を開けたまま眼を薄く閉じて微笑みながら踊っている。胸元でメッキの十字架が揺れる。そのどれもが好きだった。

「酔っ払ってるのね、スペック４(フォー)」踊りながら彼女が言った。

「違うよ」

またテーブルに戻ると、ファウィ・ラロンが敵の工兵のことについてあれこれ訊ねていた。

「薄汚ねえゲスどもさ」スティンク・ハリスが言った。「チュ・ライにこっち側に寝返った向こうの工兵がふたりいてね、チウ・ホイ・タイプって呼んでたんだが、その連中が奴らのやり方を実演してみせたんだ。仕掛けたワイヤの潜り抜け方をさ。呆れたぜ。なにしろ軀じゅうに油を塗ったくって、グリースの塊かボールベアリングみたいになってからスルッとワイヤの下を滑るんだよな。スルッとさ。だよな？」

「ああ、まったく」エディが言った。

「ちげえねえやな。信じられんぜ、まったく。穢ならしい油まみれのチビ共めが。醜悪だよ」

「スティンクが言ってんなぁ本当だ」

「そらそうとも、ほんとに決まってらあ。おまけにあいつらときたら股ぐらのちょうどあそこんとこに爆弾を括りつけてやがんだぜ。その大きさが――」

「ちょうどスティンクのぐらい、だろ？」

「莫迦こけ。ありゃあ――」

「スティンク、おめえこそ一流の工兵になれるぜ」

ポール・バーリンはビールを呑み、音楽を聴きながら踊っている学生たちを眺めていた。

みんなもう出来上がっていた。サーキン・オゥン・ワンは椅子の上で軀を揺すり、壁際の兵隊たちはテーブルに陣どってあたりを眺めたままだ。バンドは相変わらずがなり立てている。

やがて戦場の話が出てきた。

いつだってその手の話題だった。それがまた始まった。

学生たちが踊り、音楽が鳴り響き、そのなかでエディがペダーソンの話をした。オスカーはビッグ・バフのことだった。「あんたに見せたかったぜ」オスカーの話が終わったところでエディが言った。「バフの奴、俺たちが見つけたときはほんとにオスカーが言った通りの恰好をしてやがった。ヘルメットの上におっ被さってアラブ人のお祈りみたいにしてな。おっと、こりゃ失礼」

ファウィ・ラロンは愛想良く笑って、気にしなくてもいいですよと言った。実は私、クリスチャンなのでね。それから彼は自分の体験談を喋り始めた。雪のなかでの戦闘の話だった。戦闘の後、血に染まった雪がどんなだったか——。話が終わるとしみじみとした沈黙があった。それからオスカーがドクの肩をぽんと叩いた。「なあ、あの話しろよ」オスカーが言う。「とっておきのさ、あの話をしてやれよ」

音楽はますます大きくなっていった。ドラマーはいつのまにか鉄パイプを持ち出している。店の中全体が音楽の下で揺れていた。照明が白と黄と黒にフラッシュしている。

「ほら話せったら」オスカーが言った。「最高の話じゃねえか、あれは」

ポール・バーリンは胸が悪くなった。

「ビリー・ボーイのだよ。ビリー・ボーイ・ワトキンズのあの話をしてやんなよ」

ポール・バーリンは気分が悪かった。ドクが話し始めた。あの日は暑くてね、それが切り出しだった。あんな暑い日は初めてだった。ポール・バーリンは立ち上がり、よろよろと外へ出た。

寒かった。ひどく寒かった。脚がふらついていた。寒くて、酔っ払って、脚はふらついて、でもあのとっておきの話を聞くぐらいならこのほうがずっとましだった。あの話を聞かされるぐらいなら、だ。

彼は襟元のボタンを留めた。石の壁に凭れる。街路は真っ暗だった。店の中の音楽が聞こえた。ドラムの音と歌声が聞こえた。けれどあの話までは追ってこなかった。

サーキン・オゥン・ワンが出てきた。

「ほらね」彼女がにっこりする。「やっぱり酔っ払いのスペック4だわ」

「帰ろう」

「でも大丈夫？　あたしが一緒でだいじょぶかしら」

「平気だってば。ベロベロになってるわけじゃないんだから」

彼女が手を握ってきた。ふたりで音が聞こえなくなるまで通りを歩いた。アーケードに沿い、横町を抜けて、ひとけのなくなったあの煉瓦敷きの広場を横切った。月明りの下で、処刑台はぽつねんとみすぼらしげに見えた。サーキン・オゥン・ワンの靴音が甲高く響き、銀行や官庁の建物の壁に反響した。そこで少しだけ立ち止まった。静かだった。それから踵を返して銅像と鉄柵と冬の木立のある大通りへと出た。

「違うよ」彼は言った。「ぼくは酔っ払ってるかもしれない。けど、あんな狂ったような酔い方じゃない」

サーキン・オゥン・ワンは黙ってキスした。

「そうよね」彼女が言う。「あんなにひどくない。あんなくだらないのとは違うわ」

30 哨戒(しょうかい)地点

四時だ、彼は思った。たぶん四時一〇分前。

そう思った自分に二〇ドル賭(か)け、積み上げた土嚢(どのう)の壁の後ろにしゃがんで時計を検(あらた)めた。四時八分前。――ほら、やっぱりだ。これならサーカスにでも入るべきかな、触れ込みは「驚異の時間当て(タイム・テラー)」なぁんてさ。

寒くなってきた。風が本格的になった。

水平線の向こうに光が見え始めるまであと一時間、夜明けまでならあと一時間半。彼はおおよその按配(あんばい)で時刻を推(あ)てることができた。まず肌寒(はださむ)さと風の具合。それから波頭のきらめき具合。やがて光がゆっくりと波の肌に拡(ひろ)がってきちんと形を見せ始め、沸かしたミルクの膜みたいに皺(しわ)を寄せてゆく。それから鳥の声が聞こえて、空が明け染めてゆくのだ。そういったすべてが彼に時刻を告げてくれた。風と砂のそよぎも、彼自身の心臓の鼓動も――。

それはたゆまざる観察の賜物(たまもの)だった。幻想と現実はそこではっきりと分けることができた。

いま一体なにが起きていて、これからなにが起ころうとしているのか、すべてが何故これほどまでに常軌を逸したまま、テヘランなんかへ向かおうということになってしまったのか。どういうことなのだろう、どうしてもっとすんなりといかないんだろう。戦争から平和へと、一体どうしてもっと普通に変わっていってはくれないんだろう？　どれもが疑問だった。答えがあるとすれば、それはたゆまざる観察からしか得られようがなかった。その点、ドクはさすがに正しい。観察っていうのは自分の内側を覗き込むことなんだよ、彼は言った。つまり機械みたいにこっち側の心のなかを見せてくれるのさ。心の鏡、心のフィルター、心の仕組みを見る回路ってやつだな。

内面と外景——すなわち記憶と視覚というのは一種の相互関係にあって、現に見えたものが記憶の素になる場合もあれば、記憶のほうが見えるものを規制してしまうこともある。そして結局はそのふたつがぐるぐると循環しながら回っているのだと、そうドクは言う。分析さるべき一個の循環。言い換えればそのプロセス自体にしっかり集中するわけだ。な？——まず出来事の順序をひとつずつ整理する。それから起こるべくして起こったことへの正確な過程を取り出す。分かれ目はどこか。事実と空想はどこで分岐したのか。カチアートはどれほど遠くまで我々を連れ出し、これから一体どこまで行こうというのか？

夜に面を翳しながら気持を立て直す。

わかっているだけの事実をもう一度整理してみよう。最初はビリー・ボーイだ。それから……それから誰だ？　あのソン・チャ・ボンの沼地の傍らで過ごした長い長い空白の時間。そうして、そう、そしてルディ・チャスラーが静けさを破ったのだ。それからしばらくしてフレンチー・タッカー。その数分後にバーニー・リン。その後が「湖の国(レイク・カントリー)」だ。世界で最も大いなる湖の国(ザ・グレイテスト・レイク・カントリー・オヴ・ザ・ワールド)。山岳地帯を相手どったあの攻撃で、ルディ・チャスラーが死んだ。それからシドニー・マーティン。そしてバフ。それからペダーソン。そうして、カチアート。

そう、カチアートだ。妙に緩慢な時の流れのなかで俺(おれ)たちをまんまと連れ出したあいつ。だが、それにしてもこの、一体なんという道のりだろう。一体全体どういうわけなのだろう。マンダレイ、デリー、テヘラン、後は何処(どこ)だ? どう考えても整理するのは難しかった。事実同士を鎖のように繋(つな)ぎ合わせても、それが本当の秩序だという保証はどこにもない。出来事は流れをなさず、事実はばらばらの偶然任せで、眼(め)の前で起こっているそのときでさえ妙に孤立したつくり詰めいて見える。すみやかな連続はどこにもなく、ひとつひとつが前から繋がっているのだとは到底思えやしない。

南側の壁のほうに移りながら、彼はエディのポンチョの下に夜間照準器(スターライト・スコープ)が隠れているのを見つけた。レンズ・キャップを外し、ずしりと重いスコープを土嚢の壁の上に横たえた。観察しろ、そいつが秘訣(ひけつ)だ。ファインダーに眼を当ててバッテリーのスイッチを入れた。

夜が動く。

鮮やかな緑色の、眼も眩(くら)むような眺(なが)め。すべてが動いていた。陸地が動いていた。砂浜も、海も、すべてがだ。それでも彼は眼を逸(そ)らさなかった。ファインダーに眼を押し当て、夜が動くさまを見凝(みつ)めつづけながら、彼は大きな樹脂製のつまみを回して正確にピントを合わせた。眼の前にぴたりと高解像度の光景が現われた。そのままでクァン・ガイの空間が動くさまを見凝めた。

それは要するに機械のトリックだった。そんなことは彼にだってわかっていた。そうして彼はそのまま気持を集中した。

すべての出来事の、その順序の一番初めにまで戻ろう。この戦争の一番最初の日までだ。暑かったあの日。この戦争の究極の物語を目撃してしまったあの最初の日。それがどんなだったのか、そのときまで戻ってやろうじゃないか。

31　夜の行進

三二名の兵士を擁した一箇小隊はゆっくりと闇のなかを移動していった。全員が一列縦隊で、誰も口を利かない。ひとりずつ、ちょうど夢のなかの羊のように灌木を抜け、静かに湿地を横切って、水田に身を沈めていった。そこで止まる。シドニー・マーティン中尉がひざまずき、手で合図をすると、他の者たちもひとりずつ影のなかにしゃがみ、膝をつき、あるいは坐り込んだ。長いこと誰も動かなかった。息づかいと、一度だけ誰かがこっそり小便をしたのを除いて三二人の男たちは静まり返っていた。冒険に昂奮している者も、怯えている者も、長い行軍に消耗し切った者も、なんとか安全に海まで辿りつくことだけを心待ちにしている者も、いまは誰も口を利かない。ジョークなどなかった。一団のいちばん後ろで、ポール・バーリン一等兵はライフルの黒いプラスティック製の銃床に額をつけて静かに軀を投げ出した。眼をつぶる。ここは戦場じゃないんだというふりをする。ビリー・ボーイ・ワトキンズが戦場で恐怖の余り死んだのなんか見た覚えすらない、そういうふりだ。もう一度少年の日に戻って、夏の深夜のデモイン河のほとりで父と一緒にキャンプをしているつもりになる。「落ち着いて」父はそう言った。「悪いことは無視して、いいことだけを考えるようにするんだ」暗闇のなか、眼をつぶって彼はそのふりをする。眼を開ければそこには親父がいて、キャンプファイアの火がともり、そして父と息子は思いつくままになんでも、ごく些細なことやくだらないことを小声で語り合って、それから寝袋に潜り込むのだ。そうして朝が来る、そこには戦争なんてありはしない。

　朝になって海に辿り着いたらきっと素敵だろう。海に身を浸し、髭を剃り、爪をきれいにして汚れを洗い流してしまおう。朝になれば軀を洗って歯を磨くんだ。もうあの最初の日のことなんか忘れてるに決まっている、そしたら二日目はそれほどひどくはないはずだ。そうやって賢くなっていくんだ。

　傍らで物音がした。動く気配、そして「おい」つづけてもっと大きく「おい！」

　彼は眼を開けた。

「おい、移動だぜ。起きろよ」

「ああ」

「眠ってたのか」

「いや、休んでただけさ。考えごとをしてたんだ」相手の兵隊の顔の一部だけが見えた。ぷっくりと丸い、子どもみたいな顔だった。子どもの顔が笑っている。

「だいじょうぶだね」兵隊が言った。「起きろよ、行こう」

　彼はそいつの影を追って水田に入り、一度つまずいてライフルを落としそうになって膝をぶつけたが、そのまま立ち止まらずに影を追った。晴れた夜だった。前のほう、田んぼを横切ったまっすぐ向こうに他の兵隊たちの黒いシルエットが夜空にくっきりと浮かんで見えた。もう南十字星は見えない。ほかの星は名前など知らない。でも、と彼は思う、名前はすぐに覚えるさ。ふわふわとした夜の雲が浮かんでいる。なんとも言えない明るみが西のほうに向かって伸びている。月はまだ無い。

水田に足を落とし、自分のブーツと他の連中のブーツが立てる音を子守歌のように聴きながら、彼はつとめてなにも考えないようにした。死因は心臓麻痺(まひ)だ、ドク・ペレットはそう言った。そのときは彼だけが、まだドク・ペレットの名前を知らなかった。知っているのはただドクが心臓麻痺で死んだのさと言ったことだけで、彼はそれをつとめて考えないように、というか考えないようにすることだけを考えていた。それで恐怖も少しはましになった。田んぼから埃(ほこり)っぽい細い畦道(あぜみち)に上がる。考え始めると怖くなるんだということがもうわかっていた。

考えないようにした。

考えないでいるようにするにはいくつかのトリックがあった。たとえば数をかぞえる。畦道に沿って歩く一歩ずつを数え、その数だけに集中し、するといつしか歩数が札束のように思えてきて、夜じゅう歩くうちにどんどん金持ちになっていくような、そしていつのまにか大富豪になったような気がして、数えつづけながらその金をなんに使ったらいいか、なにを買って自分のものにしたらいいか、そんなことばかり考えるのだ。彼は心のなかに父親を思い浮かべ、肩をすくめてこう言う、「そりゃ最初はちょっとばかりひどかったんだけどね、でもまあいろんなことを覚えたし、慣れちゃったよ。あの連中と仲間になったわけじゃないけど――あんな奴らとはね――でも奴らの名前も覚えたし、うまくやったよ。慣れちゃったんだな」それから親父にビリー・ボーイ・ワトキンズのことを話してやろう、単なる話として、あくまで単なるエピソードとしてだ。怖かったことにはけっして触れずに「まあ、そんなにひどかなかったけどね」そんな調子で親父に息子を誇らしく思わせるんだ。

それから歌、考えないようにするもうひとつの方法は歌だった――〽どこへ行ったのビリー・ボーイ、ビリー・ボーイ、おおどこへ行ったの愛しのビリー・ボーイ、だとか、〽彼女ができたぜ、ジルってんだぜ、彼女はやらしちゃくれないが彼女の妹ならOKさ、だとか、〽大声で！　なんて歌もあって、それらを含めたいろんな歌を海に向かう間じゅうずっと頭のなかで歌いつづけるのだ。そうして海に着いて砂浜に穴を掘り、高い雲のようにふんわりと眠ったら、今度は泳ぎ、波に飛び込み、イセエビを獲って潮の匂いを吸い込んで、そうすれば誰かがビリー・ボーイのことでジョークを言っても一緒になって笑うことができるだろう、もう怖くなんかなくなるんだ。

彼は歩き、数え、やがて月が昇った。蒼白い、一〇セント玉ぐらいに縮んだ月だ。

ヘルメットが頭に重かった。朝になったら革の内紐を直そう。朝が来て長い行軍が終わりになれば、俺のブーツも黒い輝きを失って他の連中のみたいな赤茶けた粘土のような色に変わり、顎から頬一面に髭も生えて、服は大地の臭い、たとえば泥やら藻やら牛の糞やら葉っぱやら腐敗物やらまるで鼠みたいな蚊やら、そういったものすべての臭いが染みついたような臭気をたてているのだろう。要するに他の連中とおんなじ臭いに染まって、見かけも同じになってしまうんだ。が、それでも絶対に俺は奴らの仲間にはならない。そりゃ、うまくはやっていく。役割も果たす。しかし奴らと一緒にはならない。髭だってちゃんと剃るし、身だしなみだって整えて、武器もきちんと手入れしておくんだ。銃尾の機関部から引金まわり、銃身、弾倉まできれいに磨いて、そうすれば次に使うときにも不安はない。朝が来て海に辿り着いたら兵隊たちの名前も覚えて、きっと彼らのジョークにだって笑うこともあるだろう。奴らがビリー・ボーイのことでジョークを飛ばせば、笑って、愉しそうなふりをして、でもけっして本心は明かさない。

歩いて、数えて、いろんなふりをしていると少しずつ気分が良くなってきた。高く昇った月をじっと見上げた。

要するに彼のやり方の秘訣は物事を個人的なところまで近づけないことだった。距離を保て。群れにはついても仲間には入るな。それがほんとの秘訣ってもんだ。秘訣はつまり、自分自身を切り離しておくことだった。物事をじっと見ること。「いいことだけに眼を向けるようにするんだ」親父は河のほとりでそう言った。「大きく眼を見開いて、尻は下げとけ、それだけが俺のアドヴァイスだ」そして彼はそうするつもりだった。身を低くし、美しいものを探す。いまは高く昇ってゆく月だ。行軍の感覚、あらゆる皮肉と真実、そのどれも真面目に受けとっちゃいけない。それが秘訣だ。

一度、夜もすっかり更けてから寝静まった村を包囲したことがあった。またあの臭い——干草と牛の糞の臭いだ。みんな黙っていた。村の向こうの端の闇のなかから、一条の光のように犬が吠えながら走ってきた。すさまじい吠え声だった。つられて近くにいたもう一頭までが吠え始める。隊は止まり、そのまま鳴き止むのを待ってすばやく村から撤退し、丸い盛り土と小さな石の祭壇のある墓地を抜けた。そこは香水のような匂いがした。お袋のドレッサーの、高そうなローションやコロンやオードバンを並べたような匂いだ。お袋はそのなかの大きな瓶にいつも酒をこっそり隠していたのだが、或るとき親父がそれを見つけて、一切合財集めて運び出すと全部燃やしてしまったのだ。一本一本かたっぽしから瓶を焼却炉に投げ込み、炎のなかで銃声のような音をたてて瓶が爆発し、あたり一面に香水の匂いが立ちこめた。そう、そこは香水のような匂いを嗅ぎながら夜を過ごすにはいい場所だった。盛り土は絶好の防壁になったし、実に静かだった。

なのに彼らは再び移動し、灌木を抜け、水田を横切って東の海のほうへ向かったのだ。

彼は用心しながら歩いていた。教わったことはちゃんと覚えていた。ビリー・ボーイは覚えてなかった。だから怯えて死ぬことになったのだ。顔を真っ青にし、腕と首筋の血管を浮き出させ、眼に狂気を宿らせて。

彼は用心しながら歩いた。

彼の前にはまだ名前も知らない影のような兵隊たちの列が闇のなかに細長く伸びていた。何人かの顔は知っていた。彼らについては背の高さや体重、体格、行軍のときの歩き方などで見当がついた。それでもひとりずつを切り離すと定かではなかった。闇のなかでは誰もが同じようで、一様にへこたれもせず静かに黙々と移動している。

彼は注意深く、歩数をかぞえながら歩いた。八千と六十歩まで数えたとき、隊が不意に止まった。兵隊たちはひとりずつひざまずき、しゃがみ込んだ。

途(みち)に沿って繁(しげ)る草が濡(ぬ)れていた。ポール・バーリン一等兵は横になり、草の露を唇(くちびる)に受けることができるような向きに頭をやって眼を閉じた。眼をつぶるのも秘訣のひとつだ。眠ったのかもしれなかった。眼を閉じ、ふりの世界がふわりとやってきて……。眼を開けるとさっきと同じ子どもみたいな顔つきの兵隊が横に坐って、黙ってガムを嚙(か)んでいた。夜のなかでダブルミントの匂いが爽(さわ)やかだった。

「また眠ってたのかい」彼が言った。

「莫迦(ばか)いえ、違うよ」

彼は小さく笑い、ひどく静かにガムを嚙んだ。それから水筒の栓(せん)をひねると少し飲み、暗闇のなかで手渡してよこした。

「少し飲みなよ」彼は言った。囁(ささや)きではなかった。甲高い子どもの声で、恐怖など毛ほどもなかった。でっかいチアノーゼ症の赤ん坊だ。おまけに小鬼のような声。

ポール・バーリンは水を飲み、水筒を戻した。奴は今度はガムを一枚、彼の掌(てのひら)に押しつけた。

「静かに嚙むんだぜ。いい？　風船なんか膨らませちゃだめだよ」

どうにも形容しかねる顔の兵隊だった。妙にでかくて、殆ど真ん丸だ。

彼らはじっと坐っていた。ポール・バーリン一等兵は甘味がなくなるまでガムを嚙みつづけた。すると闇のなかで奴が口笛を吹き始めた。メロディはない。

「お前なにやってんだよ」

「え？」

「その口笛だよ」

「ありゃ、俺、口笛吹いてたっけ？」

「そんなようなもんをさ」

奴が笑った。歯もでっかくて、おまけに真っ白だ。「ときどき忘れちゃうんだよね。莫迦みたいだろ」

「べつにいいけどさ」

「口笛だって！　ときどき自分がどこにいるのか忘れちゃうんだ。だから他の連中には嘲われるんだけどさ、ほんとに忘れちゃうんだ。君は新顔だろ？」

「まあな」

「変だな」

「なにが？」

「変だよ」奴が言う、「忘れちゃうってのがさ。口笛かぁ！　ほんとに吹いてた？」

「あれが口笛と呼べるならね」

「うひゃ！」

彼らはしばらく黙っていた。夜は静かで、コオロギも鳥の鳴き声もなく、これで本当に戦争だとは信じ難かった。彼はもう一度、その兵隊の顔を眺めた。けれどもあるのはヘルメットの下のふわふわとした柔らかな物体だけだった。真っ白な歯。ガムを嚙み、にこにこしている。どうにも捉え難かった。よしんば顔がはっきりしたとしても名前を知らなかった。そして名前を知ったとしても、依然として捉え難いのには変わりがない。

「時間わかる？」

「いいや」

「くそ」奴が歯の間でガムを鳴らし、ぱちんと弾ける音がした。「まあいいや」

「なんなら誰かに――」

「時間って知らないうちにどんどん過ぎてくんだよな。だから時計って買わないんだ。オスカーは一個持ってるし、ビリーは……ビリーはふたつも持ってた。二個だよ二個、信じられる？　でもぼくは買わないんだ。時間って知らないうちにどんどん経ってくじゃないか」

それからまた彼らは黙った。草のなかに並んで横になった。月は高く、雲で隠してほしいほど明るかった。ややあって銀紙を剝く音がして、重たげにガムを嚙む音がつづいた。もったりとした大きな音だ。

「味がなくなるのが嫌なんだ」奴が言った。「もひとつ欲しい？」

「俺はいい」

「いるときは言ってよね。たくさん持ってるから。なんか変だな、だろ?」

「なにが」

「今日……ドクが言ったのがさ、なんか変なんだ。ビリー・ボーイのことだよ」

「ああ、なんか変だったな」

奴が大きな笑みを泛べた。「さっきのガム好きかい?　あれが嫌ならべつのも持ってるから。たとえば――」

「好きだよ」

「ほら、ブラックジャックもあるんだ。ブラックジャックは好き?　うひゃひゃ、ぼくは大好きさ。ジューシーフルーツもいいけど二番目だな、やっぱりブラックジャックが一番。だから雨の日に備えてとっとくっていうかさ、そういうわけ。わかるかな。さっき君が嚙んでたのはダブルミントだよ」

「あれ好きだよ」

「そうだよね」丸顔の兵隊、いや子どもが言った、「ブラックジャックとジューシーフルーツ以外でならぼくもそれが好きさ。ブラックジャックはどう?」

ポール・バーリンは嚙んだことがないと答えた。奴がのべつでか過ぎる声で喋りまくるのが少し不安だった。彼は起き上がり、後ろを振り返った。すべては闇のなかだ。

「変だよね」奴が言った。

「俺もそう思う。なあ、も少し小さな声で喋れよ」

「変わってるよ。試したことないの？」

「え、なにを」

「ブラックジャックだよ。一度も試したことがないの？」

途の前のほうの誰かが、鋭い小声で静かにしろと彼らに言った。奴は頭を振ると唇に指を当て、にっこり微笑んで横になった。長い沈黙があった。およそ小一時間か、もう少しかもしれない。と、奴がまた口笛を吹き始めた。最初は小さく、だんだん大きくなってポール・バーリンは慌てて肘でこづいた。

「ほんとに変なんだよな」奴が囁いた。「ビリー・ボーイのことだよ。ドクが言ったことって、あんな変な話聞いたことないよな。どう思う？」

「なにが」

「ドクが言ったことだよ」

「いや、ないな」

「ね、そうだろう」奴は言ってまたガムを噛み始める。今度はリコリスの匂いだった。月が少し傾いていた。「ないよな、あんなの。聞いたこともないよ。でもドクは切れる奴だしね、ちょっと癪にさわるくらい頭がいいから」

「そうなのか？」

「そりゃそうさ。ドクが言うこと聞いてみりゃすぐわかるよ。君だってさ」奴は寝返りを打って腹這いになり、また口笛を吹く。今度は指で拍子までとっている。と、いきなり自分で自分の口を塞いだ。「黙れったら！」自分の頬にぴしゃりと平手を喰わせる。「まぁた口笛だ！　この莫迦みたいな口笛をなんとかしなきゃ」彼は微笑み、拳固で自分の口をごんと叩いた。「でもあれはほんとだよ、ドクが頭いいってのは。ほんとに切れるんだ。君はまだ信じてないかもしれないけど、ドクの知識ってすごいんだ。量も質もね」

ポール・バーリンはうなずいた。奴の喋り声がまた大きくなっている。

「いまにわかるよ。ドクのすごさがさ」立ち上がり、奴は頭を振った。「心臓麻痺ね！」おどけた顔をつくり、頬っぺたを風船のように膨らませてぷうっとしぼませた。「心臓麻痺だって言ったんだもんね。聞いただろ？　戦場で心臓麻痺で死んだって、ドクはそう言ったよな？」

「ああ、そう言ってたな」ポール・バーリンは囁いた。なんだか自分でもくすくす笑い出してしまう。

「信じられる？　ビリー・ボーイが心臓麻痺で死んだっていうんだから。怖くてたまんなくてって」

ポール・バーリンは笑いが止まらなかった。

「ねえ、君、想像できる？」

「ああ」ポール・バーリンは小声で言い、頭のなかではっきりと想像してみた。どうにも笑いが止まらない。

「まったく！」

彼はくすくす笑いながらどうしても止められず、そのまま頭のなかに思い描いていた。医師の診断書。ビリーの驚愕（きょうがく）のさま。くすくす笑いながらビリーの親父（おやじ）が電報を開くところを想像してみる。「誠に遺憾ながらご子息のビリー・ボーイが昨日ヴェトナム共和国における戦闘行為のさなかに恐怖のため死亡なさったことを謹んでお知らせ致します」そう、その様子がはっきりと想像できた。

笑いが止まらなかった。腹をよじり、濡れた草に顔を押しつけながら笑いつづけた。どうしても止まらなかった。

「駄目（だめ）だよ、そんな大声で」奴（やつ）が言った。ポール・バーリンは笑いに身を震わせていた。戦場のど真ん中で怖くて死んじまうなんて。そう思うと笑いが止まらなかった。

「駄目だってば、そんな大声じゃ」

しかし彼は咳込（せきこ）みながらも止められなかった。笑いながら、あの暑い夏の午後と哀れなビリーのことを思い出す。きらきら光るアルミ缶（かん）のコークを呑（の）み、その空き缶を一列に並べてみんなで射撃の穴だらけにし、それが可笑（おか）しくて莫迦ばかしくて暑くて、それから行軍が始まって最初はこれなら案外戦争だって捨てたもんでもないじゃないかと思えて、その直後にビリーが地雷にひっかかり、そのちっぽけな音、ほんとに大したことのないポンッというただそれだけの音がして、ビリー・ボーイが間の抜けたような薄笑いを浮かべてぽかんと口を開け、その困ったような莫迦みたいな表情、そのままそこに突っ立って自分の脚がついていたはずのところを見下ろし、最後にその場にへたり込んで、まだ薄ら笑いを浮かべたまま言たブーツ、ポンッという音、あの暑い、抜けるように晴れ上がった、あの日葉もなかったあいつの、そのへんに転がっていた脚が入ったままのブーツ、ポンッというただそれだけの劇的でもなんでもないあの音、あの暑い、抜けるように晴れ上がった、あの日のこと。

「おい」闇のなかの声が言った、「そんなに大声じゃ駄目だって、な？」それでも彼は笑いが止まらなかった。濡れた草に鼻を押しつけ、くっくっと笑い、なんとかこらえるために腕を咬みながら思い出していた――「戦争は終わったぜ、ビリー」ドク・ペレットはそう言ったのだ、「一〇〇万ドルの負傷だな」

「おい、声がでかいってば」

それでもビリーはブーツを放さなかった。紐をほどき、なんとかして元のように履こうとして、もう履いているのに必死になって紐を結ぼうとして叶わず、みんなは「戦争は終わったんだ、落ち着けよ、な」そう言いつづけていた。結局ビリーはブーツを履くことができなかった。当り前だ、もうブーツのなかには脚が入っていたのだから。それでも彼は苦闘し、結局できなかった。それからだ、彼が恐怖にとり憑かれたのは。「このくそったれのブーツが言うことをきかないんだ」そう言って、その言葉に怯えていた。血の気が失せ、腕と首筋から血管が浮き上がり、必死になってブーツを引っぱり上げ、それから泣き出した。「莫迦野郎」衛生兵のドク・ペレットが言ったがビリー・ボーイは大声で泣き叫び、躯を引き攣らせて俺は死ぬんだと言いつづけ、衛生兵が「ばかやろ、こいつはお前の拾った一〇〇万ドルの負傷じゃねえか」そう言うのにも耳を貸さず狂ったようにブーツを脚にくっつけ、泣き喚き、俺は死ぬんだと叫びつづけていた。ドク・ペレットがモルヒネを打った後も泣き声は止(や)まず、彼はブーツを放さなかった。

「黙れ！」兵隊が鋭い叱責(しっせき)を浴びせた。いやそんな気がしただけかもしれない。リコリスの匂(にお)いが押し被(かぶ)さり、その匂いにポール・バーリンはますます笑いが止まらなくなっていた。目玉がずきずきした。闇のなかの濡れた草のなかで、どうにも笑いが止まらない。

「おい、頼むよ、静かにしろったら」

それでも駄目だった。胃袋からせり上がってくるような自分の笑い声が聴こえ、しまいに苦痛になってもまだ駄目だった。頭のなかにはまだビリー・ボーイ・ワトキンズが戦場で恐怖死したときのことがこびりついている。

ビリーはブーツを引きずり、軀を揺すり、ドク・ペレットと他のふたりがとり押えた。

「だいじょぶだ、な」ドク・ペレットはそう言ったがビリーには聞こえず、軀をこわばらせ、拳(こぶし)を握りしめて眼(め)を硬く閉じて歯ぎしりをした。すべてが硬く硬くこわばっていた。

それからややあって、ドク・ペレットがビリー・ボーイが心臓麻痺(まひ)で本当に死んでしまった、叫びながら死んじまったとみんなに告げた。「嘘(うそ)じゃない」ドクは言った、「前にも見たことがあるんだ。怪我(けが)で死んだわけじゃない、心臓麻痺なんだ。嘘じゃない」それからみんなでビリーをビニールのポンチョでくるんでやった。眼は硬く閉じられ、頬(ほお)にまで深い皺(しわ)が刻まれていた。彼らはビリーの軀を草地から干上がった水田まで運び、武装ヘリ(チョッパー)の目印に黄色い発煙筒を焚(た)いてヘリに乗せた。ドクはタオルでブーツをくるんでビリーの横に置いてやった。それが、起こったことのすべてだった。チョッパーがビリーを運んでいった。その後、歌の得意なエディ・ラッツッティがあの歌を思い出してジョークを飛ばすようになったのだ。〜どこへ行ったのビリー・ボーイ、ビリー・ボーイ、おおどこへ行ったの愛しのビリー、エディはそう歌った。それからみんなで日暮れまで歌い、海へ向かったのだった。

ひくひくと仰向けになって笑いつづけながら、ポール・バーリンは月が動いてゆくのを眺めていた。まだ笑いは止まらなかった。動いているのは月なのだろうか。それとも雲が動いているのがそう見せているだけなのか。でなければあれはあいつの丸顔、俺を押えつけて笑いを止めさせようとしているあいつの顔なのだろうか。「それほどひどかなかったよ」親父にはそう言ってやろう。「俺も男だからね。あれは最初の日、戦争のほんとに第一日目だったよ。その日に最初っから全部を見ちゃってね、それで学んだから後は平気さ。後になるほど良くなっていったな。ちゃんと秘訣を学んだから、それからはさほどじゃなかったよ」笑いはまだ止まない。

兵隊が上にのしかかっていた。

「だいじょぶだ、な、落ち着け」

その顔を見上げた。まじまじと見た最初だった。

「だいじょぶだって」

お月様のような丸顔だ。やがて月が雲に隠れ、部隊は移動を開始した。

奴が彼を助け起こしてくれた。

「平気かい？」

「ああ平気さ」

奴がガムをくれた。ブラックジャック、いちばんいいやつだ。「これでもうだいじょぶ」

カチアートは言った。「うまくやってけるさ。なんたって凄ぇユーモアの持ち主だもんな、君は」

32

哨戒(しょうかい)地点

これで落ち着いた、もうなにも揺るがない。

ポール・バーリンの眼(め)はもう夜間照準器(スターライト・スコープ)から離れていた。眼に映るものと眼の前の光景がきちんと一致している。これで落ち着いた、もうなにも揺るがない。夜は再び視界のなかにしっかりと捉(とら)えられている。確実だ。砂浜、浜に張り出したワイヤ、月、またたく星々、このクァン・ガイが世界と接するときのくっきりした輪郭、つまりは実在の場そのものがそこにある。波頭が燦(きらめ)いた。闇(やみ)のなかに明るみがきれいに浮かぶ。四時半だ、彼は思った。時計を確かめるまでもない。空の最初の明るみが見えたのだ。それならいまは四時半だ。

彼はスコープのスイッチを切った。元通りにレンズ・キャップを嵌(は)め、アルミのキャリングケースのなかに戻すと洋梨(ようなし)の缶詰(かんづめ)を開けた。ゆっくり食べる。夜明けは、無論、危険な時間帯だ。けれども彼は自分の眼を信じていた。いまならすべてはっきりと、明瞭(めいりょう)に見ることができる。

ビリー・ボーイは死んだ。

ビリー・ボーイ・ワトキンズは、他の連中と同じように、いまは死者の仲間だ。それは単純な真実だった。それはとりたてて怖ろしいことではなかったし、思いがけないことでも酷(ひど)いことでもなかった。単なる事実だ。それは最初の事実というだけで、その後にはもっとたくさんの他の事実があった。要するにそれはすべてが終わるまでの無数の事実の、最初のひとつというに過ぎないのだ。

彼は洋梨を食べた。食べ終わると、空き缶を浜に落とした。

33　パリへの途上の無法者

二月の一〇日目になって彼らはまたもや逮捕された。寝込みを襲われ、全員がずらりと箒の柄に手錠で繋がれるという姿で、下宿屋の外に待っていた家畜用のトラックに放り込まれたのだ。トラックはあっという間にテヘランの市街を抜けて灰色の壁のブタ箱に到着し、ひとりずつ身体検査と指紋と写真をとられ、坊主頭にされて独房に入れられた。それからの八日間、ポール・バーリンはポケット・カレンダーで日数をかぞえながら、ドクもエディも誰の姿も見ることはなかった。ひとりもだ。声も聞こえず、物音の反響もなく、ドアの開け締めの音さえ聞こえなかった。食事はまるで心を見透かすみたいに、欲しいと思ったときに引き戸の下から差し込まれた。土牢の臭いが眼に沁み、困惑が募った。途惑いとともに眠り、石と鉄の音に耳を澄ませた。やがて或る夜、ぐっすり眠り込んだところで叩き起こされ、目隠しをされて狭い回廊を歩かされた。椅子に押し込まれる。目隠しされたことで恐怖より畏怖を覚える。ふいに首筋に湿り気を感じた。誰かの手が彼に触れている。頭を前に倒され、首筋を剃られた。泡立てた石鹸の冷たさとすばやい剃り味があって、首筋を剃ら鋭いものが首に当てられた。

れているのがわかった。目隠しの下で眼を一杯に見開いて、彼はひと剃りごとの感触に肝を冷やした。固唾(かたず)を呑(の)み、いままでこの喉(のど)で呑み込んできたいろんなもののことを思った。呑み込むという快感。

終わるとべつの部屋に連れて行かれ、そこで目隠しを外された。

部屋は投光器で黄色く一杯に照らし出されていた。家具の類(たぐ)いはなにもない。部屋の真ん中、床の上にスティンクとエディとドクとオスカーと中尉(ちゅうい)が固まって丸く坐(すわ)っていた。彼らも首筋を剃られ、天井まで届くコンクリートの柱にひとりずつ手錠で繋がれている。サーキン・オウン・ワンだけが自由に歩くことを許され、ピンクのチャドルを着て頭に布を巻いていた。彼女は彼の喉元にキスし、兵隊が彼を柱に繋ぐ間に脇(わき)によけた。武装した見張りがふたり、ドアのところで見張っている。

「動物園へようこそ」オスカーがにやっとした。「チンパン君とテディ・ベア、みんながあなたを歓迎しております」

「どういうことだよ、これ」

「最悪だな。きっととんでもないことが起こるぜ」

ドアが開いてファウィ・ラロン大尉が急ぎ足で入ってきた。帽子と大きなブリーフケースを持っている。

「紳士諸君」彼は早口で言った、「まずお詫(わ)びせねばなりませんな。まったくどれからお詫びすればいいやら」彼は床に坐り、ブリーフケースを開けるとなかをじっと見凝(みつ)めた。溜息(ためいき)

をつく。「あなた方が逮捕されたことを今朝知ったのです。すぐに司令部に行きましたよ。無罪だと言いにね。そう、私はあなた方が旅行中の兵隊で無罪なんだと言ったのですが、これが難しい。SAVAKは簡単に答えを出さんのです」

「なにが問題だっていうんです」ドクが訊いた。

「不幸なことに」大尉は言う、「冗談ではすまない状態なのですよ。事は深刻だ」

「深刻って、首を剃るような？」

「なんともね」ラロン大尉はまたブリーフケースのなかに眼を落とした。「現時点では容疑を確定するのはまだ難しい。詳細にわたるとね。したがって無論私も調査をつづけますが、SAVAKはそれを快くは思っていない。なにしろ私自身の首も危ないのですよ。しかしまあ……ともかく私としてはなんとかしてみるつもりです」

「どういうことなんだい」ドクが言う。「なにが問題だっていうんだ」

「諜報活動です」

「スパイしてるってことか？」

大尉がうなずいた。「それからサボタージュへの関与の容疑、革命とテロリズムの煽動容疑、不法入国、パスポート不所持、火器の無許可携帯、武器の申告漏れ、イラン皇帝シャーハンシャー陛下の名誉を毀損した容疑」

「それで全部？」

「残念ながら」ラロン大尉は言った、「これで終わりじゃない。もうひとつあります」大尉は紅潮した顔で向こうへ眼をやった。静かに言う、「軍務放棄です」

オスカー・ジョンソンが笑った。

「可笑しいですか」大尉が訊いた。「軍務放棄が笑い事だというのですか?」

「いやいや」オスカーが言う、「ただなんとも奇体なんでね」

ラロン大尉はブリーフケースから書類入れを取り出して開き、上辺をホチキスで止めた紙の束を出した。

それを指で叩く。

「個人的には」彼は言う、「私はこれを信じてはいない。とんでもない誤りだと確信しています。しかしですな、大変残念なことに、これが片づかないとあなた方の置かれている状況はきわめて危ういのです」彼は書類の二枚目をめくった。「これによると、テヘランのアメリカ大使館に問い合わせたところ、あなた方の旅行が軍事的もしくは政治的に公式な庇護を受けたものであるという確認がとれないというのです。つまり……はっきり言うとそちらの大使館はあなた方の存在さえ知らんというのですな。調査は引きつづき行なわれていますが、しかし、うーん、パスポートもそれに代わるような文書もないとなると――」

「でっち上げだ」オスカーがそっと言った。

ドクが笑顔をつくった。「ほら、その件はこの前言ったでしょう。我々はちゃんとした相互軍事協約に従って旅しているんだって。覚えてるでしょ、一九六五年のジュネーヴ条約ですよ」

「お気の毒なんですが」ラロン大尉が言う。

「ね？」

「まったくお気の毒なんだが、我々としてはそういう規定が確認できておらんのです」

「冗談じゃねえや」スティンクが呻いた。「ここにゃ弁護士はいねえのかよ。ちゃんとした弁護士なら――」

大尉が生真面目にうなずいた。「我々も規約書をきちんと調べることをお約束しますよ。いまこの瞬間もSAVAKは資料庫のなかの資料を丹念に調べていますから。ただなんといっても条約やら文書の類いは厖大なものでね。時間がかかるのです。いやはや、それだけはご承知願いたい」

大尉は咳払いして書類の三枚目をめくった。「それからもうひとつ、もっと深刻な具体的事実があるわけです。つまり自動火器と爆薬、手榴弾、銃剣、ナイフ、それに弾薬の携行です。どう見ても尋常な量じゃない。なぜ容疑がかかったか、これでおわかりでしょう」

「俺たちゃ兵隊だぜ」エディが言った。「コンバット・ソルジャーなんだ、そのぐらいはいつだって持ってるさ」

大尉が初めて笑顔を見せた。語気が強まった。「そうですとも。それこそ素晴しい論点だ。SAVAKも十分に聞き入れる余地のある点だと私も思う」彼は再び微笑んで舌を鳴らした。「ただし一方で、我々のように国内治安が最優先の国では、たとえ兵士といえどもそれなりの正当な理由がないとあれほどの武器弾薬を所有することはできんわけです。それはおわかりでしょう？　どういうわけで自国の兵士でさえ不可能なほどの――」

「でっち上げだ」オスカーが言った。

「したがってですな、そろそろその理由を私に話してはくれませんか」

「俺たちはとんでもない言いがかりをつけられてんだ」

じっと指先を見凝めていたドク・ペレットが坐り直した。「聞いてくれ」正面から大尉の眼を見凝めて話を切り出す。「十日前、俺たちは警告も令状もなしにベッドから引きずり出されて、銃をつきつけられてしょっぴかれて営倉にぶち込まれた。それから独房に入れられっ放しで、腐るまでほっとかれた。弁護士もいやしない。理由もなしにだ。正式の容疑も非公式の容疑もない。事件だって起こしてない。弁明の機会もなかった。一切なにもなしだ。で……それでここへ直行だった。一体全体こいつはどういうことだ、え？」

ラロン大尉が眉をひそめた。「政治ですよ」

「政治？　どんな政治かね」

「うーん」大尉が溜息をつく、「政治について語るのは得策じゃない」

「そりゃ冗談かい」

「いやいや。しかし本当の理由を説明してくれるほうがあなた方自身のためなんですよ。だから私もこうしてお願いしているわけで――」

ドクの言葉は冷たかった。「前に言ったよ」

「もう一度、ね？」

ひと呼吸入れて、ドクは気を落ち着けた。「オーケイ、それじゃ言おう。これっきりではっきりさせようじゃないか。俺たちは兵隊だ、アメリカの歩兵だ。第四六歩兵連隊第一大隊A中隊第一小隊第三分隊所属。任務は——カチアートという名前の脱走兵を発見して捉えて、現場に連れ戻すことだ。すべてが完璧に正当かつ合法的だ。それが事実さ」

「カチアートね」大尉が呟きながら書き留める。「それでファースト・ネームは？」

誰も知らなかった。

エディとスティンクが人相を言い、ラロン大尉が手帳に丹念に書きつけていった。

「さてと」口を開く。「軍務放棄者はこのカチアートという男なんですな？ 市民と軍人の義務から逃げ出したのは彼だと、ね？」

「その通り」

「で、あなた方は逃げたわけじゃない？」

「そうさ」ドクが言う。「それはカチアートだ。我々はそれを追跡している」

「あなた方は軍務放棄をしたわけでもないんですね？」

「そんなこと、わかり切ってるじゃないか」ドクが冷たく言った。「そっちだってもうちゃんとわかってるだろう」

大尉はうなずきながら手帳に書き込み、報告の四枚目をめくった。しばらく仔細に眺め、鉛筆で行を辿りながら慎重に読んでゆく。濃い黒い眉が難しいパズルに手こずっている子どもみたいに寄っていた。眼に疲労の色が浮かんでいる。

「私は莫迦だ」ようやく彼が口を開いた。「私はほんとに莫迦な兵隊なんだなあ。しかしまあ要約だけはしてみましょう。まず第一にパスポートがない。つまり他の主権国の領土を通過する公的な認可がない。当地の合衆国出先機関にも確認がとれない。あなた方をこの……なんというか、当該任務に従事させるという旨の命令書もない。武器弾薬の類いや戦闘用具を携帯する許可もないと。ここまでの事実は認めますか？」

ドクが肩をすくめた。「事実は事実だからな」ゆっくり言った。「但し解釈はべつだがね。集めた事実は正しい筋道に乗せてやらなくちゃいけない。そして俺たちはあんたがそれを……つまり正しい解釈をお偉方に示してくれるのを当てにしてるんだ。このブタ箱から出してくれるのをね」

「障害物を叩き割って」オスカーが言った。「断頭台から俺たちを救ってもらいてえってことさ」

大尉は眼をこすった。報告書をブリーフケースに戻し、立ち上がる。

「やってはみましょう」彼は言った。「私は弁護士じゃないし、なんにもわからない哀れな男でしかないけど、同じ兵士のはしくれとしてやれるだけのことはやってみましょう」

「その間、俺たちは？」

「その間は」ラロン大尉は言った、「気を落ち着けて自分の無罪が明らかになることを祈りなさい。あなた方がここまでやってきた動機の純粋さを信じてね」

ポール・バーリンの動機は、水のように頼りなく、想像力のなかを押し流されていた。塩辛い、濡れそぼった重みが引力のようにのしかかり、幾重にも折り重なって深みへ深みへと彼を沈めてゆくようだ。脳味噌が重く撓んでいる。

すべてが制御不能だった。箍が外れてしまった。逃げることはできた、が、逃げたことの結果からは逃げようがなかった。想像のなかでさえそれは同じだ。

想像力――ときとしてそのおかげで人生を浪費してきたような気になることがあった。子ども時代の長い夏の午後にはプロ野球の選手になることを夢見ていた。厳しい練習に堪え、野球教室と名のつくものにはすべて参加し、訓練を受けてマイナーリーグに入り、それからAクラスとトリプルAを経ていよいよメジャーリーグに上がる――ミネソタ・ツインズかシカゴ・カブスだ。どうやったらそれができるだろう。ときには綿密なプランを書き出して戦略を練り、未来をつくり上げる道具として想像力を駆使してみたものだ。それはけっして夢想やお伽話ではなく、具体的な可能性を追求することにほかならなかった。すなわち物事を制御し、方向づけてゆくこと。結果はいつもハッピーだった。やがて高校に上がると新しく考えるべきことが生まれた。大学へ行くか、それとも父の建設業を継ぐかという選択だ。そのときはとりあえず一時しのぎの解決策としてセンターヴィル短期大学に進むことにした。長く、実りのない二年間だった。いや、なかなかうまく行ってはいたのだ――成績は良かったし、面白い本にもいくつも出会った。一時はアイオワ大学の教育学部に進もうかとも本気で考えたのだ。歴史と英語が好きだったし、子どもも好きだった。とすれば教職は当然その答えになっても良かった。けれどもセンターヴィルでの二年間が終わろうとするころには、すべてが振り出しに戻ってしまった。漠とした不安が募っていた。学校のカウンセラーと話したときのことを彼は憶えていた。「退学だって?」ユーモアのかけらもない小柄なその男は言った。「君は戦争が起きてることを知らないのかね?」正直なところ、知らないというのが答えだった。いや知ってはいたのだが、それはおよそ個人的な意味ではなかった。TVで戦闘のことも見ていたし新聞も読んでいたけれど、それを現実のこととして考えたことはなかった。そうして結局卒業までにあと四単位というところに来て、彼はドロップアウトしてしまった。本当を言うとそれは決断というような代物ではなかった。どころかその逆だった。つまりは決断できないということの証しだ。宙ぶらりんの感覚に身を任せながら、彼は一九六七年の夏を父親と一緒にフォート・ダッジで過ごした。町はずれに家を二軒建て、長く暑い陽射しのなかで見事に陽灼けし、夢遊病のような感覚のなかで。だから召集令状が来たときも、べつに大きなショックはなかった。依然として戦争はリアルなものではなかった。彼は言われるままに基礎訓練に参加し、上級歩兵訓練(AIT)も受けた。その間、現実感は露ほどもなかった。もうひとつの夢想、奇怪な仮想の世界……。彼は若かった。要するにそういうことだった。彼は余りにも若かったのだ。それから次の五月になって休暇を貰い、彼はデモイン河に父と一緒にキャンプに出かけたのだった。「大丈夫さ」父は言った。「そりゃあ少しは酷い目にも遭うだろうが、いいことだけを探すようにするんだ。その秘訣を学ぶってことさ」そして現にそうしてきた。自分のなかに心を屈めて、いいことだけのために眼を開けておく。戦争が終わったらなにが起きるのだろう。自分はなにをしてるんだろう。どこで終戦を祝うことにしよう。そりゃあパリだ。

けれどもいまは、なにかが狂っていた。

彼らは大きな部屋に移された。ソファと敷物と革張りの椅子まで揃っていた。長い空白の時間。何時間か、それとも何日かになるのか、それさえ定かではなかった。オスカーとドクは漠然と逃亡のことを話し合っていた。トンネルを掘って弓ノコを手に入れて……しかし望みはなかった。床はセメントだ。壁は石。スティンク・ハリスは木を削って玩具のピストルをつくり始めた——「デリンジャーみたいだろ。これでハッタリかませて逃げようぜ」——けれど出来上がったのはどう見ても玩具のピストルでしかない代物だった。彼らは待った。眠り、手紙を書いた。毎朝夜明けごろには床屋がやって来てみんなの首を剃った。ひとりずつスツールに坐ると床屋が仕事をする。首筋に石鹸の泡を塗り、剃刀を幅広の革帯で研いで、きっちり無駄なく六剃りで仕上げてみせるのだ。

「不吉だぜ」しばらくしてオスカーが言った。「どうも悪い予感がすらあ」

ポール・バーリンは必死になって逃げ道を考えていた。奇蹟しかない、そう思う。救いがあるとすればそれだ。夜はサーキン・オゥン・ワンと一緒に横になってそのことばかり考えた。ときどき海沿いのあの哨戒地点の塔の上に戻ってあたりを見下ろし、結局は八方塞がりしかないのに打ちのめされた。脱走——要するにそういうことなんじゃないのか？　それとも最後になれば必ずしもそうだとは限らなくなるんだろうか？　しかしそれなら、だ、事の次第をどう説明する？　そもそもこいつは始まりからして狂ってたじゃないか。なにがパリにつづく途だ、そんなものあるわけないじゃないか。

或る朝、例によって首剃りをされている最中にファウィ・ラロン大尉が房に入ってきた。ちらりと剃刀に眼をやって出直そうとするのを、ドクが手を振って止めた。

大尉は弱々しい笑みを浮かべてみせた。煙草に火を点け、床屋がドクの肩にタオルをかけて仕事に取りかかるのをじっと眺める。羊皮紙に鉛筆を走らせるときのような音を立てて剃刀が滑ってゆく。

「それで」ドクが切り出した。「結論は出たのかい？」

大尉は剃刀さばきにすっかり注意を奪われているらしかった。床屋はドクの耳元に刃をぴたりと当てて、一気に剃り下ろす。終わると刃をひと振りしてまた同じことを繰り返す。その手並みを、大尉はしげしげと見凝めていた。

「失礼ですがね、大尉殿？」

ラロン大尉が溜息をついた。口髭に手をやる。

「やるだけはやってみましたよ」彼が言う。「あなた方の事情を私の上官に話して、なんとか証拠不十分で放免というかたちにできないものか嘆願してみたのです。全力を尽してね」

「それで結果は？」

「残念ながら」

剃刀がドクの首をちくりとやった。

長い沈黙があった。

「それならば、だ」ドクが溜息をつく。

「ちょっとした外交筋の圧力を利用するしかなさそうだな。つまり合衆国政府（アンクル・サム）のね。サミーおじさんにひと膚（はだ）脱いでもらおうってわけさ」

大尉が首を振った。「気の毒だが」口を開く、「それは不可能でしょう。どう見ても生産的な考え方じゃない。前にも言ったように、お国の政府はあなた方の存在すら知らないのですよ。知ろうとしない、というべきでしょうかね。まあどちらの場合にしても結論は同じだというのが、私としてはなんとも……」

「結論？」ドクが言った。

大尉は眼を逸（そ）らした。煙草から灰が落ちる。

「結論だって？」

大尉は無理に微笑もうとしていた。「明日です」そっと言う。「そう、明日までにはまだ何時間もある。それまでになにか起こってくれるかもしれない。お慈悲だとか特赦だとか

「──」

「おい、結論てのは何なんだ」

ラロン大尉は溜息をついて房を出て行った。床屋の剃刀だけがドクの剝き出しの首筋を淡々と剃りつづけていた。

不意にべつの将校が房に入ってきた。浅黒い膚、立派な口髭、折り目の利いたトラウザーズ。ファウィ・ラロンと双子かと思うほど良く似ている。但しこちらは名にしおう公安組織ＳＡＶＡＫの大佐。磨き上げた黒いブーツと白い手袋をしていた。

男は入口のすぐそばに立ったまま、妙に満足げな風情で彼らを見凝めた。その眼が最後にオスカー・ジョンソンに止まる。

「それを外せ」彼は言った。オスカーの眼を指さす。「そのサングラスだ。そいつを外せ」

「これを?」

大佐がうなずいた。

「だけど俺は本当に眼が弱くてよ。だからこいつはどうしても──」

射すくめるような大佐の視線がオスカーの言葉を無言で遮った。しぶしぶポラロイド社製のそれを外した。

「じゃあそれを床に置け」

「これをか？」

「床だ。床の上にそいつを置くんだ」

眼をしばたたかせながらオスカーが言われた通りにした。エディをちらりと見やって、にたっとしてみせる。

「それでは」大佐が抑揚のない機械的な声で言った、「その上に乗ってもらおう」

「この上に乗れだと？」オスカーがまだにやにやしながら言った。「つまりあんたはだな、俺が眼を守るためにかけてるこれを踏み潰せってのか？」

ＳＡＶＡＫの将校は唇をきっと真一文字に引き結んだ。たった二歩で大股に部屋を横切る。踵でくるりと一回転、その下はポラロイド・グラスだった。小枝が折れるような乾いた音がした。その瞬間、オスカーの鼻面を大佐の肘打ちが襲った。骨が砕けた音。オスカーが歯を剥いたままどさりと倒れた。

「道化どもめ」大佐が言った。

「しかしあれは――」

「お前らはみんな道化だ」鉛のような声だった。眼がポール・バーリンに止まった。「お前もそのひとりだな、え？」

ポール・バーリンは立ち上がった。驚いたことに微笑が顔に浮かんだ。自分の意思とは関わりもなしにだ。

「ここは道化で一杯の牢獄だ。脱走した道化のな。まじめくさって重大任務にでも就いてるようなつもりの道化どもめ。しかもそいつらが、こともあろうにSAVAKを相手に笑い話を聞かせようというのだからな」彼は腕を伸ばし、手袋をした手でポール・バーリンの額に触れた。「その笑いはなんだ。私の言ってることがそんなに可笑しいのか？」

「いえ、ぼくはなにも――」そのまま言葉を継ぐことができなかった。目玉の内側に炎が走った。鼻柱が脳髄にめり込んだような気がして彼は倒れた。が、それでも笑いが止まらない。それから、止まった。ややあって迫り上がってきた激痛が止めたのだ。

　左の手袋を外しながら、大佐はなんの感情もこもらない眼で彼らを見やった。次はどれにしようと値踏みをしている眼だ。

「さて」ようやく口を開いた。「これで白状する気になったろう」

「なにをだよ」スティンクが言った。「てめえのような薄汚いナチ野郎に誰が――」

　そこまででもう悲鳴を上げ、スティンクは鼻を押えて倒れた。ポール・バーリンはそのさまを床の上で見ていた。あの早業には舌を巻くしかなかった。

「さて白状してもらおう。ちゃんと私に向かって言うんだ。『はい、わたくしは義務から逃げ出しました。ぶざまに背を向けて逃げました』。ほら言え、すぐ言うんだ」

　彼らは言われた通りにした。

「もっと大きく」大佐が舌なめずりするような声で言った。「もっと大きく言うんだ。全然聞こえやしない」

「私たちは逃げました」彼らは言った。

「もっとちゃんとだ。慚愧（ざんき）の念をこめて。全員一緒に私に言え、豚のように逃げましたとな。さあ、豚みたいに逃げ出した脱走兵です、そう言ってみろ」

「豚みたいに」全員で言った。

「恥知らずに」

「私たちは豚みたいに逃げました」全員ひとり残らず言った。ポール・バーリンは鼻を押え、息をするたびに気管に血が流れ込んだが、それでも声を張り上げた。

「さてそれでは、と……そうだな、この任務――任務と称するものはでたらめの作り話ですと言え。全部でっち上げです、自分たちの卑怯（ひきょう）さを隠すための言い訳ですとな」

大きな声でその通りに彼らは言った。文字どおりの懺悔（ざんげ）だった。

「パリまで行くなんて不可能です、そう言え。そんな莫迦（ばか）なことができるわけはありません、ほらどうした」

「莫迦げていて」全員で言った、「不可能です」

「慚愧の念をこめてだ。大きく、心からの後悔と慚愧の念をこめて」

「莫迦げていて」声を張り上げた。

「叫ぶんだ。パリまで歩くなんて莫迦げていて不可能だと叫べ」

叫んだ。息が上がって肺が苦しくなっても、莫迦げていて不可能ですと叫びつづけた。

「道化です」優しげな声で大佐が言った。「ほら、言うんだ、私たちは道化です」

「道化です」彼らは言った。

「もっと大きく」

「道化です！」叫んだ。

34 湖(レイク・カントリー)の国

「爆破しよう」オスカー・ジョンソンが繰り返した。「こんなとこに潜り込むなんて考えは忘れてよ、さっさとぶっとばして次に行こうぜ」

シドニー・マーティン中尉(ちゅうい)は首を振った。「莫迦(ばか)いっちゃ困る。坑道(トンネル)を見つけたらまず内部を探って、それから爆破するというのが標準作業手順(SOP)だ。それが手続きなんだからその通りにやる」

オスカーがにたっとした。なんとも独特の笑みだった。

「ねえ中尉、フレンチー・タッカーのこたぁ忘れたわけじゃないでしょ」

「覚えてるさ」中尉が言った。

「バーニーのことは?」

「どっちもだ。どっちもちゃんと覚えてるが、だからといってSOPを変えたりはせんぞ」

シドニー・マーティンは腕組みした。あっさりしたものだった。「よって今回も」平静な口調で言った、「まず内部を探索する」

オスカーはにやりとしてハロルド・マーフィをちらっと見た。マーフィはそっぽを向いている。

「中尉」オスカーが言った、「俺はなにもことさら不賛成じゃないんです。なんでもかんでも反対したいってわけじゃない。けどまあねえ、率直なとこ、この穴ぐらについちゃあ自分から降りてこうって奴がひとりもいないんですよ」

シドニー・マーティン中尉はポケットから手帳をとり出した。「行くんだ」そう言った。

「いやあ」オスカーが微笑んでみせる。「俺はとても」

うなずきながらシドニー・マーティンは、注意深く手帳にオスカー・ジョンソンの名前を書き込んだ。それからひとりずつに命令してゆき、全員から拒否された。

手帳には九人ぶんの名前が残った。

「カチアートは？」

「まだどっかで釣りやってますよ」ヴォートが言った。

「バーリンは？」

「いえ、俺もちょっと」ポール・バーリンは言った。

中尉は肩をすくめるとポール・バーリンの名前を手帳に書きつけ、それから自分のブーツとソックスとフラックジャケットを脱ぎ捨てた。一言も口を利かなかった。中尉は懐中電灯と四五口径を手にして穴ぐらのなかへ這っていった。

残った面々は穴の周りで待った。

「またこないだとおんなじことになるんじゃねえの」しばらくしてヴォートが言った。

オスカーがトンネルの縁に立って足元の泥にぺっと唾を吐いた。

「ま、そうなってもらいてえとこだけどよ」ヴォートが言う。

彼らは静かにしてシドニー・マーティンがトンネルのなかでたてる物音に耳を澄ました。這いずる音、ぶつかる音、荒い息づかいの音も聴こえたような気がした。

四級特技兵ポール・バーリンはその場を離れた。背嚢に腰を下ろして山々に眼をやる。すべては湿って静かだ。ふと気づいた。鳥がいない。奇妙だった。鳥がおらず、木々もない。かつてはここにも鳥や木々が溢れ、緑の森があった。いまではまるで石炭のように燃え焦げた木の切株があるだけだ。下生えも茂みも、草の一本とてない。大地のそこかしこが真っ黒に焦げて押し潰され、あちこちに開いた爆撃跡の擂鉢状のクレーターに一週間ぶんの雨水が一杯に溜っている。水は空と同じ灰色だった。山側の下のほうの分隊が張ったキャンプの向こう、クレーターのひとつのほとりでぼんやりした人影が釣りをしている姿が見えた。湖の国で釣り糸を垂らす阿呆なガキだ。そう思うとポール・バーリンの顔に微笑が浮かんだ。後ろに手をついてもたれ、いまは戦争じゃないんだと思ってみる。ここは湖の国だ。

「ほんとによ、この眼でちゃあんと見たんだ」オスカーが言うのが聞こえた。「あの野郎、俺たち全員の名前をいちいちメモしたんだぜ。ひとり残らずだ」

スティンクとハロルド・マーフィが唸った。

「全員の名前をだ。ってこたぁ次は逃げようがないってことさ」そう言ってオスカーは坑道のなかを覗き込んだ。溜息をついてにたりとする。「あの野郎は現場で覚えるってことを知らねえ。現実をまともに見るってことをしねえんだよな」

「そうそう。うまいこと言うじゃないか」

「シドニー・マーティンはお前、トラブル探しってやつなのさ。今度もきっとなんかめっけてきやがるぜ」

「そう思うのかよ、オスカーは」

「思うとも。そうさ、決まってら」

オスカーが腰のベルトに下がった手榴弾を持ち上げた。ちょうど野球のボールみたいに真ん丸な新型のやつで、継ぎ目がなく、持ちやすくて投げやすそうな恰好をしていた。

重さを量るみたいにそれを掌で転がす。

「わかるよな。これは生存本能ってやつだ。つまり――つまり生き残るための選択だ」

ジム・ペダーソンが鼻を掻きながらトンネルの向こうの一点を見凝めた。「待つことだってできるだろ、な？　話してみるんだよ。基本的な事実をさ」

「だから言ったろうが、あいつはその事実ってのがわかってねえんだって。あいつがわかってんのは糞たれのＳＯＰだけなんだよ」

「そりゃそうだけどさ――なあ、腹を割って話すってこともできるんじゃないか？　ちゃんと噛んで含めるようにしてさ」

「それで？」オスカーが言った。「それでどうなる？　フレンチー・タッカーのときとおんなじことがまた起きるだけじゃねえか」

ペダーソンはうなずいた。おとなしい若者で、以前はケニヤで伝道師をしていた。いまは黙ってうなずき、遠くを見やっている。

「生存本能なんだ」オスカーが言った。「種のサヴァイヴァルのためのな。その種がここでは俺たちさ」

ぽつんとひとりトンネルから離れて坐って、四級特技兵ポール・バーリンは湖の国の釣り師を眺めていた。爆撃機がやって来て山に爆弾を落とし、爆撃孔ができて、そこに雨水が一杯に溜っていったさまを彼は良く覚えていた。「世界で最も素晴しい湖の国」——そう名づけたのはドク・ペレットだった。それが受けてたちまちみんなが口にするようになった。「湖の国の犠牲者」バーニー・リンとフレンチー・タッカーがトンネルのなかで死んだときもみんなはそう呼んだ。トンネルは穴から穴へと絡み合うように繋がって、まるで地下茎のように山の岩床全体を複雑に走り抜けている。それをすべていちいち探れというのが、つまりはシドニー・マーティン中尉の言い草だった。

「これに触れ」オスカーが言った。

ベルトから手榴弾を外して持ち上げた。ピンを引き抜き、親指でしっかり雷管のスプーンを押えて固定する。

「おいみんな」彼が言う。「満場一致で行こうぜ」

スティンクが最初に触った。それからエディ、ハロルド・マーフィ、ついでバフ、ヴォート、ペダーソン、ベン・ナイストロム、そしてドク・ペレット。
「おいバーリン」

ポール・バーリンはそのとき、ウィスコンシンの森のなかにいるつもりになっていた。インディアン・ガイド付きだ。深い森の緑、ほんものの野生と未開。

立ち上がってトンネルのところまで行き、手榴弾に触った。

「これで全部か?」

みんなで互いを見回し、ひとりずつ数えた。カチアートがいねえな、誰かが囁いた。

「あいつどこにいる?」

「釣りだ」ヴォートが言った。「俺が見たときは向こうで釣りしてたぜ」

「ちっ、なんて奴だ」

「ひっつかまえてこい」オスカー・ジョンソンが言った。「早く、急ぐんだ」

「時間がねえよ」スティンクが穴のほうに屈み込んで耳を澄まし、首を横に振った。「無理だ――野郎、じきに戻るぜ」

「糞ったれ、釣りだと!」

「やっちまおうぜ」スティンクが言った。顔が赫い。昂奮している。「そいつを落としちまえ。いますぐだ、やれよ」

しかしオスカー・ジョンソンは躊躇った。ピンを差し込み、雷管のスプーンに当るようギュッと曲げる。それをポール・バーリンに手渡した。

「行ってカチアートに話してこい」そう言った。

「話す？」

「この場の状況をな。この破砕弾（フラッグ）も持ってけ。集団の結束のなかに奴も混ぜるんだ」

そのとき、シドニー・マーティン中尉の手が見えた。懸垂の要領で這い上がり、ソックスとブーツを着けて真っ直（ま す）ぐ立った。あっけらかんとしたものだった。「さてと、これからはこんなふうにやってもらう」彼は言った。名前を書いたメモを入れた胸ポケットをぽんと叩（たた）く。「最初になかを探索して、それから爆破する。順番通りにな」

「じゃ、いまぶっとばしますか」ヴォートが言った。

「ああ」シドニー・マーティンが言う。「爆破していいぞ」

手榴弾を四つ投げ込んで穴を塞（ふさ）いだ。

それからシドニー・マーティンはまた胸のポケットに触った。「これからは一切間違わずこの通りにやってもらう」そう言った。「我々はＳＯＰに従う。そういうことだ。わかってもらえたかな」

オスカーがにやりとして完璧（かんぺき）に理解しましたと言った。

35 世界で最も素晴しい湖の国

「魚はいないよ」ポール・バーリンは言ったが、カチアートは湖の国に魚釣りに行ってしまった。糸の先にクリップを結び、ハムのかけらを引っかけて、「秘伝」とラベルを貼った殺虫剤の空容器でつくった浮きまでくっつけていた。それを持ってカチアートは爆撃孔の縁まで行った。水の筋目でも読むみたいに立ち止まり、それからひょいと糸を投げ入れた。浮きがぽちゃんと水面を打つ。

「魚はいないってば」ポール・バーリンは言った。「釣れっこないよ……一匹だっていやしないんだから」

カチアートは唇に指を当てた。その場にしゃがみ込み、糸にちょいちょいと引きをくれてやると水銀みたいな色の水の上で浮きが動くのを眺めた。雨が湖の国全体に波紋を描いている。

「わかんないのか」ポール・バーリンは言った。「あれはジョークだよ。湖の国っていうのはドクの冗談じゃないか。わかるだろ？　爆弾の穴が雨で一杯になったところが可笑しいってだけなんだぜ。だからこいつはほんとは湖じゃないし、魚もいやしないんだ」

けれどもカチアートはにっこり笑って唇に指を当てた。

そろそろ暗くなろうとしていた。ひとつには雨のせいであたりが終わりのない夕暮れのように見えているのだが、本当に夜が近づいているのも確かだった。空が水面のような銀色だ。結局その日一日中、カチアートは釣り人の忍耐で糸を垂れ、まめに餌を取り替え、深さと流れの具合を見て場所を変え、絡まらないよう親指で糸をさばいた。雨で全身びしょ濡れになっている。

「お前風邪ひくぜ」ポール・バーリンは言った。

「平気さ」

「それならいいけど」

「ぼくならだいじょぶ」

「わかった。けどな、風邪ひいてからじゃ遅いんだぜ。ここにいたってお前、手に入るのは風邪だけだからな」

カチアートは浮きをじっと見凝めていた。指が赤剝けしている。爪嚙みの跡のある小さくて太短い指に釣り糸が深く食い込んで赤くなっていた。顔はぷるんとしていた。ワックスか濡れた紙でも張りつけたみたいだ。顔の一部を福笑いみたいに入れ換えてもおかしくなさそうだった。

浮きが岸のほうへ流れてくるとクリップの針を引き上げて餌を確かめ、それからまた水へ戻してやった。水面を打つ雨粒の跡がぱくぱくと口を開け閉めするところみたいだった。

「もう諦(あきら)めなって」ポール・バーリンは優しく言った。「それがお前のためだってば」

カチアートはにっこりした。ぐりぐりと肩を回し、また坐(すわ)り直して「秘伝(シークレット)」がぷかぷか浮いているのを見凝めた。

「諦めろって」

「何度か魚信(あたり)があったんだ」

「まさか」

「小さいんだけどね、でも本物だよ。君にもちゃんとわかる」

「そんな莫迦(ばか)なことがあるかよ」

「我慢がまんさ」カチアートが言った。「親父(おやじ)がぼくに言ったんだ、我慢がまんって。釣りのときは忍耐がなくっちゃあ」

「でも魚がいなけりゃ魚釣りもへったくれもないじゃないか。親父さん、そう言わなかったかよ」

「我慢がまんさ」

「そんなもん関係ない。我慢でなにが変わるってんだ」

ポール・バーリンは地面にヘルメットを置き、その上に腰を下ろした。襟首(えりくび)の下まで雨が滴(したた)ってくるのがわかる。山のほうから雷鳴が響き、クレーターの水がボウルのなかのスープみたいに震えた。眼(め)の前の孔(あな)の向こうにやや小ぶりの孔が四つ、満々と水をたたえて横たわっていた。いちばん奥のクレーターの向こうは燃え落ちた大木の残骸だ。この湖の国では、すべてが死に絶えている。

「こいつはお前のためなんだぜ」ポール・バーリンは言った。

「他の連中が君をここへ寄越したんだろ？」

「そりゃそうだけど、でもこれは君のためだ」

「ぼくは嫌だよ」

「どっちにしたって起きるものは起きるんだ」ポール・バーリンは言った。「だから奴らとしてみりゃ、お前にも賛成してもらいたいってだけなんだ。要するに全員一致ってかたちにしたいんだよ」

カチアートは指で糸を操った。まるで擬似餌釣りの手練れみたいな手つきだ。雨も寒さもまるで気にならないらしかった。手の甲で鼻先をこすり、糸をひょいひょいと操って擬似餌の虫みたいに動かした。雨足は変わらない。

「みんなお前のこと心配してるんだぜ」ポール・バーリンは言った。「エディもオスカーも、ドクもだ。ドクなんてお前がすぐ止めなきゃひどい風邪をしょい込むって言ってるよ」

「みんなで示し合わせてんだな」

「そんなんじゃないよ」

「じゃ、どんなんだっていうのさ」

「これはつまり、起きるべきことだってことさ。それだけだよ。どっちにしろいずれそうなるんだし」

　カチアートはまた微笑(ほほえ)んだ。クリップの針を引き上げ、餌をつけ直してクレーターの遠くめがけて放(ほう)った。

「何度か魚信(あたり)があったのはわかってるんだ」カチアートが言う。「向こうにはそれだけ言っといてくれよ。ぼくが何度かアタリを得たってさ」

「それで？　それからなんて言えばいいんだ？」

「ぼくは嫌だって」

「それで奴らを止められると思うのか？」

　カチアートは肩をすくめた。「あいつはそれほど悪い奴でもないよ。前にさ、一度ぼくに無線機を持たせてくれたことがあったろ。覚えてない？　ほら、河沿いの場所でさ。マーティンがぼくに無線機を持たせてくれたんだ。そんなに悪い奴じゃないよ」

「かもな」ポール・バーリンは水面でぴくぴくする浮きを眺めた。「でもだからってどうにかなると思うか？　もうなにも止められやしないぜ。どっちにしろそうなるんだ」

　水はいかにも冷たそうだった。澄んだ、不毛の水。

　ポール・バーリンはオスカーの手榴弾(しゅりゅうだん)を取り出した。

「みんながお前に、これに触ってほしいと言ってる」彼は言った。

　カチアートは黙っていた。振り返って手榴弾に眼をやり、ついとまた向き直った。

「お前も触ったほうがいいと言ってるんだ。どうせ望みなしさ――どっちにしたってそうなっちゃうんだから。だったらこれがお前のためだろ」

「君はどうなんだい」

「俺はただのメッセンジャーだよ」

ポール・バーリンはカチアートを見ないようにした。クレーターのほうに眼を投げる。寒さで喉が痛んだ。眼が沁みる。

「触れよ」言った。

「アタリがあったんだ」

「触れってば」

ポール・バーリンはカチアートの左手を糸からもぎ取った。「来た」カチアートが囁く。

「やったぜ！」

手榴弾を取り上げて、ポール・バーリンは奴の手のなかにしっかり握らせた。冷たく、滑りやすい感触だった。

「やったぜ！　凄いのがほんとに来た！」

「お前、もすこしましなこと言えよ」

「ほんとに凄いんだって！」

カチアートの眼は湖の国の浮きから離れなかった。ポール・バーリンは摑んだ手を放して手榴弾をしまい、カチアートがさも重そうに、釣り糸の反対側の生き物を相手にしているみたいに糸と戯れるのを眺めていた。微笑んでいた。気持はすべて湖の国に浮き沈みする

「秘伝」に向けられている。

ずいぶん長い間、ポール・バーリンは巨大な穴ぼこを釣り上げようとしているカチアートの傍らに坐っていた。山じゅうに雷鳴が轟き、雨がひどくなった。闇が降りかかってくる。水面と地面の区別はもうつかない。

ウィスコンシンと同じだ。ポール・バーリンは眼を閉じた。おんなじだ。松の林とキャンプファイアと、ギョロ眼の魚のフライと、それから親父の髭剃りローションの匂い。ビッグ・ベアとリトル・ベア、イツマデモトモダチ。湖の国はいつだってとてもかぐわしい。

眼を開けるとカチアートがクリップをいじっているのが見えた。

「どうだい?」

「餌を持ってかれちまってさ」カチアートがウィンクした。「だけど次はこっちのもんだ。ちゃんと見破れる。もうコツがわかったからね」

「我慢がまんだろ」ポール・バーリンは言った。

坂を上がってオスカーがつくった雨宿りのほうへ歩いていった。朝になれば、と思う、うまい朝飯を食おう。それでぐっと良くなるはずだ。森は食欲の友っていうからな。

エディとオスカーとドク・ペレットが三人でぐるりと固形燃料の缶を囲み、手を翳していた。

「話したか?」

ポール・バーリンは手榴弾を彼らの前にごろんと置いた。

「釣りしてる奴と一緒にいるとどんなだか、知ってるだろ」ポール・バーリンは言った。

「心はすでに此処にはあらずさ」

誰もが黙り、炎が消えるまで口を利かなかった。オスカーが手榴弾を拾い上げ、ベルトに戻した。「さて」彼が言う。「これで全員だ」

36　想像力の飛翔

真夜中になって彼らは首を剃られた。これが最後だ。ライフルで見張られたまま、全員コンクリートのシャワー室に連れていかれた。それから写真を撮られ、晩飯に七面鳥のスープとパンをあてがわれて広い雑居房に放り込まれたのだった。スティンク・ハリスが手もなく泣き出した。ドクとオスカーは手紙を書く。中尉は眠った。エディ・ラッティは簡易ベッドの上で腕を頭の下に組んで仰向けに寝転がり、どっしりと堅牢な声で昔から伝わる子守歌をうたった。長い祈りの時が始まる。奇蹟だ、ポール・バーリンは相変わらずそのことばかり考えていた。自然の定めを覆す奇蹟。不可避の結末へと向かう運命の、あり得ぬはずの逆転劇――それが望みのすべてだ。しばらく親父のことを思い、お袋のことを考え、それから奇蹟を夢みて眠った。やがて夜が深々と更け、月が昇るころになって、房の窓にひょっこりとカチアートの真ん丸な顔が現われた。まるで顔だけが浮かんでいるみたいだった。サーキン・オウン・ワンが息を呑み、ポール・バーリンを揺り起こした。奇蹟だ、夢のなかで彼はまだそう思っていた。そこで眼を覚まし、まばたきをして、鉄格子の間からそっと差し込まれたM—16を確かに摑んだ。「行け」カチアートが囁く。笑っていた。「行けよ」そう言った。それからだった——不意に爆発音があって重い鉄の扉が古いメロンみたいに砕け散り、煙が立ち籠め、サイレンが鳴り渡り、服とブーツを引っ摑むまもあらばこそ彼らが駆け出したのは。柵と鋼壁と投光器の明りの迷路を必死で駆け抜けた。追いすがる銃火に怯む暇はなかった。巨大な監視塔の上から降り注ぐサーチライトの間を、彼らは全力で縫っていった。ドアをこじ開け、コンクリートを吹き飛ばす。肩で喘ぎ、カチアートのM—16を鷲摑みにしながら、ポール・バーリンはまだ奇蹟を夢みて必死に走っていた。「行けぇぇぇ」カチアートの叫び声が響き、その声に導かれるように迷路を突破して、刑務所の壁を乗り越え、先へ先へと夢中で走った。その先の曲がりくねった通りと小路を疾走し、壁をまたぎ、月光に照らされた中庭とロバのいなくなく夜の露店街を抜けたところで、ブルゥのタイルを張った回教寺院の遙か上空に照明弾が放たれた。燃えさかる火炎、搔き消える星々、気ぜわしい銃声がうしろから迫り、石畳の道をぺたぺたと走ってゆくカチアートの姿がちらりと見えて、彼らはその後を追った。ポール・バーリンは必死だった。片手でカチアートのライフルを握りしめ、もう一方でサーキン・オゥン・ワンの手をとって走った。頭を下げ、張り裂けそうな肺を抱えて深夜の街路を急ぐ。そこに逃走用の車があった。カチアートが不意に立ち止まり、荒い息をしながら指さしたのがその車だったのだ。そこで何事か叫び、彼はそのまま姿を消した。

オスカーがハンドルをとった。一九六四年型のインパラだ。ボディにレーシング・ストライプが躍り、バックミラーには スポンジの骰子がぶら下がっている。泥除けのフェンダー・

スカートが大きく張り出してうしろへ流れ、シートには豹の毛皮まで掛けてある。そこに全員でどやどやと乗り込み、オスカーがハンドルをとったのだった。

バックシートで眼を閉じて、ポール・バーリンは奇蹟を反芻していることしかできなかった。逃げる、翔ぶ、逃げた……オスカーが夜更けのテヘランの街を素早く走り抜けてゆく間、それしか考えられなかった。いろんな時制がごっちゃになって脳裏を流れ、さまざまな場所が混じり合ってくる。車は国王の黄金の宮殿の前を掠めて旧市街の門を抜け、あてもなくスラムとごみ溜めの通りを走った。

寒かった。ポール・バーリンはサーキン・オゥン・ワンにぴったり軀を寄せた。まだカチアートのライフルは握ったままだった。

車は裏道を辿っていた。道というより、砂利を撒いたただの轍だ。真っ黒な建て物がジャングルのようにのしかかってくる。サーチライトの光が夜闇に揺れ、街じゅうにサイレンの音が鳴り響いていた。

助手席でナヴィゲーターをつとめていたドクが、リビスクとイビスを通って北に向かおうと指示した。オスカーが鋭いヘアピン・カーヴにぐいと巨体を滑り込ませる。マフラーを外された旧式のインパラが夜空に悲鳴を挙げ、黄色いヘッドライトが氷のような冬の空気を切り裂いて、街角の銅像や凍てついた動物たちや氷の張った壁をフロントグラスに映し出した。空はまだ、照明弾のイルミネーションできらきらと輝いている。彼らはいまや大規模な狩りの標的だった——飛行機にヘリまで出動し、サイレンが響き、探照灯を持った武装の探索隊が八方に散り、投光器の光が闇を舐め、高いバリケードの向こうには鈴なりの兵隊がシルエットになっている。オスカーのとばし方に力が入った。

一度、袋小路に突き当ってしまった。ぷっつりと実にあっけなく途切れた道だった。ドクが罰当りな言葉を吐き棄てて飛び出し、懐中電灯を回してバックの誘導をした。それから再び北へ向かう迷路のような路地と曲がりくねった石畳をひた走った。

飛ぶんだ、ポール・バーリンは思った。テヘランの闇の深みが果てしなくつづくようだった。

彼は眼を開けた。いつのまにか通りが広くなり、建物もゆったりしていた。街外れか、でなければまるっきり見棄てられた地区なのだろう。がらんとした空地に焚火が燃えている。銃声はまだ後を追ってくる。

「アイゼンハウアー・アヴェニューだってよ」オスカーが緑色の道路表示を読みとって言った。「ここの連中はアイクのファンだってわけか」

「んなわきゃねえだろ」ドクが言った、が、確かにそこはアイゼンハウアー・アヴェニューで、同じ表示板を次に見つけた中尉が古い軍歌を口ずさんだ。その顎に涎が垂れた。

スピードだ、ポール・バーリンは思った。めまいがする。急げ、急いだ、過ぎた――点滅する光とバックミラーに下がったスポンジの骰子を見凝めながら彼は思った。

アイゼンハウアー・アヴェニューの突き当りは巨大なロータリーになっていた。

そこへ車を乗り入れようとした瞬間、夜空が赫っと燃えた。爆音が頭上に響き、光と熱風が襲ってくる。パラシュートに吊した照明弾がロータリーの遙か上から舞い降りているのだった。待ち伏せだ、ポール・バーリンがそう思った途端、同じことをオスカーが口にした。

「ちいっ、伏せてやがった」オスカーが呟く。

急ブレーキを踏む。インパラがテールを流してロータリーのなかに横滑りした。なにかが頭上で爆発し、眩ゆい真っ白な光が空一杯に拡がった。

「嵌められたんだ」オスカーが言った。

ポール・バーリンはバックシートの上で堅く身を縮めた。眼をつぶろうとする。ぎゅっと目蓋に力を入れてみるものの、眼は言うことを聞かない。砲声、照明弾の音、中尉の歌声、すべてが耳に流れ込んでくる。

「嵌められちまった」オスカーが言った。

ロータリーの真ん中、ちょうどメリーゴーラウンドの中心に当るところにずらりと控えていた戦車と装甲車が一斉に唸りを挙げ始めた。砲塔が追尾レーダーのように旋回する。兵隊たちは戦車の後ろに膝をついて待機している。一斉射撃が始まった。ライフルの音を掻き消すように重砲の音が轟き、赤い閃光が風に尾を曳く。車は必死に走った。ふいに金属の灼ける臭いがして車体に鋭い音が走った。弾がドアを抉っている。ウィンドゥが割れて冷たい風が吹き込んできた。

「嵌められた」オスカーはまだそう言っていた。「ちきしょう、伏せてやがったんだ」そう言ってブレーキを踏み、アクセルを煽った。車体がくるりとスピンする。素早く、それなのにまるでスローモーションのようだった。

一台の戦車が砲を撃った。ロータリーがえもいえぬ薄紫色に染まった。衝撃にインパラの車体が浮き、ほんのちょっとそのまま静止して、どしんと地面に落ちた。ショックはかなりのものだったが、まだロータリーを必死で逃げ回ることはできた。二番目の戦車が砲を放つ。あたりが紫色に輝いた。車はよろめき、それでも走りつづけた。

スティンクの側のドアが閉まらなくなっていた。泣き喚きながら肘掛けにしがみついたものの、遠心力に振り回されたドアは閉まらず、かえってスティンクのほうが引きずられるかたちになってしまった。彼は悲鳴を挙げながら、かろうじて爪先をドアに引っかけていた。

「嵌められた」オスカーが喚きつづけていた。「嵌められた、嵌められた、嵌められたんだ！」

三番目の戦車が砲撃を開始した。また同じ紫煙が立ちこめる。背後の灰色のビルの真ん中がごっそり抉られていた。最上階が下まで完全に崩れ落ちている。埃と煙と石のかけらがもうもうとシャワーのように降り注いだ。

スティンクが金切り声を挙げていた。遠心力でいまにも車外に振り落とされそうだった。必死に肘掛けにしがみつきながら絶叫しているところへ四番目、つづいて五番目の戦車が砲撃を見舞い、あたり一面が紫色に閉ざされた。インパラが衝撃で後向きにスピンし、それをオスカーが懸命にとり押えた。ドアも窓も既に穴だらけだった。

ポール・バーリンはなんとか眼をつぶっていようとしていた。前のめりになってサーキン・オゥン・ワンの膝にもたれかかった。

スティンクの悲鳴が高くなった。エディが彼を捕まえ、襟首をひっ摑んでどうにか引きずり上げた。スティンクは肘掛けを握りしめていた。泣き声はまだ止まない。車は回りつづけながら軀を揺らし、ときに強く制動をかけてまたスピードを上げた。砲撃はつづいている。

オスカーがぎゅっとブレーキを踏んだ。

「バックだ」誰かが叫んだときには車は既に後退を始め、その後を砲撃が追ってきた。

バックのまま逃げ回り、そこで不意に縁石に乗り上げ、乗り越えたところでロータリーの外に出て、車はそのまま流れの多い高速道路にお尻から入っていった。スティンク・ハリスはまだ泣き喚きながら開いたままのドアにしがみついている。銃撃が遠くなった。サイレンが次のブロックに響いている。

一マイルほど行ったところで車を停めた。

「嵌められたんだ」オスカーが落ち着いた声で言った。「まんまと嵌められちまった」

スティンクを助け起こし、ドアをロックして改めて西へ向かう高速に合流した。

誰も口を利かなかった。黙って道路の流れが車を街の外へ押し出してくれるに任せていた。奇蹟だ、ポール・バーリンは考えていた。夕暮れの下で穏やかに流れる車の列を見凝めた。休暇は終わり、家族たちは家路を急ぐ。テヘラン市外へつづく滑らかな舗装道路は上り坂で、最後の急坂を越えると平たい台地になっていた。遙か後方の眼下に街は既になく、空が街の灯の残映にぼうっと浮き上がっていた。やがてすぐに高速は終わった。眼に入る車のヘッドライトが少なくなり、家畜を乗せたトラックだけになり、やがてそれも闇に閉ざされた。行く手にあるのは開けた一本道だけだった。

夜のなかを真っ直(まっす)ぐに、三日月の下、道は狼(おおかみ)の棲(す)む遙かダコタの平原のように延びている。滑らかな、流れるような道だ。

いまはポール・バーリンが車を走らせていた。

他の連中はみんな眠っている。サーキン・オゥン・ワンは彼の膝に頭を埋(うず)めて眠り、オスカーは静かに、ドクは鼻を高々と上に突き出し、中尉は湿っただらしない寝息を立てて眠り込んでいる。

そんななかでポール・バーリンは運転していた。まぶたはスピードについてゆくことで辛(かろ)うじて開いている。走る(ラン)、突っ込む(ラッシュ)、引き退がる(リシード)――眼はそのリズムでようやく開いているだけだ。ステアリングを握る手の感覚がつい先刻(さっき)までライフルを掴んでいたのと同じだった。好きではないけれど手を放すのは怖い、という感じだ。滝の上を滑り落ちるような、崖(がけ)から落ちてゆくような感覚が流れゆく闇の端のほうへ飛び去ってゆく。制御なんてできない。

彼は海のことを思い浮かべた。軀がふたつに分かれてゆくようだった。ひとりはこの動物園のような大地を素早く横切ってゆく自分、そしてもうひとりは土嚢(どのう)を積み上げた海辺の監視塔の上にいる自分だ。いちばん遠くの波の切(き)っ尖(さき)が蘭(らん)の花のようなピンク色に染まり、眼を細めてみると浅瀬の珊瑚が少しずつ同じ色に染まり始めてくるのがわかる。黎明の気配が脳裏に広がり、それに促されるように彼は先を急ごうと思った。ペダルに乗せた足を踏み込み、しゃにむに車の床板を踏み抜くぐらいにぎゅっと力をこめる。いまできるのはそれだけだ。

制御不能、結局いままでのことはそういうことだったのかもしれない。ひとつの出来事が次の出来事を呼び、やがてすぐに抑制ができなくなってすべてが勝手に展開していったのだ。たとえばカチアートが、あの湖の国で釣りに行ったときのことがそうだ。ずぶ濡れの雨、戦争のすべてが水浸しになったかのようなあの雨のなかで、いつも通りのカチアートはスズキだのナマズだのを釣りに湖の国へ出ていった。彼は思い出した。「全員が加わるんだ」オスカー・ジョンソンはそう言った。「お前の言うことならあいつは聞くだろう。行って話してこい」そう、そういうわけで彼は爆撃孔のところへ話しに行ったのだ。「余地はないんだよ」彼は言った。「それにそのほうがお前のためにもなるって。だってもしお前が嫌だっていったところで、結局はそういうことになるんだぜ。だからそれがお前のためだって」そして彼はカチアートの気の抜けた掌にあの手榴弾を無理やり押しつけたのだった。あれで触ったと言えるだろうか？　あれが自発意志か？　そうとも言えるし、そうでないとも言える。いずれにしろ「これで全員だ」と、そうオスカーは言ったのだ。

それからコーソン中尉がシドニー・マーティン中尉の代わりにやってきたのだった。そのころには、出来事から出来事への筋道に、もう人の手の及ぶところはなかった。

「酷いよ」あの日カチアートは事の後で言った。

「事故は起こるもんさ」ポール・バーリンは言った。

　カチアートは肩をすくめ、微笑み、湖の国で釣りをつづけた。あくまで真面目だった。癇癪も、疲労の気配も見せることはなかった。クレーターの周りをぐるりと回って、浅いところや深いところを次々に試してけっして諦めなかった。

　とても酷いこと。カチアートは間抜けだが、しかし正しかった。シドニー・マーティン中尉に起こったのは確かにとても酷いことだった。

　ポール・バーリンはぎゅっとステアリングを握りしめた。

　夜遅くなって、車はトルコに入った。国境の検問所は荒れ果てて人気がなかった。それから一時間ほどの間、地面は殆ど完全な平坦地だった。やがて少しずつ上り坂が始まり、眠気を払うために、数をかぞえるという例のあの秘訣を試した。剥き出しの岩ででこぼこの丘。摩天楼の壁のように周囲の切り立った平らな丘。数えられるものなら何でもよかった。昔ながらのメキシコの風景のような丘や峰や尾根、切り立つ絶壁を刻む峡谷と洞窟、地峡、干上がった河、断層、はぐれた羊、野犬、道の真ん中を走っているセンターラインの破線、背後に聴こえる遠吠え、うねるような平原を馬の背に乗って追ってくるタタール人たちの姿……。

　まるで月面のような大地を、彼は全力で走っていった。

　夜明けまであと一時間というところでアンカラに着いた。街は穏やかな谷あいにひっそりと寝静まった姿を横たえている。彼は路肩に車を停め、シートから出て大きく伸びをしながら全身をほぐした。明け方の空気が冷たい。

車に戻るとドクが眼を覚ましていた。

「遊牧民の国だな」ドクが言う。「大丈夫か」

「まあね」

「予想と違ってただろう」

「うん」ポール・バーリンは言った。「全然違ったよ」それからエンジンをかけ、再び道を走り出した。

三〇分ほどで街を一周してイズミールへ出る道を探し当てた。ドクがハザード・ランプの明りで地図を読んだ。

「もう二時間てとこだな」ドクが顔を上げて言った。「飛ばせばもう少し短いかもな」

そしてポール・バーリンは飛ばした。アナトリアの平地を全速力で走り抜け、町も灯りのひとつさえない平野を命知らずさながらの勢いでやみくもに海へと突っ走って、水の気配のするほうへ向かった。

夜明けの光がバックミラーに見え始めた。

ピンクがかった明るい色味が徐々に忍び寄ってくる。地面は傾斜して、見るからに冷たそうな水の流れがいくつも坂を伝って海のほうへ流れていた。流れはやがて途中で合流し、道と平行して大きな河になっていった。

すっかり陽が昇りきってから彼らはサリーリという名の村に立ち寄り、ガソリンを入れて朝食をとってから、再びイズミールに向かう南への曲がり道へともう五〇マイルを走り始めた。大地は再び緑の息吹きを吹き返していった。道すがらに農場が見える。畑はよく手入れされ、柵の向こうで山羊やひつじがのんびりと草を食んでいる。

「潮の匂いだ」ドクが言って鼻に触った。

スティンクが窓を下ろして頭を突き出しながらひゃっほうと叫んだ。風が暖かい。

エディが海の歌を口ずさみ始めた。

やがて最後の丘を越える道に出た。丘を横切り、海が見えるところまで降りてゆく。転がるように丘を走り降りた。平らな白い砂地が遠くまでつづいている。手入れされたオリーヴの老木が道に沿ってきれいに並び、散水器が太陽の陽射しを受けて回っている。すべてが鮮やかな色彩に溢れている。

ポール・バーリンはアクセルを踏み込んだ。速度制限なんてなかった。どのみち法なんてものはとっくに超えていた。やがてすぐに街の最初の低い家並が見えてきた。白い石と漆喰づくりが眼に涼しい。路面も真っ白だった。すべてが清潔に輝いている。

波止場まで一直線だった。

彼は脇道に車を停めた。オスカーがそのへんにいた少年に車を見といてくれと言って小銭を渡し、全員で水辺まで走っていった。

まさに予想通りの光景だった。

氷を詰め込んだ魚や野菜の桶が埠頭のへりにずらりと並べてある。ボートや小舟やヨットが繋留され、白く磨きたてられたような家が海に向かっている。魚の匂い、潮の匂い。彼らはいちばん長い桟橋の突端まで歩いていった。みんな大きく手を振っている。オスカーが、いやオスカーでさえ一杯に笑みを湛え、エディもドクもスティンクも子どものようにはしゃぎ、涙ぐみ、サーキン・オウン・ワンがみんなにキスした。中尉が「波濤の男」を歌い出した。海は遙か水平線の彼方まで広がっている。

「やれるさ」ポール・バーリンは言った。遙か西の彼方、海と空が出逢う先を指さす。

「ああ」ドクが微笑んだ。「そうかもな」

「そうさ。絶対に、神かけてきっとやれるさ」

37 あの土地のこと

ポール・バーリンがなによりいちばんくわしいのは、なんといってもあの土地のことだった。といってもあそこの人間の生活や気質についてではない。土地そのもののほうについての話だ。言ってみれば猟師が自分の縄張り(なわば)の森についてくわしいのと同じように、あるいは農夫が農地を知り尽くしているのと同じように、彼はクァン・ガイのことにくわしかったのだ。危険な場所も、安全な場所も、無論彼は知っていた。嫌(いや)だと思ったことなど一度もなかった。たとえば野営に備えて自分用の塹壕(ざんごう)を掘ったりしているとき、スコップを地面に突き立てては土を掻(か)き出す作業を繰り返しながら、ふと恐怖ともなんともつかない奇妙な感じを覚えることはあった。けれど嫌悪(けんお)や憎悪(ぞうお)を感じたことはけっしてなかった。この土地の持つ具体的な膚合(はだあ)い——つまり土の感触や風景の色合い、陰翳(いんえい)、小さな斜面が連なって大きな斜面になり、さらに広大な眺望(ちょうぼう)のなかへと絶妙に展開してゆくあたりの質感に、彼は圧倒的な驚異の念を抱いていたのだった。

クァン・ガイは農作地帯だった。海岸べりの一帯ではちょっとした漁業が営まれ——獲(と)れるのはエビやアカダイやイカといった程度だ——、反対の山側のほうではゴムや果実の栽培も行なわれていた。だがクァン・ガイという土地の基本は農作だった。

農地の大半は稲作の水田だった。それらは特定の個人所有ではなく共同体全部のもので、つまり村全体で所有し、運営するという土地になっていた。農地の手入れは村人たち全員の手で行なわれ、収穫物は一部がでかい素焼の壺のなかに保存されたあと、残りは他の大きな村の市に出荷された。だが彼は村の経済についてはなにも知らないに等しかった。知っているのは土地そのもののことだ。村は土地の中心にあったが、全体から見れば単なる一部だった。作物は米で、その米は田んぼに育っていた。彼が知っているのは、つまりそういうことだった。

田んぼは土地に或る種の深みを与えていた。それは彼が知るどの場所とも違っていた。八月にはあたり一面がトウモロコシに覆われてしまうフォート・ダッジとも違うし、すべてがコンクリートで固められた都会とも違う。クァン・ガイでは大地が深々としていた。水田のなかを何日も行軍した経験から、彼は田んぼの匂いというのがべつに嫌なものではないことを知っていた。匂いはどれも生きていた。バクテリアも腐敗菌も水藻も、土のなかに蠢く有機物は生命を産み育むものだった。べつにかぐわしい匂いではなかったけれど、汗の臭いよりひどいということはなかった。ときに他の手がなければ、田んぼのなかで眠ることだってあった。柔らかくて暖かくて、やがて冷えてゆくその感じが良くわかった。そうやって幾晩も過ごすときには、畦道のへりに背をもたせかけて腰から下を田んぼのなかに埋めた。一度などは戦闘中に余りの暑さに堪えかねて水田の水を呑んだこともあった。だから、彼は田んぼの水の味も知っていた。そのときは水を手で掻き回し、汚物の大きな塊を沈澱させてから上澄みをすくって呑んだ。病気の恐怖より喉の渇きのほうが大きかった。危ないことはわかっていた。「田んぼのなかで小便をするなよ」故国にいたとき、或る一等兵からそう忠告されたこともあった。「もしそんなことしたら象皮病っていう病気に罹っちまう。こいつはほんとに危いんだぜ。田んぼのなかにはヴィールスがうじゃうじゃいるからな、小便なぞしようもんなら尿道から入ってチンポコが一発で腐っちまうんだ」けれどもポール・バーリンはしたいときには小便した。一度だけではなかった。ずぶずぶした泥のなかにそっと膝をつき、何十億ものヴィールスがきれいな水を求めて活発に蠢いているさまを想像しながらだった。

その土地のことを考えるときには、まず真っ先に田んぼのことが思い浮かんだ。けれども殆ど同時に、村の周囲の生け垣のことも思い浮かんだ。それは美術館の庭にあるようなのとは違っていたし、懐かしいアイオワの家並の芝生の脇にあるのとも違っていた。もっと厚ぼったくて茂るがままに放置された藪のようなものだった。背の高い男の二倍はあろうかという高さで、もっと金のある国でならちゃんとした塀を建てるところだったろう。実際それは塀の役目を果して、村の内と外を区分していた。というか、それは村全体を包み隠す衣装のようなものだった。確かに遠くから見ると、村は村には見えなかった。双眼鏡を使っても蔓草と灌木がぼうぼうと茂っているだけだった。そしてそれを越えて初めて、村はその姿を現わすのだ。つまり防御というよりは隠蔽だ。そういうわけだからクァン・ガイ地方の生け垣は、いわば見られたくないものを潜ませる煙幕のようなものだと言ったほうが良かったのかもしれなかった。カーテンのようなものだとも壁のようなものだとも、あるいは迷彩のようなものだともいえた。この土地の水田が或る種の成熟や年輪や深みを表わしているのだとすれば、生け垣はこの土地の匿された気質を表わしていた。捩れ、からまり、覆い隠し、ときには乱暴に叩き切られた痕を残しながら、行き止まりになる死角や絶えず変化する小さな見通しがそこかしこにあった。そこを歩くのは或る漠とした感覚を味わうことだった。巨大な迷路をくぐり抜けてゆくような感覚、まさに自分が鼠にでもなったかのような迷路の感覚。言い換えれば謎のなかで罠に嵌まったような気分だ。奥地の古い伝道所の壁のようなものだと言ってもよかった。抜け道につづく秘密の羽目板や騙し戸、眼のところだけが動く壁の肖像画、そんな気配だ。この土地の生け垣はいつもそんな感覚を味わわせた。感覚だけで、実体はなかった。

　地表は赤かった。最初に見たのは空の上から、初めて輸送ヘリで戦場に連れてこられた日のことだった。ところどころ少し明るい珊瑚色のピンクがかったところもあったが、大半は真っ赤だった。後になって気づいたのだが、ここにいる連中の武器も服もブーツも、みんなこの色の膜をかけられたみたいに赤くなっていた。スティンクの爪（つめ）のなかもそうだったし、ヴォートの土気色の皮膚の上もドクの眼鏡の表面もみんなその膜に覆われていた。ドクの講釈によるとこの赤は土に大量に含まれている鉄分が酸化したものだろうということだった、が、ポール・バーリンにとっては原理はさしあたりどうでもよかった。

　戦闘は二本の脚を動かして地面を踏みしめながら戦われたので、彼は小径（こみち）のこともよく知っていた。村から村へ通じる埃（ほこり）っぽい通い道、泥を踏み固めた田んぼの畦道、前に兵隊の通った跡のある獣道（けものみち）。ときには小径がちゃんとした道路になることもあったが、タールやコンクリートで舗装されているなんてことはなかった。荷車の轍（わだち）や自走砲を通した痕があれば小径（トレイル）ではなくて道路（ロード）だということになっているだけだった。ということは無論、小径は避けたほうがいいということだ。けれどもくたびれているときや面倒くさいときや急いでいるときは、危険と引き換えに小径を使うこともあった。そこも他の地面と同じく赤かった。狭くて、ときには薄暗く影になっていて、特に低地では地形の形状に沿って曲がりくねっていたから、雨季の間にはしょっちゅう水浸しになった。小径には危険がつきものだった。地雷やブービー・トラップに引っかかって死んだ者はみな、いずれも小径で命を落としたのだ。身を隠すところがなく、つねに敵の監視下にある小径は、待ち伏せ（アンブッシュ）があるのがわかりきっている場所でもあった。にもかかわらず田んぼでずぶ濡（ぬ）れになったり深い藪のなかであちこち刺されるよりはまだましだと判断されることが多かった。特に敵の勢力圏を行くときには、のろのろと行軍するよりどんなに危険でも小径を突っ切ったほうがいいとされた。任務の内容によっては小径を行くしかないときもあった。そしてときには、まるで当り前のように議論の余地なくそうすることもあった。

小さな、とるに足りないいくつかの事柄。たとえばこの土地の独特の重い質感。昼と夜の推移や水田の牛、ソン・チャ・ボンというこの土地の、なんともいえない歩みののろさ。ずんぐりとした木々、上にではなく外に向かって伸びるような葉の茂り方。鳥が殆どいないというのも、ポール・バーリンが気づきながら理由がわからないことのひとつだった。「鳥はどこに行っちまったんだろう？」或る日の夕方、彼はエディ・ラッツティにそう訊ねてみたことがあった。エディは立ち止まり、耳を澄ました。「なんの鳥だよ」彼はそう言った。

それは既に映画で見ていた。この国の貧困についても雑誌や新聞で知っていたし、ＴＶで見たこともあった。だからクァン・ガイの村々を初めて目の当りにしたときも、既に知っているものばかりだった。無惨な皮膚病、飢餓、生きながら腐っているような生き物たち、家具も水道管も電灯もない小屋。村人がうずくまる野糞の場所のことも既に見たことがあった。

赤ん坊の腹の上に止まる鶏も見たことがあった。悲惨と枯渇、飢えで膨れ上がった腹、かさぶた、膿んだ傷口、そして死。すべてが既に見たことのあるものばかりだった。だから初めてそれを自分の眼で見たとき——つまりチュ・ライの南の或る村に入ったとき——にも、軽い驚きと束の間の憐れみを覚えはしたものの狼狽するようなことはなかった。自分が見るだろうものはすべて知っていて、それを実際に見たというだけのことだった。見たものにショックを受けるということはなかった。怒りもなかったし、悲しみもなかった。とんでもない恐怖を感じるなどということはもとよりだった。ちょっとした疚しさを覚えはしたものの、それもすぐに過ぎ去っていった。彼はすべてを既に見ていた。見る前に、もう見ていた。

クァン・ガイは海に面していた。浜辺は白くきれいで、美しかった。ポール・バーリンがいちばん好きな海だった。海の向こうは水田地帯だ。水田の向こうは内陸につづき、人の気配のない丘陵に向かって開墾されていない草地や藪に覆われたべつの土地が拡がっている。丘の向こうは山。山の向こうがクァン・ガイで、そのまた向こうがパリだ。そしてパリの向こうは——考えたこともない話だった。

38 パリへの逃走

イズミールからアテネまでの三日間の旅を、彼らは手配した。オスカー・ジョンソンがいかがわしげな宿屋の手配師と交渉して、三月の穏やかな日曜に船に乗り込むことになったのだ。アンドロス号というその船は古い貨物船を塗り直して三〇人の旅客を乗せられるようにしたものだった。デッキは打ちっぱなしの鉄板。索具の鎖も上甲板の波よけも錆だらけだ。その下の客室部はいかにも窮屈で甲板との階段も薄暗い灯りがチカチカしているだけだったが、それでも船旅はスムースで快適だった。本物の旅行者の気分だ。オスカーとエディはデッキでシャッフルボード（訳注　棒で円盤を突いて点を入れる遊び）の勝ち抜き戦をやり、ドクは読書で過ごし、ポール・バーリンは船首の近くに陣どって籐の寝椅子を占領していた。そんなふうに暖かな午後の陽射しのなかを過ごしながら、まるで旅行雑誌の写真みたいに島々が過ぎ去ってゆくのを彼は眺めていた。広々とした平穏を感じる。透き通るような地中海の水と太陽のぬくもり、重油と機械と潮と魚の入り混じった匂い。

快適で豪勢な船旅だ。最初の夜はプサラ島に停泊し、翌朝南へ向けてキーオスとイカリアを過ぎてからナクソスの小さな突端を回り、一路西へと遅い午後の柔らかな時間のなかを航行していった。

中尉の具合は良かった。陽光がほんのりと陽灼けをもたらし、統率力も蘇ったようだった。二日目の船旅の途上で彼はエディとスティンクに全員の散髪をするよう命じ、夕方はドクとピラエウスに上陸した後どうやって北に向かうかを話し合った。食欲もあったし、酒はほどほどだった。

その殆どが実はサーキン・オゥン・ワンのおかげだった。彼女は軀の弱った父親の世話をする娘のような甲斐甲斐しさで良く食べ良く動くよう中尉に言い聞かせ、ときには甘やかし、ときには叱って自分自身と部下たちの状態に気を配るよう仕向けていた。中尉のほうも心から彼女を愛しんでいるようだった。言葉に出さずともそれはわかった。ふたりは殆ど一日中いっしょに過ごし、デッキを歩いたりダーツ遊びをしたり静かに日光浴をしたりしていた。中尉が隠居老人のようなそぶりを見せると、サーキン・オゥン・ワンは責任者としての自覚を巧みに促した。「リーダーはリードしなくちゃだめ」彼女はきまってそう言った。「リーダーシップのないリーダーはリーダーじゃないのよ」それから中尉の手をとって自分の両掌ではさみ、にっこりして、パリに着いたらどんなに素敵かしらと問わず語りにあれこれと話し始めるのだった。そんなふうに彼女を駆り立てているのがなんなのか、それはわからなかった。なにが望みなのか、難民という立場も自ら選んでそうなったのか、それとも戦争の犠牲者としてそうならざるを得なかったのか、まったく判然とはしなかった。彼女のそぶりはあくまで柔らかく、なんの苦労も感じさせずに老中尉を恢復に導き、パリに向かわせ、結局はそれを通して彼女自身が全員を導いていたのだった。

シフノスからセリフォス、キスノスとアンドロス号が過ぎてゆく間、ポール・バーリンは船首の籐の寝椅子ですっかりくつろいでいた。海は静かで空気は爽やかだった。彼らはとうとうやったのだ。戦争は終わった。パリは近い。「アテネに着いちゃえば」カチアートはそう言っていた、「後はもう簡単さ」


ピラエウスに着いたのはもう真夜中に近かった。こんな夜更けにもかかわらず波止場には人が溢れ、桟橋や荷上げドックにずらりと並んで松明や色とりどりの懐中電灯を振っている。しばらく前にべつの客船が到着しており、税関吏と警官の一群が鞘をかぶせた銃剣で人混みを掻き分けていた。どう見ても普通の入関検査ではなかった。男の旅客だけが一方に固められ、白いヘルメットをかぶった一ダースほどの警官に次々と調べられていた。荷物はすべて地面にぶちまけられ、ラウドスピーカーがおとなしく指示に従うよう三か国語でがなりたてている。警官たちは全員が郵便局の掲示板に張ってあるようなでかいポスターを一枚ずつ抱えて、どうやら各人の顔と照合しているらしかった。

彼らの船がゆっくりと明るい桟橋のほうへ回っていった。

「俺たちの番か？」スティンクが言った。

誰も答えようとしなかった。エディが手すりにもたれて虚ろに警官隊を見下ろしている。血の気が失せていた。その後ろでサーキン・オウン・ワンと中尉が赤と緑の日傘をかけた小さなテーブルに坐っていた。

「くそったれめ」オスカーが言った。「どこまで行ってもポリ公が尾いてきやがる」

ドク・ペレットが肩をすくめた。「もうちょっとのとこなんだがなあ」

「俺は絶対――」

「近くまで来たのに」ドクが溜息をついた、「こんなに近くまで来たのになあ」

スティンク・ハリスは落ち着きを失くしていた。ちろちろと舌が動いて上唇を嘗めた。手すりから乗り出して下を眺め、すぐに中尉のほうを振り返った。

「さあ、どうするんだよ」老いぼれの肩を揺する。「行こうぜ。なんか手があるだろう?」

「俺にはどうにもならん」

スティンクが舌打ちしてコーソン中尉の肩を激しく揺さぶった。中尉は身じろぎもしない。スティンクは乗組員たちが接岸の用意をしている船首に駆け寄った。つかのまそこに立ち尽くす。手の指がひくひくと動いていた。やおら踵を返して駆け戻ってくる。

「なんてこったよ。なんか考えろよ……ほら、どうすればいいんだったら!」

誰も答えなかった。エディは正面を見凝めたままだ。ドクは土下座するみたいにしゃがみ込んで、組んだ腕の上に突っ伏している。ポール・バーリンは波止場を見下ろしながら警官の数をかぞえて思案していた。四〇人。どう見てもお手上げだった。初めから勝ち目はない。

スティンクは半狂乱だった。オスカーの腕を摑む。

「おい、どうすんだよ。くそっ、俺は、俺は絶対に……。そうだ！　飛び込もう。飛び込んで泳ぐんだよ、ほら！」

「もう終わりなんだよ、諦めろ」

「莫迦いえ、この野郎！……そうだ、変装はどうだ、な？　そうだ、それがいい。女かなんかに化けるのさ。なんでもいいや、化けて何食わぬ顔で通り過ぎるんだ。な？　簡単じゃねえか、な!?」

オスカーが腕を振り払った。

「なあ、よう、どうしたっていうんだよ」スティンクがぶるぶると頭を振って後ずさった。指がぴくぴくと震えている。「なあ、冗談だろ？　どうにもなんねえなんて俺をからかってるんだろ？」

答えはなかった。船が霧笛を響かせながら波止場に近づいてゆく。

スティンクがすがるような笑顔になった。冗談ならわかったからさ、顔でそう訴えていた。エディの袖を引っ張る。つんつんと急かすような引っ張り方だった。

「やめるってんじゃないだろ？」そっと言った。「な、やめるなんて言ってんじゃないだろ？」

「なあ見てみろよ、これじゃお前、どうにもなるわけが――」

「莫迦野郎！」

スティンクの顔が硬張った。拳を握りしめて後ずさりする。ぎゅっと唇を結んだ。そのさまを見ているうちにポール・バーリンは初めて、たった一度だけスティンク・ハリスに敬意のようなものを覚えた。いや、正確に言えば敬意ではない。或る種の理解もしくは――発見だ。こいつは本物だったんだ。タフで諦めを知らない本物の闘士だったんだ。

スティンクは激しい形相でみんなをぎろりとねめまわすと、くるりと背を向けた。すばやく服を脱ぎ捨てる。一言も口を利かなかった。パンツ一丁になるとシャツとトラウザーズを畳んでブーツに結び、その紐を首に回して繫索をよじ登り始めた。膚が夜目に白かった。片手に財布を握り、もう一方にポケットナイフを握っている。

「おい、降りてこい」ドクが鋭く囁いた。「そんなことしたって――」

スティンクは振り返りもしなかった。「くたばれ腰抜けども」そう言った。それだけだった。

跳んだ。

鼻をつまみ、眼を固く閉じて彼は跳んだ。

飛沫の音は聞こえなかった。姿も見えなかった。

船はゆっくりと接岸し、最初の舫い綱が投げ渡された。ポール・バーリンの眼に後方の海を行くぼんやりとした人影が見えた。水面に銀色の尾を曳いている。銀色と闇、銀色と闇。やがてそれも見えなくなった。スティンク・ハリスは見えなくなった。

39　彼らの知らなかったこと

「ルイ・ライ、ルイ・ライ！」スティンクがいつものように叫んで彼らを後ろへ押しやった。「ルイ・ライ、この糞たれどもが。……退がるんだよ、早く！」ライフルの銃口であばらを小突きながら彼は全員を小屋の壁や塀に押しやった。「コイ・チュン！」怒鳴り立てる。眼をしばたたかせ蒼白の顔で歯嚙みしながら、もたもたしている者に蹴りを入れ、突き飛ばし、せわしなく親指で銃の安全装置をカチカチいわせていた。「ほら行くんだよ、ルイ・ライ！……早く、ほらほら、行けったら！」そうやってひと固まりに集めると、彼は全員に手を見えるように出させ、なにも持っていないことを確かめる。それから辞書を開いてゆっくりと眺め、何度も同じ単語を眼で追いながらようやく顔を上げて言うのだ。「なむ・すぉん・だっと」発音に気を使って一語一語をきちんと句切った、大きな、抑揚のない声だった。「さてとお前ら……なむ・すぉん・だっと」そんな彼の顔を子どもたちはじっと見凝めていた。女たちはせわしなく軀を揺すっては唸り、あるいは籠のなかの鳥のように何事か喋り合いながら疲れ切った眼で上目使いに見上げた。「ほら！」彼は怒鳴る。「なむ・すぉん・だっと！

……やれったら！」ときには焦れていきなりライフルを一発空に放ってみたりもしたが、それはいつも村人を意味なく震え上がらせる効果しかなかった。幾人かは困惑して愛想笑いをするだけだったし、他の者は耳を塞いで、まるで怯えた小犬がきゃんきゃん吠えるみたいに騒々しくさわぎ出す始末だった。そうなるとスティンクはますます苛立つしかなかった。「なむ・すぉん！　莫迦やろ坐れったら！」そう喚き立てるときの彼は髭を剃るときのように薄い唇をひくひくとめくれ上がらせていた。「ほら腹這いになるんだ。まん・れん！　まま・さん！　糞ったれ、苛々させるんじゃねえ！」そう怒鳴りながらライフルと辞書と尻込みする村人たちをかわるがわる見やっている彼の後ろでは、たいていドクとオスカー・ジョンソンとバフがにやにやしながらこのショウを見物していた。そもそもスティンクが持っているヴェトナム語の辞書は、この連中が誕生日のプレゼントと称してスティンクにやったものだった。だから彼がそれを見ながら発音も文法も無視してごちゃまぜの言葉をがなり立て、通じないとみるや余計に腹を立てるのを眺めるのはなんともたまらない見ものだったのだ。「なむ・てぃ・すぉん・だっと！」金切り声を挙げてうまく言えない中間音の発音に手こずりながら、彼は大汗をかいていた。「まん・れん、ドーゾ、この糞どもが！　尻を下げろったら！」けれども村人たちは首を振り、喋り、もじもじと身じろぎするばかりだった。どう見てもスティンクの手には負えなかった。そうなるとやにわに腹を立てて辞書を放り投げ、弾倉にある限りの弾を足許にぶっ放すのがつねだった。女たちはおんおん泣き声を上げ、子どもたちは母親にしがみつき、犬は吠え、ニワトリまで囲いのなかでバタバタと暴れた。

「どん・ファッキン・らと・ちっと！」喚(わめ)くスティンクの眼は既に虚(うつ)ろで、蛇(へび)のように剣呑(けんのん)に窄(すぼ)まった。「なむ・すぉん・だっと！　やれってんだ、このちきしょうめが！」そう言いざま弾倉を換えて喚きながらぶっ放す。舞い上がる土埃(つちぼこり)のなかで村人たちは這いつくばり、なす術(すべ)もなく腕で頭を抱え込んだ。こうしてようやく全員が腹這いになると、スティンクもやっと銃口を下げた。引(ひ)き攣(つ)った顔で笑みを洩(も)らす。ドク・ペレットを見やってうなずく。

「見たかよ、な、ちゃんと通じてるだろ？　なむ・すぉん・だっと……横になれ。こつがわかってきたぜ。ちゃんと区切って発音すりゃいいんだよな」

　言葉のことだけでなく、彼らはそもそも人々のことがわかっていなかった。ここの人間たちはなにを愛しているのか、なにを欲い、なにを怖(おそ)れ、なにを憎んでいるのか知らなかった。人々の敵意が言葉以外のかたちをとって剝(む)き出しにされるまで、彼らにはなにもわからなかった。言葉の抑揚や舌使いの複雑さは彼らの理解を遥(はる)かに超えていた。土人語(ディンキーズ)だぜ、こりゃあ、スティンク・ハリスはそう言った。猿(さる)がキャッキャやったり鳥がチュンチュンいうのとおんなじさ。言葉がわからないということは、つまり誰を信頼したらいいのかわからないということだった。信頼は命にかかわる。それなのに相手の微笑(ほほえ)みが本物なのか偽りなのか、クァン・ガイというこの土地の人間の微笑が果してアメリカとおんなじ意味を持っているのかどうか、それすら彼らにはわからなかった。「土人てのは頭んなかがゴチャゴチャにできてるんじゃねえかな」エディはそう言ったことがある。親切そうな農夫がお辞儀をしながら微笑んで教えてくれた道が、実は地雷原だったとわかったときのことだ。「言いたいことはわかるだろ？　つまり……つまりさ、土人てのはうれしいときに泣いて、悲しいときに笑うんじゃないかと思うんだ。でもそんなこと誰がわかる？　案外ここじゃあニコニコしてるってことが誰かの喉を掻っ切るって意味かもしれないんだぜ。それがさ……ここじゃあ文化ってものが全然違うんだなんて、むかし上級歩兵訓練を受けたときにゃ誰も教えてくれなかったよな？」人間のことがわからないということは、つまり、誰が敵で誰が味方かわからないということだった。戦争が普通こういうものなのかどうかも彼らにはわからなかったし、そもそも普通の戦争なんてものがあるのかどうかもわかりはしなかった。クァン・ガイの人々がこの戦争を超然として見ているのか――ときにはそんなふうにも思えた――、それとも歎きながら見ているのか――そんなふうに思えることもあった――、でなければ当惑とか野望とか熱狂的な愛国心とかそういったものに衝き動かされて見ているのか、それもわからなかった。知るということ自体が、どだい不可能なことだった。宗教も哲学も法の裁きがどうなっているのかも知らなかった。いやなによりそれ以上に、クァン・ガイというこの土地では感情というものが一体どんなふうに働くものなのかがわからなかった。既に二〇年にわたるこの地の戦乱は、死や破壊に対するごく当り前の反応を抹殺してしまっていた。驚きという半ば反射的な反応も、このクァン・ガイの人々の表情のなかには見出せなかった。あるいは、そういうふりをしているだけなのかもしれない。が、それが誰にわかるだろう？　一体誰にだったら見抜けただろう？　感情も信条も生活態度も、そして動機も狙いも希望も——そんなものはＡ中隊の誰にもわかりはしなかった。クァン・ガイはなにも語ってはくれなかった。「糞ったれのちくしょうどもめ」スティンクはとり乱した村人たちの声音を真似てみせながら陰気な声で付け加えた。「莫迦いってんじゃねえや、ハムスターだってもうちっとはましだぜ」

　けれどもポール・バーリンにとっては、それはつねに頭から離れない疑問だった。痩せて虚ろな眼をしたこの人々は一体誰なのだろう。彼らはなにを望んでいるのだろう。特に子どもだ。子どもたちの様子をじっと眺め、名前や顔をなるべく覚えるようにしてみてもポール・バーリンの頭からは不安が消えなかった。答えなどない莫迦げた疑問だとわかっていても同じだった。この子たちは俺のことを好いてくれてるだろうか？　以前、耳に金の環をつけた、眉の上に醜いかさぶたのある小さな女の子がいた。彼はドクを手伝ってその子の傷にヨーチンを塗ってやった。あのとき、あの子はひりひりする傷の痛みと一緒に人の善意や温かさを感じただろうか。いやそれよりなによりあの子は俺のことを好いてくれただろうか。神のみぞ知ることだとしても、彼には悪意も企みもなかった。あるのはただ優しくしたいという気持ちだった。その子の健康と幸福こそが彼の願いだった。そのことを、あの子はわかってくれただろうか。俺の同情は伝わったんだろうか。あの子はにっこりしたけれど、あれは単なる愛想以上のものだったんだと思っていいんだろうか。要するに……要するにあの子にはなにかを求めるということがあるのだろうか？　あの子でなくてもいい、要するに彼らの願いはなんなのだろう。秘めたる願い事ってやつか？　それは俺のとおんなじものか？　ドクが傷にヨーチンを塗っていたとき、あの子は眼をぱちぱちさせながら唇を噛んで薬の刺戟臭に鼻をぴくぴくさせていたけれど、あのときあの子は俺という人間を——たとえ一瞬でもいい——この戦争から切り離して見てくれていたのだろうか。あの子の眼に映った俺はどんな人間だったのだろう、おっかなびっくりアイオワからやって来た間抜けな小僧でしかないんだってことをあの子はわかってくれたろうか。そんな俺にあの子は親しみを感じてくれただろうか。あんたもあたしも、ここにいるみんなが戦争に嵌まってしまったのね——と、そんなふうにあの子は思ってくれただろうか。つまりあの子は俺の恐怖を自分の恐怖とおんなじものなんだと理解してくれたのだろうか？　わからなかった。不安だった。彼は眼に憐れみと慈しみをこめてその子を見凝め、自分のなかから疑いの念を一切洗い流し、精一杯の気持ちを傾けながら、たとえどんな反応がその子から返ってこようと受け容れるつもりで心を開いた。この愛を、この子はわかってくれるだろうか。わかって俺にも投げ返してくれるだろうか。けれども彼にはわからなかった。クァン・ガイの人々の言葉のなかに「ラヴ」やそれに類する語彙があるのかどうか、たとえば「友情」という単語は翻訳できるのかどうか、そんなことも知らなかった。彼が求めていたのは、無論、単に知ることではなかった。彼は好かれたかった。彼らに自分のことをわかってもらいたかった。彼らみんなに自分は憎しみなんか抱いてはいないのだということを理解してもらいたかった。すべては悲しむべきアクシデントなんだ——そう彼は語りかけたかった。ちょっとした偶然とお偉方の政治、そして混乱、そういうことなのだ。俺は単に自分が生き残るという以上のなにも、この戦争には求めてなんかいやしない。俺がこのクァン・ガイにいるのはあんたたちとおんなじ理由でのことなんだ。つまり、たまたま引き当てた籤が悪くて自分ではどうにもならなかったということなのだ。俺は穏和な人間だ。誓ってそうだ。ミ・ケやピンクヴィルの人たちを犠牲にしたのと同じ強力な蜘蛛の巣に、俺も搦めとられてしまったのだ。そう、もちろんあんたたちは罠に嵌められた。ひどい苦しみを味わった。それは俺だって知っている。けれど誓って俺だって、おんなじように嵌められて傷ついたのだ。彼はそのことを人々に語りたかった。俺は独裁者じゃない、ブタじゃない、ヤンキーの殺し屋なんかじゃない。俺は無実だ。そう、俺は無実なんだ。もし言葉さえわかれば、そして時間さえあれば、彼は村人たちにそのことを語りたかった。俺は誰も傷つけたくなんかないんだ、そう話したかった。敵だってそうだ。敵？——敵！ なんて薄汚い言葉だろう。俺には敵なんていない。誰にだって非道い仕打ちをしたことなんかない。もし言葉さえ知っていたら俺がどんなに村の焼討ちに憎しみを覚えたか、アメリカ兵たちが水田を踏み荒らすのをどれほどおぞましく見ていたか直接話すことができるのに、と彼は思った。それだけじゃない、たとえば……たとえば女たちが無遠慮な手で撫で回され、年寄りたちが身体検査という名目で下着まで脱がされ、ティン・マウという村ではオスカーとルディ・チャスラーがほんの慰みのために一〇匹の犬を射ち殺したのだ。なんて無惨な、なんて莫迦げた、なんてクレイジーなことだろう。性根の底まで腐り果てた、自虐的なこのありさま。間違ってる、間違ってるんだこれは！ そんな思いを彼は人々に語りたかった。特に子どもたちに話したかった。だけどね、ぼくは違うんだよ、そう話したかった。ほかの奴(やつ)らはそうかもしれない、でもね、でもぼくは違うんだよ。そう、ひょっとしたらぼくだって有罪かもしれない。だって連中と一緒にいて、なすすべもなく引きずられて、任務だのなんだのと言いながらとりかえしのつかないことに結局は手を貸してるのだから。でも——でも！　——少なくともそれはぼくの意図じゃない！

　戦争が終わったら、何年も何年も経(た)ったらもう一度このクァン・ガイに戻って来るかもしれないと彼は思う。耳に金の環をつけたあの女の子を探しに戻ってくるかもしれない。そのときは通訳を連れてくるんだ。そして戦争が終わって、歴史の審判が下っていたらそのときこそあの子に何故(なぜ)ぼくがこの戦争にやってきたのかを説明しよう。ぼくにはべつに信念なんかあったわけじゃない、ただ知らなかっただけなんだ。誰が正しくてなにが正しいのか、そんなことも知らなかったんだよ、と。実際彼はこの戦争が民族自決の戦いなのか、それともひとつの国の自己破壊なのか、あからさまな侵略なのかそれとも国民的な解放闘争なのか、そういうことも知らなかった。誰の演説を信じ、どの本を、どの政治家を信じたらいいのかもわからなかった。国家というのはドミノ倒しのように倒れるものなのか、あるいは疎(まば)らな林のなかの木々のようなものなのか。この戦争を始めたのは本当は誰なのか。なぜ、いつ、どこで、どうして始まることになってしまったのか、すべて彼にはわからなかった。左右に分かれて激しい議論を戦わせている二者のことは知っていても、そのどちらに、あるいはどこに真実があるのかわからなかった。長い目で見たとき、コミュニストたちの残虐行為が果して南側のグエン・カオ・キやグエン・ヴァン・チューやグエン・カーンたちの政府の残虐行為と比べて酷(ひど)いのかそうでないのか——彼にはさっぱりわからなかった。が、一体誰にだったらわかるだろう？　本当にわかってるのは誰なんだ？　彼は心を決められずにいた。そりゃあぼくだって新聞も雑誌も読んださ。莫迦じゃないんだから。なにも知らないわけじゃないんだから。けれどもこの戦争が正しいのか間違ってるのか、それはわからなかった。誰なら知ってるんだろう？　なあ、誰なら本当にわかるんだ？　結局のところ彼が戦争に行ったのは理解や知識を超えた理由でのことだった。要するに法律を信じていて、その法律が行けと命じたからだった。それが民主主義ってやつで、ＬＢＪ（訳注　リンドン・Ｂ・ジョンソン大統領）とその周りの連中がその限りにおいてはまっとうな権利を政府に対して持っていたからだった。つまるところ俺が戦争に行ったのは、それが期待されてることで、もし行かなければ自分が非難されるだけでなく親父(おやじ)や町のみんなをうろたえさせることになるからだった。知らないということは、言い換えれば自分より上の経験者たちを疑う理由もないということだった。国を愛していたし、それ以上に信頼していた。そう、はっきりとそうだった。そりゃあぼくだって、なにからなにまでわかりきったことだらけのフランス戦線で親父と一緒に戦いたかったさ。でも戦争は選べない、誰にも選べやしない。陳腐な理由だろうか？　浅はかで愚かな理由だろうか？　彼は耳に金の環をつけたあの女の子に、眼をまっすぐに覗(のぞ)き込みながら話しかけたかった。自分のすべてを話してやりたかった。そしてあの子にこういう次第だったということをわかってもらいたかった。君ならどうしただろう。他の人ならどうしたと思う？　ね、知らなかったとしたら？　そんなふうに彼はあの子に訊ねたかった。君はどうしたい？　この戦争をどう思う？　君の望みはなに？——平和？　どんなかたちであれとにかく平和？　それとも尊厳のある平和？　君が逃げて難民にならなかったのはどうしてだろう、ぼくと同じように義務や家族や故郷や友だちや自分の家があったから？　だったらいまはどう？　戦争が終わったいまなら君はなにが望みだい？　平和と平穏かな、平和と誇りかな、それともマッシュポテトとスイス風ステーキと野菜のある食卓一杯の平和かな？　ちゃんと水道管が敷いてあって、オールズモビルとホンダと地面からにょっきり突っ立った摩天楼に囲まれた平和かな？　秩序と調和と、公共建築には壁画もあるような平和かな？　君の夢はなんだろう、普通の男の人や女の人とおんなじ夢だろうか。「上等な生活」っていうようなあれだろうか。つまり物質文明の夢ってやつだろうか。君は長生きしたいかい？　病気になったらちゃんと薬があって、テーブルには食べ物があって、地下室にだって蓄えもあるような暮しかい？　それとも宗教的な夢かな？　どうだい？　ねえ、君の望みはなんだい？　もしも望みが戦争に勝った軍隊によって与えられるんだとしたら——たとえどんな望みでも——君はなにを選ぶんだろう。そうだ！　そう、たとえば戦争が終わってＬＢＪとホー・チ・ミンが魔法のランプをこすりながら「さあてなんでもいい、ここに出して上げよう」と、そう言ったとしたらクァン・ガイの人たちはなにを望むだろう。法の裁きか？　なんらかの賠償か？　ならばどんな種類の？　それとも答え？　だったら訊ねたいことはなに？　——そう、このクァン・ガイは一体なにを知りたいと思っているんだい？

九月、ポール・バーリンは大隊の昇進委員会に出頭を命ぜられた。

「これからお前さんはいくつか質問されるわけだが」と一等軍曹(ぐんそう)が言った。「いいか、正直に答えろよ。頼むからあんまり手をかけさせんでくれ。はきはきと正直に答えりゃいいんだ。あとお前、そのむさ苦しい髪を切れ」

席の向こうには三人の将校がいた。錫板(すずいた)を張ったテーブルを前に裁判官のように坐(すわ)っている。ふたりはサングラスをかけ、もうひとりは軀(からだ)にぴったりした虎斑模様(タイガー・ストライプ)の野戦服を着ていた。

敬礼し、名前と階級を大声で告げてからポール・バーリンは坐ってよしと言われるまで気をつけの姿勢で立っていた。

「バーリンか」サングラスをかけたほうのひとりが口を開いた。「変わった名前だな、え？」

ポール・バーリンは黙ってにっこりした。

将校は舌で前歯を嘗(な)めまわしている。あばた面(づら)の、ぶよりとした丸顔の少佐だった。

「嘘(うそ)つけ、こんな名前聞いたことがないぞ。アメリカ人じゃないんじゃないのか。あん、どうだ兵隊、貴様アメリカ人か？」

「アメリカ人であります」

「ほんとかね。じゃこのいかれた名前はどっから来たんだ」

「おい」少佐がタイガー・ストライプを着た大尉のほうを大袈裟に見やった。「おい
聞いたか。この野郎、自分の名前の出どころも知らんそうだ。お前、いままで自分の名前の
出どこもわからんような奴を昇進させてやったことがあるか？」

「忘れたんでしょう」タイガー・ストライプの大尉が言う。

「健忘症ってやつか？」

「まあね。でなきゃ戦闘神経症あたりですか。ま、もう一度訊いてごらんなさい」

少佐は舌先で器用に入れ歯を外すと口から半分出し、顔をしかめてからまた入れ歯を元に
戻した。「いいか兵隊、怖がらんでもいいんだぞ。ようし、もう一度行こう。貴様はこの名
前をどこで拾ってきたんだ？」

「受け継いだんです、父から」

「俺を嘗めてんのか」

「いいえ違います」

「だから貴様の親父はどこで拾ったかと訊いとるんだ、貴様の爺さんからか？」

「そう……だと思います。その、つまり家系ですから」ポール・バーリンは困惑していた。

この男は本気なんだろうか。

「お前はユダ公か？」

「いいえ違います」

「あ、そうか！ 貴様、ドイツ野郎(クラウト)だな。なるほどベルリン(バーリン)ねえ。……なんてこった、どっかで聞いたことがあると思ったらドイツ兵(ジェリー)の名前じゃないか」

「自分はオランダ系であります」

「うるさい黙っとれ」

「はい」

「でたらめ抜かしやがって」

「いえ、自分は――」

「ベルリンはどこだ？」

「は？」

少佐は前に身を乗り出し、ゆっくりとテーブルに肘(ひじ)を突いた。おそろしく真面目(まじめ)な顔つきだった。「俺はベルリンがどこにあるかと訊いたんだ。ベルリンぐらい聞いたことがあるだろう。西ベルリン、東ベルリン。どうだ？」

「はい、わかります。ドイツです」

「どっちだ」

「どっちって、なんのでしょう」

少佐は唸(うな)り声を挙げると後ろにもたれかかった。その隣りで大尉がまるで興味なさそうに細い葉巻をとり出し、台所用のマッチで火を点(つ)ける。麻疹(はしか)にでもかかったみたいに顔じゅうに赤い吹き出物が散っていた。彼はすばやく片目をつむり――それがウィンクかどうかはわからなかったが——、書類の束を覗き込んだ。もうひとりの将校は黙って坐っている。最初に質問が始まったときからずっと身じろぎもしない。

「いいかよく聞け」少佐が言った。「貴様が単なる間抜けなのか本物の莫迦(ばか)なのか知らんがな、俺は訊くと言ったことはちゃんと訊くんだ」そう言ってサングラスを外した。驚いたことにひどく快活そうな眼だった。「貴様は四級特技兵(スペック・フォー)になろうとしている、どうだ?」

「はい、そうです」

「なりたいか?　昇進したいか?」

「はい、昇進したいです」

「責任が増えるぞ」

　ポール・バーリンはにっこりした。自然に出た笑みだった。

「だからだ、我々は莫迦を責任者にするわけにはいかんわけだ。わかるか?　ちょっとは脳(のう)味噌(みそ)を使え。脳味噌はあるんだろ、バーリン?」

「はい、あります」

「お前、コンドームは知っとるか」

　ポール・バーリンはうなずいた。

「コンドームというのはだなあ」少佐は勿体(もったい)をつけて歌うように言った、「我々のブラブラする逸物(いちもつ)の頭にすっぽり被(かぶ)せてやるもんだ。どうだ、これで合っとるか?」

「はい、その通りであります」

「そうしてだ、責任ある立場になるためにはブラブラする立派な逸物をぶら下げとかなきゃならんのだ」

「はい、その通りであります」

「貴様はどうだ、バーリン。貴様のはちゃんとブラブラしとるか？」

「はい、しております！」

「貴様は根性があるか？」

「あります。自分は――」

「貴様は奇襲が怖いか？」

「いいえ怖くありません」

「ほおぉぉぉ」少佐がにやりとした。まるで大事な得点を挙げたみたいだった。鉛筆の先で歯の間をほじる。「この莫迦め！　いきなりケツに奇襲を喰っても怖くはございませんなどと言うような奴は阿呆なんだ。貴様、阿呆は知っとるか」

「はい、知ってます」

ポール・バーリンは綴りを言った。

「綴りを言ってみろ」

少佐は鉛筆の尻でテーブルをコツコツと叩き、腕時計をちらりと見やった。タイガー・ストライプの野戦服を着た大尉のほうは眼を細めて葉巻を喫っていた。三番目の将校は依然として黙ったまま、両手を胸の前で組んでぼんやり前を眺めている。

「よかろう」少佐が言った。「じゃあこれからいくつか標準的な質問をする。正直に答えるんだ、でたらめは許さんぞ。答えがわからんときはそう言え。女の腐ったのみたいなのは我慢ならんからな。いいか」

「はい、わかりました」

少佐は黄色い紙を一枚引っ張り出し、鉛筆でなぞりながらゆっくりと読み上げ始めた。

「我が国の旗には星がいくつあるか」

「五〇です」ポール・バーリンが言う。

「ストライプは何本だ」

「一三本」

「標準装備のAR—15の射出速度はいくつか」

「秒速二千フィート」

「陸軍長官は誰か」

「スタンリー・レザー」

「我々は何故(なぜ)戦っとるのか」

「は?」

「言っただろう、我々は何故このスカみたいな戦争を戦っとるんだ」

「自分にはちょっと——」

「勝つためだ」三番目が言った。あの黙りこくっていた将校だ。身じろぎもしない。腕はまだ胸に張りつき、眼は虚ろだった。「我々は勝利するためにこの戦争を戦っとる。それが理由だ」

「はい、わかりました」

「よしもう一度」少佐が言う。「我々は何故戦っとるのか」

「勝つためであります」

「本当か？」

「本当です」腕が緊張で熱くなっていた。顎を引いておくのが辛い。

「聞こえんぞ兵隊。我々は何故戦っとるんだ」

「勝つためです」

「そりゃわかっとる。俺は何故かと訊いたんだ」

「とにかく勝つためです」ポール・バーリンは穏やかに言った。「それだけです。勝つために、です」

「ほんとにそうわかっとるのか？」

「はい、本当です」

三番目の将校が小さく鼻唄をうたった。満足げな響きだった。少佐がタイガー・ストライプににやりと笑いかけた。

「ようし」少佐の眼が煌る。「どうやらそれほど莫迦じゃあないらしいな。らしいってだけだがな。それじゃ最後の質問だ。これは文化的な問題だぞ。ちゃんと聞いとけよ……ホー・

チ・ミンの死は北ヴェトナムの全人民(ポピュレーション)にいかなる影響を与えるか」

「は?」

少佐がもう一度紙に書いてある通りを読んだ。「ホー・チ・ミンの死は北ヴェトナムの全人民にいかなる影響を与えるか」

ポール・バーリンはうつむいた。笑みがこぼれた。

「人口(ポピュレーション)は……ひとり減ります」

クァン・ガイでは誰も政治について語らなかった。タブーだったわけではない。不吉なことだったわけでもない。ただ誰も語らないというだけだった。平和会談というやつが駆引きのテーブルで停戦のやり方だの規模だのについて果てしのない口論の泥沼(どろぬま)にはまり込んでいるときでさえ、A(アルファ)中隊の手にかかると最低の——そして惨(みじ)めで哀(かな)しい——ジョークにされるだけで、真面目に話そうとすることもなければジョークに切りをつけようとする者もいなかった。外交だの国際道義だのは彼らとは無縁だった。少しでも注意を払う者すら殆(ほと)どいなかった。あの議論好きのドク・ペレットでさえそうだ。善行を信じているはずのジム・ペダーソンも同じだ。とはいえ、見て見ぬふりのこの始末に向っ腹を立てる者もいなかったわけではない。フレンチー・タッカーだ。「なんてざまだよ」ときどき、ひどく苛立(いらだ)った様子で彼は誰に言うともなくポール・バーリンに言った。「連中が交渉してるのはお前のケツの話なんだぜ。俺たちが死ぬか生きるかって話だってのにおめえらのボケ頭はよ……ちっ、最低の意見だってねえんだからな。平和会談なんて言いやがっても手前らにションベンひっかけてんのと同じなんだぜ。テーブルが丸だの四角だのって莫迦みてえな外交儀礼にこだわって、駆引きと化かし合いだけじゃねえか。俺たちがここに坐らせられてる間に、あの糞どもは自分の坐るテーブルがどうのこうのやってるってんだからよ。莫迦にしてるぜ、まったく！」けれどもフレンチー・タッカーの怒りは誰にも伝わらなかった。ときどきは誰かが皮肉で疲れたジョークを飛ばしても、それが真面目な議論になることはなかった。信じるものなんてなかったからだ。戦ってはいても、誰一人どちらの側についているわけでもなかったからだ。

実際彼らは、ひどく単純なことさえ知らなかった。勝ったという実感も、満足も、貴い犠牲というやつも知らなかった。どこかを占領して守り抜くという感覚も、村を保護しているのだという実感も、旗を立てて勝利を叫ぶということもなかった。命令は命令らしくなかったし、突撃だの乱戦だのをやったこともなかった。前線もなければ後方もなく、きちんと陣を敷いて塹壕を掘ることもなかった。パットンのライン河侵攻作戦なんてのは夢のまた夢で、嵐を突いての強襲揚陸もなければ死守すべき拠点などもなかった。第一、標的がなかった。理由もなかった。この戦争がイデオロギーの戦いなのか、経済的な利害の戦いなのか、それとも覇権争いや意趣返しの類いなのかもわからなかった。或るときには自分たちがいまクァン・ガイのどこにいて、それが大きな局面にどういう影響を与えるかを理解できることもないわけではなかった。が、そんなときも大半の村の名前すら知らなかったし、どの村が重要かもわからなかった。戦略には無縁だった。戦争に要する期間も、その成り立ち方も、フェア・プレイのルールも知らなかった。ごく稀に捕虜をとらえたときにも尋問のやり方がわからなかったし、怪しい者を釈放してもいいのか、それともぶちのめすべきなのかも知らなかった。戦場のなかでどう反応すべきなのか、たとえば死んだヴェトナム人を見て喜んでいいのか悲しんでいいのか、あるいは緊張を解いてもいいのか、それがわからなかった。静寂がつづくときにも警戒すべきなのか、それとも安心していればいいのか。敵は引きつけたほうがいいのか巧みにかわすべきなのか。どれもさっぱりわからなかった。村が焼け落ちているのを眼にしてなにかを感じることもなかった。復讐？　虚脱？　安堵？　苦悩？　なにを感じればいいのかがわからなかった。クァン・ガイについて古参の連中から新兵へと文字通り口づたえに聞き齧ってきたことはあったけれど、そのどれを信じたらいいのかは謎だった。魔術や怪談や幽霊話に抹香くさい話。闇に囁く声の話もあったし妙な言葉や奇怪な臭いの話もあったが、そのどれもが曖昧模糊としているばかりで、感情は無知のなかをさまようばかりだった。彼らには、つまるところ、善と悪の区別がわからなかったのだ。

40 想像力の伸びゆくままに

そんなふうに終わっていいはずがなかった。警官と税関吏が押し寄せ、挫折し、西洋文明の波打ち際でまるで不法入国者みたいにとっ捕まった挙句、プロピラエアの城門やパルテノン神殿に閉じ込められて、なんの実りも答えも得られないまま、せっかく成功を約束されかけていたこの長い旅路のすべてを息絶やしてしまうなんて。そんなことがあっていいわけがなかった。そんなことは、そんなことはなかったんだ。もう一度やろう——海沿いの、あの監視塔の上にちょっとだけ戻って——そう、もう一度やり直しだ。これは断じて狂人の妄想なんかじゃない。ポール・バーリンははっきりと正気だった。夢じゃない、彼は思う、理性を喪ったのでも無意識に囚われたのでも、いわんや狂信的になっているのでもない。左の手首に触れてみる。脈はしっかりしていた。頭は痛いほど明瞭で、視野はこの上なく正常だ。莫迦げたことも不自然なこともない。土嚢の壁にもたれる。背中の向こうは南シナ海だ。そうやって全身全霊を働かせながら思いを巡らせ、勝ち目を吟味してみた。これは狂気ってやつだろうか？ 誰だって多かれ少なかれこの手のことをやってるんじゃないだろうか？ そう、こいつはどんな軍隊にだってつきものの娯楽みたいなものだ――塹壕のなかで、戦場の真ん中で、男たちはいつも、もし突然自由になったら残りの人生をどんなふうに過ごそうかと夢のように考えているのだ。誰だってやってるじゃないか。自由の過ごし方を想像してみる――浪費するもよし、堅実にやってみるのもよし、ちょうどモノポリーで遊ぶのとおんなじだ。ドク・ペレットでさえそんなふうに真昼の夢に耽ることがあると言っていた。エディ・ラッツィも、もし一〇〇万ドル降ってきたらどうするかという話をのべつしている。戦争が終わったら……それがいつもの始まりの文句だった。戦争が終わったら……車を買う、旅に出る、ディズニーランドへ行く、眼につくものを片っ端からかっさらう、森のなかで一年ばかり過ごす、細かいことは気にせずに、人生を、生きるってことを満喫する――。もしそうなったら? もしそのときは? そういうことだった。つまりは思惑だ。可能性と戯れ、もしそうなったとしたらどうなるかを、ひとつひとつはっきりと思い描いてゆくのだ。

だから、だ。だから違う。ピラエウスなんかで終わらせるわけにはいかないんだ。そして事実、そうはならなかった。彼らは逮捕されなかった。疲弊し、最悪の事態を予想しながらタラップを降りた彼らは、眼を伏せ、息を詰めて何十人もの警官と税関吏の間を通り抜け、まるで魔法のようにするすると荷揚げ場から出口に向かった。そこでもふたりの警官が黙ってうなずきながら行けと手を振っただけで、後は潮の匂いのする通路を抜けるとがらんとした真っ暗な街路に出たのだった。

「ずいぶん簡単だったじゃない」サーキン・オウン・ワンが呟いた。中尉の腕をとって客待ちのタクシーに向かうのを手伝う。「これならまばたきしたり息したりするのとおんなじだわ。ずいぶん簡単なのね」

老いぼれ中尉が追っ手を確かめるように後ろをちらりと振り返った。彼の制服にはすっかり病いの饐えた臭いが染み着いていて、いくら洗ってももう落ちなかった。少し足を引きずりながら歩いていた。エディとドクとオスカーがつづき、ポール・バーリンが最後に従った。簡単だったな、彼は思う。パスポートもなきゃ金もなく、普通のコソ泥や脱獄囚ならあっけなく捕まってるとこだ。でも、ほら見ろ、簡単だ。彼の想像力は、鋭い剃刀の刃みたいにありきたりの障害なんかあっさり切り抜けたのだ。カチアートがいなくなる日の朝に言い残した言葉が思い出された――アテネまでなんとかなれば、後はもう簡単さ。

それから彼らはそこで二日間を過ごした。いや一週間かもしれない。休暇をとってアクロポリスへ出かけ、例によってカチアート探しをやった。最初のうちは誰もが、ひょっとしたらスティンクが戻ってくるんじゃないかと期待していた。濡れネズミになっても相変わらずにやにやしながら、ようやく落ち着いた顔つきになって。けれど時間が経っても期待は期待のままだった。「奴はきっと来る」そう言いつづけていたのはオスカーだった。「野郎のスタミナは並みじゃねえからな、きっと顔を見せるに決まってらあ」けれどもなにも起こらなかった。ドクは毎日英字新聞の溺死者の欄をチェックしていた。オスカーとエディは波止場からプラカのいかがわしい裏町までくまなく当り、挙句には警察の屍体置き場のぞっとしない写真のファイルまで調べていた。でも駄目だった。人一倍心配しながら、それでも遂に出発するしかないと断を下したのは中尉だった。「俺だってほんとは嫌だ」黙って見凝めているオスカーを無視しながら彼は言った。「でもな、わかるだろう？……俺たちはベストを尽くしたじゃないか。全力で探したろう。それに、ほら、ひょっとしたらそのうちひょっこり現われるかもしれんしな。だろう？　あいつのほうが俺たちの先回りをしてる可能性だってあるんだ」

　こうして彼らはザグレブまでの北行きのバスに乗った。

「莫迦だよな」遠ざかる街を眺めながらオスカーが言った。「あの莫迦さ加減をもう見られんのが悲しいぜ。スティンコの野郎は、ほんとに正真正銘の莫迦だったんだ。莫迦がいなきゃ娯しみもねえや。遊び場に滑り台がないみたいなもんだぜ」

「ああ、そうだな」

「ちゃんとわかってんのかよ」

「わかるさ」ドクが言う。「当らずとも遠からずでな」

　それから午後遅くなって、彼らは国境に着いた。兵隊が六人、カードで暇つぶしをしているちっぽけな木造の小屋の横にバスが停まった。運転手が二回警笛を鳴らしたが誰も顔を上げない。ユーゴスラヴィア側の検問所もおんなじで、二回警笛を鳴らし、手を振っただけでバスは再びザグレブへの途を威勢よく走り始めた。

　ポール・バーリンは乾いた貧弱な大地を眺めやった。西のほうに山々が見える。どこまでもつづいていそうな紫色にかすむ山脈だった。その向こうに太陽が見える。実にあっけない旅だった。最初の何歩か、いや何千歩かに手間どっただけで、いざ動きだしてしまえば眠っていても平気だった。路面を嚙むタイヤの音を聞きながら眠気が襲ってくる。ポール・バーリンはぼんやりと考えていた。どうして何百万という兵隊はこうやって戦争なんか投げ出しちまわないんだろう。


その晩はザグレブ泊まりだった。朝になると全員で舗装した街道まで歩き、そこで北へ向かう車をヒッチハイクした。カリフォルニアから来たという若い女の運転するヨレヨレのフォルクスワーゲンのヴァンだった。なかはグリースとオレンジの皮のにおいで一杯だ。彼女は革命家だと自己紹介した。ザグレブからオーストリアの国境まで彼女がドクにしつづけたのは、いよいよ破局のときがやってきたという話だった。暗殺、銃声の轟く街、学生たちはワシントン中をデモし、大学は包囲されている。

「どんどん拡がってるわ」彼女が言った。「いまこの瞬間だってそうよ」

ヴァンの後ろに積んである毛布の山のなかに寝そべったドクが、頷きながら意地悪そうにポール・バーリンにウィンクしてよこした。

窓の外では小さな白い花々が雪解けの山肌に開きかけていた。

「信じられないわ」彼女が言う、「あんたたちがあそこにいたなんてね。ううん、悪口言ってんじゃないのよ。あんたたちは悪をその眼で見たのよね。見て、臭いまで嗅いだんでしょ。

子どもが丸焼きにされて孤児(みなしご)が溢(あふ)れて、残虐(ざんぎゃく)行為だらけなのよね。でもあんたたちはそこから逃げたんだもん。偉いわ。勇気があるわよ」

「べつにそんな――」

「それから罪悪感」そう言って悲しげに頭を振った。「そうよ、ひどい罪悪感なんだわ」

「罪悪感?」オスカーが口を開く。

「そうよ、きっとひどい傷を負ったのよね」

オスカーがエディを見やった。「相棒、おまえ罪悪感てあんのか」

「そらもう」エディがにやっとした。

彼女はただ受け流しただけだった。肩先から頭までひとりでエネルギーを漲(みなぎ)らせている。眼が忙しく路面とミラーを行き来している。髪に赤いバンダナを巻いていた。

「ともかくあたしはあんたたちを評価するわ。ほんとよ。世間にはタカ派とハト派とか、専門的知識人(スペシャリスト)と綜合的知識人(ジェネラリスト)とか、くだらないお題目ばっかりがまかり通ってうんざりするけど……でもあんたたちはやったのよ。その眼で悪を見て、その足で訣別(けつべつ)してきたんだわ」

「全然違うね」オスカーが言った。

「違うの?」

「ああ、俺たちは単なる任務中の兵隊さ」

彼女はシィーッと大きな音をたてた。「やめてってば。あたしは共感してんのよ。あたしたちはみんな兄妹じゃない。だからわかってるのよ」

「そうかよ」

「そうよ。あたしだってドロップアウトしたんだから。サンディエゴ州立大に二年もいたわ、くだらないとこだったわよ。とうとう我慢できなくなって辞めたわ。あんたたちが悪を目撃して自分から降りたのとおんなじなんだから」

オスカーがじろりとねめつけた。「おい、おんなじだってのか。え？　ナムとサンディエゴ州立大とかってのがどっちもどっちだってえのか」

「それは正確には違うかもしれないけど。でもそう見ることだってできるでしょ。そういうことよ。状況はおんなじなんだってば。……だってあんたたちも、悪を目撃して脱出しなきゃって思ったんでしょ」

「悪？」オスカーがドクの肩を叩いた。「なあ、お前ナムで悪を見たのか」

「悪ってなに？」ドクが言った。

彼女は寛大に微笑んだ。車が濠を割った小さな村を抜ける。とんがり屋根の家々が並んだ村だった。煉瓦敷きの路面にヴァンがガタガタと軀を揺する。そこを抜けて森のなかに戻ると、オスカーが包んであったカチアートのライフルをとり出して掃除を始めた。

「だからあたしが言いたいのはね」彼女がまた口を開いた。「あんたたちの後ろにはあたしを含めてみんながついてるってことなの。もう友だちになったのよ。世界中どこに行ったってちゃんと助けてくれる友だちがいるのよ。わかってくれる友だちがね」

「冗談でなくかい?」

「もちろん。みんながあんたたちの必要なことに手を貸してくれるわ。お金だって仕事だって、住むとこだってそうよ。スウェーデン行きの切符だって揃えてくれるわ。だってね、世界中にあんたたちみたいな人を助けるためのアンダーグラウンドのネットワークが出来上がってるんだもの。抵抗者と逃亡者のためのね。ノーと言える勇気を持った人のための」

オスカーがガチャリとライフルの遊底を下ろした。

「停めろ」言った。

「だからそれこそが友だちってものでしょう? ちゃんと手助けして——」

そこで言葉が途切れた。彼女の眼がミラーを見ている。耳許(みみもと)にオスカーがライフルを突きつけていた。そっと肩を回して銃口を外し、彼女はヴァンを停めた。オスカーが前の座席に移る間、じっとしていた。

彼女がオスカーに微笑みかけた。「ねえ、わざわざレイプしなくてもいいのよ。っていうか、あたし、セックスには開けてるの。カーテンかなにか降ろしてくれればいいわ」

「出ろ」オスカーが言った。

彼女はまだ笑みをつくっている。ブルゥジーンズとセーターとカーキ色のジャケットを着ていた。「外で?」言った。

「出るんだ」

「でも車の後ろのほうが気持ちいいと思うんだけど」

「出ろ」

肩をすくめ、ミラーをちらりと見やると、彼女はドアを開けて外に降りた。オスカーが彼女のスーツケースと寝袋を放り出すのを黙って見ていた。つくったままの笑みが顔に貼りついている。

エディが運転席に坐り、オスカーがショットガンを腕に支った。

「な？」ドクがにやっとした。「俺もたまには罪悪感をちびっと感じることがあるんだぜ」

春だった。森は豊かに湿りを帯びている。ライラックの花々に芽吹き始めた木々、山の頂きには解け始めた雪が輝き、小さな村々の上に大空が開いている。

グラーツからリンツを抜けて北西にバッサウ、ドナウ河、そして闇のなかをレーゲンスブルク、深夜にニュルンベルク。あっけないほど簡単だった。

フルダまで来てヴァンが遂に息絶えた。そのまま乗り捨てると二マイルを歩いて鉄道の小駅に着き、そこで西へ向かう列車に乗り込んだ。

スピードがぐんと上がった。夜汽車が混み合った客車を力強く引っぱって風を追い抜いてゆく。

ギッセン、ヘルボルン、リンブルクとドイツの中心を駆け抜けながら、駅に停まるたびにポール・バーリンは窓に寄って駅員がランプを振って合図をするのを見凝めた。線路ぎわの町に街灯が煌り、教会の尖塔が伸び上がり、コークやブロモセルツァーのネオン看板まで見える。終わりは近い。その手応えをひしひしと感じた。懐しいものたちの感触に胸が震えた。文明の洗練、清潔、高い知性と抑制された死の気配、暖かな学び舎では学問が修められ、科学と芸術と高い煙突を通して実りをもたらす産業の文明がそこにある。これこそが目的ではなかったか。ゴールはこれではなかったか。徳目のしからしむるところ、価値ある事物とはこれではなかったか。そう、これこそが追求すべき自由というものではないのか。もしも文明に意味があるとすれば、それがこれでなくてなんだろう。この素晴しい約束のために、幾たびもの戦さがなされねばならなかったのではなかったか。ヴェトナムにおいてさえも——そう、あのヴェトナムにおいてさえ再び戦さがなされねばならなかったのは、無法の力を制することではなかったのか。その意義なるもの。それは圧政を匡し、暴虐と抑圧に立ち向かうことだったのではないか。そして善の恵みに手を貸すことではなかったか。確かにそこでは、なにかがひどい過ちをもたらしてしまった。けれどもその目的、その意義、その目指すものは——それは本来正しいことではなかったのか。自らが自らの意思で定めることこそ、文明の民の目標だったのではないか。政治的自由とは正義の翼の下にあるのではないのか。野放図な軍事的侵略は文明と秩序への脅威ではないのか。だが、そう——なにかが誤ったのだ。事実が、状況が、そして叡知がそう告げている。けれど過ちは果して誤ったもくろみ、誤った目的の故だったのだろうか？

ドイツの黒い森を駆け抜けてゆきながら、ポール・バーリンは秩序と調和と正義と静寂を求める心で胸を一杯にしていた。まさしくそれは切なる願いだった。良きもくろみは良き行ないによってこそ成就する。街角に慎みがゆきわたり、国家と国家の境界にも礼節が宿る。そんな状態が近づきつつあるのを、彼は感じていた。

夜明けごろになって列車がライン河を渡った。

ボンでは二〇分の停車時間がある。そこで降りようか——けれど決断は逆だった。やがて列車は南へとゆるやかにうねる丘陵地帯に入り、ルクセンブルクを目指した。すべてが親しげだった。切実な思いに朦朧とした頭で、彼はすべてがなんてあっけなかったのだろうと感ぜずにはいられなかった。まるで、そう、まるで氷の上を滑っているみたいだった。

41 被弾

戦闘は灌漑用の水路を辿って展開されていた。水路は村のなかを抜けて東側の田んぼへつづき、そこから北のほうへと向きを変えて向こうの村にまで及んでゆく。まさに追撃戦だった。長い空白に阻まれるかたちで、ときおり噴き出すような銃声が轟いた。敵の姿は見えなかった。見えるのは閃光ときれぎれの葉叢と眩ゆい炸裂光だけだ。水路に沿った生け垣状の灌木の向こうからずしりとした重機関銃の音が響き、やがて二番目の村の向こうの林に遠ざかっていった。そんなふうにして戦闘は終わった。雨が止むときみたいな終わり方だった。パラパラという音が、シーンとした巨大な静けさの向こうに遠ざかってゆくのだ。

しばらくたってから、ポール・バーリンとカチアートとエディ・ラッティがパトロールに出た。いましがたの戦闘の跡をゆっくりと逆に辿って、慎重に足を運んだ。幅が広いわりに浅い水路は雨季になると両側の田んぼに水が溢れ出し、結果的に用水の役をうまく果たす。でもいまは乾季だ。水路の土床は干からびて、掌が入るほどの深い亀裂が走っていた。畦道に沿ったあたりには巨大なガマの葉叢がもつれたまま干からびている。そこでカチアートが、バフを見つけた。

みんなで水路のなかからバフの軀を引っ張り上げた。草地の上に横たえてポンチョをかけてやり、それからエディが無線で救援ヘリを呼ぶ。

しばらく経ってからドクがやってきた。

「バフだ」エディがそう言ってポンチョをめくり、ドクが屍体を検めた。

「見つけたときはもうこんなだったんだ」エディが言う。「ひでえよな」

ドクが屍体から手榴弾と弾薬を外した。ポケットを検める。ラッキーストライクが一箱、財布とチューインガムとペンナイフ、そして認識票。ひとまとめにしてビニール袋に入れると、口を閉じてバフの手首に括りつけた。

「なんか忘れてないか」エディが言った。

「ポンチョをかけてやれ」

「もちろんそうするさ。でもヘルメットのほうは放っといていいのかよ」

「いいからポンチョをかけてやるんだ」ドクが言った。

彼らの後ろでポール・バーリンは眼をつぶっていた。カチアートと並んで水路の土手に腰を降ろす。カチアートは桃の缶詰を開けていた。甘い匂いがした。ポール・バーリンは眼を閉じたまま塩素の利いたプールの底に潜っているつもりになった。耳にかかる水圧、シュノーケルを伝ってくる空気、脳裏を浮遊するぼんやりとした緑のイメージ。なにも考えまいとした。静寂に意識を集め、思考を停止する。バフのシャツ——暑苦しい熱気のなかで奴の肩に張りついていたあのシャツ。それを脱ぎ捨てると腹の肉がベルトの上にせり出し、歩くたびにぶよぶよと揺れた。バフはでかい男だった。血と肉と脂肪の塊だった。暑い日には大汗をかいてひどい体臭を臭わせていた。みんなは奴をバフと呼んだ。バファローの略だった。いや、正確にいうと水牛の略だ。ポール・バーリンはなにも考えないようにしていた。死ぬときは死ぬ、それだけじゃないか。彼は夏の陽射しの下で深くプールに潜っているふりをしていた。

「膝をついてたんだ」エディが言う声がした。「カチアートが見つけたときには膝をついてうずくまってたんだ。ケツを上に突き出して顔を……ま、見りゃわかったさ。アラブ人のお祈りみたいにしっかり這いつくばって、顔をヘルメットのなかにめり込ませてな。見りゃ良かったんだ」

「やだね」

「違う。見りゃわかったさ。まるっきりアラブ人のお祈りとおんなじだったんだから」

「アラブの祈りってのはそんなんじゃない」ドクが言った。

「莫迦いえ、俺はTVでちゃんと見たことがあるんだぜ。上にケツを突き出してあんなふうに這いつくばるんだ」

「わかったよ」

「俺は見たんだ」

「わかったって言ったろうが」

くぐもった爆発音がして地面がかすかに揺れた。さらに二度。水路の向こうの村で第一小隊と第二小隊が塹壕を爆破しているのだ。ポール・バーリンはまだ眼をつぶっていた。それ以外にできることはなかった。悲しみのためではない。悲しみは、いわばほんの一部分だった。むしろいたたまれなさのほうが大きかった。雑音と混乱と、そして静寂。そのときになって薄目を開けてみれば、いたたまれなさしかそこにはないのだ。

背中のほうでエディとドクが小声で喋っているのが聞こえた。カチアートはまだ桃を食べていた。桃の甘い匂いと村が焼ける臭いが混じり合っていた。

もっとましなことに集中しようと彼は思った。たとえば親父が箒で掻き集めた落葉の山——赤黄に染まったその山の上に軀を投げ出し、それから裏庭の焼却炉に持って行った。煙と焚火のにおい、どんぐりの爆ぜる音。あのときのにおいだ。焚火と、村を焼く臭いと、パチパチと音をたてる干し草。そんななかで感じるのは本物の悲しみではなかった。

「よお」

「おお、オスカーか」

オスカー・ジョンソンがどさっと背嚢を降ろす音がした。水筒の蓋を開ける音、ややあってごそごそと動く音が聞こえた。

「誰だよ、これ」

「ビッグ・バフだよ」エディが言う。「他に誰がいるかって」

「バフか」

「そうさ、見るか？」

「いや」オスカーが言った。

しばらく間があった。

「撃られたんだ」エディが言う。「お前も見りゃよかったのに……ここで溝んなかにはまってたんだ。弾を食らってな、メッカでアラブ人がお祈りするときみたいにうずくまってたんだぜ」

「エディはアラブ問題の専門家なんだそうだ」ドクが口をはさんだ。「もうちっと静かにしてくれるといいんだがね」

「誰が専門家だなんて言ったよ」

「だから——」

「でも俺は知ってるんだ。アラブの祈りってのはほんとにあんなふうなんだぜ。『アラビアのロレンス』みたいにな」

「へいへい」

「蛆虫みてえなアラブ人が寄ってたかって列車をぶっとばすんだ」

「お前、話はバフのことじゃねえのかよ」

ポール・バーリンは眼を閉じたまま耳を傾けていた。死後にも生命があったら、と彼は思う、俺ならどうする？　傍らではカチアートが、今度は骨付きチキンの缶詰を開けていた。塩っぱい匂い、P—38（訳注　糧食用缶切り）の音、塩気にまみれた脂肪。カチアートはいつもなにかしら食べてばかりいた。缶詰のハムエッグのときもあったし、トロピカル・チョコレートバーのときもあった。ともかくひっきりなしになにか食べていた。くだらない、彼は自分に言った。なんてくだらないんだろう。俺には悲しそうにしてみせることなんてできないんだ。そんな気もないのに表だけつくろってみせることなんてできないんだ。要するにお前は、と思う、死んだのが白分じゃなかったのがうれしいだけなんだろ。つまりは安心したのさ、死んだのがバフで自分じゃなかったってことが。いくらふりをしたって、その気持ちを隠すことはできないんだ——。チキンの塩っぱい匂いに吐き気がして彼は思わず背を向けた。

地面がまた揺れた。二〇〇メートルほど上の水路のあたりで他の連中がまだ爆破作業をつづけている。爆破班は三つのグループに分かれていた。いまのはスティンクだ。例によって手際よく、すばやく正確で煙も余り立たない。あたりに立ちこめている煙は家を焼いているほうから漂ってきたものだった。ポール・バーリンは深くて暖かなプールの底に意識を沈めていった。

「で、こっちは？」エディが訊いた。

誰も答えなかった。オスカーが首を振っているのが眼に見えるようだった。

「じゃ一対〇かよ、はん？　野蛮人にやるだけやらせといて、こっちは完封負けってか？」

「もういい」

「だってよ——」

「うるせえ。ちっとは慎みってもんがねえのか」

「てめえはどうなんだよ。てめえだって――」

「てめえこそその口をどうにかしねえか」

葉っぱ(スモーク)が回された。ポール・バーリンには匂いでわかった。またいつもの儀式だ。沈黙があって、またぼそぼそ話が始まる。

「あいつはいい奴だったよな」

「ああそうだな。ヘリの奴ら、早く来ねえかな」

「いま何時だよ」

「昼だな」ドクが言う。「もうじき真昼だ。あいつら早くしねえかな」

「バフには関係ねえさ。奴はいつだってのろまだったしな。……へへっ、あの山のときのこと覚えてねえか」

「どれだよ」

「ほら、あの山でさ」

「ああ、あれか」

「でもまあ、いい奴だったぜ。な、そう思うだろ?」

「おい、スモーク回してくれ」

「それに銃を持たせりゃピカ一だったしな。特にでかいやつのことはさ」

「おい、回せったら」

「だってあのM―60(訳注　米制式重機関銃)をたったの二〇秒でばらせたんだぜ。すげえよな。たった二

○秒ってんだから」
「そうだな」

「チャッチャッ、ポンてなもんだぜ。こっちがクソしてるまに一丁上がりだもんな。負けるぜ」

「これからはマーフィの担当だろ」

「たぶんな」エディが言った。

「でなきゃポール・バーリンか」オスカーが言って、一瞬途切れた。「おいバーリン。お前、でかいのが欲しいか？ だったらお前のもんだぜ」

ポール・バーリンは眼を閉じたまま首を振った。

「要らねえってさ」

「だろうな」

「それともカチアートかな」

「いや、カチアートだって要らねえさ。マーフィに決まりだぜ」

「では諸君、民主主義に感謝を」ドク・ペレットが言った。

「アーメン」

オスカーが溜息（ためいき）をついた。「バフはなあ、まったく冗談じゃなしにあの銃についちゃピカ一だったぜ」

「ああ」

「いい奴だったよな」

それからもう一五分待った。

救援ヘリの音が聞こえて、ポール・バーリンはやっと眼を開けた。空は雲ひとつない快晴だった。一本残った柳の木が水路に影を落としている。不意を突かれたような気分だった。木があるなんていままで気づかなかった。これまでの数か月で初めて眼にする柳だった。白い細かな粉のようなものが木とその下の草叢を覆っている。空気にうっすらと硫黄のにおいが混じっているのは、その粉のせいかもしれなかった。いいにおいではなかったが、それを嗅ぐのは嫌ではなかった。明るい陽射しの下で木を眺め、長くて浅い溝が伸びているのを眼にするのは気分が良かった。

悲しいふりなど、できるわけもなかった。

彼は坐ったままで武装ヘリの姿を探した。エディが無線でパイロットと交信し、ドクとオスカーが柳の下に坐って発煙弾を準備している。

「おい、黄色のやつだ」エディが言った。

ドクが黄色のスモークを上げた。

やっと真上にヘリが現われ、水路の横の茶色くなった草の上に着地した。それからどたばたとバフを乗せる作業が始まった。せっかく手首につけておいたビニール袋がほどけて落ち、ドクが舌打ちしながら急いで結び直す。ヘリのローター音が物凄い。あたり一面に白い粉が飛び散る。そうこうしながらどうにか用意ができた。パイロットが指を二本立ててみせた。

チョッパーが上昇し、ちょっと機首を下げるとバフを連れ去っていった。

「さて」ドクが言う。

もう一度みんなで葉っぱ（スモーク）を回した。こっちはちゃんとしたほうの、静かなスモークだ。それから立ち上がって背嚢を背負い、ストラップをきちんと結んだ。カチアートはちょうどチョコレートバーを食べ終わったところだった。

「それで、だ」ドクが言う。「ヘルメットはどうする？」

それは水路の底にぽつんと転がっていた。見下ろして、互いに顔を見合わせる。

「そのまんま放（ほ）っとくわけにもいかんだろう」ドクが言う。「見られたもんじゃないからな」

「そりゃそうだ」オスカーがそう言いながら自分では動こうとしなかった。

「これじゃあんまりだろう」

「まったくな」

エディは膝をついて無線の調子が悪いふりを決め込んでいる。

「それにあいつの銃もそのまんまだしな」

「ああ」

「で、誰かが拾わなきゃならんわけさ」ドクが優しく言う。「これをそのまんまにしてくってのはちょっとまずいだろう？　誰でもいいんだがな」

カチアートがやった。

肩をすくめてポール・バーリンを見るとにっこりした。顔じゅうにチョコレートがくっついている。背嚢と武器を下ろすと土手から斜面を伝って土床まで行き、マシンガンを拾ってオスカーに手渡した。

それからまた斜面を伝って下へ降りた。

カチアートは慎重にヘルメットを腹のあたりに抱え込み、ゆっくりと水路の下の背の高い雑草が茂っているあたりまで持っていった。

死後に生命があったら、ポール・バーリンは思った。莫迦げた考えだ。それは一体どんなのだろう？　ふたつの眼と鼻、そこに見える間の抜けた驚愕の表情——あれは一体なにを語っているんだろう？　彼は悲しみを感じたかった。いや、せめて同情でよかった。けれども感じるのは好奇心だけだった。

彼はカチアートが丸太をまたいで立ち止まり、ちょうど洗面器の水を捨てる女みたいな仕草で、ヘルメットに残ったバフの頭半分を干からびた高い雑草のなかに放り捨てるのを見凝めていた。

カチアートが斜面を戻ってきた。水筒の水で持ってきたヘルメットをすすぎ、シャツの裾でさっと拭うと背嚢に括りつけた。それからにっこりしてガムを一枚出すと、包み紙をはがして口に放り込んだ。

「さてこれで良しと」ドクが言った。

「ああ、ぐっと良くなったな」オスカーがバフの機銃を担ぐと銃身をしっかり握った。「ここはもう御免だぜ、行こうや」

全員で水路ぞいを燃えている村のほうへ降りていった。もう爆発音は聞こえなかった。戦闘は終わった。陽射しはぎらぎらと暑く、白い粉が一面に舞っていた。

「これでひとつ覚えたろう」オスカーが言った。「簡単なことだけどな。絶対に撃(や)られるなってことよ」

「そらそうだ」エディ・ラッティが言う。

「絶対にだ。撃られちゃおしまいだ」

「わかってるって」

「わかってるもんか。絶対に、だぞ」

42　哨戒地点

これで全員だった。フレンチーにペダーソン、ルディ・チャスラー、ビリー・ボーイ・ワトキンズ、バーニー・リンとレディ・ミックス、シドニー・マーティン、そしてバフ。その間、六か月。もう半分はおぼろげになっている顔ばかりだ。奇妙な感じだった。時が過ぎ去り、ずきずきする痛みが流れ去ってしまうと、記憶までがあのほんの短い恐怖とともに飛び去ってしまう。そして本物の戦争はもう忘れられるのだ。憶えているのはひたすらな退屈と暑さ、蜒々とつづく時間、くたびれた村の気配、どうでもいい会話と変わりばえのしないジョーク、ちょっとした意地の張り合いと噂、穴掘りと穴埋め、そして事件もなきゃ変わったこともない行軍——どれもが夏の日の思い出みたいにぼんやりしている。おかしな話だった。何故なら彼が憶えているのはひどく些細なことばかりで、しかもそれだけは妙に明瞭でおセンチな話だったから、口に出すとかえってうろたえたような気分になってしまうのだ。いわゆる戦争物語。残っているのはそれだけだ。どれもが陳腐で見映えのしない、なけなしの莫迦げた戦争話だった。戦場で得た教訓だってそうだ。撃たれるのは痛いし、死人は重い。トラブルは探すな、どうせ向こうからやってくる。撃たれたときは自分でも音がわかる。戦場は死ぬほど怖い。死んだ後に生命はあるか――。それは確かに、辛い教訓には違いない、が、要するに無知ゆえの教訓でしかなかった。つまりは無知な人間のための陳腐な真実。残っているのは単純な出来事だけだった。事実、すなわち物理的な事柄。戦争だって、つまるところはどれも同じだ。新しい教訓もなければ、始まりにも終わりにも変化なんてない。劇的な筋書きや特別な緊張や決まった流れもない。要するにめちゃくちゃだ。

ポール・バーリンはじっと渚を見下ろした。あたりはもう明るく、小さな砂丘が風に形を崩しながら池の波紋みたいに移ってゆくのがわかった。眼を凝らすと、監視塔の周りに敷いた重い有刺鉄線の防御網を繋ぐ鉄芯までが見えた。まだ朧ろげな他の物影も、もうじきはっきりと輪郭を現わしてくるのはわかっていた。

彼は腕時計を検めた。午前五時。もう三〇分で夜明けだ。

水平線にはもう黄色い光が溢れ出し始めていた。やがて輝きはピンクに変わるだろう。そしてその色もじきに薄まってゆくだろう。海が色づき始め、一日が動き始める。そうなれば彼らも塔を降りる。降りて缶詰の朝飯を食い、少し泳いでから、誰が日陰をとるかでいつもの喧嘩をする。それから午前中にパトロールに出るのだ。渚を伝って東へ鋭く食い込んでいるバタンガンのほうに歩き、それから内陸に向かってぐるりと一周してから昼飯に戻ってくる。そしてもし運が良ければ、その日も他の大抵の日と同じく、暑さと蠅と退屈に悩まされるだけで何事もなく過ぎてゆくのだ。

しかしいまはまだ夜明けが始まったばかりだ。ポール・バーリンもあのことがどうなるかに思いを巡らすことができた。あの安楽な逃走、すっかり軽くなった頭と足。カチアートはどこまでみんなを連れていったんだっけ。それからなにを見つけるんだ？

五時きっかりだった——急がねばならなかった。

43　パリの平和

ルクセンブルク、四月の第一日め。彼らはパリ行きの真紅特急（トレイン・ルージュ）に乗り込む。四時間の旅。四時間、ポール・バーリンは思う、四時間……なんのうちの？　もちろんこの六か月にわたる行軍と、八千マイルの距離、さまざまな亜大陸から織り成される大陸空間のだ。そしていよいよパリだ。叫び出したくなる。薄汚れた窓ガラスを叩（たた）き割って頭を突き出し、眼（め）をかっと見開いて、文明のなかに全身をさらしながら滝のように流されるに任せるのだ。そのさまがもう眼に見える。パリ——彼は感じている。

列車は南へ二時間、小さな町々を数珠（じゅず）つなぎにして走り、国境を越えてフランスへ、さらにメッツで西へとまっすぐに向きを変えてゆく。速度が上がる。それがわかる。グリースを塗った軌道、床下から伝わる規則的な振動。加速だ。

彼は眼を凝らす。はっきり見たいのだ。ポケットからハンカチを出して唾（つば）を吐きかけると、念入りに眼の前の窓を拭（ぬぐ）う。豊かな土地ではない。農場は古びて小さく、みすぼらしい。大抵の村は二〇年も前の戦争の傷痕を未だにとどめて、弾の穴だらけの建物を並べている。しかしそれがなんだろう？　気にもなりはしない。煤煙も、子どもの玩具みたいに並んだ線路沿いの近代産業の落し物もだ——錆の浮いた貨物トラックに切り換えポイント、建築用の鉄材、鉄屑の山、焼却炉、ブリキ缶、潰れたままのおんぼろ車、タンクローリー、打ち棄てられた倉庫に鉄条網。彼の眼は、しかしその向こうだ。季節は春。木々は葉をたくわえ、ガラクタのなかには可憐な白い花も見える。それだけじゃない。北に向かう空には巨大な雷雲が膨れ上がり、もう雨粒が窓に当り始めている。まだほんの少し。だが、雨はもうまもなくだ。

　満面に笑みが浮かぶのが自分でわかる。通路を隔ててドク・ペレットに目くばせしたものの後がつづかず、かえってまごついて首を振る。なにか気の利いたことを言おうとするが言葉にならない。ただにやにやするばかりだ。でも、あの中尉でさえいまは笑っている。老いぼれはサーキン・オウン・ワンと並んで坐り、彼女がなにかを指さすたびに見上げてうなずいている。橋を渡り、谷を越え、村を抜ける。ふたりの後ろではエディとオスカーがワインで乾杯を繰り返しながら軽口を叩き、後ろの席の女の子たちの気を惹こうとしている。うるさい奴らだな、ポール・バーリンは思う。静かに坐ってこの切れ目なく拡がるパノラマを眺めたらどうだ、この素晴しい世界を。

　速度がまた上がる。列車は川のうねりに沿って身を翻し、高架の鉄橋をまたいで濡れた草原と森を抜けて、薄く反った赤い瓦屋根と傾きかけた壁の農家をやり過ごしてゆく。嵐にそなえて身を寄せ合う牛たち、水かさを増した川面、墓地、壊れた塀。どれもがたちまち後ろへ流れる。速度がすべてをぼやけさせ、前進力が物体をすべて灰色にしてしまうのだ。細部だ、彼は思う。カチアートはなにを見たろう。カチアートが見せようとしたのはなんだろう?

「バーン!」

エディが例の娘たちの後ろからそっと近づき、ピストルのかたちにした指を突き出して、ちょっとぐらい振り向いてくれたっていいだろと催促している。

「バーン、バーン!」

オスカーが笑いながら彼の背を叩く。娘たちは他の席に移ってしまう。

音がした。大砲か。小銃か? ポール・バーリンは急いで曇った窓ガラスを拭う。雷だ! 北の空にぎざぎざの閃光が二本走り、追いかけてすぐ三本目、さらにつづけて雷鳴が三つ轟いて雨が降り始めた。

町の間隔がせばまっている——シャトー・ティエリーにモー、それから郊外の切れ目ない連続。すべてがもつれ合い、からまり合って、細部を捉えようとしてもすぐ過ぎ去ってしまう。おまけに窓もすぐ曇る。罵りながら、彼は袖で窓を拭いつづける。外では雨足が強まっている。鼻を窓に押しつける。いっそ叩き破ってしまいたいぐらいだ。指がぴくぴくと動き、彼はそいつを拳に握り込む。

そのとき不意に列車が轟音とともにトンネルに入り、照明がめまぐるしく明滅して、また灰色の外光のなかに出てゆく。すべてがきらめいている。空気は冷たく、雨の匂(にお)いがする。花の匂いもだ。雷鳴が聞こえ、教会の鐘の音がする。教会の鐘！　深いブロンズの鐘の鳴る音をしっかり聞き届ける。空はどうだ？　青黒く膨れ上がりながら崩れ落ちてゆく空、身を震わせ慄(おのの)きながらなだれ落ちてゆくような空。そこから雨がつづく。

勢いよく窓を開ける。

頭を突き出し、眼をかっと見開いて、パリを見る。

街が亡霊のように姿を現わす。最初は雲に触れんばかりに聳(そび)え立つぎざぎざのゴシックの尖塔(せんとう)が見え、橋と石と黄色っぽい建物の群れが中空にゆらめき、ついでセメントと煉瓦(れんが)の建物がさまよい出て、まるで魔法のようにいろんなものが後から後から湧(わ)いては消えてゆく——きれいに塗った鎧戸(よろいど)のある家、パン屋、犬を連れた人影、倉庫、きらきら光る水溜(みずたま)り、通りと公園と傘(かさ)の群れ。

信じられないような速度だ。甲高い汽笛と振動音とともに街が一気に近づいてくる。

彼は雨に顔を差し出す。

口を大きく開けて雨滴を舌に受ける。歯が車輪のようにかたかたと鳴る。耳に轟音が充満している。

満足の笑みが拡がってくるのがわかる。

「パリだ」呟(つぶや)く。

雨が眼に沁(し)みる。眼をしばたたかせながら懸命に鼻を風上に向ける。高い尖塔が眼前を掠(かす)

めてゆく。地平線の果てから果てまで転がってゆくような深い雷鳴が轟き、鐘の音が重なる。後ろでサーキン・オゥン・ワンが歓声を上げ、オスカーとエディとドクがはしゃいでいる。これをひとり占めにしたいと思う。雨のなかにさらに頭を突き出す。両手をいっぱいに拡げて突き出し、みるみるうちに赤く、濡れてひりひりしてくるのを見凝める。遙か遠くに、雷雲に頭を埋めたようなノートルダム寺院の二本の尖塔が一瞬ちらりと見える。ガーゴイル（訳注 魔獣の頭をかたどった西洋建築の排水筒）の獰猛な眼が煌る。台座から裂け出て翼を拡げ、空へ飛び出す——飛び出すのだ！ 怪鳥の叫びを上げるコウモリの翼が空をつかまえ、弾みをつけて蹴り上げながら空へ舞い上がる。雷雲がパリの空の下のすべてをさらう——大きな石の橋も、バスも、婦人の手提げのなかのキャベツも、小旗も、紙ふぶきも。本当なのだろうか、これは。唇の雨粒を舐めてみる。風を感じ、肺いっぱいに雨を吸い込み、眼をしばたたかせて笑ってみる。本当だ、これは。間違いない、本当なんだ、これは！ 舗道が目に入る。川のように溢れ出した側溝、店、画廊、しなった木々、緑の信号、車の警笛の響き。そして人間だ。人々は店先に群がり、曇ったガラス戸の向こうではランチをつくったり居眠りしたり手を握り合っている人々が見える。そう、これは本当だ。

列車が脚をゆるめたようだ。車掌の声がする。視界がくっきりと落ち着いてくる。線路敷きにはカンテラを下げた男が立ち、その向こうには石炭の巨大な山がいまにも崩れそうになっている。

ブレーキの音。連結器が悩ましい声を挙げる。ガレ・デュ・ノール、パリ北駅だ。

しゅうしゅうと蒸気を吹き出しながら列車が身を震わせて停まる。

駅の巨大な円天井に雨が叩きつける。

「パリだ」我知らず声が出る。

ホームはたちまちのうちに人で溢れ、喋りさんざめきながら大小の荷物に手を伸ばし、動き回る人波が流れ出す。エディとオスカーとドクが握手をしている。肩を叩き合い、抱き合ってなんだか泣き出しそうに眼をしばたたかせている。中尉の顔が蠟人形のようだ。いつも手で軀のどこかに触っている。背を伸ばし、戦闘服の裾を引っ張ってそろそろとヘルメットを頭に載せる。

それからうなずく。

「品よくな」そう言って、もう一度自分に向かってゆっくり同じ言葉を繰り返す。「品よくな、諸君。ここの人間にたしなみを見せるんだ」

もちろんその通りだ。オスカーはM―16をきちんとくるみ、ドクは眼鏡を拭く。ドアに向かって移動する。

誇り高く、持てる限りの威厳を漲らせて、ポール・バーリンはパリへの第一歩を踏み下ろす。サーキン・オゥン・ワンが降りるのに手を貸し、他の面々が揃うのを待つ。

駅は薄暗く、土の地下室のように湿っぽい。雷がガラス天井の上で転げている。

毅然として彼らは歩く。

人混みのなかに歩み入り、コンクリートの階段を降りて正面玄関の回転扉を抜ける。外はまるで南国の雨だ。

そこで止まる。通りの向うには建物が夢のように霞んでいる。しかしこれは夢じゃない。ポール・バーリンは微笑んで深い水溜りに足を踏み入れる。ブーツのなかに水が入る。しっかりと地を踏みしめる。目玉がひりひりしてまばたきする。他人の笑い声のような自分の声が聞こえる。つかのま自分がとんでもない莫迦のような気がする――背嚢に水筒に野戦服。それでもここはパリだ！　顔じゅうが綻んで止まらない。顔はびしょ濡れで眼がちかちかする。

ドクが背中を叩く。彼らは抱き合う。タクシーが水しぶきを上げて傍らを過ぎる。でも気にしない。彼らは抱き合い、誰もかれもがしっかりと抱擁を交わし合って一様に空を仰ぐ。冷たい恵みの雨。オスカーの顔が濡れて光っている。エディがぶるぶると頭を振り、にやにやしながら唇を舐める。ポール・バーリンはサーキン・オゥン・ワンにキスする。彼女は泣いている。泣きながら笑っている。

雷鳴が街じゅうに鳴り渡る。

中尉が顎を上げる。誇らしげだ。うやうやしく手を差し伸べて握手を交わす。

「さあこれからが最後の山場だ」おごそかに言う。「終わりをつつがなく締め括ろう。隊を組んで、慌てず、真っ直ぐに前を見て進め。兵士らしくいくんだ」

そして縦隊を組む。

最初が中尉、次がサーキン・オゥン・ワン、それからエディとオスカー、ドク・ペレット。

ポール・バーリンがしんがりだ。誇り高く、毅然として。肩を張って、頭を立てて。きらめく街路を整然と進む。車やバスが行き交い、警笛が鳴り、みんなが啞然として見ている。が、関係ない。彼らはパリを進軍する。雨が心地よい。

最初の週、彼らはサンジェルマンのはずれの小さな煉瓦づくりのホテルに部屋をとった。イタリア大使館から一ブロック離れたところだった。仄明るい部屋の壁紙は茶と金色で、ベッドは真鍮だった。毎朝彼らはアンティークと長椅子を置いた狭い居間で一緒に朝食をとり、コーヒーをポットで二杯ぶん呑んだあと手分けしてカチアートの捜索に散った。あんまり生真面目にこれを繰り返すのはポール・バーリンにとってときどき苦痛だったが、そんなときオスカーはいつもしっかり釘を差した。

「そりゃいまはなんでもうっとりと気分いいもんだけどな」そう言って絹のように優しい声を出す、「しかし俺たちは観光客じゃないんだぜ。それどころか戦線離脱者なんだ。わかるか？　命令もなしに戦争をお留守にしてるってことなんだから、保障もなしには申し開きのしようがねえってことさ」

「保障？」ポール・バーリンはいつもそう答え、そしてオスカーは決まってにっこりしながら答えた。

「あの莫迦野郎をとっ捕まえて縛り上げて連行することさ。そうやってあの野郎をアメリカ大使館に連れてって交渉のテーブルに坐らせる。で、俺たちのほうは自分の立場をどうにかするってわけさ。な？　わかるだろ。そうすれば俺たちは物理的な証拠を手に入れたってことになるわけなんだぜ」

「それで？」

オスカーはいつもそこで鼻を鳴らす。「お前、まだわかんねえのかよ。俺たちが奴らにカチアートを見せりゃあ辻褄が合うじゃねえか。俺たちが野郎を追っかけた挙句にとうとうここまで来ちまって、ようやっと、ほらこうして捕まえて連れてまいりましたってよ。これこそが、おめえ、保険ってもんじゃねえか」

そんなとき、いつも全員が黙って耳を傾けていた。それからエディが言うのだ。「つまり、俺たちか、奴かってことだよな」

「そうともさ」オスカーが言う。「こいつはゲームなんだぜ。俺たちか奴かのな」

けれどそう言われても、ポール・バーリンにはオスカーのようには思えなかった。雨は止み、街路はすっかりきれいになって、公園には花の蕾が見え始めていた。教会は始終鐘を鳴らしている。子どもたちはみんな青い上っぱりを着て長い革紐の付いた鞄をぶら下げながら学校に通っていたし、暖かな日には誰もがカフェの表の張り出しでコーヒーを啜り、婆さんと鳩は公園のベンチで日向ぼっこをしている。通りの渋滞も、勤め人たちに脚を見せつけながらサンジェルマンの通りを歩いてゆく娘たちもだ。そんなところでカチアートを探せと言われても無理な話だった。せいぜい橋から釣り糸を垂れているおっさんやその様子を描いている絵描きがわかる程度だ。でなければ美術館だ。馬上で槍(やり)を構え、傍らで木製の剣を構える道化。仮面の男たちの情けない滑稽(こっけい)な姿。踊り子やお城やはらりと裾を拡げた貴婦人たち。ポール・バーリンはそれらの絵を勉強した。画面を仔細(しさい)に吟味し、横に解説があればちゃんと読んだ。市内にある丘にはすべて登った。橋の歴史もちゃんと勉強して、それが何のために造られてからどうなってどうなったのか、もちろんちゃんとわかるようになっていた。そんなふうに彼はこの街の細部を見ていた。乳母車のなかで赤ん坊が眠っているのを傍らに、お喋りばかりしている奥さんたちやおじさんたち、木陰で本を読んでいる学生、すべてはあるべきところにある。簡単なことじゃないか。「ありがと(メルシー)」と言われたら「どういたしまして(イル・ニ・ディ・ア・パ・ド・ケ)」そう答える。平和って一体なんだろう。それは控えめなものだ。それが学んだことのひとつだった。平和はことさら見せつけるようなもんじゃない。あると信じて探さなければ見つかりはしないものなのだ。

毎日が暖かだった。彼としてはサーキン・オゥン・ワンと手を握り合って街をぶらぶらしていたかった。恋人なら当然そうするように。そんなときにはポン・デュ・キャラゼル、つまり「回転木馬(キャラゼル)の橋」まで歩いていって、そこでぼんやり川面(かわも)を行き交う船を眺めながら、その後で見るからに高価(たか)そうな店ばかりが並んでいるセーヌ左岸の、見るからに金のかかった恰好(かっこう)をした人々が高価そうな店や画廊の合間を歩いているあたりを横切って帰った。それから大抵ふたりでゆっくりと昼食をとり、しみじみと彼女を見凝めて以前なら気にも止めなかったようなことに注意を払った。たとえばサンダルを脱ぎ捨てて脚の下に足をたくし込んでぐるぐると回す習慣だとか、そのときにセーターの上で彼女のアクセサリーが光る様子だとか、黒い絹のような光を放つ髪を彼女が毎日少しずつ違った髪型にしていることだとか、そういったことだ。こんなふうにして、以前なら思いもつかなかったような感じでお互いに触り合う。そして彼女がほんのり笑う。それから彼は花を買う。

だからそれでいいはずだった。花のパリで事は終わり、恋することこそが正しいことに思え、そして彼はその通りにしたのだ。

「ぼくは恋してるよ」彼は彼女に言った。

彼女は裸足で川沿いの道を歩きながら言う。「なんて素敵なのかしら！」そして「ねえ、恋って素敵じゃない？」

「そうだね」

「あなたが言ってるのなんてただの可能性だけかと思ってたわ、四級特技兵？」

「そんなことない」彼はきっぱりと言った。「これが真実なんだ」

それからふたりでホテルへ帰る。夕暮れの陽が薄紗のカーテンの向こうに透けて見える。それが彼は好きだった。部屋のかび臭い匂いもテラスでさざめく雀の鳴き声も、廊下を掃除する真空掃除機の唸りも。それから彼女が外す金のイヤリングの小さな音もだ。

「なんて素敵な可能性なのかしら、ね？」彼女はそう言って微笑む。「あなたって幸運よ。

なんて運がいいのかしら」
「茶化すなよ」
「あら違うってば！　あなたと一緒にいられて嬉しいのよ。だってパリにいて恋してるなんて、ほら、ね。なんてあたしって幸せなのかしら」

細部——彼はシテ島のドファン広場で落ち着いた静けさを見つけた。鳩が遊び、昔ながらの街灯と栗の木のあるところ。小さな広場の向こうの家のサロンからは誰かがピアノの練習をする音が聴こえる。街角の新緑のなかで犬がじゃれている。すべてが簡素で控えめだった。チェックのシャツと紫色のパンツを履いた黒人がアコーディオンで『フランスの薔薇』を唄っている。

オスカーを除けば、みんながカチアートのことなんか忘れたようだった。奴を探すといっても遊び半分だった。任務だの義務だの責任だの、誰も口にしはしなかった。

夜になるとモンパルナスの通り沿いの安いレストランに行った。フライドポテトを食べてワインを呑み、それから踊りに出かけるのだ。いつもフランク・ザッパで踊った。そんなときエディが店で何人か女の子を調達してきて、みんなでヘルメットをでっかい酒杯に見たてたりしながら娯しみ、また踊った。そんなふうにしていると誰か知らない人間が飲み代を払ってくれたりした。警察もにっこり笑ってうなずいた。金なんて要らなかったし、パスポートも求められたことはなかった。そんなふうにしていつも新しい店に踊りに行った。


「ねえスペック4(フォー)」

彼は眼(め)を閉じていた。もうすぐ夜明けだ。表ではもう車の音がする。トの中庭からは虫の声がしている。

「ねえ、眠ってるの、スペック4(フォー)?」

「うん」

「起こしてもいい?」

ランプシェードに蛾(が)がガサガサとまとわりつく音がする。足をくすぐられているのがわかった。足を動かしてもついてくる。

「どお、気持いい、スペック4(フォー)?」

「そりゃなんだい」

「羽根よ」彼女が言って笑いながら爪先(つまさき)をくすぐる。「あなたのベッドのなかにアヒルがいるのよ」

「黄色いアヒルかい?」

「なに言ってんの!　赤いのよ。きっとあたしたちのこと、素敵な晩御飯にするつもりだわ」

彼は眼を開けた。足元にひざまずいている彼女が見える。膚（はだ）は浅黒く滑らかで、それほど幼く見えない。髪に何本か羽根が飾ってあった。

「ねえ、スペック4（フォー）」

「ずいぶんイカした名前だね」

「ねえスペック4（フォー）……あのね、そろそろあたしたちだけのアパートを借りてもいいと思わない？　どう？　高くなくてもいいからあたしたちだけのを、ね？」

「スペック4（フォー）ってすごい名前じゃないか、どう思う？」

「そうね」言って起き上がり、今度は膝（ひざ）の上に羽根を這（は）わせた。「スペック4（フォー）って、あたしが一番好きな名前よ。でも――」

「そう。でもぼくは変えたんだ、知ってるだろ」

「知ってるわ、あなたが言ったもの」

「軍隊にいるときはそれが普通の呼び名だったけどね。もう違うんだ」

「新しい名前も好きよ。でもアパートのことはどう？　無理かしら」

「ここは嫌（いや）なのかい」

「嫌じゃないわよ。でもここはホテルでしょう。ホテルってそのときだけのものじゃない。でも、ほらアパートは……アパートはずっと住むところだわ。この違い、わかるでしょ、スペック4（フォー）？　もし素敵なアパートを見つけられたらずうっと腰を落ち着けられるわ。そうなったらなんて素敵なんでしょ」

「そうだろうね」

彼女は彼を見凝めた。

「だったらそうしましょうよ。アパートを探しましょ、ね？」

「うん、いずれね。終わったら——」

「なにが終わったらなの？」

彼は起き上がった。「だってぼくひとりが降りるわけにはいかないよ。エディもドクも中尉だってみんないるんだから」

「あなたの友だちってわけね」彼女が呻いた。

「まあね」

「大切な大切な友だちってことよね」

「そんなこと言ってるんじゃないよ。俺たちは兵隊なんだぜ」

「そんなこと忘れて」真っ直ぐに彼を見ながら彼女は優しく言って、脚を絡ませてきた。

「きれいさっぱり忘れるの。そしてふたりで飛びきりのアパートを見つけるのよ。カーテンを縫って、それから……なんだってできるじゃない。幸せになるのよ！　カチアートを探すなんて莫迦なことは忘れて、ね？　いまここで決心して、みんなが起きないうちに着替えて出ちゃえばいいじゃない。そしたら幸せになれるわ。ね、わかるでしょ、スペック4？　いまならできるのよ」

「それじゃ夜逃げじゃないか」

「そうよ、その通りだわ！」

彼は肩をすくめた。煙草(たばこ)を探して火を点(つ)け、頭をはっきりさせようとした。

「ま、やってやれないことはないかもしれないけどね」

「それだけ？」

笑みをつくろうとしてみた。「そうさ、可能性はなくはないってことだよ」

いきなり彼女が自分のお尻(しり)をぴしゃりとやった。大きな音で思わずぎょっとなった。

刺すような眼つきをしながら彼女は立ち上がって窓のところへ行った。叩(たた)いた痕(あと)がお尻にはっきり見える。

「なにが可能性よ」言った。「可能性はあるあるって、そればっかりじゃない。つまらないわ」

「だってちゃんと考えなくちゃいけないだろ」

「考える！　考えて考えて、そればっかり！　要するにあなたは怖いのよ。逃げるのが怖いんだわ。夢を見て、考えて、ふりをして……でも、いましなくちゃ。ね、スペック4(フォー)。わかるでしょ。どうして逃げないの？　どうしてあなたも難民になっちゃわないの？　考えなくちゃいけないから？　信じなくちゃいけないから？　ゲームをしてカチアート探しごっこをしなくちゃいけないから？　でも、なんでそんなことするの？　もっとちゃんとした理由はないの？　幸せになるためとか、自分の手で平和を見つけていい人生を送るためとか。もう考えるときじゃないわ、スペック4(フォー)。あたしたちは自分の手でちゃんとやれるわ、ちゃんと幸せになれるわ。それがいまよ。いまだったらできるわ」

彼女はくるりと振り返った。静かにベッドのそばまでやってきて彼を抱きしめ、優しく揺すりながら頭を抱いて起こす。

彼は眼を閉じた。石鹸(せっけん)と線香の匂(にお)い、時が長く黄色い尾を引いて瞼(まぶた)に翻(ひるがえ)る。できるだろうか？

「ねえスペック4(フォー)」

彼はうなずいた。やれそうだった。そう、ふたりでやるんだ。他の連中にはなんとか説明できそうな気がした。幸せかい？　彼女にそう訊(き)いてみた。

「もちろんよ」彼女が囁(ささや)く。「いまは幸せよ」

彼らは運河のボートに乗り込んだ。ロダン美術館に行き、午後はノートルダム寺院の人混(ひとご)みのなかで過ごした。それからバスでヴェルサイユへ。リュクサンブール公園にピクニックにも行った。深夜にエッフェル塔に上り、観光ガイドの声に耳を傾けた。ガイドは言った、「パリは場所の名前ではありません。それは心のあり方なのです」ポール・バーリンは微笑した。だが秘(ひそ)かに、それ以上のところであってほしいと思っていた。

彼らはアパートを四つ当った。ふたつは到底手が届かなかった。残るうちのひとつはホテルからほんの一ブロックのところにあって薔薇の咲く庭と鎧戸と樫板張りの床があったが、サーキン・オゥン・ワンはもっと上の階の部屋のほうがいいと言った。見晴らしのいいお部屋がいいの。朝になって眼が覚めると窓際に行くでしょ、そして周りの屋根を見たり広々とした眺めの向こうに川が見えたりするの、そう彼女は言う。

「あたしって欲張り？」

「そんなことはないさ。みんなぼくたちのためなんだからね。きっとべつの部屋があるよ」

「あたしね、ほんとに完璧にしたいの」

「そうなるさ」

「そうよね。ほんとはあなたのほうからそう言ってほしかったわ」

「ちゃんと完璧になるって」

四番目の部屋は廃兵院の裏の急な丘のてっぺん近くにあった。一階には商店街があり、二階には歯医者と小さな生地屋があった。管理人の倅が上の部屋を見せてくれた。六階に着くころにはふたりとも息が切れていた。

「階段たくさんです」少年が言った。英語を喋るのが恥ずかしそうだった。「ご婦人も旦那さんも鍛えられますね」

こまごまと見るまでもない部屋だった。小さな部屋が三つと茶色に塗った簡素な松板の床、天井は傾斜がついていて部屋の裏側に回ったサーキン・オゥン・ワンは腰を屈めねばならなかった。少年がきまり悪そうに笑った。寝室には古い簞笥がふたつと鏡、それに危なっかしげな木製のベッドがあった。壁はひどく罅割れて、全体がまるで解体所みたいなものすごい臭いがした。

サーキン・オゥン・ワンはそれが気に入った。

「磨き甲斐があるわ」彼女は言う。「石鹼とお水とペンキがたくさんいるわね」

ふたりはキッチンをひと通り見てから寺院の鐘楼を望む小さなポーチに出てみた。ブロンズの鐘と鳩の群れが見える。左のほうの丘下には狭い路地に沿って家々がひしめき、小さな遊び場とロープから下がった洗濯物が見える。

「素敵じゃない？」彼女は言った。「ここで朝御飯が食べられるわ。コーヒーを飲んで――」

「鐘の音を聴くのか」

「うるさい？」

「いや」彼は言う。「鐘の音はいいよ。特に大きなやつがさ。ほら、向こう側の鐘をよく見てごらん。鐘を打つところにつくった職人の刻印まで見えるから」

「まさか」

「メイド・イン・ホンコンって書いてある」

彼女はおどけた顔をつくり、少年のほうを向いてフランス語でなにか言った。少年が笑い出して腕時計を指しながら早口でなにか言った。

「ふうん」彼女が言う。「あのね、普通の日は一日に三回しか鳴らないんだって。日曜は六回」

「気に入ったみたいだね」

「ポール・バーリン四級特技兵殿が好きならあたしも好き」

自然に顔が綻(ほころ)んだ。

「よし、じゃその子にゴキブリとおんなじ家賃でいいですかって訊いてくれ」

彼女が少年と話した。

「月に三〇〇フランですって。虫はその半額だそうよ」

「そりゃ掘出し物だな」

「それとね、ここのゴキブリはすごく静かで、この一〇年間に一回だけ、騒いで放(ほう)り出されたゴキブリが一匹いるんですって言ってるわ」

「一匹でも害虫駆除したことがあるなんて信じられないな。そう言ってくれ」

彼女が伝えると少年がくすくす笑った。褐色(かっしょく)の髪を肩まで伸ばして革のヘッドバンドをしていた。「一度もない(コネ・パ)」

それからもう一〇分ばかりその部屋で過ごした。サーキン・オウン・ワンは蛇口(じゃぐち)やオーヴンや電気をひとつひとつ全部確かめ、それからまたポーチに戻って眩(まぶ)しそうに手を翳(かざ)しながらあたりを眺めた。午後の強い陽射(ひざ)しが部屋を暖める。

「ここにしていい？」彼女が言った。「きっと幸せになれるわ」

「だろうね。ただ——」

「気が変わったの、スペック4(フォー)?」

「そうじゃない。カチアートのことが気になるだけさ」

「だってもう止(や)めることにしたでしょ」

「ああ」

「笑ってみせて」

彼は笑った。「よしわかった。ここにしよう。ただみんなに話さなくちゃ。特に中尉にはね。こっちで勝手にやっちゃう前に中尉は聞く権利があるからね」

「わかったわ、確かにそうね」

「気になるかい?」

「すごく気になる」彼女は彼の頬(ほお)にキスした。「でもあなたが話したらきっとここに戻って来るのよ」

「ああ、すぐにね」

「きっとすぐによ。内金を置いといたほうがいいかしら」

「必要かどうか訊いてみてくれ」

彼女が訊くと少年は笑って、このアパートに最後に借り手がついたのは一九四六年のことだと言った。当然、内金など要らなかった。彼女は管理人の電話番号を書き留め、後で電話すると約束した。

陽はもう街のへりに差しかかっていた。ふたりはアンヴァリッドのほうへ丘を降り、大砲を据(す)えた広い芝生を回ってから公園を横切ってヴァレンヌ通りからホテルのほうに向かった。イタリア大使館の旗が半旗になっている。ひどく静かだった。

「ほんとにほんとに素敵なアパートね」サーキン・オゥン・ワンは言った。「人探しよりアパート探しのほうがずっと良くない？」

「ああ、ずっとね。どこかで一杯やってこうか」

「うん、あたしたちのアパートに乾杯ね」

彼らはグレネル通りの小さなスタンドバーに入ってコニャックを飲んだ。カウンターの向こうのテレビに学生と警官隊の小競(こぜ)り合いの模様が映っていた。警官隊はプラスティックのシールドをつけたヘルメットと防弾チョッキに身を固めている。学生たちが催涙ガスから必死に逃げる。それからマイクの向こうに坐(すわ)った無帽のド・ゴールの顔が映り、旗竿を握る学生たちの映像が現われた。音は消してある。店のなかの誰も気にも止めていなかった。

それからふたりはサン・シモン通りを歩いた。あたりはもう暗く、ホテルの中庭は静かだった。彼らは立ち止まってキスした。

なかに入るとドクとエディと中尉が居間でカナスタ（訳注 カード遊びの一種）をしていた。中尉は酔っていた。

「そっとしとけ」エディが言って老いぼれ中尉のほうに目配せした。

「アイゼンハウアーが死んだんだ」

「アイクが？」

「チェーンスモーカーでな」ドクが言う。「俺はいつも、あんなふうに煙草喫ってたら他にはなにも望めないぜって言ってきたんだけどな」

「うるさい、黙ってろ」

「すみません、中尉。ただ――」

「黙れと言ってるんだ」

とてもアパートのことなど切り出せはしなかった。ポール・バーリンは何ゲームか付き合っただけですごすごと部屋に上がった。サーキン・オゥン・ワンはもう眠っていた。彼は明りを消し、彼女に毛布を着せかけてから、エディの買ったヘラルド・トリビューンを持ってバスルームでアイゼンハウアーの記事を読んだ。第一面にふたつ写真を添えた記事だった。一枚はウェストポイントの士官候補生だったころのアイクの顔写真で、もう一枚は連合軍のパリ解放のときのあの有名な笑顔、熱狂的なパリ市民たちにジープを揉みくちゃにされているところの写真だ。べつに大した感情は湧かなかった。世代的なことだろうか。たぶん親父たちなら、なにか然るべき感情を持つのだろう。彼は記事を読み――フランスに関連したことを中心に事実だけを淡々と伝えた記事だった――、それからべつの記事に眼を通した。世間が余りにも変わっていないことに驚く。世界は動いているはずだのに、古い事実ばかりが焼き直されている。ニクソンが大統領だ。シカゴでは去年の夏の民主党大会のときの騒ぎを起こした八人のデモ首謀者に、連邦大陪審が起訴状を突きつけていた。彼はこの出来事を見逃していた――すべては軍隊での基礎訓練中に始まっていたのだ。催涙ガス、警官隊、どれもがそうだ。世はすべて何事もなし。ダグウッドは相変わらずミスタ・ディッチャーズと揉め事をつづけている。一体なにが変わったんだ？ 戦争は相変わらずだ。「平和会談にいっそうの進展を期すべく、国防長官はB―52戦略爆撃機による北爆回数をひと月に一八〇〇から一六〇〇に削減するとの決定を下した。その間、南では平穏な一週間がつづき、中央高地一帯とデルタ地区で散発的な戦闘行為が展開されただけだった」新たな死者はわずか二〇四人、記事はそう伝えていた。それとアイクのことだ。アイクは死に、ひとつの時代が終わる。

彼は新聞を畳み、明日の朝スポーツ欄を読めるようにスツールの上に置いた。シャワーを浴びて煙草を喫い、ベッドに入った。

長いこと横になったままで、彼はいろんなことを考えていた。朝になったら家に電話してみようか。そしてすべてを話す。ひとつのきっかけから後がどんなふうにつづいたのかを話すんだ。そしてなにかアドヴァイスしてもらう。アパートを借りるのがいいかどうかも、すべてをうまく収めるにはどうしたらいいかも。

サーキン・オウン・ワンが寝返りを打って彼にすり寄ってきた。

「暖（あ）ったかい？」彼女が言った。

「うん、いい気持だ。お休み」

彼女は丸くなった。彼女の肌（はだ）の下の小さな骨が感じられる。ときどき自分がガラスみたいに彼女を壊してしまうんじゃないかと思わせる、あの骨だ。

「夢見てたのよ、スペック4（フォー）」

「そう？」

「中身を知りたくない？」

「アパートのことだろ」

「そうよ。ふたりで小犬を飼ってるの。茶色い眼をしたちっちゃな小犬でね……あたしたちは床に寝そべってるの。そして犬を呼んでるの。ちゃんと躾けなくちゃいけないんだけど……でも可愛いったらないんだもん！　ね、小犬を飼うって良くない？」

「素敵だね」

　しばらく返事がなかった。なにか考えているのがわかった。

「具合でも悪いの？」

「どこも」

「ね、スペック4」

「うん？」

「アイゼンハウアーって誰？」

「誰でもないよ」彼は言った。「ただの英雄さ」

　翌朝、彼がノックしたときには中尉はまだベッドのなかにいた。ショーツだけを履いた裸で、煙草を喫いながら朝の光にぼんやりと視線をさまよわせていた。窪んだ胸板、細くて白い脚、ひとつずつ数えられるほど浮き出たあばら。

「後でまた来ます。べつにお邪魔するほどのことじゃないんで」

「誰が邪魔だって？　俺が邪魔されたみたいに見えるか？」中尉は彼を手招きした。

ポール・バーリンは煙草に火を点け、老いぼれ中尉が起き出して服を着始めるのを見ていた。部屋じゅうに消毒用のアルコールの匂いがする。ほかにも病院のような匂いがしたが、それがどこから来るのかはわからなかった。

「残念です」

「なにが」

「その——ほらアイゼンハウアーのことです。残念でしたね」

中尉はトラウザーズのボタンをはめていた。「そんな奴のことは知らん」

どこから切り出していいのかわからなかった。ポール・バーリンは窓のところへ行き、金具を回して窓を開けた。そこにちょっと立ってから中庭に煙草を投げ捨て、振り返って首を振った。

「言ってみろ」中尉が言った。

「は？」

「全部吐き出せ。どうしたんだ」

言われるままにポール・バーリンは、アパートのこと、特にサーキン・オウン・ワンがそこをとても気に入っていること、そして自分としても悪くないかもしれないと思っていることを話した。なにかちゃんと長つづきさせることができそうに思うんです。だからしばらく腰を落ちつけてみたいような気がして——。

「それで結論は？」

「結論はないです」

「要するに離隊したいのか」

「まあそんなとこです。中尉の考えを聞きたいと思って」

「離隊したいってことにか？」

「はあ、まあ」

中尉は薄く笑った。皮肉な気配はまるでなかった。「あの子はいい娘だ」

「それはわかってます」

「じゃなにが問題だ」

「その……わかるでしょ。これはつまり途中で降りちまうってことです。全部放り投げて勝手にするってことでしょう」

肩をすくめ、頭を振りながら中尉はブーツを履くために腰を下ろした。「水が溢れてダムはもう壊れちまった。だとすりゃ後は野となれだ。お前がひとりになろうが、みんなと一緒にいようが、可愛い娘をとろうが、どれだっていいだろう。どのみち同じなんだからな」

「よくわかりません」

「そうか？」

ポール・バーリンは唇を舐めた。「その、俺たちはこれまでずっと一緒だったでしょう？　全員でです。つまり、つまり俺たちは全員で一分隊じゃないですか。カチアートを追いかけるのが、なんというか、任務だったじゃないですか。ただ逃げてたわけじゃないんだから」

「お前、ほんとにそう思うのか」

「いや、その、なんとなくそうだと」

コーソン中尉は目頭をつまんだ。疲れ切った様子だった。

「俺に言えることはない」彼は言った。「命令を下すなんてことはできない。ゲームをやってみせて、なんとかそれらしくしてはきたけどな、もうそれだってどうしようもないだろう。言えることがあるとすりゃ、このショウの仕掛人はオスカーだってことだ。それだけが俺の気がかりだよ」

「それで――」

「それだけだ。後は自分で決めるんだな……どっちにせよ。ふふん、ひょっとすりゃいいことだって起こるかもしれんしな」

「それ、本気なんですか」

「ああ。オスカーにだけは気をつけろ」

「中尉は？」

ご老体が溜息をついた。洗面台に寄って顔を洗った。「知るもんか。しばらくここでうろうろするんだろうな。そしたらなにか浮かぶかもしらん。ドイツの駐留軍には友人もいるしな、あるいは……ま、わからん。どのみちこいつは俺の戦争じゃない」

「力になれるといいんですが」

「誰だってそうだろ」

彼らは一緒に、ふたりきりで朝食をとった。それから中尉は新聞を買いに出かけた。ロビーを横切ってゆくその姿をポール・バーリンは見凝めた。骨と皮だけの軀、血走った眼、老いぼれて硬張った生まれながらの職業軍人。

お前になにができるんだ？　ご老体は正しかった。なにをするにせよしないにせよ、結局は同じことじゃないか。

彼はしばらくぽつんとテーブルに坐っていた。悲しかった。中尉のためだろうか。けれどもすぐにいろんなことが頭に浮かんだ。パリのこと、パリでやれそうなこと、小さな居心地のいいアパート、あそこを綺麗に手入れすること。自然に顔が綻んだ。

やがてサーキン・オゥン・ワンが下りてきた。

「済んだよ」彼は言った。

「叱られた？」

「いや。いいと思うようにしろってさ」

「あたし、あの人も――」

「わかる。気持はわかるよ」

その日の午後、彼らはアパートを借りた。契約が終わると長い昼食でお祝いし、それからふたりで買い物に出かけた。セーヌ河のほとりで露店を開いている絵描きから水彩画を買い、床敷きと皿とタオルとマットを買った。アンヴァリッドの近くの小さなアンティーク屋ではブロンズの置き時計を見つけた。壊れて動かなかったが、置き物には良さそうだった。

「ぼくらは難民だからね」ポール・バーリンは言った。「時間なんて意味ないだろ。壊れた時計を百個買ったっていいさ」

壊れた百個の時計の代わりに、彼らはシーツと毛布とラジオとクローム枠の鏡と銀器、それにテーブルクロスとゼラニウムの鉢植えを買った。それらを全部アパートへ持って帰るとキッチンに山積みし、それからポーチへ出て夕陽を眺めた。素晴しい眺めだった。ふたりでワインを開け、ゆっくりと飲む。ノートルダム寺院のステンドグラスが宝石のように輝き、鐘が鳴った。

「ね、わかったでしょ」サーキン・オゥン・ワンが言った。「ぜったい悪くないって」

確かに悪くなかった。豊かな鐘の音。鐘楼にずらりと留まっている鳩。

「ご感想は、スペック4？」

「鐘の音が素敵だ」

「覆いをつけたほうがいいかもしれないわよ。鳩ってすごく莫迦で、おまけに耳が遠いの」

「そして君は可愛い」

「ねえ、あたしってあなたには子ども過ぎない？　だってあたしのことといっつも子どもだって言うんだもの」

「君は素敵さ」

ワインを飲み、鐘の音に耳を傾け、夕陽が沈むのを眺めた。ポーチに消えゆく陽光の最後の一条が射し込み、サーキン・オウン・ワンの頬が真新しい一〇セント硬貨のように輝いた。彼は彼女にキスした。

「満足してる?」顔を寄せて彼女が言った。

「もちろん」彼が言う、「幸せだよ」

ふたりがホテルに戻ったのはもう真夜中過ぎだった。オスカーとドクとエディがロビーで待っていた。めいめい背嚢の上に坐り、街路図を拡げている。中尉は入口のところからこちらを見ていた。

「荷物をまとめろ」オスカーがぽんと言った。「早く。一〇秒だって無駄にするんじゃない」

「なんだよ」

「つべこべ言うんじゃない。早くしろ」

彼らはとり乱していた。エディは引き攣った顔だ。ドクは喉をさすりつづけている。傍らの床の上にポンチョにくるんだカチアートのライフルがあった。

「ほら」オスカーが言った。「早くしろったら」

「なあ、どうしたんだよ。俺たちは――」

ドクが立ち上がった。「オスカーの言う通りだ」穏やかな口調だった。「急いだほうがいい。後で説明してやるから」

「どうしたっていうんだよ。すべてうまく行ってるのに」

オスカーが心底莫迦にしたような声を出した。「おお、そうだろうよ。全部うまく行って、とっても素敵なのにってか。へっ、観光客の真似事(まねごと)してアパート借りて、そりゃ結構でございってな。しかしな、遅かれ早かれとっ捕まるのさ。前にも言ったろ。え、前にも俺が言ったじゃねえか」

「うん」

「そういうことよ。遅かれ早かれってな。それが現実さ」オスカーは窓のところへ行き、カーテンの陰に身を潜めて外を窺(うかが)った。それから振り向いて全員をじろりと睨(にら)んだ。「これで終わりだ。良き日々は去りて糞(くそ)たれのニワトリが時を告げに来たり。そら、早く上に行って荷物をまとめろ。チェックアウトだ」

44　パリへの道の終わり

　ときおり車やバイクが通る以外、通りは閑散としていた。彼らは再び追われる身となってグレネル通りをたどり、ジョフール広場の向かい側の大きな森のある公園まで行った。オスカーがそこでストップをかけ、待ての合図をしてから夜を明かす場所を探しに偵察に出た。

空気が重く湿っていた。

「わけがわかんないよ」ポール・バーリンは溜息をついた。「全部うまくいってなにも問題なんてなかったのに」

「静かに」

「まったく意味ないよ」

「意味ってか！」ドクが苦笑した。茂みにしゃがんだドクの軀に毛布のように低い霧がまとわりついていた。「素敵な意味があるぜ」

「どんなだよ」

ドクは肩をすくめた。「そらお前、お馴染みのやつさ。ホテルのクロークが怪しんでな、フランス憲兵隊本部に連絡したんだ。で、後は次々とな……やれパスポートはどこだの、なんで軍装品を持ってるだの、お前らの司令官は誰だのってことになって、お決まりの脱走容疑と不法入国容疑ってわけよ」

ポール・バーリンは眼を閉じた。不意にすべて終わってしまえばいいのにという考えが彼を襲った。すべてだ。この寒さも、この逃亡も、そしてこの戦争も。家に帰りたかった。きれいなベッドがあって、お袋と親父がいて、故郷の町がある。すべてが収まるべきところに収まっている場所。

「オスカーの言う通りだ」ドクが溜息をついた。「こうしてる限り逃げおおせるなんて無理なのさ。現実がどこまで行っても追いかけてくるんだ」

「でも、もしかしたら」

「もしかってのはないんだ。現実はもしかじゃないんだ」

オスカーが忍び足で霧を抜けてきた。

「あっちだ」と言って、巨大なブロンズの巻物を抱えた銅像の向こうの茂みのほうを指さす。

「あそこでポンチョを拡げる。余計なこたぁしなくていい。ちょっと眠ってから対策を考えるだけだからな」

「いやはや」

「野宿したことぐらいあんだろ。ボーイスカウトのつもりになればいいのさ」

ドクとサーキン・オウン・ワンが中尉の介添えになって藪のほうまで連れていった。そこでポンチョを拡げ、めいめい上着をかける。眠るのは、しかし不可能な話だった。不可能、ポール・バーリンはそのことを考えつづけていた。不可能。終わりがまた遠くなってしまった。あの幸せな結末が。なにがいけなかったんだろう。仰向けになり、それから横向きになって、とうとう起き上がった。

夜明け前の霧が雨に変わっていた。

彼らは公園の向かいの小さなカフェでコーヒーとロールパンの朝食をとり、当てもなしに河のほうに向かって歩き出した。朝の冷気が痛いほどだった。まるで氷の薄い皮膜を一枚ずつ押し当てられるみたいだった。後ろで中尉が烈しく咳込み、サーキン・オゥン・ワンが連れ添って腕で支えた。他は全員が殺気立っている。

「春じゃなかったのかよ」ドクがぼやいた。「花が咲いて太陽と温もりが降ってくるってのは一体全体どうなっちまったんだ?」

「落ち着けよ」

「パリの四月か……あれはどうなったんだ」

結局、午前中ずっとうろうろしているしかなかった。雨が烈しくなるか中尉の咳がひどくなると、全員で人目に立たなそうな美術館かカフェに逃げ込んだ。正午になって、ようやく雨がやんだ。結局決まったのはあのアパートに行くことだった。

アパートに着いたのは真っ昼間だった。少し外で待機して警官がいないかどうか確かめてから、黙って急いで通りを渡り、六階まで上った。

「ほほう、これかい」オスカーがにやっとした。「お前が自慢のアパートってのは。素晴しき隠れ家ってわけだな、え？」

天井の継ぎ目から雨漏りがしていたが、あとはふたりが出たときとまったく同じ状態だった。

ドクが中尉にシャワーを使わせ、軀を拭(ふ)いて毛布できっちりくるんでやった。

「ほほう、これねえ」オスカーがまだ言う。「地上の楽園だな」

「嫌(いや)なら出てけよ」

「ネズミが攻めてこなけりゃ文句はねえさ」

彼らは暗くなるまでそこで待機した。サーキン・オゥン・ワンが冷肉とパンとワインの夕食を用意した。中尉は床の上でうつらうつらしている。

「それで次はどうする」エディが言った。「スウェーデンの四月てのはなかなかいいんだそうだぜ」

「うるせえ」

「なんでスウェーデンが駄目(だめ)なんだよ」

オスカーは首を振った。「スウェーデンなんてのは腰抜けの行くとこだ」

彼らは待った。オスカーが窓のところへ行き、あたりを窺(うかが)って振り返る。いつものサングラスは額の上にずり上げてあった。喋(しゃべ)るときの声がひどく柔らかだった。それがポール・バーリンにあの湖の国(レイク・カントリー)を思い出させた。

「みんなよく聞け」オスカーはひと呼吸置いてポンチョにくるんでいたカチアートのライフルを取り出した。「事実・その一——俺たちはトラブルに巻き込まれてる。書類はない、命令も出てない。つまり法に照らす限り俺たちは脱走者以外の何者でもないんだ。事実・その二——遅かれ早かれ俺たちはとっ捕まる。それが現実だ」彼はポール・バーリンをじろりと見た。「事実・その三——このなかに逃げようとした奴がいる。ふらふら浮かれた気分になってな。いいか、俺たちはぴしっとしなきゃいかん。与太話はなしだ。ただ事実をありのままに言ってるだけだ。意味はわかるか？　それが誰かとは言わん。与太話はなしだ。アパート遊びも、ままごともこれまでだ。脱走者になにが起こるか、どうだ、わかるか」

「火あぶりだ」エディが言う。

「そうだ」

「話せばわかるかもしれないだろ」ポール・バーリンは言った。おっかなびっくりだった。

「違うかな。カチアートのことをちゃんと話して——」

「そんな与太ぁやめろ」

「いや、つまり……ほら、そろそろやり方を変えるときなんじゃないかと思うんだ。明日にでもちゃんと自分からアメリカ大使館に行って、どういうことだったかを最初から話すんだよ。カチアートのことから、それから……な？　そしたらそんなひどいことにはならないかもしれないだろ？」

オスカーは黙っていた。エディに眼をやり、ドクを見て、つかつかと歩み寄るとポール・

バーリンの胸ぐらに指を突き立てた。

「教えてやろうか」

「なにを」

「てめえはほんとに哀れな野郎だ」

　ポール・バーリンは微笑した。

「まったく可哀相なくらいおめでたい奴だぜ。てめえは基本的なルールが全然わかっちゃいねえ。ゲームはもう始まったんだ。駒は全部出揃ってる。あとはこのゲームをこっちで動かすか、さもなくば火あぶりになるかだ。他にはねえ。わかるか。へい、ごめんくださいましってアンクル・サムの大使館なんぞに出かけて与太話をしたところでどうなる、え？　ゲームを動かそうと思えばルールに従う。要するに保障がいるんだよ。ちゃんとした証拠がな」

沈黙。サーキン・オウン・ワンは中尉の頭を膝に乗せてそっと額を撫でていた。ドクは隣の部屋に気をとられているらしかった。

「わかるか。逃げつづけるか、でなきゃ積極的に打って出るかだ」

「たとえば？」ポール・バーリンは訊いたが、答えはわかりきっていた。

　オスカーがにやりとする。「たとえば狩りだよ。つまりだなあ……投げ縄を持ってピシャリととっ捕まえて、野郎を交渉のテーブルに叩きつけるのさ」

「始まりに戻るってことだな」

「そうさ」オスカーがにんまりした。「その通りよ」

朝になって捜索が開始された。オスカーが指揮をとり、例によって火あぶりになるぞと釘を差しながら地図を拡げて区域を割り当てた。「奴が勝てば俺たちの負けだ。失敗は許されない」サーキン・オゥン・ワンはポーチに出て行った。ゼラニウムに水をやり、陽を当ててやって寺院の鐘楼の向こうをじっと見凝めていた。ポール・バーリンはそっとしておくしかなかった。説明しようがなかったし、彼女だって理解してくれるはずもなかった。お肌のお手入れとはわけが違うのだ。これは責任だ。理解できようとどうしようと関係ない。彼女がわからなくたって同じだ。中尉だってそうだ。ドクが説明しようとしたときも、老いぼれは聞いてさえいなかった。咳込んでまばたきをして、眼を逸らしてしまった。

「勘弁してくれ」

「なんです?」

「いや、なんでもない。そっとしてくれ」

こうして彼らは中尉抜きで捜索を開始した。ポール・バーリンは第一区の観光客街を割り振られた。一日中、何百という見知らぬ通りを行きつ戻りつして過ごした。とうてい不可能な話に思えた。行き交う人間の顔を必死になってすべて確かめ、ビルから公園のベンチまで当ろうとしたが、最後にはただ歩いて眼を泳がせているだけになった。ルーヴル美術館で二時間を過ごし、公園をぶらついてリヴォリ通りに出るとヴァンドーム広場に向かう入り組んだ通りを歩いていった。昼飯のあと、今度は東のほうへ午前中の二倍の距離を歩いた。太陽がガイド役だった。地図はもう見ない。足が棒のようだった。もうなにがなんだかわからなかった。

パリ、彼は考えていた。平和と静穏と幸福の街。それもいまはもうない。コークを買いに立ち止まり、ゆっくり飲みながら夕方まぢかの群衆がそろそろ家路に着こうとしているのを眺めていた。それからロワイヤル橋を渡る人波に紛れてアパートに戻った。ドクとエディはもう戻っていて、足を水に浸していた。顔を上げもしなかった。「だめだな」エディが言った。

何日かこんな日がつづいた。警察を避け、アパートを発見されやしないかと怯えながら何時間も路上で過ごす。夜は悪夢にうなされた。中尉は相変わらず不機嫌なまま引き籠り、オスカーはますます強固に指揮権を握っていた。「奴は必ずどこか外にいる」そう言いつづけていた。「スカンクみたいにどこかに隠れてやがるんだ。臭うぜ」夜になると交代で主な鉄道と地下鉄の駅へ行った。毎日の捜索区域は適当に融通し合ってパレ・ロワイヤルの人混みには眼を光らせ、ホテルを片端から当った。結果は変わらなかった。もしカチアートが本当にいるのだとしたら、透明人間にでもなったと思うしかないかのようだった。

「野郎だって食わなきゃならねえ」オスカーは言う。「そうだろう。奴だって飯も食えば眠りもするし、俺たちとおんなじように金玉だって洗うんだ」

けれど状況は変わらなかった。

街を歩きながら、ポール・バーリンはこれをなんとかゲームに仕立てようとしていた。パズルだ。カチアートをここに呼び寄せたのはなんだろう。何故パリなんだ？　何故マドリードやブリュッセルやニューヨークじゃいけなかったんだ？　細部——街の密度、灰色と茶と黄色の石、物事の気配、屑の浮いた、けれど美しい河。眼に映り、聴こえ、感じられるすべて。カチアートはなにを追いかけてきたんだ？

ポール・バーリンは眼を凝らし、細心の注意を払った。けれどすべては無言で彼を見凝め返すだけだった。

アパートではリーキン・オウン・ワンと中尉が何事に加わるのも一切拒否しつづけていた。ふたりだけで時間を過ごし、そっと話し合いながら他の人間を避けていた。ポール・バーリンはなるべく彼女を見ないようにしていた。どこか疚しい気分だった。しがらみの義務に関わろうとそうすまいと疚しさには変わりがなかった。ときどき彼女が自分を見凝めているのを感じた。憐れみをこめた眼だった——いや、正確にいうと憐れみではない。が、殆どそれに近かった。

「まだこれからだってやれるよ」或る晩、彼は彼女に言ってみた。他の連中は寝ている。

「誓ってもいい。できるだけ早くこれは終わらせるから」

彼女はついと離れようとしたが、彼が手首を捕えた。

「わかってくれないのかい？　とにかくこれを終わらせるだけのチャンスをくれよ」

「嫌よ」

「なにが？　なにが嫌なんだ？」

彼女は手首を引き抜いた。「スペック4、いまあなたにはもうひとつの途があるわ。いまが選ぶときなのよ」

「だけど見ろよ、いまは無理だって。ただ逃げ出すのは現実的じゃないだろう？」

「現実的！　あたしたちのアパートを軍隊の司令部にするのが現実的だって言うの？　あんなただの莫迦な人を追いかけるのが……それが現実的だっていうの？　それならあたしは非現実的なほうにするわ」

「だから約束するって――」

「ああ、お得意の約束ね」彼女が言った。「あのねスペック4、あなたは約束だけはたくさんしてきたわ。約束、約束、約束。いつまでたってもそればっかりよ」

彼女が身を翻して向こうへ行くのを見ているしかなかった。なんとか違うほうに想像したかったが、望んだところでどうにもなりはしなかった。想像力は、もはや破綻していた。


翌朝、彼はカチアートを見つけた。

それは……そう、レ・アールでのことだ。オレンジだの鰈だの鈎の先に吊した子豚だののの真ん中、でっかい箱のなかに入ったセロリやかぶらを積み上げた手押し車の真ん中でのことだ。あたりでは露店のおやじが値段と客寄せのがなり声を挙げ、女たちが焼き立てのパンを奪い合っている。果物のワゴンとひねりたてのニワトリの列、まだ湯気をたてているような解体したての牛の枝肉、詰まった下水と生ゴミ、ブドウやメロンやインゲンの間で人混みが押し合いへし合いしている――そんな春の朝の真っ只中(まっただなか)でのことだ。

カチアートに間違いなかった。

ひとりだった。バラ色の頬(ほ)っぺたと幸せそうな笑顔。片腕に柳で編んだ籠(かご)を下げている。相変わらず丸々とピンク色をして、若く健康そうなちんまりとした姿だった。

カチアートだ。

思わず後ずさりして息をひそめながら、ポール・バーリンはべつに驚いていない自分を感じていた。特に大きな感情はなかった。なるべくしてこうなったのだ――単純で、簡単なことだった。

カチアート。頭のてっぺんに同じピンク色の禿(はげ)がある。以前より心なしか大きくなったような気がした。スズメのような眼。ガムを嚙(か)む真ん丸な顔の不細工な奴。

ときどき立ち止まってメロンやレタスの頭を押してみながら、カチアートは人混みのなかをするすると横切っていった。人々は微笑(ほほえ)みながら彼に頷(うなず)きかけていた。べつに急ぐふうでもなく、バナナを買うために一度、魚とソーセージを買うためにもう一度立ち止まった。店先ではおやじたちがお愛想を飛ばし、カチアートは微笑みながら手を振って通り過ぎた。ちょうど母親からその日の夕飯の買い物を頼まれた子どもみたいだった。

ポール・バーリンは少し間を置いて尾(つ)いていった。

ごった返す人混みがつづく市場の鉄骨の建物を抜けて、バルタール通りから無垢の泉(フォンテーヌ・ディノサン)に出た。カチアートはそこで立ち止まり、パンの塊を取り出して半分に割ると、ちぎって鳩(はと)に撒(ま)いてやった。ずいぶんと几帳面(きちょうめん)な、まるで決まった仕事みたいな様子で半斤(はんぎん)ぶんのパンがなくなるまで撒きつづけると、また買い物籠を下げて、ごちゃごちゃと通りの入り組んだ、ポール・バーリンが見たこともないパリの一劃(いっかく)へと歩いていった。みすぼらしい町だった。わざと日光を遮(さえぎ)るかのように家々の屋根が密集し、バラックのような吹き晒(さら)しの長屋がそこかしこにひしめき合っている。美観どころか、エレガンスも魅力もなかった。

けれどカチアートは気にも留めていなかった。口笛を吹きながら、洗濯物(せんたくもの)が頭上を塞(ふさ)ぐ狭苦しいでこぼこの石の路地を曲がる。ふいに立ち止まり、振り返りかけて、籠を左腕に持ち代えると古い漆喰(しっくい)の建物に入っていった。

ポール・バーリンはひっそりと静まった気配を感じていた。路地はそのままぽんと終わって文字通りの袋小路(ふくろこうじ)になっている。出口も抜け道もない。

躊躇(ためら)うことなく彼は突き当りまで行った。古いホテルだった。消えかかった青と白の看板に料金と主人の名前が書いてある。

ベルを鳴らし、ちょっと待ってもう一度鳴らしてからドアに手をかけてみた。鍵(かぎ)はかかってなかった。

なかに入るとロビーは埃(ほこり)のにおいがした。傾きかけた椅子(いす)が数脚とソファ、しみのついた床敷き、破れた窓。廃屋のようだった。

少し待って耳を澄ました。また口笛が聴こえた。上からだった。古い、懐かしい歌だ。階段を上りながらポール・バーリンは自分がハミングしているのに気づいた。歌詞はすぐには出てこなかった。なんだっけ？　黙って軽く歩調をとりながら考えた。〽ビリー・ボーイ、ビリー・ボーイ、少しずつ浮かんできてハミングしながら上った。〽おお、どこへ行ったの愛しのビリー・ボーイ。

階段の向こうは長い廊下だった。窓も絨毯もない。下のロビーから上がってくる光以外には明りもない。

口笛が近くなった。一緒にハミングしながらドアの前でひとつひとつ耳を澄ました。廊下のいちばん突き当りの部屋だった。ドアは明るい緑に塗られていた。

ドアを押してなかに入った。

カチアートが笑っていた。下着姿になって簡易ベッドに腰かけ、ニンジンを削ぎ切りにしながらフライパンに入れていた。まるで赤ん坊みたいな、つるりと滑らかでふっくらした軀。

彼は微笑んだ。

ナイフを置き、ニンジンを横へやって立ち上がると、手を差し出した。柔らかな手だった。天真爛漫な微笑。ふわふわとした意味のない赤児の笑いだ。「やあ」彼は言った。

「見つけた?」ドクが言った。「カチアートを見つけたのか?」

真実とは単純なことなのだと悟ったポール・バーリンは、黙ってオスカーにホテルの名前と住所を書いた紙切れを手渡した。中尉(ちゅうい)が眼(め)を覆(おお)った。

「お前、奴(やつ)を見つけたのか」

「簡単さ」

ドクが笑い出した。「それで……なんて言ってた、カチアートは?」

「なにも」

「なんか弁解があっただろう。あいつだって――」

「なんにもだ」ポール・バーリンは繰り返した。躯が震えてくるのがわかった。「なんにも言いやしない」

「だって勝手に逃げ出したんだぜ。理由も言わなかったってのか。一体全体なんであんなことしたんだよ」

「なんにも言わなかったってば!」

「昂奮(こうふん)するなよ」

「なにもない」ポール・バーリンは呻(うめ)いた。「抜け殻(がら)さ。理由も答えもない。なんにもないんだ。ただの赤ん坊だ」

「落ち着け」

「図体(ずうたい)だけがでかい腑(ふ)抜(ぬ)けの赤ん坊なんだ」

「わかったから落ち着けって。じゃ、お前はなんて言うと思ってたんだ?」

「なにも」

想像せよ。マジェスティック・ホテルが劇場のステージのように薄暗くなるところを。昔から会議場に使われてきた古い「悦びの間」に、実在しない観客のざわめきが聞こえる。足音、咳ばらい、低い話し声。どこかでシャンパンを抜く音。ライトが明るくなる。トランペットと太鼓の響きが鳴り渡って、人々の注意を華やかに惹きつける。

スポットライトが灯る。緑の布を張って金属で縁どりした大きな円卓が浮かび上がる。テーブルは直径が三フィート以上、円周は四〇フィート。見えない仕切りがテーブルをきっかり半分に分けている。それぞれの側に革張りの肘掛け椅子が八脚ずつある。全部で一六脚だ。椅子の前にはマイクが一本ずつと同時通訳のヘッドホンが置いてある。国旗や名札や、その他身分を示すようなものはなにもない。

スポットライトの環が拡がる。眼の前に浮かぶのは大理石の床や柱、金の装飾、四〇フィートの壁から下がるビロードの布、緩い弧を描く天井、飛ぶ鳥を描いた大きな壁掛け。

ポール・バーリンが右手から、サーキン・オゥン・ワンが左手から現われる。

スポットライトの環が縮む。細くなった光が緑の円卓に集まる。

ポール・バーリンが巨大なテーブルに坐る。右半分ではいちばんタペストリー寄りの席だ。

サーキン・オゥン・ワンはちょうどその反対側に行って、一礼し、席に着く。ふたりがヘッドホンを着ける。マイクを試すとキーンとアンプの音がする。

少し間がある。出席者はけっして相手を見ない。会議室はしんとしている――もう観客のざわめきの響きもない。

サーキン・オゥン・ワンが義務的な仕草で一枚の書類を開いて読み上げる。

「何か月もの時間をかけて、私たちはこの場へやってきました」――聞こえるのは実は彼女の声ではなく、淡々と抑揚のない義務的な通訳の男の声だ――「私たちはアメリカの単位で八〇〇〇マイルの旅をしてきました。皮肉な巡り合わせですが、同じ期間に亡くなったアメリカ人の数がこれと同じです。無論これはユーモアではありません。悲しむべき事実です。けれどこの悲しみは、避けられないものでもなければ永遠につづくものでもありません。私たちがともに夢見た幸福のヴィジョンはまだ生きているであろうからです。そしてこの場の行動次第によっては、私たちはあの夢を実現させることもできるかもしれません。

「幸福を怖がるのは、むしろ当然のことです。何故なら人は多くの場合、苦痛を受け容れるほうが心地よいからです。私たちは自分の慣れた役割から離れるほうが怖いのです。そこから起こることのほうに恐怖を覚えるのです。私たちが幸福を怖れるのは、そこで失敗したらどうしようということを怖れるからなのです。けれども私たちはこうした恐怖に打ち克たなければなりません。勇気を持たねばなりません。起こるかもしれないことについてあれこれと夢想するのと、自分の夢は実現できるし、そうするだけの価値のあることだと信じて行動を起こすのとではまったく違っています。不幸から逃げ出すことと、たとえ困難だとしても、人間の魂の本当の拠りどころとなるような尊厳と安寧のありようを見極めるべく自分から行動を起こすのとでは全然違ったことなのです。

「ポール・バーリン四級特技兵に申します。わたくしはあなたに暴力と訣別するよう望みます。それは、物事に前向きになっていただきたいとの気持をこめてのことです。あなたは普通に暮らしたいと望んでいます——ごく普通の場所でごく普通の家を持ち、庭があって、たぶん奥さんもいて、淡々と齢をとっていけるような暮らしをです。それを実現なさい。実りのないカチアートの追跡などお止めなさい。忘れるのです。いまこそあなたが夢見てきたことを実践なさい。パリを見て、愉しんで、幸せにおなりなさい。いまならそれが可能なのです。たった一度だけ心を決めれば、すべては手の届くところにあるのです。

「これは心の小さな平穏や魂の無力さを言い訳にして易きにつくことではありません。むしろその逆です。あなたはお父上と同じように素晴しい家づくりに励むでしょう。あなたが育った町と同じように、苦難に堪え、成長し、さまざまなものを産み育ててゆくでしょう。私が申しているのはそれに向かうにはどうするかということです。幸福とは悲しみがないというだけのことではありません。平和とは戦争がないということだけのことではありません。難民といえども、ただ逃げまどう以上のことをしなければならないのです。どこかに辿り着いて、最後にはあるがままの世界に立ち戻ってゆかねばならないのです。もちろんそれには障害も大きいでしょう。けれど自分の描いた夢に向かって現実を動かしてゆくということ、変革し得るものを変革し、単なる希望や夢想を超えて進んでゆくということ、それがしなければならないことなのです。『我々は夢想を心の糧としてきた』或る詩人はそう言いました。『そして心は野蛮に育った』ポール・バーリン四級特技兵、行動しなさい。あなたの夢は素晴しいのだから、思い切って一歩を踏み出してそのなかに入り、そしてそれを生きなさい。偽りの義務に惑わされてはいけません。あなたには自分自身が思い描いてきた至福を追い求める義務だけがあるのです。おじけづいてはいけません。嘲笑や非難や妨害を怖れずに、後ろ指をさされたり侮辱されたりすることを怖がらずにおやりなさい。本当に果たすべき義務とはなんなのでしょう？　人生そのもののなかにある平和と生き方を追究することではないのでしょうか？

「あなたはここまではるばるやって来ました。このテーブルに就くまでの道のりは危険に充ちていました。あなたはたくさんのリスクを乗り越えてきたのです。自分で考えたいちばんの蛮勇よりもずっと勇敢だったのです。そしていまこそ、最後の勇気を振り絞るときなのです。私はあなたに求めます。あなたが誇り高く、あなたの夢に向かって歩みを進めることを」

沈黙。称賛のざわめきが低く流れる。

スポットライトが動く。緑の円卓を横切る細長い光の条。ポール・バーリンは一呼吸置いて軽くマイクを叩いた。よく陽灼けした肌がライトによく映える。鋭く痩せたハンサムな顔立ち。額はまっすぐ、硬く、締まっている。きりりと通った鼻筋。かすかに開いた唇は内気そうな笑みを浮かべているようだが、物腰はけっして内気ではない。控えめだが自信に溢れている。実に鮮やかな仕草で煙草に火を点け、ごく自然に指に煙草を挟んだままてきぱきと書類を整えて、ちょっと眼を上げ、外交的な慇懃さで礼儀正しくかすかにうなずく。着ているのは細いピンストライプのブルゥのスーツだ。ネクタイはグレイでシャツは白。スポットライトの下で明るい茶の髪は殆どブロンドに見える。手に落ち着きがある。大きく開かれた眼も同じだ。気押された風情や萎縮した様子は微塵もない。

　マイクに顔を近づけて、よく通るしっかりした声で話し始める。まさに外交官の声だ。「友人諸君」彼は切り出す。アンプが甲高い音を立て、彼は少し身を反らす。「友人諸君、私は自分が義務というものについて、倫理的なものであれ契約によるものであれ、ことさら通暁しているなどと申すつもりはありません。ただ私は自分が義務を負っているのだと感じることはできます。ここで言う義務感とは、もちろん、単に外から課せられたというのでなく個人の内面的なものを指しています。それはいわば或る種の認識というべきものであり、さまざまな過去の行動の蓄積を通していかに未来の行動をとり行なうべきかを指針として示してくれるような、或る感覚です。私が申し上げているのはそういう感覚であり、認識の境地のことです。実際、私はこれまで過去の行動――それも自分がなにかを承認するという行動――を通して、つづく行動を決定し、行なってきました。軍服を着たことも、飛行機に乗り込んだことも、また昇進とそれに伴うさまざまな責任を受け容れてきたこともそうです。こうして私はカチアートを追跡する任務にも加わり、長い踏破を果たし、追跡をつづけるべきか否かを討議したときにもつづけるべきだというほうに一票を投じました。他の面々にもまた、そのようにするべきだと主張しました。私は自分自身にこの任務を課し、最後まで事のなりゆきを見届けることを誓ったのです。これらはすべてはっきりとした意思に基づく承認の上での行為でした。しかしその背後にはさらに大きな或る無言の約束がありました。すなわち家族に対して、友人たちに対して、故郷に対して、祖国に対して、そして仲間の兵士たちに対しての誠実という名の約束です。こうした約束は、無論、ずしりと重いものです。私は惑わされたのではありません。騙されたのでもありません。それどころか反対に、私は、自分が以前に交わした約束と当然のように両立する最後の任務を果たすことが自分の務めなのだと信じて……いや、そう感じているのです。もちろんそこには或る責務というべきもの、すなわち法に基く義務も考慮に入れられています。この点においても、ごまかしや勝手な変更は許されません。そして私は、自分が一体なにに足を踏み入れつつあるのかということも、それが愉しからざることであるだろうということも、ちゃんとわかっていました。すべて理解した上で私は約束したのです。それは自由になされたのです。いや本当のところを言えば、倫理的な傾向自体は完璧なものではありませんでした。圧力も制約もありました。けれど、それでもなお実行すべき義務を伴う選択をしたのです。もう一度言いますが、これは政治的信念や規範や正義や大義といったもののためではありません。私の義務は人間に対してのものであって、抽象的な信念や政治や大義に対してのものではないのです」

ポール・バーリンはそこでひと息置き、咳払いしてコップの水に手を伸ばした。

「けれども、どうかおわかり頂きたい……私はいま申し上げたようなことをことさら強調するつもりはありません。告白するならば、私にとっては義務にまつわるどんな肯定的な側面より以上に、自分が愛おしく思うものすべてをあっさり棄ててしまうことへの怖れのほうが強いのです。私は逃げ出すことが怖い。根無し草になってしまうことが怖い。自分が愛する人たちになんと思われるか、彼らの敬意を失って、私という人間に対する評価を喪失してしまうのではないかということが怖いのです。両親の眼に、故郷の町の人々の眼に、そして友人たちの眼に映る自分。それを考えると私ははみ出し者になるのが怖い。卑怯者だと思われるのが怖い。本当に卑怯者かどうかより、そう思われるのが怖い。そういうことです。

「これはおかしなことでしょうか。莫迦げたことでしょうか。それともごく普通の健康な感情なのでしょうか。私は人の眼を気にしたり怖れたりしないよう言われつづけてきました。しかしこうした怖れを押し殺してしまうよりも、それを受け容れたほうが良いことではないのでしょうか？　もしも内面的な平和こそが目的なのだとしたら、私は根無し草になったことでそれを得られるのでしょうか？

「おそらくみなさんはもう、何故私が人間同士の義務関係を重要視するのか、何故それが人間となにか抽象的な観念や原則の間の義務関係ではないのか、その理由がおわかりになったことでしょう。観念は、たとえ破られたところで報復しはしません。信念は私と握手することを拒んだりはしません。人間だけがそうするのです。そしてこの社会的な力、社会的な因果関係の持つ力が、私に完全な訣別をすることを思いとどまらせるのです。心の平和というものは自分だけの快楽を追求するといった単純なことではありません。それは他人の存在や態度と分かち難く結びついているのであり、彼らがなにを求め、なにを期待しているかに深く関わっているのです。したがって本当の問題は、限りあるなかでいかに幸福を見つけるかということなのです。すなわち他の人々に対する自分の義務はなにか、という条件のなかでです。私たちは誰しも平和が欲しい。私たちは誰しも尊厳と内面的な平穏を求めている。しかし同時に私たちは、それが名誉あるものであり、かつ永続的なものであることを願っているのです。つまり耐久力のある、ともに暮しを営めるような平和。自分がそれを誇りにできるような平和をです。想像のなかでも、私たちは始まりのときの論理に従わねばなりません。たとえ想像のなかであっても、私たちは自分の義務を真実としなければならないのです。そう、たとえ想像のなかでも義務は投げ出されてはならないのです。想像は現実と同様、限りあるものなのです」

スポットライトが一杯に拡がる。サーキン・オウン・ワンとポール・バーリンが立ち上がり、それぞれ書類をまとめて待つ。彼らは眼を合わせない。これは話し合いではない。それぞれの立場についての表明に過ぎないのだ。

大きな会議室にコツコツという靴音が響く。中尉が入ってくる。彼はヘルメットを被り、背嚢を背負っている。彼はポール・バーリンと握手する。ほんの二言三言を交わす。それからご老体はサーキン・オウン・ワンのところへと部屋を横切ってゆく。彼が腕を差し出し、彼女がそれをとって、ふたりは退場する。やや遅れてポール・バーリンがべつの出口から出てゆく。

スポットライトが薄くなる。電気の唸(うな)り音が「悦びの間」を満たす。アンプの雑音が無感動に響く。

スポットライトが消える。

想像せよ、そのさまを。

45 哨戒地点

蠅はもう目を覚ましていた。カモメが二羽、監視塔の南の壁に留まっている。夜は明けた。海が青い。他の連中もじきに起きてくるだろう。またこうして一日が始まるのだ。全員がそれぞれポンチョを畳むだろう。ドクは髭を剃り、エディとオスカーは泳ぎに行き、それからみんなで朝飯を食ってまた泳ぎに行く。その後は塔の下の影になったところで休み、補給便が来るのを待つ。それから彼らはパトロールに出るだろう。たぶん戦闘はなく、恐怖もなく、長くて静かで暑い一日が過ぎてゆくのだ。

それがこれから起こるだろう事実、彼が推測できる一日のありようだった。

戦争は依然として戦争で、彼もまた相変わらず兵隊だった。彼は逃げなかった。問題は勇気であり、勇気は意志の力であり、そしてそれが彼に欠けているものだった。

「事実だよ」ドクはいつもそう言った。「事実を直視するんだ」

六時だった。彼は顔をこすった。

事実が議論の的になったことはなかった。事実は彼を悩ませもしなかった。ビリー・ボーイが恐怖のために死んだ。バフが死んだ。フレンチーが死んだ。ペダーソンが死んだ。シドニー・マーティンとバーニー・リンは穴ぐらのなかで死んでいった。どれも端的な事実であり、まっすぐに直視できることだった。事実の順序――つまりどの事実が最初でどの事実が最後かという関係になるとちょっと手こずったが、事実を直視すること自体にはなんら問題はなかった。難しいのはそれを理解してまっすぐに整理しておくことなのだ。

カチアートのことでさえそうだった。或る日、状態が最悪だったとき、あの莫迦が荷物をまとめて雨のなかを去っていった。この眼でパリを見たいという、ただそれだけの、なにも謎めいたところや野望じみた動機もなしの行動に出たあの哀れな奴。逃げだしていった単純なガキ。その事実をこねまわしてみたところでなんの役にも立ちはしない。なにかもっともらしくなるわけでもなければ、べつのものに化けるわけでも変化するわけでもない。事実はあくまで単純だ。彼らはカチアートを追いかけた。猛然と追いかけて山に入った。そして小さな草の丘に奴を追いつめた。丘は包囲された。そこで夜を明かし、暁方になって一斉に照明弾で空を染めて踏み込んでいった。「行け」ポール・バーリンは言った。そして叫んだ――「行っちまえ！」

それが最後だった。それが事実の終わりだった。

後はすべて可能性の世界だ。勇気さえあればできたかもしれないというだけのことだった。

46　カチアートを追って

「行っちまった」ドクが言った。「いなくなったんだ」

「どこに」

「そんなこと誰がわかる。持ち物からなにから全部ないんだ。行っちまったのさ」

ポール・バーリンは首を振った。「そんなことあり得ないよ。できるわけがない」

「どうして？　じゃ自分で見てみろ。ご老体は去りぬ、ウサギ小屋を脱して、ってな。あの娘まで連れてったのが一目瞭然だぜ」

　確かにアパートはすっかり片づけられていた。床敷きも時計も水彩画もサーキン・オゥン・ワンのゼラニウムも新しいカーテンも——全部なかった。フロアはきれいに掃除されていた。ベッドのシーツ類も決まり通りにきちんと四五度の角度に折り整えてある。クローゼットは空っぽだった。キッチンで線香が一本だけ、隅のほうで燃えていた。

「な、わかったか？」ドクが言った。「さよならの一言もなしだったな。全部がようやく整って、さてブザーを押しましょうってところになって、いちばんの老いぼれが挨拶もなしにいなくなるってんだから参るぜ」

　ポール・バーリンの眼がちりちりした。線香のせいだ。隅へ行って完全に消えるまでぐいぐい押しつけた。

「行っちまったんだなあ」ドクが溜息をついた。「ふたりともな。辛いだろ。神も仏もねえよな」

「でもひょっとしたら単に――」

　ドクが大きくかぶりを振った。「ちゃんと見てみろ。ネズミみたいにいなくなってるんだぞ。ちゃんと計画づくの話さ。ここまできれいさっぱり全部なくなってるんだから……では失礼って、それすらないんだからな」

　ポール・バーリンの眼が痛む。彼女がここを最初に見つけたときの、あの微笑み。昂奮して彼の腕に手を回したときのあの様子。「四級特技兵」というのが彼の名前なんだと思い込んでそう呼びつづけていたあのさま。彼の爪を切ってくれたこと。あの暑くて長い旅。難民。このアパート、逃げ出そうとしていたころの思い。あの素敵な考え。

　彼はポーチに出てみた。しばらくそこに突っ立ってぼんやり寺院の鐘楼を眺めた。鐘が鳴ればいいのに――いやなんだっていいのに。眼をつむって祈った。ドクが肩に手を置いてなかに入れた。

「気の毒になあ。まったく骨身にこたえるよな」

「彼女が正しかったんだ」

「こんなときになにを言っても仕方ないけどな。ほんとにな」

それから彼らは書置きを見つけた。バスルームのドアに挟(はさ)んであった。「東へ行く。長いけれどやりぬく。元気で」

ドクは二度読み返し、さらに三度読んで、首を振った。

「東だって?」

「きっと極東だよ」

「もう止(よ)せ、な」

「でもひょっとしたら――」

「考えが単純すぎる。調子良すぎるぜ。病気の老いぼれと娘だぜ。うまく行くわけがないさ」

オスカー・ジョンソンが指揮をとった。最後の作戦だ、彼はそう言った。カチアートのホテルを包囲して出口を塞(ふさ)ぎ、待機して、奴(やつ)が現われたら踏み込んで一気にけりをつける。

これはオスカーのゲームだった。

「日和(ひよ)るんじゃねえぞ」彼は言った。「くだらんミスもなしだ。今夜こそやるからな」

議論の余地はなかった。オスカーはカチアートのM―16をとり出して抱えた。ドクがそれに触った。エディも触った。ポール・バーリンも触った。

「ようし」オスカーが言った。

彼らはシャワーを浴び、洗いたての野戦服に着替えると、最後の戦略会議に臨んだ。

夕方になって彼らは行動を開始した。

一列縦隊でオスカーが先頭に立ち、サンジェルマンからサンミシェルまで歩いていった。夜は暖かく、サンジェルマンの通り沿いのカフェに夜風が吹いている。若い娘たちは舗道のテーブルに坐って念入りな仕草で脚を組み、煙草をふかしながら、行き過ぎる人波を眺めている。ポール・バーリンはぐいとヘルメットを下げた。歩くことに神経を集中する。

彼らはシテ島でセーヌ河を渡った。すぐに往来の明りも車の通りも絶える。巨大なジュスティス広場をぐるりと回ってシャンジュ橋を渡り、それからレ・アールに向かった。

誰も口を利かない。

オスカーは毛布にくるんであったライフルを出して裸でしっかり抱え直した。銃把を握って銃身を片手で支える。パトロール・スタイルだ。もうごっこでは済まされない。鉛色の小塔が空に聳える。建物のシルエットと銅像とガーゴイル。夜が動くようだった。ここはパリだ、ポール・バーリンは思う、でも感じはあきらかにクァン・ガイだ。勇気を持て、彼は自分に言った。

数をかぞえること。これがこういうときのひとつのやり方だ。歩数をかぞえ、前を行く連中をじっと見る。

彼らは無垢の泉のある広場を横切り、巨大な人気のない市場に入っていった。詰まった下水とこびりついた海草、腐りかけの野菜、獣脂、米のもみがら、いろんなものの混じり合ったにおいがする。がらんとした高い鉄骨建築の骨組みに月光が戯れている。一度だけオスカーが警官の姿を見つけ、空き家になった店の前の影のなかに身を潜めてやり過ごした。それ以外は黙々と歩を進めた。

例の袋小路を見つけたのは、もう真夜中だった。

どこにも明りは無かった。ホテルは古くさく、まるっきりの廃屋のようだった。フォート・ダッジの郊外にある空き家になった農家みたいだった。

「本当にここなのか?」オスカーが囁いた。

ポール・バーリンはうなずいた。「この上だ。右から二番目の部屋」彼は二階のカチアートの部屋の窓を指さした。

耳を澄まし、眼を凝らした。ガラスが二枚なくなっている。どこにも明りはなく、人の気配が一切しなかった。ドクが眼鏡を外し、ぺっと唾を吐きかけるとごしごし拭ってかけ直した。緊張した笑い声を小さく洩らす。

「奴はあそこにいるのかな」

オスカーが肩をすくめ、ライフルを腹に押し当てた。「ここで待ってろ。見てくる。眼を離すんじゃねえぞ」

彼は路地を駆け抜け、玄関のところで止まってなかを窺うと建物の後ろへ回っていった。

オスカーの姿が見えなくなるとドクが並んだゴミ缶の陰に潜んだ。エディが含み笑いをしてなにか言うとドクが笑った。地面に坐って待つ。ずきずきするような待ち伏せ(アンブッシュ)の緊張感だった。半分隠れ、半分は乗り出す感覚。現われるかどうかわからないままにじっと待つこの感覚。ポール・バーリンは少しうしろめたかった。強い罪悪感ではなかったが、消せるものではなかった。大半は早く終わらせてしまいたいという気分だった。

　オスカーはおよそ二〇分で戻ってきた。

　ポール・バーリンは冷たいものが耳に当るのを感じた。

「おい、てめえ」オスカーが喉(のど)を鳴らした。「ほら眼を覚ませ」

　冷たさが刺すようだった。よけようとした。ちょうど氷を押しつけられたときのような痛みだった。見なくてもライフルの銃口だということはわかっていた。

「俺(おれ)が敵兵(チャーリー)だったらお前はどうなってる」

「死んでる」ポール・バーリンは囁いた。「俺は死んでる」

「そうとも。その通りだ」オスカーが言う。「見てろと言ったろうが」

「ごめん。俺――」

「へっ、情けねえ野郎だ」オスカーがライフルを引いた。冷たさは残っている。「お前ら、ほんとにどうしようもねえ間抜けだな、え？　どうなんだよ、え？」

「そうだね」

「そうだねだと。そうだね、そうだね。くそ、反吐(へど)が出そうなことばっかり言いやがって」

「俺たちだってやろうとしてるさ」ドクがもぐもぐと言った。「努力はしてるんだ」

オスカーが小莫迦にしたような笑いを洩らした。「努力だけじゃ糞の役にも立たねえじゃねえか。ほんとに情けねえ奴らだぜ。大体おめえらみてえなのがいること自体おかしいんだ。まったく情けねえ野郎どもめが」

誰も応えなかった。ポール・バーリンは耳をごしごしこすった。

「もうこれ以上、努力してはいるんですってのは無しだ」オスカーが言った。「いいか、今夜はおめえらもやるんだ。今日は俺が、努力するとやるの違いを教えてやる。わかるか、え？　俺が言ったらお前らはやるんだ。単純なこったぜ」

路地裏の深い闇のなかでもオスカーはサングラスをかけていた。ポール・バーリンはふと、ものを見るということの不思議さを思った。耳をこすりながら奇妙な気分になった。

オスカーが言葉を切った。

「さて。それじゃわかったな。お前らの親愛なる指揮官についてこい、それだけだ」

ポール・バーリンは口を開きかけて、思い直した。

「なんだよ」オスカーがにやにやした。

ポール・バーリンはかぶりを振った。

「よし。進歩したな。ずっとましになった」腕時計に眼を走らせる。「よく聞け。ここのことは全部調べた。裏口はない。他の出口は非常口がふたつだけだ。見えるか」

ドクとエディがうなずいた。

「ようし。お前らがやるのはこうだ。あそこから上がってドアを張って、人っ子ひとり入れない。もちろん出るのもだ。おめえらにできるか?」

「もちろんだ」エディが言った。ドクを見てにやっとする。「俺たちならそんなこたぁ簡単だ」

「いい調子だ。格段の進歩だな」

「当然さ」エディが言う。

「じゃ、お前らが上を占めたら俺に手を振れ。そしたら後のごたごたは俺が片づける。もしカチアートがなかにいれば……そしたらケツをとっ捕まえる。それで終わりだな。もしいなけりゃ、そんときは待つだけだ。現われたらひっ捕える」

「俺はどうする?」ポール・バーリンが言った。「俺はどこにいればいいんだ」

オスカーは大げさに、さも莫迦にしたように手を振った。「いらねえ」

「え?」

「おめえはいらねえって言ったんだよ。てめえはでくのぼうだ。最低だぜ」

「おい、だって——」

「聞こえたろう。家へ帰れ。帰って毛布でも被って震えてな」

ポール・バーリンは一歩後ずさって唾を呑み込んだ。「俺も行くよ、オスカー」

「うるせえ」

「行くよ、本当だ」

「ひでえことになるぞ、え?」オスカーはにやにやした。「お前、ほんとにそんなのにつき合いたいってのか」

「俺は行く。それだけさ」

「ほう、新しい金玉つけてきたってんだな」

「俺は行く」

オスカーはしばらくまじまじと眺め、肩をすくめた。「よかろう。いくじなしの兄(あん)ちゃんが新しい金玉つけたって言うんだからな。試してみようじゃねえか、ん?」言ってライフルのボルトをがちゃりと下げた。「さて後はもういいな」

彼らは一列になって路地を進んだ。

ゆっくりと梯子(はしご)を上がり、足跡がないかどうかを確かめながらドクとエディがそれぞれふたつの非常口のほうに分かれていった。ポール・バーリンはなにも考えないようにしていた。思考を回転する小さな大理石の球のなかに封じ込めて、意識をその球に集中した。球が回る。銀色の輝く大理石だ。恐怖がよじ上ってくるのがわかったが、意識は逸(そ)らさなかった。じっと見凝(みつ)めたまま、闇のなかで回転する輝く球に焦点を合わせる。星のようだ。勇気を持て、銀の星(シルヴァー・スター)を見凝めろ。

ドクとエディが二階を固めて手を振った。

「おい副官、準備はいいな。開演時間だ」

オスカーが玄関からなかに入った。ドアの錠は開いていた。オスカーはマッチをすってゆっくりとロビーを横切り、階段のほうへゆく。そこで止まる。耳を澄まし、二本目のマッチをつけて上のほうに翳した。古びたにおいが立ちこめている。埃と黴と歳月のにおい。そして湿気。あの湖の国のようだ。古びた画布のにおいかもしれない。マッチが消えるとオスカーがもう一本つけた。

ゆっくりと回る銀の星を見凝めながらポール・バーリンはオスカーについて二階に上がった。必死に沈黙を守り、息を潜め、忍び足で歩く。ひそひそとした音も逃さぬようにする。耳を澄ます。ホテルは静まり返っている。

階段のてっぺんまで来ると、オスカーがまた立ち止まってライフルを持ち替え、向きを変えて壁を触った。廊下の突き当りの窓から薄い月明りが洩れている。

オスカーは廊下を歩き始めた。肩が前のめりになっている。そうっと注意深く、しかし緊張した様子はなかった。自然に力を抜いて、どんな事態にも備えていた。

廊下の突き当りでポール・バーリンが緑のドアを指さした。それから一歩退がる。

オスカーがにやりとした。「いや、お前だ」

「え?」

「ヒーローが先だぜ」そう言ってオスカーがポール・バーリンの手にライフルを押しつけた。

「ここはお前がよく知ってるだろう……ほら、ちゃんと持てよ。行きな」

「俺は――」

「ほら、銃を落とすな。お前が行くんだ」

ライフルは信じられないぐらい軽く、滑り落ちないようぎゅっと握らねばならなかった。

輝く銀の星は消えている。

「行け！」

オスカーが肩からどしんとドアにぶつかった。

部屋は空だった。見なくてもそれはわかった。

ふいに恐怖が押し寄せてきた。

恐ろしい音の塊が彼を打った。後ろに吹き飛ばされる。

「なんてこった」誰かの大きな声がした。たぶんオスカーだ。

音が彼を弄ぶ。耳が聾される。いきなり膝から崩折れた。慄えが止まらない。ライフルを握りしめる。しっかりと抱きかかえるが、慄えは止まない。

誰かが啜り泣いていた。かぼそい哀れな声だった。背後の闇に叫び声が飛び交い、名前を呼ぶ声がして誰かが走る音が聞こえた。

赤い閃光が尾を引いて向こうの壁に飛んでいった。焦げくさい臭いがする。燃えている。壁に、手品のように穴が開いていた。漆喰が黒くぼろぼろになっている。

慄える、慄える——止まらない。銃から手を離そうとした。投げ棄てようとした。が、それは彼を烈しく揺さぶった。

自分の泣き声が聞こえた。

次々に爆裂がつづき、泣き声が高まった。ガラスが割れ、窓全体が弾けとぶ。銃を握ったまま必死で構えながら泣き声を上げていた。

「なんてこった」遥（はる）か遠くでかぼそい声がしつづけていた。「なんてこった、なんてこった」

音が止（や）んだ。引金の音が虚（むな）しく廊下に響き、静かになった。

彼はうずくまって眼を閉じていた。躯（からだ）が慄える。揺れる。眼をつぶっているのに闇を引き裂く真っ赤な鋭い閃光が見える。やがて慄えが去った。焼けるにおいがした。

「なんてこった、なんてこった」彼は呻いた。

ライフルを落とした。唇（くちびる）に手を当ててぎゅっと押しつけようとするが、うまく行かない。掌（てのひら）に息がかかる。唾を呑む感触がある。どこかで炎が燃えさかっていた。熱くゆらめく炎、篝（かが）り火だ。話し声がする。躯が浮いたような感覚があって、胃のなかでなにかが膨れ、濡（ぬ）れた感触がした。止めようとして腹に力をこめても止まらなかった。力が抜けた。慄えながら一体なにがいけなかったんだろうと思っていた。

「大丈夫だ」ドクが小さく言った。「終わったんだ、な。もう大丈夫」

ポール・バーリンは漏らしたのを隠すために脚を組んで坐っていた。腕も手も脚もまだうまく動かなかった。最初は慄えが来て、次に痺（しび）れ、それから腹のなかでなにかが溢（あふ）れて濡れ出し、失禁と屈辱がやってきた。

「もう心配ない」ドクがそっと言った。「わかるか？　もう終わったんだ」

炎はもう消えていた。

草の匂いがする。くつろいだ話し声が聞こえた。風がそよぎ、草が揺れ、炎が翳る。

「ただの胆汁だ」ドクが言った。「な？　ただの胆汁の悪戯だから。ちょっとだけ暴れたのさ。もう心配ない」

慄えがまた戻ってきた。ドクが手を貸して深い草むらに横たえてくれた。そうしたまま、握りしめた銃がまだ軀を揺らすのに任せていた。慄えが収まったとき、草が風にそよぐさまがしみじみと眼に映った。春の麦の穂のようだった。軀にかけるものが欲しかった。そうすれば眠れるかもしれなかった。戦争が終わるまでずっと眠れるかもしれない。眼を閉じ、向こうの小さな話し声と草を撫でる風を感じていた。それからゆっくりと眼を開けた。最初に自分の睫毛が見え、そして光、それから夜明けの空が見えた。

「莫迦め」オスカーが言った。

スティンクがくっくっと笑った。確かにスティンクの甲高い笑い声だった。

それからなにかがどさっと投げ出される音がして誰かがぶつくさ言う声がした。焚火が爆ぜる音がする。

コーソン中尉が彼の上に屈み込んだ。

「どうだ、良くなったか」

ポール・バーリンはうなずいた。

老いぼれは目配せして楽にしてろと手を振った。

「気にするこたぁない。よくあることとさ。お前は――」そこで言葉が消え、中尉はまた目配せすると向こうへ行った。

失禁、要するにそういうことだった。

火はひどく熱かった。彼は起き上がり、脚を組んで炎を見凝めた。気持を落ち着けようとした。他の連中の顔を見たくなかった。どうせ後で嫌でも見なくちゃならないのだ。

「莫迦め」オスカーが言った。「まったくあんな不様は見たこともねえ」

スティンクが嗤った。

ハロルド・マーフィが彼らになにか言い、踵を返して自分の機銃のほうに行った。腹を立てているらしかった。機銃を足蹴にし、もう一度蹴り飛ばすと、拾い上げてぷいといなくなった。

ドク・ペレットが戻ってきた。

「わかったか？ な、もう全部大丈夫だろ」彼は水筒を取り上げた。「じゃ呑むか。ボジョレーもあるしプイリー・フュイッセもあるぜ。あと一九一四年物のはずれの大瓶もな。どれがいい？」

「あんなことするつもりじゃなかった」

「わかってるよ」

「緊張してたんだ。あんなことするつもりじゃなかった」

ドクは笑っていた。眼がぼんやりしていた。「さて、お客さん、なんにいたしやすかい？ シャブリですか。でなきゃ小粋なスペイン物もありますぜ。どっちも最高の当り年でさ。もしお予算が許すならこっちの特製の――」

「どうにもできなかったんだ。まるで銃が勝手に動き出したみたいになって……あんなことするつもりじゃなかったんだ」

「ああ、わかってるよ。気にするなって」

ドクは水筒の蓋をとって鼻をひくひくさせた。

「呑めよ」言った。「ぐいっとな。お前ツイてるぜ……ほら、この匂い。こたえられねえな」

「どうにもならなかったんだ」

「ああ、気にするなって。ほれ、そんなこたぁ忘れてぐっと飲れよ。最高だろ」

クール・エイドは生温かった。ストロベリーとレモンの中間のような味だった。

「カチアートは?」

ドクの眼がまだぼんやりしている。微笑した。「あれは終わった。それよかこれが最高じゃないってんなら言ってくれ。べつのがあるぜ」

朝飯用の大きな焚火が熱く燃えていた。丘のはずれのあたり、地形が西へぐっと切れ込んでいるあたりで中尉とエディ・ラッツィが交替で双眼鏡を覗いていた。膝まで深い草に埋まっている。どちらも黙ったままだ。エディが中尉に双眼鏡を渡す。中尉は眼に当てて長いことあたりを見回し、眼下のジャングルをつぶさに眺め回してから首を振った。

「間抜け」オスカーが言った。ポール・バーリンに一瞥をくれると首を振る。「あんなざまぁ見たことがねえ。まったくよ」

夜明けが朝になった。ポール・バーリンは立ち上がった。木々に鳥の鳴き声がする。黙ってしばらく佇み、他の連中の視線を感じて背を向けた。

丘の東の斜面から草がもつれたままになっているあたりを歩く。そこにうずくまっていたことは覚えていた。うずくまって、次に起こることを待って身構えていたのだ。始まりはどうだったろう。たぶん身震いのようなものだった。それから恐怖が襲ってきたことは覚えていたが、理由はわからなかった。そして慄え。ものすごい騒音、落とすまいとして必死に握っていた銃に振り回されていたのだ。そして失禁、それで全部だった。

彼はライフルを拾い上げた。

金色の薬莢がちらばって一セント硬貨みたいにきらきら光っていた。

彼は銃の遊底を開いて薬室に泥がついていないかを確かめ、閉じた。弾倉は空だった。弾倉を外し、弾帯につけた新しい弾倉と取り替えて、ゆっくりと注意しながら安全装置をオートマティックから戻した。

丘のずっと下のほうに自分の背嚢が転がっているのが見えた。あそこから始まったのだ。背嚢を投げ捨て、照明弾に照らし出されながら最後の数百メートルを必死で登った。スティンクの後からだったのを覚えていた。銃火のにおいがして何かが隠れている感じがあった。ライフルの軽さも覚えている。浮いているような、いまにも浮遊してしまいそうなあの感覚。

彼は背嚢を開いた。底のほうに新しいトラウザーズがあった。彼はすばやく履き替えた。

濡れたトラウザーズは丸めて藪のほうに持っていき、そのなかに捨ててブーツで踏みつけた。落ち着いて、威厳をこめてそうした。

他にはもうないか？

彼は背嚢を背負い、丘を登って戻った。

やがてオスカーが残り火を消すと、中尉がもう一度西のはずれに行って最後にあたりを見回した。片手で庇をつくって長いこと西のほうを睨んでいた。身じろぎもしなかった。戻ってきたときには微笑が顔に浮かんでいた。「というわけだ」彼は言った。「これで終わりだ」そう言ってなにか秘密の合図でもするみたいにポール・バーリンに目配せした。

「奴を捕まえたのにな」スティンクが言った。

「そうか？」

「おう、ちゃんと捕まえたんだぜ」

「誰にわかる」中尉はもう晴れ晴れとした顔つきで笑っていた。なんだか幸せそうだった。

「そうかもしれん、そうでないかもしれん」

「準備はいいですか、中尉？」

ハロルド・マーフィがでっかい機銃を肩に担ぎ上げた。

ドクはカチアートが残していったものを拾い集めた——ハーシーのチョコレートバーが数個、信号弾二本、そして認識票。オスカーがカチアートの銃を自分の背嚢に括りつけた。

いつもと同じ行軍が始まった。中尉が手を振って合図した。

前に来た古い小径（こみち）を見つけて、午前中ずっと、逆に辿（たど）っていった。陽（ひ）が落ちると前に野営したのと同じ場所にまたキャンプを張った。それから朝が来て、また彼らは東へ向かった。黙々と歩いた。以前の秩序が蘇（よみがえ）ってきた。スティンクが先頭、次にのろのろとオスカー、それから中尉、エディ、ハロルド・マーフィ、ドク・ペレット、そしてポール・バーリン。見覚えのある風景だった。二日目の夜には山が低くなって水田地帯のほうに傾斜していた。斜面の下は東へ何マイルもつづく平べったい緑の大地。その向こうは海だ。

彼らは山を降りていった。

次の日の午後には村に辿り着いてひと休みし、水を飲んでからまた歩き出した。互いに一〇メートルずつ間を空け、小径を避けながら必要なときには側面警護の要員を当てた。

その日遅くなって、彼らは無線の範囲内に入った。中尉が交信をとった。戦闘中行方不明者（ミッシング・イン・アクション）だ、彼は言った。カチアートの名前を一文字ずつ読み上げ、もう一度繰り返した。落ち着いた声だった。終わるとにっこりした。それから再び移動し、山から降りて、荒れた大地を抜けて水田地帯へ入っていった。

平べったい、暑い農耕地だった。行軍はずっと楽になった。

晩飯のときには細長い灌漑（かんがい）用の水路の脇（わき）にキャンプを張った。それぞれ穴を掘って仕掛け（トリップ）爆弾（フレア）をセットし、夜にそなえた。翌朝にはうまく行けば海に着けるはずだった。

夜が水路の上に拡（ひろ）がり、彼らの頭上を越えて山のほうまで包み込んだ。

低い声でお喋（しゃべ）りした。とりとめもない噂話（うわさばなし）だ。海辺の監視塔のこと、楽な任務のこと、いつもの水泳と日光浴の場所のことと魚釣りのこと。それから故郷に帰るときの話。いずれこれも戦争の思い出話になるのだ。みんな笑って首を振り、どうせ信じてはくれないだろう。要するに戦争の思い出がまたひとつ増えたってことだ。それからオスカーがふたりの女のことを話した。故郷に帰ったらどうするかな。ま、どっちにしても戦争の話が嫌いなほうにするさ。その話を受けて今度はハロルド・マーフィがかみさんのことを静かに話した。中尉はずっと黙っていた。

あたりがとっぷり暮れると、全員が水路に沿って掘った自分の穴に散った。星は見えない。すぐに月が昇った。最初はひどく薄く、しかし山の上に差しかかるころになるとくっきりと姿を現わした。

ポール・バーリンは眠った。夢は見なかった。眼が覚めると中尉が傍らに坐っていた。ふたりで見張りをした。

水田地帯の巨大な静けさを見凝めた。すべては平穏だった。山の上に月が輝いている。ときどきふと、これが戦争なのだとは信じられないような気分になった。

「これで良かったんだろうな」老中尉が最後に言った。「もっとひどいことだってあり得るしな。ひどいことならいくらでもあるんだから」

「そうですね」

「しかしあいつはやるかもしれんぞ。案外うまいことな。そうでないと誰にわかる?」中尉の声はこの大地のように淡々としていた。「悲しいぐらいの勝ち目しかないとしても、それでも——」

「ええ、それでもね」

「ああ」中尉は言った。「ひょっとしたらな」

訳者あとがき

北アメリカ文学の世界にティム・オブライエンが初めて登場したとき、その存在はどちらかといえば控えめなものだったようにおもう。一九七〇年代の半ば、いわゆる「空白の七〇年代」のことである。

もっとも、のっけからいきなりこんなことを言うと怪訝なおもいを抱く読者も少なくないかもしれない。実際、オブライエンは既に七〇年代の冒頭から精力的に数々の短篇作品を発表して七三年には最初の単行本となる回想記『僕が戦場で死んだら』（中野圭二訳、白水社）を、また七五年には初めての長篇小説『北極光』（*Northern Lights* 未訳）を上梓しているし、その後もさまざまな短篇作品を書き継いではO・ヘンリー賞、最優秀アメリカ短篇小説賞、プッシュカート賞などを七六年から七七年にかけて受賞した。さらに彼にとって三冊目の著書に当たる本書はジョン・アーヴィングの『ガープの世界』と競うかたちで一九七九年の全米図書賞を受賞して、日本でも村上春樹、大江健三郎氏ら影響力の大きな小説家たちの熱心な支持を獲得してきたことが知られている。したがっていまの眼からふりかえれば、オブライエンがあたかもマイナーな存在であったかのように言うのは奇異なことに感じられるかもしれないからだ。

　けれど、一九七〇年代半ばという時期の合衆国の情勢に眼を凝らしてみるなら、やはりオブライエンはけっして抜きんでた存在ではなかったと言わねばならない。

　そのころ、インドシナ半島におけるアメリカ合衆国の無残な戦いはようやく終わりを遂げていたけれど、社会には荒涼とした気分がつのり、政治は間の抜けた混乱を呈していた。大都市部における犯罪はかつてないほど兇悪化し、街角ではおどおどした物腰の大人たちと屈託した表情の若者たちが互いに眼を逸らし合っていた。文芸の世界ではといえば「文学になにができるか」「小説に未来はあるか」「詩の沈滞をいかに救うか」といった相変わらずの議論がぼそぼそと交わされ、気難しげな批評家と天を仰ぐ既成作家たちの前で新しい世代の書き手たちはうつむきがちになるか、さもなくば幼い想像力の泥絵具をぶちまけていた。当時、ただひとつ気勢を上げていた新しい文学勢力は「ラテンアメリカ文学」と総称された中南米作家たちの一群だったけれど、彼らの仕事とて一九七〇年代半ばにはまだローカルで物珍しげな作物としてのみ知られるに留まっていた。ちなみに、かつて或る歴史家は七〇年代の半ばから後半にかけてをヴェトナム戦争後の虚脱と自失からくる「健忘症」の時代と呼んだものだが、「空白の七〇年代」といい「健忘症の時代」といい、その時期の北米社会をめぐる集合的なイメージは内向的——というより、いっそ腑抜けたような無力さに覆われた心理的な風景を描いているのだ。もちろん、この手の言い方がつねに一面の真実しか捉え得ないものであることを認めるとしても、である。

そうしてこのようななかでひときわ無力さを痛感せざるを得なかったのが、オブライエンを含むいわゆるヴェトナム帰還兵(ヴェテラン)出身の作家たちだった。彼らはそもそもヴェトナム戦争という「不名誉な戦争」の帰還兵であるが故(ゆえ)に、社会的に孤立した存在だった。加えてその経験を踏まえて書かれた彼らの作品は、東南アジアのジャングルや泥田での大義もなければ前線もない神経戦の記憶からの脱出を求めるあまりに、地獄絵図さながらの暴力描写に走るか、でなければ「アメリカの無垢(むく)」を喪失した若い兵士たちへの感傷的な鎮魂に陥りがちだった。実をいうとヴェトナム戦争という近代文明の挫折(ざせつ)を決定的に印象づけた出来事を描こうとした作家たちは彼ら帰還兵だけでなく、むしろ数だけからすれば戦争には加わらずに時代の想像力の奇嬌(ききょう)な変化を描写しようとした同世代の若い作家たちのほうが多いのだが、こちらの書き手たちが総じてポストモダン・フィクション——と呼ぶにしても些(いささ)か荒唐無稽(こうとうむけい)に過ぎる諷刺(ふうし)劇——に傾斜しがちだったぶんだけ、帰還兵出身者たちのほうはなおさら戦場の「リアルな」実体験に固執し、結果として陳腐な暴力小説に走っていたという観は否(いな)めない。そのため既にニュークリティシズム以降の文学理論の影響下で尖鋭(せんえい)的な文学の実践を展開していた多くの既成作家や批評家・研究者たちは、どうしてもヴェトナム戦争小説自体に多くを期待しなくなり、とりわけヴェトナム・ヴェテラン作家たちの作品に厳しい態度をとることになったのである。

もっとも、だからといってティム・オブライエンがこの情勢のなかでことさら身を縮め、萎縮してしまっていたのかといえば、そうではなかったろう。むしろ後述するような意味で「普通の人」である彼は、周囲の状況にあまり頓着せず、少なくとも一瞥する限りでは淡々と自分なりの流儀をつくることに専心していたようにおもわれる。

　オブライエンは、彼に好意的な読者たちの多くも認めるように、いわゆる上手い小説家ではない。一文ごとの語の選択は確かだし、破格や乱調にことさら頼ることなく隠喩的なセンテンスを書きつけてゆく技術も無論あるのだが、たとえばウィリアム・フォークナーがそうであるような巨人なヴィジョンの架構とその軀体を力強く支える細部の練り上げといった膂力には長けておらず、どちらかといえばささやかな印象を残すひとつの場面を幾度となく試行錯誤しては短篇に仕立て、さらにそれをまた書き直しながら少しずつ長尺の物語へとつなぎあわせてゆく――という方法をとっているのが作品から如実にうかがわれる。フォークナーが強い輪郭線で迷路のような巨大な想像力の集落を生み出してゆく言語の建築家だとするなら、オブライエンは小さな部屋をこまごまとつくりつつ、雨にたたられ、部品の不足に悩みながらも営々と我が家をつくりあげてゆく素人大工のようなものだ、と言ってもいい。彼の長篇小説が日本でいう短篇連作に近いかたちになりがちなのは、おそらくこうした事情にもよっているだろう。

　そうしてこのような作品の雰囲気とも見合うように、彼は実生活の面においても、奇嬌であるよりは普通であることのなかにありつづけてきた。

　生まれは一九四六年。ということはいわゆるベイビー・ブーム世代の最初のひとりとして、つねに多数のなかのひとりであったことを意味する。故郷はミネソタ州オースティンで、これもかつて北米文学の前線を強力に牽引（けんいん）したニューヨークあたりのユダヤ系作家たちとは違う、いわゆる「平均的アメリカ人（アヴェレージ・アメリカン）」の相貌（そうぼう）を想起させる。なにしろ先に触れた回想記にも縷々（るる）書きとめられているように、野球とフットボールとトウモロコシ畑と七面鳥に囲まれた北米中部の大平原（プレアリー）こそが、人に語り得る彼の最大のバックグラウンドなのだ。大学はマカレスター・カレッジを卒業しており、ちなみにここはビル・クリントン政権二期目の閣僚で女性として初めて国務長官となったチェコ移民のマドレーン・オルブライトが学んだところでもあるが、世間的な知名度は特に高くない。さらにオブライエンの場合、一九六八年にカレッジを卒業したところで陸軍に徴兵され、テト攻勢後の戦況悪化したヴェトナムに従軍しているのだが、これも当時の青年としては目新しいことではなかった。要するにごくごく普通の田舎育ちのミドルクラス・アメリカン・ボーイ、ということである。

　そうした彼の普通っぽさを示すエピソードのひとつに、『僕が戦場で死んだら』のなかに出てくるものを挙げることができるだろう。それによると徴兵されてワシントン州の陸軍基地で歩兵訓練を受けていた最中、休暇を貰（もら）った彼はシアトルまで出て地元の女子大の寮に行き、たまたま応対した一面識もない女子学生にデートを申し込んで断られたという。或る程度の脚色はあるとしても――いや、あるとすればなおのこと――ここに見えるオブライエンの横顔は、いわゆる六〇年代ふうのロックとドラッグの文化とは縁もゆかりもないグッド・オールド・アヴェレージ・アメリカン・ボーイの典型と言うほかない。実際、彼の戦争小説に現われる「六〇年代ふう」の記号はといえばサイモンとガーファンクルがせいぜいで、ジミ・ヘンドリクスやジャニス・ジョプリンはおろか、ローリング・ストーンズやドアーズでさえないのだ。のちに彼は歩兵としてヴェトナムを経験しなければ小説を書くことなどなかったろうという意味のことを何度か語っているが、それはけっして謙遜でも卑下でもなく、彼がまさに普通の存在として自分自身をつくりあげてきたことを正直に伝えているのである。

さらに同じことは、除隊後、ハーヴァードの大学院で政治学を専攻しながら小説を書き始めて以後の作品――とりわけ本書についても言うことができる。

現に本書を一読した読者なら誰もが、特に型破りな語法を駆使するわけでもない文章に違和感をいだくということはなかったに違いない。彼の文章はごく普通の口語調であり、人物の造形や個々のプロットの積み重ね方にしてもことさら奇を衒ったところはない。もちろん、ひとりの兵隊がインドシナの戦場からパリまで脱走してしまうという本書のストーリーは破天荒かもしれないけれど、それを具体化してゆくときの彼の手つきは殆ど臆病なほど地道なもので、ノーマン・メイラーやフィリップ・ロス、トマス・ピンチョン、ウィリアム・ギャスといった面々はもとより、ジョン・アーヴィングと比べてさえ尖鋭さや挑撥性に乏しいのだ。そうして、にもかかわらず彼の作品は『カチアートを追跡して』にせよ『ニュークリア・エイジ』（村上春樹訳、文藝春秋、一九八五）にせよ、またこの文章を書いている時点での最新作に当たる『森の湖で』（*In the Lake of the Woods* 一九九四、未訳）にせよ、およそ退屈ということがないのである。

これは一体どういうことなのだろうか。翻訳者としては些か出過ぎた議論になるのを承知で言えば、それは彼の方法が――いましがた述べたように――臆病なものであることから来ている、とおもえる。たとえば、本書における エピソードの重ね方を見てみよう。

ここではカチアートという名の摑みどころのない一兵卒が、脱走した挙句に八六〇〇マイル(一万四〇〇〇キロ)も彼方のパリまで逃げてしまうという素っ頓狂な物語がリアリスティックなものとして描かれている。しかもその物語は、実はポール・バーリンというべつの兵隊の夢想のなかの出来事かもしれない、ということが仄めかされている。これは一見すると無理の上に無理を架したような具合になっているのだが、そのあいまに作者はまさに平均的アメリカン・ボーイであるらしいポール・バーリンとその仲間たちをめぐる戦場体験談や昔話を配して、読者の想像力に過大な負担がかからないよう配慮しているのがわかる。既に触れたようにこれは短編を書き継いでは長篇のかたちに連結してゆくという彼の方法からも来ているわけだが、そこでの彼の手つきはいわゆるポストモダン・フィクションの尖鋭的な書き手たちとは違って、互いのストーリー群が挑撥し合ってテクストの境界を破壊してゆくといった体のものにではなく、カチアート脱走行というファンタジーがプレアリー的な日常の想像力によっていかに実現できるかという試みに向かおうとするのだ。

要するにここでのオブライエンは、いくらでもメタレヴェルの型破りな世界に踏み込んでいくことのできそうな趣向を使いながら、あくまでなにげない冒険への挑戦を指向しているのである。そしてこの様子が、言ってみれば後ろ向きのまま前へ進もうとする愚かしい想像力の覇者ポール・バーリンの臆病さと相呼応して、革命ならざる革命――というより革命であることを主張しない革命――へと読者を誘引するのだ。

これは見ようによってはまことにスリリングなことだろうし、また見方を変えればなんとも歯痒いおもいを余儀なくされることでもあるだろう。

実際、先に示唆したように、彼の作品はプロの文芸批評家や文学理論家たちから必ずしも高く評価されてはこなかった。というか、もちろん彼は数々の文学賞を受けているのだから相応の評価と成功を手にもしているのだが、その反面、理論的前衛を自認する批評勢力とその周辺からはごくおざなりな一瞥しか与えられてはこなかった。

たとえばアルフレッド・ケイジンは一九三〇年代から北米の文芸論壇きってのリベラルな批評家として知られてきた大物だが、一九八〇年代の初頭に戦争文学に関するシンポジウムで長い講演をおこなった際、古今の戦争文学史を実に丁寧に論じたにもかかわらず、若手作家の作品としては最大の成功と言っていい全米図書賞を受賞してまもなかった本書『カチアートを追跡して』には慇懃な口調でただ一言触れたに過ぎなかった。ちなみにこのとき彼が絶讃したのがオブライエンと同時期に『エスクァイア』誌の契約特派員としてヴェトナムの戦場を歩いたマイケル・ハーの『ディスパッチズ』（*Dispatches* 一九七六）だが、それにしてもノンフィクション・ルポルタージュの分類のなかで触れられたものであって、つまりはホイットマンやメルヴィルからヘミングウェイ、ヴォネガット、ピンチョンに至る「アメリカ戦争文学」の大きな歴史にエントリーされるだけのフィクションは出現していない、と宣告したに等しい。

さらに、ケイジンよりずっと理論的にラディカルな批評家・研究者たちの一群となると、オブライエンに対する態度はもっと冷淡なものとなる。その評価をとりまとめて言うなら、オブライエンの仕事は悪くはないが傑作でもなく、それなら彼と同じく戦場を経験したジェイムズ・ウェブの『砲撃地帯』(*Fields of Fire* 一九七八)やジョン・デル・ヴェッキオの『一三番目の谷』(*The 13th Valley* 一九八二)、あるいはジャック・フラーの『フラグメンツ』(*Fragments* 一九八四)だって同じではないか、また回想記にしても『僕が戦場で死んだら』より元海兵隊で特派員になったフィリップ・カプートの『戦争の噂(うわさ)』(*Rumor of War* 一九八三)のほうがむしろ感動的ではないか——ということになる。

だが、ここで注意しておくべきなのは、この批判は客観的に見るとオブライエンの作品そのものに向けられたものとは言えない、ということだろう。彼ら批評家たちは文学をこころざすヴェトナム帰還兵たちが総じて戦場での実体験との格闘に明け暮れるばかりで、先行する文学の遺産と果敢に戦うことをしないのに不満を抱いていた。二〇世紀の後半にもなって作家たらんとする者が「文学」への根本的な懐疑を突き詰めることもしないでどうするのかという苛立ちがあったのだと言い換えてもいい。そんな立場からすれば『カチアートを追跡して』が代表的なヴェトナム戦争小説だというのは、しょせん現象的な比較の上での話でしかない。つまり批評家たちはオブライエンの作品というより文学の世界の社会的状況のほうに苛立ったのであり、だからこそ一見臆病なオブライエンの戦いにも歯痒さとじれったさをおぼえることになったのである。

けれども『カチアートを追跡して』は、ティム・オブライエンという「普通の人」ならではの戦いとその方法への意思を、控えめながらも予め提出していたのだ。というのも第三分隊の面々がイランの秘密警察に逮捕されたときのドク・ペレットとラロン大佐の問答に出てくる「戦争は兵士の数だけ存在する」という言葉は、単に世界は各人各様だというだけでなく、要するに退却も迂回も脱走も戦争なのであって、誰もが生きていくことの戦いから逃れることはできない、という命題にも等しいからだ。そして現にオブライエン自身はこの戦いを、たったひとり孤独に実行してきたのである。すなわち――バスケットボールの章でドクがポール・バーリンに語る言葉を借りて言えば――「されるがままに流される」男たちの物語を、革命ならざる革命として描くことによって。

ちなみにこのバスケットボールの章のタイトル「ピックアップ・ゲーム」とは、ボール一個持って広場にやってきた子どもが適当にその場でメンバーを拾い集めて試合をすることを言う。それをおもうとき、私たちは、ヴェトナム戦争に行かなければ小説なんて書きはしなかったという彼の述懐をも、最も控えめにして果敢な「文学」への宣戦布告なのだと考えることができるかもしれない。

最後に翻訳に関して一言。

この訳出作業は、実のところ訳者にとってはおもいがけない仕事だった。私はプロの翻訳家ではないし、文学の専門家でもない。どころか現代アメリカ文学の良き読者というわけですらない。にもかかわらずそれがオブライエンの代表作とされる本書を手がけることになったのは、拙著『ジャングル・クルーズにうってつけの日――ヴェトナム戦争の文化とイメージ』（増補版・ちくま学芸文庫、一九九三）の初版を一九八七年に上梓した際、そのなかでこの作品をくわしく論じたことがきっかけとなって川本三郎氏から強いお勧めをいただいたためだった。このときのハードカヴァー版は国書刊行会から上下二巻のかたちで出版された。この場を借りて、改めて川本氏と当時の担当編集者である藤原義也、城所健両氏にお礼申し上げたい。

また今回の文庫化に当たっては訳稿のすべてを一から見直し、できるだけ丁寧に改訳の筆を入れた。小説の翻訳というのは言ってみれば作者の構築した家屋の図面と素材をもとにもう一度同じ家を――但しべつの風土のなかで――建てるようなものだろうが、今回はいったん完成させた家を全面補修すべく、配管から屋根づくりまですべて見直すという作業の辛さと愉しさをともに味わうことになった。不足した部品の調達その他に奔走してくれた担当の佐野久男氏に感謝する。

さらに前回のハードカヴァー版の翻訳中、六〇年代アメリカ文化の良き理解者でもあるアメリカ文学者の佐藤良明氏とヴェトナム戦争をめぐって討議する機会を得たのは、訳者にとってきわめて有用なことだった。そのときの内容は「ポスト・ベトナム時代の想像力」と題する対談として『ユリイカ』一九九〇年八月号に掲載されたが、読者諸兄姉にもお役に立てば幸いだ。貴重な示唆を与えてくれた佐藤氏にも、ここでお礼申し上げたい。

一九九七年一月

生井英考

この作品は平成四年三月国書刊行会より『カチアートを追跡して(I)』『カチアートを追跡して(II)』として刊行された。

J・アップダイク
岩元 巌 訳

結婚しよう

愛人関係の中に〈理想の愛〉の成就を求める男と女……。美しい海辺の町で二組の若い夫婦がくりひろげる夏の日のラブ・ストーリー。

J・アップダイク
岩元 巌 訳

アップダイク自選短編集

学生生活の「キリスト教徒のルームメイトたち」、本邦初訳の「オーストラリアとカナダ」など著者自身が新潮文庫のために選んだ14編。

アンダスン
橋本福夫訳

ワインズバーグ・オハイオ

オハイオ州のさびれた町ワインズバーグ。誰もがもつグロテスクな性質に光をあて、架空の町の住人たちの彩り豊かな人間像を描く。

J・アーヴィング
筒井正明訳

ガープの世界（上・下）

巧みなストーリーテリングで、暴力と死に満ちた世界をコミカルに描く、現代アメリカ文学の旗手J・アーヴィングの自伝的長編。

J・アーヴィング
中野圭二訳

ホテル・ニューハンプシャー（上・下）

家族で経営するホテルという夢に憑かれた男と五人の家族をめぐる、美しくも悲しい愛のおとぎ話――現代アメリカ文学の金字塔。

T・C・ボイル
柳瀬尚紀訳

ケロッグ博士

あのコーンフレークの発明者、ケロッグ博士経営の療養所に集まった〝健康になりたい〟お金持たちの奇抜でおかしいヘルシーライフ。

P・オースター
柴田元幸訳

孤独の発明

父が遺した夥しい写真に導かれ、私は曖昧な記憶を探り始めた。見えない父の実像を求めて……。父子関係をめぐる著者の原点的作品。

カポーティ
龍口直太郎訳

ティファニーで朝食を

〝旅行中〟と記された名刺を持ち、野鳥のように自由を求めて飛翔する美女ホリーをファンタジックに描く夢と愛の物語、他3編収録。

カポーティ
河野一郎訳

遠い声 遠い部屋

傷つきやすい豊かな感受性をもった少年が、自我を見い出すまでの精神的成長の途上でたどる、さまざまな心の葛藤を描いた処女長編。

カポーティ
龍口直太郎訳

冷血

惨殺事件の発生から二人の殺人者が絞首台に消えるまでの事件の過程を、綿密に再現させた、衝撃的なノンフィクション・ノヴェル。

カポーティ
大澤薫訳

草の竪琴

幼な児のような老嬢ドリーの家出をめぐる、ファンタスティックでユーモラスな事件の渦中で成長してゆく少年コリンの内面を描く。

カポーティ
川本三郎訳

夜の樹

旅行中に不気味な夫婦と出会った女子大生。人間の孤独や不安を鮮かに捉えた表題作など、お洒落で哀しいショート・ストーリー9編。

S・キング
永井淳訳
キャリー
狂信的な母を持つ風変りな娘――周囲の残酷な悪意に対抗するキャリーの精神は、やがてバランスを崩して……。超心理学の恐怖小説。

S・キング
山田順子訳
スタンド・バイ・ミー
―恐怖の四季 秋冬編―
死体を探しに森に入った四人の少年たちの、苦難と恐怖に満ちた二日間の体験を描いた感動編「スタンド・バイ・ミー」。他1編収録。

S・キング
吉野美恵子訳
デッド・ゾーン（上・下）
ジョン・スミスは55カ月の昏睡状態から奇跡的に回復し、人の過去や将来を言いあてる能力も身につけた――予知能力者の苦悩と悲劇。

S・キング
P・ストラウブ
矢野浩三郎訳
タリスマン（上・下）
母親の生命を救うには「タリスマン」が必要だ――謎の黒人スピーディにそう教えられた12歳のジャック・ソーヤーは、独り旅立った。

S・キング
深町眞理子訳
クリスティーン（上・下）
〈負け犬〉のアーニーはクリスティーンに一目惚れした。彼女は'58年型プリマス・フューリー――だが、彼女はただの車ではなかった。

S・キング
浅倉久志訳
ゴールデンボーイ
―恐怖の四季 春夏編―
ナチ戦犯の老人が昔犯した罪に心を奪われた少年は、その詳細を聞くうちに、しだいに明るさを失い、悪夢に悩まされるようになった。

サリンジャー
野崎　孝訳
ナイン・ストーリーズ
はかない理想と暴虐な現実との間にはさまれて、抜き差しならなくなった人々の姿を描き、鋭い感覚と豊かなイメージで造る九つの物語。

サリンジャー
野崎　孝訳
フラニーとゾーイー
グラース家の兄ゾーイーと、妹のフラニーの心の動きを通して、しゃれた会話の中に、若者の繊細な感覚、青春の懊悩と焦燥を捉える。

サリンジャー
野崎　孝
井上謙治訳
大工よ、屋根の梁を高く上げよ
シーモア―序章―
個性的なグラース家七人兄妹の精神的支柱である長兄、シーモアの結婚の経緯と自殺の真因を、弟バディが愛と崇拝をこめて語る傑作。

W・サローヤン
岸田今日子
内藤　誠訳
ママ・アイラブユー
ブロードウェイのスターを夢見るママ・ガールと、ジャイアンツのエースを目指すキラキラヒメはある夜突然ニューヨークへ旅立った。

W・サローヤン
伊丹十三訳
パパ・ユーアクレイジー
マリブの海辺の家で、僕と父の新しい生活が始まった――10歳の少年が父親との厳しくもさわやかな対話を通じて、世界を学んでゆく。

大久保康雄訳
スタインベック短編集
自然との接触を見うしなった現代にあって、人間と自然とが端的に結びついた著者の世界は、その単純さゆえいっそう神秘的である。

W・スタイロン
大浦暁生訳
ソフィーの選択（上・下）

激しく愛しあうソフィーとネイサンに秘められた暗い過去とは？ すがるように生きる二人に訪れた哀しい愛の結末を描く長編小説。

Q・タランティーノ他
芝山幹郎訳
フォー・ルームス

四つの部屋（フォー・ルームス）からのでたらめな注文に一晩中悩まされる、新米ベルボーイ史上最悪の大晦日。四人の奇才が集まって創り上げた超話題作。

Q・タランティーノ
芝山幹郎訳
フロム・ダスク・ティル・ドーン

極悪二人組とその人質を待ち受ける究極の恐怖。日暮れから夜明けまで、生き残るのは誰か。天才タランティーノのオリジナル脚本。

バルガス＝リョサ
木村榮一訳
緑の家

砂の降りしきる町の娼家に、密林の尼僧院に、交錯し乱舞するしたたかな人間模様。――南米文学の豊饒を証す、物語の壮大な交響楽。

フィツジェラルド
野崎孝訳
グレート・ギャツビー

豪奢な邸宅、週末ごとの盛大なパーティ……絢爛たる栄光に包まれながら、失われた愛を求めてひたむきに生きた謎の男の悲劇的生涯。

フィツジェラルド
野崎孝訳
フィツジェラルド短編集

絢爛たる'20年代、ニューヨークに一世を風靡し、時代と共に凋落していった著者。「金持の御曹子」「バビロン再訪」等、傑作6編。

新潮文庫最新刊

宮部みゆき著
淋しい狩人

東京下町にある古書店、田辺書店を舞台に繰り広げられる様々な事件。店主のイワさんと孫の稔が謎を解いていく。連作短編集。

綾辻行人著
殺人鬼Ⅱ ―逆襲篇―

双葉山の大量殺人から三年。血に飢えた怪物が、麓の病院に現われた。繰り広げられる凄惨な殺戮！　衝撃のスプラッタ・ミステリー。

佐々木譲著
ネプチューンの迷宮

数年後には資源が枯渇してしまう南太平洋の小国を巡る国際的陰謀に巻き込まれた日本人ダイバー宇佐美の活躍。長編海洋冒険小説。

乃南アサ著
6月19日の花嫁

結婚式を一週間後に控えた千尋は、事故で記憶喪失に陥る。やがて見えてきた、自分の意外な過去――。ロマンティック・サスペンス。

西村京太郎著
丹後 殺人迷路

容疑者として浮上したのは、昨年焼身自殺した男だった――。十津川警部を愚弄する奇怪な連続予告殺人の謎と罠。長編ミステリー。

椎名誠著
中国の鳥人

中国奥地で奇怪な光景を見た男の体験を描く表題作など、妄想が産みだす恐怖と笑いの世界へ読者を誘う幻想譚八編からなる作品集。

Title : GOING AFTER CACCIATO
Author : Tim O'Brien

カチアートを追跡して

新潮文庫　　オ - 10 - 1

Published 1997 in Japan
by Shinchosha Company

平成九年二月一日発行

訳者　生井英考
発行者　佐藤隆信
発行所　株式会社 新潮社

郵便番号　一六二
東京都新宿区矢来町七一
電話 編集部(〇三)三二六六—五四四〇
　　 読者係(〇三)三二六六—五一一一
振替　〇〇一四〇—五—八〇八

価格はカバーに表示してあります。

乱丁・落丁本は、ご面倒ですが小社読者係宛ご送付ください。送料小社負担にてお取替えいたします。

印刷・錦明印刷株式会社　製本・錦明印刷株式会社

ISBN4-10-204211-3 C0197